残画情

沈国英 著

苏州大学出版社

图书在版编目(CIP)数据

残画情 / 沈国英著. —苏州：苏州大学出版社，2013.9
ISBN 978-7-5672-0631-1

Ⅰ.①残… Ⅱ.①沈… Ⅲ.①长篇小说－中国－当代 Ⅳ.①I247.5

中国版本图书馆 CIP 数据核字(2013)第 224772 号

残 画 情
沈国英 著
责任编辑 张 希

苏州大学出版社出版发行
(地址：苏州市十梓街 1 号 邮编：215006)
苏州市大元印务有限公司印装
(地址：苏州市三香路 998 号 邮编：215000)

开本 880 mm×1 230 mm 1/32 印张 22 字数 266 千
2013 年 9 月第 1 版 2013 年 9 月第 1 次印刷
ISBN 978-7-5672-0631-1 定价：26.50 元

苏州大学版图书若有印装错误，本社负责调换
苏州大学出版社营销部 电话：0512－65225020
苏州大学出版社网址 http://www.sudapress.com

目录

引　子

“他喝酒了?”

技术员席建祖坐在自己桌前,桌上铺着正在制作的机械图,手上的针管笔悬在空中,对走到近前来的厂长助理汪明泉说。

“谁喝酒了?”汪明泉丈二和尚,摸不着头脑,问。

“那天和厂长干仗的小陈。”

汪明泉领悟地点点头,说:“他没有喝酒。”

“他肯定喝了,不然敢骂厂长‘他妈的’吗?”

看着席建祖那副直心直肠的样子,汪明泉心里有点发笑,逗道:“什么时候你也喝点酒,看看能发多大的威!”

“我要喝了酒精才行。”

“哎,建祖,要劳驾你一件事。”汪明泉心里也乱着呢,转口道。

“什么事?”

“全市统一开展的企业升级活动,要求各单位加大宣传力度,为此厂里要办一个企业升级方面的专栏,想请你为栏目配幅画。”

“还搞那些做什么?”席建祖想到厂都快要成厂长私人的了,很反感地说。

汪明泉没有对席建祖的情绪作针对性的反应,仍是本着期盼支持的态度,恳切地说:“请高手帮个忙。”

席建祖对汪明泉怀有钦佩之心,认为他不仅有能力、懂业务,而且为人清正,似一股清泉,绝不与厂长一伙同流合污;他也看到汪明泉虽身处领导层面，却备受冷落、处境艰难，并为此惋惜不已。他有一个痴想：有朝一日由众人力推，让汪明泉出来领导厂。他相信只要有汪明泉领导，这个厂就一定能走上坦途，厂里大多数人都这样想。席建祖重感情，汪明泉这样说了，只能勉为其难，说：

“好久没弄了，弄出来的东西，会被人话笑。”

“你六岁学画，可谓是童子功，帮个忙吧。”

“什么时候要？”

“后天行吗？”

“嗯，”席建祖点头应诺，他还在回味小陈的行为，说，“你说他没喝酒？”

“我上前相劝时，没有闻到一丁点酒味，我敢断定那天他没有喝酒。”

席建祖低沉地说：“现在的厂长狗屁，只管自己发财。哪知道我们心里有多痛。如果有这么一天，能和厂长换个位，也让他着实痛痛。”

“不一定。”

席建祖急着进一步解释道：“我是说一起换，不管我们人多人少，都到厂长的位置，手手有钱，坐拥财富，那不就我们开心他不开心了吗？”

“我知道你的意思，但我还是说不一定。那是因为一则不可能，二则那些只是数学的变化，真正的改变应该是化学的变化。”

席建祖摇摇头，心里颇不以为是，说：“你那是玄学。玄学就是伪科学。”

“哈哈！”两个人都付之一笑。

第一章

一

如果一件事太大了，即使你有千万次的心理准备，事情真的来临时，还是会感到突兀和猝不及防。那天上午席建祖被通知可以领工龄补贴了。他到财务室时，里边已有很多人，一个个神情沮丧，默默地围在账桌前，等会计把现金支票开出来。他挤在人堆里，背上的冷汗吱吱地往外冒。领到支票的人不声不响离开财务室，此刻这些人与厂的关系正式结束了，往日里每天下班铃声一响就像离弦之箭往家赶的他们，今天却迈不开离厂的脚步。他们慢慢地在饭堂里聚集起来。席建祖也进到饭堂，面对着一大帮难兄难弟，他情不自禁流下了眼泪，于是，蓦然间引出了一片呜咽。一阵伤感过后，有的要吃了饭再走，有的要把蒸的饭带家去吃。席建祖没有吃饭的心思，把小方铝饭盒放进自己因一直斜挂在自行车车把上而磨破了拎带的拎包里，推车出厂门踽踽而行。

“建祖，等我一下，”同一批下来的袁有辉在背后喊道。

席建祖沉着头，魂灵不知哪里去了，一点也没听见。

袁有辉抢上几步，说：“建祖，你耳朵聋啦？”

席建祖回过头来，活像刚刚被人扇了个耳光，满脸胀紧，双眼发红，呆呆地问：“是你喊我吗？”

袁有辉是车工，技术很好，在厂里也有点头脸；往日里喜欢到各科室转转，与包括席建祖在内的科室人员关系透熟。此时也为下来之事郁闷，说："我想对你说，时间还早，要不要到我家里去坐一会儿。"

席建祖头摇得拨浪鼓似的，说："不去了。"

"以后有什么情况，互相多通信息。"

"嗯、呵。"席建祖自己也不知道算是应了，还是没有答应。

他一路上像做了亏心事，怕被熟人撞上，甚至发现熟悉点的身影，都急忙低下头，唯恐避之不及。大凡成功人士，必然气势逼人，两道目光像两只巨大的斗，要囊括世间的万事万物；而此时席建祖的眼神则像两条游丝，在斗的缝隙里飘忽、趋避。他恨不能隐身到墙缝里、掩藏到地底下。

终于到了自家门前，心里却又矛盾起来。急往回赶，是想躲进自己的安乐窝，但毕竟不是回家的时候，男人是顶梁柱，要挑家庭生活这副重担，怎么能往家里躲呢！当然，那只是短暂犹豫，很快他就像怕光的老鼠溜进了家门。

家里很静，妻子殷正琴带着刚过周岁的儿子席立伟上班去了，那样的静使他有点窒息。要是在往常，他回到家首先会把 14 寸黑白电视打开。如果要做家务，就边做边听；如果殷正琴先于他回家，他就可以坐下来看电视，安等吃现成饭。那应该是最美妙的时刻，带着一天劳作的成就感，让身心完全放松；这种放松，是以充实为基础的，饱含踏实感的享受。可是成为闲人的闲时，分分秒秒都是煎熬。他几乎看也没看电视机一眼，慢慢朝房间走去。

在住房问题上他是幸运的，他那批职工住宅由主管局统一建造，数量不多，一个下属厂的技术员，居然分到了一套，真正是额骨头碰到了天花板。他的房子在三楼，两室一厅一卫；因为儿子还小，小房间实质上是空着的。有人来串门说到房子时，他曾说："住房没有问题了，将来立伟结婚弄不到新房，就把大房间给他，我们住小房间。"足见他对房子的满意程度。

床头挂着殷正琴的半身艺术照，微侧的脸笑吟吟的，清澈而温和的眼眸，既透发着美，又饱含着包容，这是房间的亮点。每每观此，席建祖的心里都会充满对妻子深深的爱意。他是在三十好几时才和殷正琴相遇的，“晚起的和尚吃厚粥”，偏由他取了天仙般的美女。他们的结合没有多少浪漫，但席建祖内心对殷正琴的爱真可以讲比山高、比海深。

他突然焦虑起来，自己落魄到这般田地，怎样去面对她？已经被打发回家的事实，怎样向妻子交待？

他坐在靠背凳上发呆，时间久了迷迷糊糊中发现妻子回来了，脸色非常难看，叫她不应，去为她接一把儿子，她也不给，而是把儿子重重地往童车里一扔，儿子“哇”地一声大叫把他惊醒过来。虽然只是个梦，但有所思才会有所梦啊，席建祖的心里像注了铅一样沉重。

他像一个做错事的孩子，不断地祈求着她的原谅，胡乱吃几口饭后，就动起手来。厨房里洗洗涮涮，衣物等晾晾晒晒。这些平时主要是殷正琴做的，今天他却找着干。他指望她回到家里能开心一点，也算是给她一点内心平衡吧。纵有千难，他最大的期望是得到殷正琴的理解。

二

殷正琴拿着标准器，到各车间巡检，因为全厂的衡器已进入半年度例行检测阶段。见到殷正琴，车间里的人都热情相迎。本来她也是他们中的一员，因工作出色而选拔到了厂部检验科，成为了专职度量衡检测的脱产干部，所以他们之间有着深厚的感情基础。特别是一些差不多时间进厂的姐妹，每每见到都要拉着她唠上几句。有的说她儿子如何可爱，有的向她推荐新款衣服，有的还邀她厂休日到家去玩。其时厂的光景已经不妙，忙少闲多，一些头脑活络的人，主要是男技术工，通过混病假的方式，在外面赚钱，他们称之为“打野鸡”。女工则经常聚在一起聊天，她们中有的先生在外面混好了，显得无所谓，但大部分人情绪低落，这个曾辉煌一时的仪表厂，开始出现了分化，但她们见到殷正琴都表现出极大的热情。殷正琴笑吟吟地听姐妹说话，及时给予热烈地回应，所到之处，气氛都会活跃起来。进厂十多年了，能够与工友建立起深厚的友情，这是她最引以为傲，也最为珍视的成果，她一进入车间就有如鱼得水的感觉。

可是接下来心情出现了180度的大转弯，独自坐在办公桌前生闷气。原来她从车间出来，顺便到托儿所去看了儿子，看到两位阿姨只自顾嗑瓜子，儿子和另外几个小孩都趴在地上弄泥巴，虽然阿姨马上解释刚才都坐得好好的，殷正琴嘴上也没说什么，心里却起了个老大的疙瘩。她是真正的晚婚晚育，三十出头才生了席立伟。此前的她意气风发，一心事业，恋爱、家庭都被抛在了脑后。席立伟的出生，也可能是上了年纪的关系，在她身上孕育出了特别足的母性，她把立伟视作掌上明珠。看到地上乱爬的立伟，自然心里比她自己遭受作践还难受。由此联想到厂的衰败，又陡增哀伤。想当年厂里的托儿所在全市都小有名气，场地大、设施好、老师都经过幼教正规培训，那时她虽然还是个姑娘，没把那些放在心上，但情况都看在眼里，潜意识中那个美好的将来迟早会归属自己，从中获得很多慰藉和鼓舞。但有谁知道，等到自己有了小孩，一切已是去年人面、昨日黄花。因为收入下降，年轻的幼师跳槽走了；因经费紧张，设施坏了也没有维修或更新；厂里只在附近乡下低价找几个中年妇女勉强维持着，服务水平一塌糊涂。要称了她的心思，这样的托儿所一天也不能呆了。

其时社会托儿所多了，好的也不少，在她家附近有一个就不错。但进那样的托儿所，关键一点就是要有钱。厂里叫名头是有托儿所的，所以要到外面入托，费用得自掏腰包。外面的托儿所除了入托费，还要交一笔赞助费，即使每个月的入托费咬咬牙能挺过去，一千多元的赞助费也绝对是她难迈的坎。一个月几十元工资，有时还要被拖欠，奖金则完全成了一种奢望。席建祖厂的情况还不如她，这她清楚。就这么个家庭经济状况，到哪里去筹赞助费？殷正琴无暇“闲愁”，不知何时挤满了脑子的“钱”字，却也“才下眉头，又上心头”。

仓库保管员胡菊珍，是殷正琴的要好姐妹，趁着下班前一点时间过来找她聊天。她们是同龄人，经济条件却霄壤之别。胡菊珍很有钱，她的富有主要得益于她有个好丈夫。她的丈夫雷振球是房管所所长，官儿虽不大，但上千套公房掌控在手，维修、翻建、调配，哪样都会有好处；众人养一人，来钱实在容易，经济实力自然是“噌噌”上蹿。她高挑白皙，微微显胖，耳朵上一副大耳环，指头上一只金戒指，颈脖上还有一根很粗的金项链。其时，凡有拍板权的什么长（房管所就是所长），都开始被敬称为“老板”，她自然就成了相当贵气的老板娘。她嘴里不停嚼着泡泡糖，一步三摇来到殷正琴身边。

“怎么啦？”胡菊珍问话间，泡泡糖从嘴里跳了出来，“要死了，要死了”，她一边说着一边用脚想把糖踢边上一点。

“我来、我来。”殷正琴从抽屉里拿出纸巾，裹起泡泡糖扔进了纸篓子。

“为什么愁眉苦脸的？”胡菊珍问。

“儿子在托儿所成了泥大王了，”殷正琴说。

“阿姨都在做什么？你不会去骂她们一顿？”

“也不仅仅是这样的问题，现在升学的竞争已经波及到学龄前教育阶段，都在往好的托儿所挤。”

“这倒是的，快给小伟找一个好的托儿所，小赤佬充满灵气，可不能因为得不到好的教育而被耽误了。”

“市里几家好一点的托儿所，赞助费都要上千，个别的甚至要好几千呢。”

“这算不了什么，儿子的前途要紧。”

殷正琴想说，你有钱当然不在乎之类的话，但话到嘴边又咽了回去，说道：“终究是一笔不小的开支，再得考虑考虑。”她说这些话时心里有点发慌，她知道这里面绝对不是“考虑考虑”的问题，压根儿是一个没有实力的问题。在这个问题上，她像被皮虫护囊粘住的树叶，卷曲着舒坦不开了。

因为下班时间快到了，两人说话的内容有点乱，东才说上两句，又扯到了西，所以话题很快扯了开去。铃声一响，就各自回家了。

三

殷正琴推开家门，见家里整理得井井有条，顿觉眼前一亮。

“回来啦？”殷正琴热情地问。

“回来了，”席建祖在水槽旁慢悠悠地洗小青菜，机械地答道。

殷正琴一边把儿子放进坐车里，一边说：“刚到家就歇歇，我会回来弄的。”

“嗯。”

“怎么啦，有什么不舒服吗？”

席建祖不吭气。

殷正琴警觉起来，两眼盯住席建祖，问：“出什么事了吗？”

席建祖低头不语，过了好一会儿，才嗫嚅地说：“我正式下来了。”他本来低音部分就厚，此时的话声更迟滞得像小口瓶里发干的糨糊倒不出来。

殷正琴一个激灵，像被施了定身术，站那儿一动不动。

席建祖急了，扶妻子坐下，又给她倒一杯热水。

殷正琴喝一口水，长长叹了口气，问：

“你没顶一顶?”

“挨到不是轮到,没用的。”

“以后的日子怎么过?”

席建祖强打精神,说:“现在能在外面混的人,日子反而好过,我会机械制图,肯定找得到工作的地方。”

殷正琴关心的还不止这一个问题,她问:“这一次有多少人下来?”

“厂里三分之二的人都要下,大概要有150人,”席建祖闪烁其词,说:“这一次20个不到点。”

殷正琴低下了头,她已经明显感觉出自己的男人在厂里是吃足下风的,因此她不仅承受着席建祖失去饭碗的忧虑,还有夫辱妻羞的感觉,她的脸不由一阵燥热。虽然儿子在童车里咿呀出声,但两个大人的情绪都到了冰点,家里变得沉闷抑或说是死寂。

草草吃过晚饭后,殷正琴窒息得受不了,说:“得赶快想办法,重新寻找个工作。”

“我明天就出去跑。”

“到哪里去跑?”

是的,“到哪里去跑”!难道能像卖青菜、萝卜那样到街上去叫卖自己吗?席建祖两眼朝上,傻了。看他两眼朝上的傻样,其实哪里是傻,只是急,是急得没了招。

殷正琴接着说:“得赶快找人帮忙。”

“还有什么脸去找人,磕头拜脑的我也做不出来。”

“可日子总得过,饭总得吃,立伟也总得养啊。”

席建祖双眉紧蹙,闷声不响。

“已经没有退路了,困兽犹斗,看来我们得赶快调整心态,跟上时局的节拍。”殷正琴说,“厂里那些头脑活络的,听他们一直在讲谁有这个‘路子’,谁有那个‘路子’,都在顺势而变。而我们整天除了工作就是家庭,压根儿不去想那些事,事实证明我们是错的。”

“我来去找人，”席建祖生硬地冒出这一句话来。

“找谁?”殷正琴疑惑地问。

“找起来再说。”他茫然答道。在这个节骨眼上，有谁能帮他一把呢？他的生活圈小得可怜，进厂十多年，除厂长等少数几个人有权有势、手眼通天以外，其他都人人自危，好不到哪里去。与厂长的关系是明摆着的，除此之外去靠谁？大家庭里吧，父母亲都已退休。父亲席林海是他恨的，早在半年前就闹得水火不容，席建祖没有半句话想对他说；母亲叶福娟是他爱的，但因为爱，又怎么能把这样痛苦的事告诉她，让她的心灵受折磨呢？在哥哥、嫂嫂，妹妹、妹夫中，他无论工作，还是住房条件一直在他们之上，现在这一变，自己还有什么脸去面对他们？家里就这么个状况，能靠谁？再扩大到亲戚之中，排来排去，也都是平凡之辈，没有一个能靠上一把的。还有，从他的内心讲，宁可挑百斤重担，也不愿去说情求人。现在逼出这句话来，真是没有办法啊。

“你的舅舅在政府机关工作，可以讲是个见过大世面的人，能不能请他帮帮忙，指条路？还有你舅妈。”

席建祖的舅舅叫叶福寿，舅妈叫章丽华，席建祖脑海里拉网式寻找时也想到过，但他知道都指望不得。他说：“不行的！舅舅在机关里只是一般的科员，也没有活动能力；现在厂里人一批批在下来，都在东托西求，他那里眼尖手长的人多呢，真有机会早被弄去了，他不行的。舅妈行的，可惜只是个内科医生，要外科那把刀才吃香。”

殷正琴看得出席建祖怕做这些事，她自己也最不愿意做这种事。她愿意投身工作，以深厚的感情与同事相融合；有空余时间看小说，享受一份清静。她不想去勉强席建祖，就反过来排一排自己的圈子，看有没有能靠上一把的人。她最好自己的哥哥当了大干部或者成为大老板，那么鼻涕往嘴里淌——顺了。如果哥哥答应得不爽快,还可以给他点压力呢。遗憾的是自己的哥、嫂都只是工人,光景也一日不如一日。父母也都是退休工人,生活过得紧巴巴的。而且父亲是个老古板,不能为你解决任何问题不说,把托关系之类的事说给他听,被他责骂一顿也说不定。还有一个叔叔,年纪轻的时候就到长江边的农场去了,在那里落下了脚,是农机厂的工人,虽然只相隔几十里,却已有好几年没见了。殷正琴知道他那里的情况也一般化,估计该退休了。其他更远的亲戚,更是无从谈起了。她也拉起了一张空网,不免心头悲哀。

她突然想到一个人,心里涌起一股希望。厂里的胡菊珍是一个算得上的小姐妹,她先生应该是有实力的,通过胡菊珍请她先生帮个忙,请他们在关键时刻拉扯一把。

四

殷正琴心头一丝兴奋很快就掠了过去,冷静下来的她即刻感到这个口不能开。她知道平时与胡菊珍的关系看似可以,其实也就是嘴上热闹:他们作为新一代"暴发户",尽管外表舒坦、光鲜,内骨子里有着自己的压力,有他们自己要拼力的地方,"家家都有一本难念的经"。你去开口,万一不愿帮怎么办?万一帮不了怎么办?她想:不说没事,说了造成尴尬,自己丢丑,弄不好连小姐妹也做不成了。不行,断断不行。当然她也没有完全死心,想等以后再探探口气。

那层关系提不上来,殷正琴还是想让席建祖动脑筋,说:"宰相门前七品官,试试吧,反正自己人,好在舅舅家还有电话。"

这话提醒了席建祖,想打个电话可以,不行就挂。于是说:"我去小店打个公用电话。"

"我和你一起去。"殷正琴抱起儿子和席建祖一起出了门。因为楼道里没有灯,他们数着台阶慢慢下楼,来到距家十来米远的小烟杂店，席建祖拨电话给叶福寿。他拿着话筒，心里既犹豫又紧张，真是走投无路了，不然他是绝对不愿打这样的电话的。电话拨通后，话机里不断传出等待音。那声音使他想象他们正在忙碌，引出他无故打扰的不安；长时间没人接听，好不容易鼓足的勇气将成无用功，使他懊丧和失落：能不能托成？希望和失望在等待中频繁交互，焦虑也由此而难以排解；潜意识中他更愿意中断音早一点出现，没人接也就算了，摆脱了。

就在他要挂断时，那边接了，接电话的正是叶福寿。知道是外甥，他忙解释他们刚从门外进来，是出去散步的，直呼差一步接不到了。紧接着是一番嘘寒问暖，充满了长辈的热情关怀。

席建祖"嗯、嗯"地应着，不时作出简短地回答，殷正琴有点迫不及待，把耳朵尽量贴近听筒。

席建祖主动拉开了正题，说："我从厂里歇下来了，想找点事做。"

叶福寿像卡壳的机关枪突然没了声音，过了一会，他不无焦虑地反问道："这可怎么办呢？"

"您能帮点忙吗？"

叶福寿那里又是一阵沉默，说："要有适合的工作，可能很难。"

"无所谓。"

"好像没有可做的。"

"没有？"席建祖确认一句后，想说要挂电话了。

"叫舅舅留个心，有机会就给个信息。"

席建祖把殷正琴的话复述给了叶福寿。

叶福寿那里一口气也缓和下来，说："我的工作是关在办公室里的，外面没有什么关系。要么我给你在朋友、同学中打听打听。"

"好的。"席建祖挂上了电话。

"叫舅舅他们过来吃饭，"殷正琴还想提醒一句，却已经来不及了。

回到家里殷正琴突又后悔，说："不应该打电话，应该上一趟门，家里有一只新的电饭煲，一直没舍得用，干脆也一块送过去。"

"自己亲戚不用的。"

"皇帝不差饿兵，现在就是这样的行情，托人办事没有不花钱的。"

"自家人也弄得一股铜臭味，还成什么样子？"

"这倒也是，不过不说送，孝敬长辈也是应该的，舅舅那边也会重视一点。"

"我不做。"

殷正琴只能一个讪笑，说："想做也来不及了。"

那天晚上两人都久久不能入睡，在床上你刚一个转身，安逸下来，他的一条腿又缩了起来，经受着沉沉黑夜的煎熬；到了下半夜，一个刚迷糊要睡，一个又要起来小便，折腾得就像摊面饼。

第二天，席建祖把技术员证书放在口袋里，顺着自己最初的想法，到那些矿山机械、冶金机械、纺织机械等机械制造厂去看情况，寻思着要进那些厂搞技术。骑着破自行车转了几个厂，所到之处厂牌很大，却到处铁件横陈，锈渍斑斑，料不会好到哪里去。后来到近郊，那里有许多新发展出来的私营的机械制造厂，个个厂都很繁忙，一派热火朝天的样子。他问："要不要搞技术的？""不要，只缺搞营销的；有产品、有客户的最欢迎，还可以提成、拿回扣。"这些显然席建祖是无能为力的。

在席建祖像掐了头的苍蝇，东碰西撞时，殷正琴更多地挑起了家庭的担子，给儿子找一个好托儿所的愿望也越来越迫切。她到离家不远的"东风托儿所"去探行情，看到托儿所的教室窗明几净，桌凳整齐；操场上秋千、滑梯应有尽有，整个环境堪称儿童的乐园。环境令人心动，但费用实在咬手。席建祖买断工龄，去掉尾数共得 8300 元，为让儿子入托，殷正琴想动用这笔钱。

十多天过去了,还是一无所获。回到家里,席建祖瘫倒在靠背椅上,不想动弹。

殷正琴刚做好晚饭,忙给他递一杯茶,说:“盲人骑瞎马肯定不行,还是再找舅舅;上门去,请他给我们引条路。”

席建祖忙双手接过茶杯,深深地喝了一口,说:“指望不大。”

“这是没有办法的办法。”

“现在我什么事都愿意做。”

“抢劫、贩毒也做?”

“那可绝对不!”

“就是啊,总得找人帮着点才行。命里注定我们是苦撑的一代,希望儿子的日子能好一点。”

“就是。”

“我想把立伟送到东风托儿所去,那里条件好,教学也正规。”

“要不少钱吧?”

“摸过行情了,要一千多点,我想先在你拿回来的那笔钱中支一部分。”

“用那钱?”席建祖像被触了神经,突然坐直起来。

“没有其他可用的钱,你那里已经一年多没发过奖金,我那里效益也越来越差,家里没有余钱。”

“没钱也不能用,那是抵命的钱!”

殷正琴吃惊不小,说:“不用就不用吧。麻雀还有三天的卸雪粮,我家的状况,是不应该轻易用那钱。”

“那钱有血!”席建祖面朝天花板睁大双眼,又吼了一声。

“哇——”童车里的立伟被吓哭了。

“别哭、别哭。”殷正琴抱起儿子不停安慰,自己的双眼却已噙满了泪水。她没有责怪丈夫,知道丈夫十多年没有懈怠过,而且还因工作干劲十足被戏称为“打气癞团”,现在这样的结局确难接受。不应该让他看到她的泪容,增加他的烦恼。然而,孩子入个好托儿所，有利于他以后的成长，要做这件事自己也没有错啊，委屈的泪水止不住要往外流。她强忍住，让汩汩的苦水往肚子里涌。立伟的哭声止住后，家里静了。

“吃饭吧，”殷正琴轻柔地说。

席建祖也冷静下来，心里一股歉意，赶忙起身摆桌子、盛饭，又把立伟接在手里。

吃饭时，殷正琴说：“厂里一天不如一天，秋后的蚂蚱，蹦跶不了几天了；接下来也是就业、吃饭的问题。我想乘早去读夜大，拿张本科的文凭出来，将来选择的机会多一点。”

“读什么？”

殷正琴想读语言文学类的，这是她内心的梦，但现实摆在面前，读那样的专业，显然不合时宜。她说：“我想去学经济管理，那是形势发展的主流，和我一直做的工作也接近，有一定的基础。”

“千万别学机械制造类的，第一步最要紧。”席建祖以自己的经验，给殷正琴一个指点。他嘴上说着，心里也很支持，但眼见妻子在往上飞，而自己却在往下掉，还是有一点无名的隐忧。

“我如果去读书，家里的事你可能要多担待一点了。”殷正琴又补充道，“其他家务我都可以早起一点做好的，关键是如果我晚上去读书，立伟就要你去把他领回来。”

“没问题。”

与席建祖商量妥当，而且看得出席建祖还非常支持，殷正琴信心十足。她到夜校报上名后，心里发誓，除教科书外，闲杂之书一本也不看。她是个文学热爱者，曾买了不少中外名著，少量放在办公室，大部分放在家里。在家看家里的，在厂看厂里的，只要是她可以支配的时间，大部分用来看小说。

她把放在厂里的小说书带回家，又把家里的书全部收拢来，用细麻线扎成捆，一捆捆放到床底下。做这一切时她的心情特别压抑。看书时的宁静，与书中人物一起去经历情感的跌宕起伏，是她最向往的生活内容，她从中获得了无限的松弛和惬意。毫无疑问，现在这样的生活就要失去了，今后的日子会像绷紧的弦，时时都承受巨大的压力。她一边放，一边在心里暗下决心："暂别吧，等我拿到文凭，多赚点钱，日子好过点，我们就再也不用分离了。"

殷正琴挤尽自己的业余时间，发奋读书。这一切胡菊珍看在眼里，觉得她犯不着："什么年纪了，还去读夜校？趁还不太老，怎不痛快玩一把？"胡菊珍清楚钱不是那样赚的，吃辛吃苦地读书，能有什么用？位置才是关键！自己的丈夫是最好的说明。他初中没读完，当了几年兵，现在过的是什么日子？道理再浅显不过了。"命里没有莫强求"，她要力劝殷正琴回过来享受生活，要带她到舞厅里去看看真正华丽出彩的生活。

五

袁有辉倒蛮热心，带给席建祖一个消息，说一家建筑公司要一个懂图纸的人当施工员。得到消息席建祖赶忙到那家公司去打探虚实，经了解并不是当施工员，而是施工员的下手，待遇低不说，还要求样样都做，实质上就是到工地上做杂工。饥不择食、慌不择路，席建祖只想着有工作做就好，对方讲了些什么也没太在意，他最关心的是下班时间，得知下午四点半可以下班，不会妨碍他按时接儿子，就答应了下来。虽然对到土建工地做什么还没有摸底，但毕竟又有工作了，心里还是有几分欢喜。

"有事做了。"回到家席建祖平淡地对殷正琴说。

"敲定啦？主要做些什么？"殷正琴兴奋地连发两问。

"不很清楚，可能与老本行有点联系。"

"如果这样，你的优势就能得到发挥，收入低一点，工作苦一点也值得。"

"嗯。"

要到新地方上班了，席建祖既紧张又期待，思忖着要带的东西：技术员证书肯定要带着，绘图仪带不带呢？根据他的经验，到单位报到开头几天不会有事，是混时间的。他猜想私人的公司不会那样好混，他也不想混，只想去好好工作，于是决定把绘图仪也带上。

他去报到的地方，其实是在工地的工棚里，进到里面，席建祖以为会填什么表、谈什么话，结果什么也没有，一黑矮个的汉子走过来，冷冷地问："新来的吗？"

"是。"

"跟我来。"

两人进到一个小间，里面一口大木橱，一张旧方桌，几只长、方不一的凳子，四面堆得很乱。黑矮个在唯一一张木靠背椅上"啪"地坐下，一声不吭。

席建祖在等那人发话，顺便环顾四周，看到地上有木板、扣件、标尺、测绘仪脚架，等等，觉得管理不太正规。

黑矮个脸色阴沉，慢慢摸出香烟，点燃后猛吸一口，喷出一道笔直的烟雾。

"这是我的绘图工具。"席建祖一边从包里拿盒子，一边说。

黑矮个叫董虎宝，被呼之为"黑皮"，是施工员。十五六岁就从村里出来，在建筑队伍里混了近十年了。他活像根压缩的弹簧，没有家庭背景、起点也低，见识、历练却不少，思想非常实际，善于观风望色，随时会把压抑转换成能量。看见席建祖新来乍到，眼睛里没有水，气就不打一处来。他口袋里藏着好、孬两种烟，特意拿出好烟来抽，吐烟也特别夸张，就是做给席建祖看的。席建祖居然还煞有介事地拿出了绘图仪，黑皮简直怒不可遏，朝他瞪了一眼，说："你还缺一张办公桌，再配一把转椅。"

席建祖立即把绘图仪放回包里，解释道："我以为要绘图呢。"

"会绘图有屁用，坐在办公室画几个小齿轮，擦了画、画了又擦？我们搞建筑，与天地相融合，那些小里小气的东西给我扔一边去。”这时又进来几个人，都在边上笑，笑声中颇有几分奚落的意味。

席建祖不明白那人与自己素昧平生，为什么对自己这么凶狠。遭此打击，那点可怜的底气消耗殆尽，沉着头站在一边不知所措。

黑皮慢慢把烟抽完，又在满是茶垢的大水杯里喝了两口，然后在橱顶上拿出一沓图纸，放在桌上。

席建祖估计拿东西要出发了，就主动去拿那些图纸。

“别碰！”黑皮出手挡住，顺手一指地上，“扛着。”

席建祖接受董虎宝的指令，扛起测绘仪脚架和又长又重的标杆，一路往工地去，开始了一天的工作。在工地上，黑皮控制着测绘仪和图纸，席建祖扛标杆、做下手。席建祖不是偷懒的人，全力做配合工作，但董虎宝狡黠的眼神，总有点令人捉摸不定。

若干天后，下了一场大雨。这块工地刚开始做基础，原来是蔬菜田，经雨水一淋，泥土特别黏滑。黑皮守在测绘仪前，话也不肯说一句，只是挥手，向远挥，左右挥，跑过头了又招手回跑。席建祖按照黑皮的手势，扛着标杆高坡、坑塘满地儿跑。鞋上粘满了泥，成了沉重的泥鞋；双腿跑动时，鞋泥就粘满了裤管；跑得快时，泥块还被甩到背部，整个就成了泥人。席建祖也没往心里去，他有心理准备，出来是工作不是享乐，不要在工作上给人说闲话。下午该是日头西斜时了，席建祖开始惦记起接儿子的事。从工地到厂托儿所，再从厂托儿所回家，席建祖接一趟儿子花在路上的时间大概要一个半小时，够远的。这个时候一定要走了，再晚到托儿所天就要黑了。一段时间接下来，风里雨里的，体会到妻子天天把儿子带出带进的不容易；现在这事由自己来做，当然也应该做得好一些。但黑皮一点也没有要结束的样子，席建祖急在心里，也不便说，只得硬挺。随着时间的拖延，他越来越焦急，知道托儿所的阿姨责任心也在下降，儿子会没人照管，被丢在一边哭，满地上爬。他站在泥田里，只能看到测绘仪后面一点点黑皮的脸，而那只不断挥动的手，每挥动一次，都像拳头重重地砸他一下，令他又惧又恨。席建祖满心里就一个念头：快去接儿子！可是一直捣腾到天黑蒙蒙了，才得以脱身。

他连泥土也顾不上清理掉，推上破自行车往外赶，听到身后黑皮一阵“嘿嘿”的坏笑，因为屋里还有别人，席建祖吃不准他冲着谁在笑，但感觉与自己有关。

他一边赶路，一边想：儿子一定哭成泪人了，是爸爸不好，拖得这么晚，见到儿子一定要好好抚慰一番。为此，越临近托儿所，席建祖越不安，似乎在掠过的风中，隐约听到了儿子的哭声。一气冲到托儿所门前，他傻眼了：托儿所居然大门紧锁，里面漆黑一片，阒无一人！席建祖一屁股坐倒在门前的台阶上，一种大祸临头的感觉蓦地向他袭来。

六

托儿所虽然也在厂区里，却单独有外通的门，平时方便了家长的接送，但此时就苦了席建祖，连个问讯的人都找不到。他心急火燎绕到厂的大门口，向传达室的老伯伯打听。

传达室的老伯伯说：“人肯定不会不见，这一点你尽管放心，但你们这些做父母的也太不负责，这么晚才来领人。”

“那么人到哪里去了？”席建祖顾不得作解释，急切地问。

“肯定是阿姨领回去了。”

“阿姨家在哪里？”

老伯伯手一指，说：“我也不太清楚，只大约知道在那边的村子里。”

席建祖循着老伯伯手指的方向望去，隔着一块大菜地，是连片的农舍。一看人就懵了：偌大的地方，到哪里去找呢？心里叫苦不迭。

没有办法了，他只得到夜校去把殷正琴叫出来。但一件很平常的事，弄得乱七八糟，对能力的自信难免大打折扣；贸闯夜校耽误她的学业，也担心会受埋怨。这一路过去，席建祖八分真急，还有二分是羞，心情够复杂的。

此时殷正琴刚在教室里坐定，拿出教材和笔记本，准备听课。席建祖先在教室的窗前探头搜寻，他看到了殷正琴，殷正琴却一直没注意到他。他索性到教室门前，斜出半边身体，殷正琴这才蓦地发现了他，一脸惊愕地迎了出来，急忙之中衣角把旁边课桌上的一本书刮到了地上。她忙俯身给人家把书捡起来，轻道一声对不起，躬着腰绕过讲台到门外，问："怎么了？"

"儿子没接到。"

殷正琴微微皱一下眉头，说："问题不会大的，肯定是被阿姨领到家里去了。"

"传达室的老伯伯也这么说，但我不知道到哪里去找。"

殷正琴犹豫片刻，说："课上不成了，我去和老师打个招呼，一起去找吧。"

殷正琴回到教室，对老师说有点事要提早走，老师自是一口答应。于是殷正琴迅速出来，夫妻俩各自骑车并排而行。

殷正琴心里充满了内疚和不安，说："拖累你了，实在不行我就不去读夜校吧。"

"熟悉后就没事的。"

进入大菜地后，只有一条窄窄的机耕路，殷正琴在前领路，席建祖紧随其后，摸黑一波三颠地往村里去。因为其他职工的孩子碰到此类情况时，殷正琴曾陪着来过，所以很快就找到了阿姨的家。进门见到儿子，殷正琴对阿姨连声道谢，寒暄一阵后，抱着立伟返道回家。

一路上殷正琴又想到了换托儿所的事。虽然他们去领儿子时，看到儿子一切平安，她也说了不少感谢的话，但心里并不顺畅。厂里有规定，家长再晚去接，阿姨也要在托儿所里等。但现在一到下班时间阿姨就忙着往家里赶，把小孩带来带去，万一出点事怎么办？看到儿子手上拿一块菜饭锅巴，她理解阿姨的好心，但心里还是不舒服：不知掉过地上没有，黑乎乎的，吃了拉肚子怎么办？

"这样的托儿所实在是待不下去了。"要给儿子换个托儿所的念头越来越强烈，简直到了不可抑制的地步。

钱的问题，她想到了父母，决定到他们那里去寻求支持。俗话说"强盗儿子贼女儿"，意思是向父母伸手，啃老骨头，是天下通行的做法。但以此来形容殷正琴，绝对属于错怪。她结婚以后，只有拿点回去，从来没有向家里要过任何财物，她现在是实在没办法了才这么想的。

殷正琴的厂休日是星期四，她轮到休息席建祖还要上班，在席建祖临出门时，殷正琴把要到父母那里去的事对他说了一声。席建祖上班后，她料理了一阵家务，就带着儿子往娘家去。

一路上殷正琴已经想好，一进门就要把求助之事说出来，但进门后外公殷扣成放下茶杯、外婆祁金英也停止了拣菜，对外孙又抱又逗，立伟也"咯咯"地笑不停，她不愿打破这样的氛围，只能等等再说。

殷扣成身材高大，声音洪亮，不顾祁金英还在端详外孙，抱过来高高托起，说："叫好爷爷。"

席立伟奶声奶气地叫道："好爷爷。"

殷扣成应得开心，把嘴凑在立伟的小脸上嘬了一口。祁金英说："当心胡子把立伟扎了。"

"扎了好，以后也长出个大胡子，"殷扣成说，"走，爷爷带你到草场街去买好吃的。"

祁金英说："缓一点，一把年纪了。"

殷扣成抱着席立伟上街，殷正琴就陪母亲坐了下来。祁金英还沉浸在逗外孙的喜悦中，感叹道：“小人日日鲜、老人日日蔫。”

“妈妈，你们身体还好吧？”

“都还好。”

“那个（洋参丸）在吃吗？”

“没吃。”

“要吃的。”

“我们身体蛮好，三餐吃饱就够了，那个放着以后吃。”

“吃完了我再去加工，自己加工比买成品便宜多呢。”

“再便宜也要用钱，能省就省点。你哥嫂的厂也越来越不行了，钱不好赚啊。”

“他们说什么了吗？”

“没说什么，住在一起还能感觉不出来？”

“仙仙到托儿所去啦？”

“跟她妈妈去了。”

“爸爸怎么不睡觉？”

“他下半夜可以睡一会的，一般都吃过午饭后睡一觉。”

沉静了一会，祁金英问道：“银娣阿姨还记得吗？”

“住在前面弄堂的，我知道。”

“是的。她搬了有七八年了，一直没见到过。那天在车站公园碰到了她，听她说说，日子好得不得了。”祁金英津津乐道地介绍起来，“她的儿子叫毛豆，骑自行车摔伤了颈椎，正好有了借口，一直歇在家里。后来碰到一个人，是做水暖的，跟了两年，经络全部摸清后就把那人的关系挖过来，开始自己做。现在公司已开了几家，买了别墅、汽车，银娣阿姨住的房子也是毛豆专门为他们买的。我对她说，你真有福气。”

“也就几年赚了这么多钱？”

“还有呢。”祁金英又扯到了另外一家，她说，“后面弄堂里的小根子，那人你肯定不认识，历史上有点问题，吃了不少苦，平时很少见他出门,后来落实政策补了一万多元。他把这笔钱给了大儿子,让他做生意,结果通过做假文物赚了大钱,'金帝'就是他家的。"

"那可是全市最大的夜总会。"

"就是。"

"妈妈,你怎么全知道?"

"老太婆聚在一起,说这些最起劲。多呢,东面李家儿子是个县长,过年收到多少红包;西面王家的女儿、女婿在欧洲,寄来了多少钱和物,都有人说得出。"

"估计都是他们家里人出来炫耀的。"殷正琴嘴上仍平淡如常,心里却感到惭愧:她知道妈妈是说者无意,然而同样是女儿、女婿,却没能给他们在财富上带来一点点荣耀。

"我也听听罢了。有是有的过,没是没的过。一家人太太平平就是最大的福气。"祁金英面带微笑地说。

在妈妈的微笑的后面,她能体味到老人内心的酸涩。她过来的初衷是要筹钱,现在非但开不了口,还恨不能给父母更多的体贴。有了这样的想法,其结果自然是无功而返。

七

在父母那里简单吃点中饭,殷正琴娘俩就回到自己的家里。她让立伟睡下,嘴里"吭吭"地唱些小曲哄他睡着。便抽开身来,轻轻拉开床头柜抽屉,拿出一只锦盒,慢慢打开:里面大红细绒布中,包裹着一只纯金的龙凤手镯。这是她的心爱之物,平日曾无数次拿在手里把玩过,但此刻的她却动上了手镯的脑筋,想用她去变钱,给儿子作转托之用。

在她家附近,有一家日用品调剂商店,她知道那是做什么生意的,但从没想过自己也会到那面去卖东西,真是狗急跳墙,人急叫娘!可是想到要卖手镯,她的心不免有几分战栗。这只手镯,与他们的婚姻有着不同寻常的联系。

还在她做姑娘的时候,当时单位效益好,月月有奖金发,出于女性对金银首饰的偏爱,她就下决心买了这只纯金龙凤手镯。那时还不兴公开戴,她就在家里独自欣赏,或悄悄地戴上,或细细地把玩,从中获得非比一般的愉悦。后来金饰品普及开来了,价格开始大幅上涨,追逐差价以期获利的人也多了起来。殷正琴绝不去凑热闹,除在要好姐妹聚会时,拿出来给大家欣赏一番外,一直静守着自己的爱物。她倾心于金手镯的光泽和质感,那厚重、内敛和精美,会使她联想到人生,希望自己也具有那样的品格,隐约中还设想另一半也会是那样的人,可以说小小的金手镯占据了她大块的心房。

后经人介绍,她与席建祖相恋了。她觉得他为人很实在,那份实在让她有一种似曾相识的体验。就是凭着这一点,她坚定地走向了席建祖。

到了谈婚论嫁的时候,一天席建祖把她领进了金店,站在满是金饰品的柜台前,说:“挑一个吧。”

殷正琴边看边在心里测算,发现价钱与她买的时候比已翻了个倍,便说:“不用了,价钱涨得这么利害,省着点吧。”

“要的,她象征永恒。”

“早几年我买了一只金手镯,就让她来象征我们的永恒吧。”

“那体现不出我。”

“我有一个办法。你把手镯带回家,每天都认认真真看一次,把心意灌输进去;等结婚那天,再亲手给我戴上。”

“好的。”

拥有这番特殊经历的金手镯,如今却要把她卖了!这会不会成为影响婚姻的谶兆?此刻殷正琴的想法虽说很简单,就是要筹钱解燃眉之急,然而虑及想卖手镯时内心的战栗,似乎证明她也萌发过某种不祥预感。对金手镯凝视良久,她动摇了,重新用红布裹着装入锦盒,放回到床头柜抽屉里。

儿子仍然沉沉地睡着，殷正琴在床边坐下，端详儿子熟睡时的模样，稚气可爱的小脸蛋，让母亲心里充满了骄傲。但想到明天又要把孩子带到托儿所去，孩子又会被弄得像泥猴子一样，她顿时心病又起，焦虑不安。她觉得儿子的成长是家庭中最大的事，为了孩子没有什么不可舍弃。既然如此，还犹豫什么呢。

卖金手镯的主意已定，她却还要考虑一个问题：要不要与席建祖沟通。她知道席建祖也是非常喜欢这只手镯的，给她戴上手镯后，他还给过她两张小纸片，是钢笔勾勒的手镯上的龙和凤的图案。金手镯上浅地阳纹的龙和凤，被他表现得惟妙惟肖：龙勇猛强健，凤飘逸温厚，看得出席建祖是用了心力，也证明了他对手镯的喜欢程度。钢笔的线条，能有这般的表现力，殷正琴也大受感染，并由此爱上了钢笔画。有时找张纸用钢笔或铅笔涂鸦，成了她的一种消遣方式。“他有这份心意，如果连气也不通就把手镯卖了，太不近人情。”她想。

但他知道后表示反对怎么办？而且就他的个性，完全可能持反对态度，甚至会比反对用工龄补贴的态度更强烈。也就是说如果这件事已非办不可，那么告诉他只会增加他的痛苦。她知道他已经够苦的了。近日，她时常会听到他独自哀叹，看得出对新环境明显不能适应。他是一个顶真的人，在厂时喜欢钻研技术，工作一丝不苟，时常晚下班，还把设计项目带回家来做。从结果看，他的为人是失败的，但他一直自我感觉良好，说明那时候还允许他去自我陶醉。对他现在的工作，她可以讲是一无所知，只是在直觉上能感受到他犹如涸辙之鲋。不告诉他，是不想再往他伤口撒盐了。让儿子上一个好的托儿所，儿子成长的环境好了，他也可以少为接送赶路受罪；托儿所离他父母家较近，真的有什么急事，还能请两老帮着照看。她反复权衡，决定独自担当。

到时席建祖肯定要问，怎么办？“问时再说吧，一钿逼死英雄汉，现在需要的就是钱！”殷正琴想。

第二章

一

胡菊珍有空就要到殷正琴那里说说话，少不得拖拽她一番。

“厂休日约几个小姐妹聚聚，喝杯茶怎么样？”

“好是好，可我要读书。”

“晚上轻松一下，去跳个舞吧。”

“不好意思，我要读书呢。”

这些已成为两个人经常会有的对话。

殷正琴铆足了劲要朝前冲，但人不是机器，情绪有时会处于低潮，这时还要硬逼自己去冲，就会倍感压力。巨大的压力又会形成促退因素，进一步松动人的意志。也就是说殷正琴的心并不是铁板一块，她自感回绝胡菊珍的力度在一次次降低。

昨天她去了调剂品商店，卖手镯的事搅得她心乱纷纷。当她怀揣着金手镯往店里去时，做贼似的神情慌张。在她的观念里，败家子才卖家当。她不敢相信自己居然也那样做，脚在朝前走，心欲往后退。

进入店堂后，送上手镯给营业员估价。她的心理价位是 1500 元，但营业员只给出了 1200 元。

她问：“能不能再高点？”

营业员回答道：“至多再加 20 元。”

殷正琴想赞助费是够了,就点头表示同意,但想到从此要失去自己的心爱之物,又犹豫起来,说:“慢,让我再考虑考虑。”

营业员说:“这个价钱可以了,现在金价一天一个行情,不要拖得太久。”

“知道了。”

在工作台前,她擦拭、校调着量具,卖手镯之事引发她对近期诸事不顺的生活的忧思,搞不明白自己怎么突然到了这步田地,像身上被压了一块大石头,满肚子泪水想流出来。

“为什么愁眉苦脸的?”胡菊珍来了,问。

“没有呀,”殷正琴说。

“眉毛上的结,快变成皱痕了,当心别把蛮标致的脸毁了。”

“有什么标致不标致的,巴不得早点老死,一了百了。”

“我说心情不好吧。想开点,今天晚上跟我去跳场舞,把一切烦恼都抛到九霄云外。”

“不行,晚上我要去读书的。”

“多少好时光都耗掉了,这一把年纪读书真嫌老了一点。这年头关键是要有公关能力,书读出来又能怎么样?还是尽情尽兴玩一把,把失去的光阴补回来。没有必要像苦行僧似的,与自己过不去。”

殷正琴有点心动,说:“就是在厂工会活动时,跳过两次,怎么能到舞厅里去跳呢?”

“跳过两三次就可以了,女的主要靠男的带,舞厅里有的是好手,被他们带着不要太舒服啊。等一会我不回去,你也不要去读什么倒头书了,我们到外面弄点特色小吃,然后痛痛快快玩上一晚。”

殷正琴真的把持不住了,说:“确实蛮想去看看,好!今晚就跟你走。”

下班以后,两人各自梳洗一番,骑上自行车,像轻盈的燕子,飞出了工厂大门。吃特色小吃、进华丽舞厅，作为一种生活方式，应该讲尚在常规以内，但对殷正琴而言，却感受到了强烈的反差。要知道她上夜校苦读，一般都是吃一包方便面充饥。起初冲泡方便面会闻到很浓烈的香味，激发人的食欲；吃得多了，那种浓烈的香味，变成毫无鲜活成分的怪味，令人闻而生厌；再后来想到要吃方便面，人的胃部就作泛。还有迈向夜校的步子，总像灌了铅一样沉重，殷正琴凭着顽强的意志，一天一天坚持，那种坚持本身就是累。此刻别说是进舞厅，仅不上夜校、不吃方便面两项，就足以让她的心轻松得飘上了云天。

在小吃店里，胡菊珍看出殷正琴很兴奋，心想这点小事就高兴成这样子，太嫩了点，说道："那个地方是花花世界，可不要太当真。"

"你是老手，跟着你跑就是了。"

"到了里面看到有风度、有气质的，说不准就把我甩老远了。"

"不会的。我的心思还是在读书上。"

"就冲着这一点我要提醒你，你们这种人一旦读了点书，做事喜欢寻个道理，说话讲究彼此的关系，完全没有了快砍立断的气势。没事也罢，一旦陷到什么事情里面，九条牛也拉不出来。"

"我是那种人吗？再说现在的读书人，一瓶不满、半瓶晃荡，还有几个能像你说的那样？"

"你反正记住我的一句话，逢场作戏，全不必当真。油嘴滑舌也罢，信誓旦旦也罢，统统弹得老远。"

"有数了。"

二

一踏进舞厅，感觉马上不一样。五彩缤纷的灯光，抑扬顿挫的旋律，婆婆娑娑的舞影都给人以巨大的感官冲击。还没进入舞池，胡菊珍的脚已经开始发滑，随着旋律轻车熟路地踮动起来。殷正琴紧随其后，她第一次到这种场合，没像胡菊珍那样能直接切入舞点，而是受神秘感和好奇心驱使，神情飘忽且激动亢奋。跳舞、舞厅都是当下新生活的象征，殷正琴的血也曾为之升温发热。此刻真切地感受着面前一片欢乐的海洋，她像一艘小船，虽然曾掠过会无法驾驭的惶悚，但还是充满了要起碇、远航，去投入海的怀抱的热望。

两人找位置坐定，不久就适应了里面幽暗的光线。殷正琴发现好多人都在对胡菊珍颔首示意，胡菊珍也不停地作出回应，她那种俯视八方的气势，像广场上高高矗立的旗帜。

不一会儿就有人趋前来伸出一只手，邀请胡菊珍跳舞，胡菊珍像蝴蝶般轻轻盈盈飘入舞池，翩然起舞。

一曲终了，胡菊珍刚坐回原位，又有人来邀请了。这样接二连三地跳了几曲，她连声说累了、累了，回绝了邀请者才安稳地坐下来。

殷正琴赞叹道："你好熟啊。"

胡菊珍说："里面不少是包工头，都做过我老公的工程，他们又带他们的朋友来，熟悉的人就越来越多了。"

"喔，是这样。"

"你只管跳好啦。我为什么选择这里，因为这只舞厅风气好的。"

两人正说着话，李根龙走了过来，说："老板娘，我要叫你的小姐妹跳舞。"

"还老板娘呢，好长一阵人影都不见，"胡菊珍转对殷正琴说，"这是李老板。"

殷正琴腼腆地说道："我不会跳的。"

胡菊珍说："没关系的。"

于是，殷正琴带着些许好奇与些许羞怯，跟着李根龙进了舞池。起舞时她感到他的手掌非常柔软，搡在腰间的手却十分有力，自己像被固定在一个随着乐点舞动的架子里面，可以很轻松地踩到点子，享受音乐节奏的美妙。但在架子里的殷正琴，面对近在咫尺的陌生人，身体缩紧，姿势僵硬，也就说不上舞的质量了。

李根龙带着殷正琴满场打转，挥洒自如。他的头始终偏向一边，似乎只有舞没有伴。其实他始终不停地乜斜着自己的舞伴，看到纯朴、貌美的殷正琴，心里的欢喜自不待言。

舞曲再度响起时，李根龙又来邀请殷正琴跳舞。他说起话来不紧不慢，语调也很绵软。殷正琴放松了些，两个人便一边款款而舞，一边有一句没一句地聊了起来。

“你们厂属哪个局的？”

“电子局。”

“局长姓薛，我熟悉，他人不错的。”

“你是搞建筑的，怎么会认识他呢？”

“城市就这么大，朋友带朋友，吃过几顿饭就成老朋友了。”

殷正琴觉得李根龙很有活动能力，脑子里闪过一个念头：说不定这人能帮席建祖一点忙呢。她的眼神柔和起来，说：“现在做什么都讲究关系，你们注重这个，关系网就越变越大了。”

李根龙越发得劲起来，说：“我就是喜欢交朋友，帮朋友，用点钱我是不在乎的。”

说着，一曲又终了。

李根龙干脆把位置挪到胡菊珍她们旁边，说：“老板娘，省得你说人也看不见，大后天公司里有活动，晚场我包下来了，你们一起过来吧。”

胡菊珍朝殷正琴投过征询的眼光，看殷正琴没有拒绝的意思，即对李根龙点了点头，说：“杂七杂八的人少叫一点。”

三

在回家的路上，殷正琴制止了自己的不切实际之想，说："大后天我不想去了。"

"当时你怎么没说呢？"

"他人在，怕扫他的兴，就没说出口。"

"就是嘛，都定下来了，去吧。"胡菊珍话头一转，饱含热情地说，"到时我还来约你，我还有一个地方，那里的小吃更有特色。"

"好吧。"殷正琴这才勉勉强强地应了下来。

两人同行一段后分手了，在独自回家的路上，殷正琴心头浮起一丝淡淡的惆怅。同样是夜晚独自回家，上完夜校回家，会有一种收获的喜悦，去时脚步越沉重、心情越畏缩，回时因坚持精神而得到的慰藉就越大。今天虽去玩了，玩的时候也确实很开心，但开心过后，经不住诱惑的自责和荒疏了学业的痛惜却都缠上了心头。

转而她想到胡菊珍讲的读书不如公关之类的话，又有点想入非非：关系网犹如金手指，看那些人在社会上游刃有余的样子，活得实在滋润。与他们相比，厂子的天地太小了。自己在那样的小天地里，席建祖也不是一个活络的人，我们这个家哪还有出头之日！遇到一个人改变一生命运的事时有发生，也不指望别的，如果能为席建祖寻觅到个好点的就业机会，这种的"玩"，不就成了有价值的公关活动啦？

站在家门口，想到全力支持自己读书的丈夫，她又有点自责，思忖着要如实向丈夫说一下。

推开家门，看见席建祖抱着儿子在来回地踱，殷正琴就知道有情况，忙问："立伟怎么了？"

"有点发烧。"

殷正琴上前一看，儿子的小脸红嘟嘟的，发烧的迹象很明显，便急着问道："吃过退热药了吗？"

"刚才我已经给他吃了半片巴米尔。"

"再不行就去医院挂水？"

"刚吃下去，等一会吧。"

殷正琴望着由于整天在工地跑而变黑，高大的身躯又因抱着立伟而弯曲、显得十分苍老的丈夫，不知是同情，还是心有愧意，本来想说的事居然说不出口了，她想：不说算了，反正也不全是在瞎玩，如果真能在通过多结识人的情况下，给席建祖谋个好点的差事，到时还可以给他一个惊喜。

估计退热药起作用了，这期间殷正琴又给儿子喝了不少开水，小立伟慢慢恢复常态安然入睡了。

殷正琴舒了口气，说："稳住就好了。"

席建祖说："你先去休息吧，我再观察一会儿。"

"今晚捱过去了，明天还得去医院看一看。"

"又要垫钱，药费又报不到。"

"那明天我带他到厂医务室去看一看吧，估计也不会有大毛病。"

"唉，只能如此了。"席建祖叹道。这重重的一声叹息，人又像瘪了一圈。

第二天一早，首先关心的是席立伟的身体状况，发现他的烧退了，有点流鼻涕。殷正琴断定是感冒了，怀疑是托儿所的问题，就说："烧退了就好了，到厂里去配点药吧。"

忙过一阵后，殷正琴把席立伟抱到自行车三角架的小凳上，让他坐稳当了，说："和爸爸再见，叫爸爸早点来领团团。"

看着席立伟说话时欲断还续的吃力相，殷正琴忍不住笑了。

席建祖说："去吧、去吧。"

"走了。"殷正琴也告辞一声，跨上车悠悠然而去。

四

看着妻子修长而优雅的背影，席建祖把要按时去领儿子的事，又在心里强调了一遍，他不愿让妻子的学业因他而再受干扰。自从技术科的饭碗丢掉后，他变得越来越在乎妻子的态度。一种与生俱来的男子汉的强势感衍生出他对家庭地位微妙变化的敏感，这种敏感又让他在与妻子的关系方面多了一些努力维持的成分。他变得有点自惭形秽，感到自己在妻子面前是“长蛇尿尿，直不起腰”。

对于到工地上班，他有一百个不乐意。临到要出门了，总还想再在家里磨蹭一会，一路上步履也格外沉重。他深深眷恋昔日工厂里的生活，那时每天吃过早饭，也会像自己妻子那样，推出自行车去上班。往厂里去的路，走得既目标明确又漫不经意。不会想要到哪里去，但必然是往那里去，和在草原上信马由缰一样自然而惬意。相比前后两种上班，实在是天壤之别啊。

那时工作起来也浑身是劲。厂里的一帮人，没有“高学历、大牌头”，但都好学上进，在一起最热衷谈论的就是学问上的事。席建祖是他们中比较突出的一个，他深研机械制造，阅读自己能找到的所有书籍，经常会用这样一些词：“我发现”、“我认为”。平时话不多的他谈到业务，最善于以精当的用词，让自己的表达更接近事物的本质，真可谓激情四溢、意气风发。为了提高生产效率，他和车间里的年轻人成立技改小组，大搞技术革新。曾由他牵头，连续工作六天六夜，自行设计、安装了一条输送带托辊自动装配线。装配线一次试验成功，取得了突出的成效。周围的人戏称他为“打气瘪团”，他也非常喜欢这个称谓，并由此而不断堆筑人生的辉煌目标。瞬间的变故，外表面看是他失掉了岗位，本质地看，是“打气瘪团”的那股气没有了，那绝对是致命的伤害。他自感成了一具空皮囊，行尸走肉。

每当离工地越来越近时，他就会想到又要见到黑皮以及老板从农村带出来的那些施工人员了，他的心头就阴云密布。特别是想到连遭黑皮的讽刺、嘲笑与捉弄，更是充满愤怒。他觉得自己也不是萝卜、青菜，如果黑皮再敢对自己小觑，一定要给他有力的反击。他甚至想好了反击的状态，要对黑皮破口大骂，骂他黑鬼、黑狗，如果还有更恶毒的语言，也要用出来，一定要毫不示弱，把对方的气焰打压下去。

他像一只火药筒，决意候准时机把黑皮炸一个人仰马翻。

“席建祖、席建祖！”一天他照例扛着标杆，脚上粘满淤泥在工地上跑，突然远处有人喊他。来人告诉他公司的一台起重机打碎了一只大齿轮，一时买不到配件，得上省城去加工，要他为那只齿轮驳一个样子。

席建祖一听就紧张起来，心怦怦跳个不停。

“我恐怕不行的。”席建祖怯生生地说。

“不要摆资格了，走吧。”来人说。

席建祖又是一惊，也不敢多说了，跟着那人去领任务。要他做的是对照实物，画一幅零件加工图。这对厂里搞过设计的席建祖而言，不啻小菜一碟。可是“做一个行当，换一样骨头”，在泥地里滚了一段时间的他再拾旧活，已是粗指头拿不起绣花针。众目睽睽之下，他想表现得流畅一点，但无奈动作僵硬，出手笨拙，特别是黑皮那句“画了擦、擦了再画”的话，成了他的心理障碍。他越想少擦少改，下笔质量就越差，以致擦破了一张画图纸，不得不重换画图纸时，他嘀咕道：从来没有的。

“就剩这张纸了，当心一点。”公司的一位主管很不放心地提示道。

席建祖闷紧了不吱声，眼睛死死盯住手中的笔尖。

黑皮不知什么时候，也挤在了观者中间，因为有主管在，他不说话，但只要他一在，就有点取笑的味道，就会增加席建祖的心理压力。

席建祖额头有汗了，他没有松劲，终于一口气把加工图画好了。

主管说："好了就拿出去做了。"他说这样的话一方面表示这件事要结束了，另一方面也有"你画的你要负责"的意思。

席建祖听了，自信心即刻动摇了，疑惑地说道："我再看一遍。"然而，主管脸上不屑的神态，使他心慌，粗略看一遍就把图纸交了出去。

图纸被拿走了，席建祖却还心有余悸。他不断把测量、绘制的过程在脑子里回放，要证实那张图是万无一失的。其实凭着他当时的认真和细心，所测数据都是准确的，是完全可以放心的。但在他反复回想时，个别数据会记忆不清，记忆不清就会怀疑其准确性；越回想越模糊，疑心病就越重，直到把自己搞得焦虑不安。

席建祖像只落败的公鸡，灰头土脸回到工地。黑皮坐在一沓模板上，又夸张地喷吐出长长的烟柱，他似乎不想马上动工，拍拍屁股下面的模板示意席建祖在他身旁坐下。

席建祖很警觉，知道黑皮说不出好话来，一边靠近过去，一边准备迎击。

黑皮问："机械制图弄了几年？"

"十多年了。"

"看不出来，这十多年混过来也是你的本事。"

"我能绘的。"

"算了吧，一身臭汗吓死人了。这点小玩意儿，我去弄也不至于熊到这个程度。还说能绘的，问题就出在自我感觉太好。"

席建祖想不出自己哪里感觉太好了，心里叫冤，辩解道："没有的。"

"去、去吧。你也就是泥里打滚的命，不认账不行。"

黑皮的话句句刺中席建祖的要害，他根本无力予以反击；随着黑皮的驱赶声，他灰溜溜地朝满是土坷垃的工地走去。

没有反击，不等于就是接受。他恨冷漠的工作环境，更恨自己的不争气。他不明白手到擒来的事，怎么会洋相百出？以往的自己和而今的自己怎么会有霄壤之别？他想到了“打气癞团”，那种感觉真好，现在却无论如何也找不回来了。他在收缩，在渺小，在窒息，工地越广阔越与他不相融。他想一蹦而起，立刻逃离工地。然而他要生活，他有心爱的妻子，有可爱的儿子，他要维持好这个家，这一切都不允许他有丝毫退却。

想到家，他心里泛起一股暖意，渴望能早一点回去，向妻子倾诉，并得到她的安慰，这成了他能在工地上坚持、忍受的最大心理支撑。

五

好容易熬到收工，席建祖领了儿子一路急急匆匆回家。

“啊呀，正琴不在家！”在将要跨进家门之际，他突然有了这样的意识，心不由得往下一沉。殷正琴不在家的家多少有点冷清，特别此刻有一肚子话要讲的席建祖更觉得寂寞难耐。但想到妻子正为事业努力，他又很快平静了下来，甚至还有点兴奋。妻子是困境中放出去的信鸽，是家庭全部的希望，为此他心甘情愿独自挑起家庭的重担。

可他不知道，此时殷正琴正跟着胡菊珍在去舞厅的路上。当然殷正琴一路过去也不轻松，她反复告诫自己这是最后的一次；她还想好：过两天就是厂休日了，无论如何要去把手镯卖了，快点为儿子换托儿所；新托儿所离家近，席建祖也可以减轻不少负担。在对待李根龙那一头，她也已调整心态，不想对那种邂逅关系过多寄望，还是要把精力集中在读书上。

她俩再次进入舞厅,胡菊珍还是咋咋呼呼,八面生风,殷正琴也觉得放松多了。但殷正琴总有一点异样的感觉:不是说公司活动吗,怎么不太像?便悄声问胡菊珍:"不是公司包场吗?"

胡菊珍进入舞厅,缘何而来的问题早抛到了九霄云外,经殷正琴一提,才想了起来,便向一边的李根龙问道:"你说公司包场,怎么没见到人?"

"喔,公司有个客户从外地过来,是做大生意的,只能全力去接待。本来我也来不了了,后来想到这里的约定,是硬挤时间来的,绝对是舍命陪君子。如果我不来,以后给你见到,不骂得我猪狗不如,是不会放我过门的。"

胡菊珍有点得意,说:"当然,如果你敢放我们的鸽子,我就骂你个狗血淋头。"

于是,在李根龙的邀请下,殷正琴一次次步入舞池。

李根龙跳得比上次更为投入,舞蹈架子也总是那样的恒定有力,嘴里吭吭唧唧地和着音乐的旋律,完全达到了收放自如的境界。偶尔他会问上几句,如喜欢哪种曲子,哪只歌会不会唱,等等。那种随意的问话,在活跃气氛方面起到了恰到好处的作用。

殷正琴则有问必答,因为有了上一回跳舞的基础,一回生、二回熟,她也比较放松。当然主要是由李根龙提问殷正琴回答,她则不必问任何问题。虽然面前是位交际广泛、经济实力颇厚的老板,但殷正琴抱定宗旨,不存非分之想,心中坚守一份淡然。

恰恰就是这份恬静与淡然,不断激发起了李根龙的非分之想。他像苍蝇闻到了蛋的缝隙,认定在殷正琴身上可以打点主意,因此表现得更加殷勤。他以貌似轻松的谈话,不断窥探殷正琴的多方面情况。他弄清了她的家庭住址,她丈夫的艰难处境,她正在哪里读夜大,等等。每套出一句话,每捕获一个有价值的信息,李根龙都一阵窃喜,这些都成了他向她发动进一步攻势的有利条件。

殷正琴全无知觉,认为只是在和李根龙唠家常,加上李根龙与胡菊珍的那层关系，她确实没有一点戒备之心。伴着旋律说过笑过，一切也就过去了。

曲终舞罢，该是分手的时候了。李根龙虽心有不愿，但他很会控制自己的感情，摆出一副没心没肺、纯粹贪玩的样子，说道："今晚很开心，谢谢，再见！"就此作别。

胡菊珍挽住殷正琴的一条胳膊朝外走，只随口应了一声，还是殷正琴朝他友好地挥了挥手。一场欢乐说散就散了，殷正琴反而有点担心过于冷落人家之意，当然只是一瞬之间，加上时间也确实不早了，她俩说笑着去推各自的自行车。

岂知李根龙用的是欲擒故纵之法，他并不想轻易放过与殷正琴接触的机会。他以突然改变主意的腔调，回头追上两人。项庄舞剑，意在沛公。李根龙也是这样，他的目的是要粘住殷正琴，话却对胡菊珍说：

"老板娘，肚皮有点饿了，去吃宵夜吧。"

"吃什么？"胡菊珍问。

"你们定，热气腾腾的骨头汤现在最时兴。"

"骨头汤吃过吗？"胡菊珍问殷正琴。

"没有。"

"去吧？"胡菊珍以征询的口吻问殷正琴。

"太晚了，太晚了。"

胡菊珍看殷正琴紧张得脸色都变了，就不再坚持，对李根龙说："今天小姐妹不去，就算了吧，我们再额外领你一份心意。"

听了胡菊珍的话，李根龙暗自发笑——心意哪是给你的。同时从殷正琴的口吻中，他判别出她内心并没有拒绝，只是良家女子较重的家庭观念，相信还有戏。但毕竟人没留住，李根龙仍是一腔的无奈。他傻傻地站在那里，看着两个人，说得贴切点，是看着殷正琴一步步地走开去。殷正琴那因与长腿细腰组合成优美线条的臀部，就其单体而言，是那样的浑圆和饱满，敦实得像一只磨盘。

随着步幅的抖动，能感觉其已略微松弛。然而正是这略微的松弛，让人联想到其间曾发生过的多少痴迷和疯狂。李根龙贪婪地看着，因“痴迷和疯狂”而来的想象，让他热渴不已，心旌摇荡。尽管殷正琴很快就消失在浓重的夜色中，他却好一会儿才缓过气来。他暗下狠心，一定要紧盯殷正琴不放。

六

李根龙本是一无所有的农民，从乡镇企业跑腿打杂到购置破挖泥船，揽接土建工程；从承包乡里的建筑公司，到瞒天过海将公司零资产买入，几年之间就成了令人眼睛滴血的大款、富翁。

对自己的成功，他扪心自问，知道实无甚奇思妙诀，只不过抢住先机，“敢做肯送”罢了。“敢做”——买企业时做假账，隐匿大量资产；承揽工程中，以次充好、偷工减料获取巨额回报；勾住有实权的人，打造无所不能的关系网，确保成功率。这些世人全都知晓，但就是这些拙作，却屡试不爽，百发百中。有多少次他认为对自己的惩罚要来临了，然而吉星护佑，枷锁会变桂冠，日子一直过得红红火火。当“万元户”还只是绝大多数人无法企及的空中楼阁时，他已具有了上百万资产的雄厚实力。当然他自身也有亮点，那就是“肯送”——从来不做小器事，一桩生意哪怕理论上只能赚一分钱，他也会掰一半给有助于他的人。因此，人脉关系历久弥新，长盛不衰。

疯狂的掠取和恣意的挥霍，让他在饱尝金钱刺激的同时，也会在焦虑、战栗中大犯迷惑：诚实、善良是多么脆弱。既然钱可以这么赚，还有哪一个愿去为诚实、善良而付出甚至牺牲呢？他做贼的更知贼厉害，断定人人都在使坏。在他的视线中，每个人都睁着被贪欲的烈火烧红的眼睛。

当美丽、纯真又处之淡然的殷正琴出现在他的面前时，不只是视觉上给了他强烈的冲击，他整个人也像从火灾现场突然跳入溪泉，冰爽清凉的感觉弥漫全身，直透心脾。怎么还有这样纯真、美丽的女子？是哪个环节出了错漏才得以流落下来？在他的感觉中，她像摆放在摇晃的花几角上的高脚水晶杯，那么珍贵却随时有被砸得粉碎的可能，令他惊得几近魂灵出窍。

多年江湖爬滚，他已经有了"歪瘾"。所谓"歪瘾"，就是对任何事情都要看是不是有机可乘。只有歪点边、打个岔后，心里才会痛快。与殷正琴的邂逅，像狮子在羚羊群中发现了嫩弱的个体，他立即就有了好对付、能占便宜的潜意识，充盈起强烈的捕掠欲望，决计死死盯住不放。明明要对殷正琴使歪，但当"歪"成了"瘾"，也就习惯成自然，成了人的本能。此刻的他，似乎起了一股侠气，觉得殷正琴周围危机四伏，急需他施救和保护。他相信这样的人他不把她弄到身边来，迟早也会被别人弄了去。只要她到了他的身边，凭借他雄厚的经济实力，就能让纯真和美丽在她身上恒久保持下去，歪念被他诠释成了义举，精神也为之而神圣起来，他要让殷正琴知道他对她的爱。

李根龙的公司较偏，在城市边上，有一幢三层小楼。该楼原先是建在乡镇的土地上，由于农村土地使用相对宽松，除小楼外，还圈到了很大的院子，公司的铜字招牌就挂在院墙外面。后来城市发展，乡镇后退，小楼进入城区范围，价值"噌"地冒了上去，使公司更具规模。

小楼陈旧，建造质量也一般，其他办公室都桌椅破旧，唯有李根龙的总经理办公室装修得十分考究，气派十足。

午饭过后，他斜倚在老板桌前的大转椅上，手上拿着一份报纸，却一个字也没有看进去。与殷正琴短暂相遇，就似鹞子断了线；她的倩影进来了，他的心却飞了出去，令他饱尝相思之苦。电话铃响了，是公司承建的供销社大楼的现场管理人员来汇报情况。他对着电话交代一阵后，特意关照道："供销社领导过来是大事，一会儿我就过来。”

挂断电话，李根龙又改变了主意，拉大嗓门叫道：“阿忠！”

“来了！”综合部就在隔壁，部经理柳月忠大声答应着，一阵椅子挪动声过，就到了李根龙面前。

“我有点事要办，你马上到工地上去照应一下；今天有一层楼面要浇注混凝土，社领导也要到场，泥浆配比稍微足点。”李根龙关照道。

“让李小土一起去吧？”

“他去了只会坏事，还是你一个人去。”

“知道了。”柳月忠长得高而瘦，一副忠诚、干练的样子，欠着身体说，“大哥只管放心办你的事去，现场有什么情况，我一定料理好。”

看柳月忠手脚麻利地收拾东西去现场，李根龙也骑上他的“本田”中避震摩托出了公司大门。他此行不为别的，就是要设法与殷正琴取得联系。他知道要勾住殷正琴这样的本分人，得靠文火炖猪头，火到才能猪头烂，要有充分的耐心，所以在与她跳舞闲谈时掌握的她的一些生活信息就派上了用场。他早就摸到了她的家门，已在那里转悠了几次，企图在“不期而遇”的假象中，制造接触机会。他知道今天是她的厂休日，就又去那里准备作长时间蹲守。

休息日里，殷正琴早有打算，等席立伟睡着后，就取出手镯去卖。心里确实还有点不舍得，但她决心已定，她想：坚决卖掉。儿子再在那样的托儿所待下去，真要给糟蹋掉了；建祖整天东奔西走，身体也吃不消。于是，她急步出门，想速战速决，再抓紧时间回来看点书。调剂商店的那个营业员都熟悉了，所以再一次验货后，一头点钱、一头开发票，非常顺利。银货两讫，殷正琴怀揣钞票就调头离开了调剂商店。

在不远处蹲守的李根龙看见殷正琴急匆匆的样子非常好奇，

就启动摩托，若即若离地跟在殷正琴的后面，到了调剂商店，他不脱头盔，隐藏在她的身后不远处，装着看橱窗里的陈列品，密切注视殷正琴的行动。等到殷正琴神色黯然地离去，他即摘下头盔叫住经手人，问："那镯头能不能卖给我？"

"刚进来，还没标价呢，想要的话，我去请示店主任。"

"我想要，给个价吧。"

经手人到里间转了一圈出来，说："2000 元。"

"便宜一点。"李根龙虽不清楚殷正琴卖出去的确切数字，但刚才从眼角处看到他们点钱的张数并不多。

"我们出的是实价，看你真心想要才出这个价的，到我们挂牌上架，肯定还会高一点的。"

"锦盒呢？"李根龙把镯头捏在手上，问。

"盒子还要加 30 元。"

"不是一个整体吗？"

"我们是分开标价的，总得赚一点的。小小店面三个营业员四个头头，吃饭的嘴多啊。这店很快就要转给私人了，到那时这种成色、这等做工的东西，不给你翻个跟斗才怪呢。"

李根龙递上一支上乘好烟，说："两件东西 2000 元成交怎么样？"

"也不再请示了，我做个主，拿去吧。"

李根龙把金镯放在贴身的口袋里，如获至宝，摩托车加大油门飞驰而去。

七

手镯卖了。这个"了"到底该作何解？犹豫了好长时间，她希望快刀立斩，"了"是轻松：心爱之物出去，就再也回不来了；"了"是惆怅：她的情绪因此变得很坏，内心冒出一股怨气，想找人吵架。

但等到席建祖一身泥灰、一身疲惫回来时，她却强压住自己，笑吟吟地说："要告诉你一个好消息。"

"快说。"

"你猜一猜。"

"没有，不可能。"

"立伟转托的时候到了，钱的问题解决了。"

席建祖沉默，脸上没有一丁点喜色。

"转了托你就不用跑很长的路了。"

"钱本来就没问题，用吧。时间一长，那种扎手扎心的感觉也淡了。"

"不用那钱，我到父母那里争取到了一点。"

"你父母经济也很紧的，不该去要。"

"这算是让他们帮一把，以后回报吧。"

"过些天就去还给他们。"

"不急。"

一笔钱下去，席立伟转进了离家近条件又好的托儿所，席建祖不用再天天奔波，生活平静了许多。

殷正琴的心情慢慢有了舒展，胡菊珍却又给她出了道难题。胡菊珍喜滋滋地凑到她身边，捋起袖口，露出金灿灿的手镯，说："和你的是不是差不多？什么时候你带过来，我们比一比。"还在几年前看到殷正琴的手镯，胡菊珍就羡慕在心里；经济条件改善后，一直想买一只，可惜没有中意的。昨天雷振球一股酒气，很晚才回家。胡菊珍知道丈夫交际多，就是好处多，所以不管何时回家，都会笑脸相迎。雷振球也真不赖，居然拿出一只金手镯，说是别人送的，亲手给她戴上。乐得胡菊珍一把抱住雷振球，鸡啄米似的在他脸上啄了几下，夫妻的激情顿然燃烧起来。第二天一早，她就戴了手镯，到殷正琴面前显起宝来。

殷正琴方寸大乱，应付道："嗯，喔，过几天吧。"

胡菊珍恳求道:“你可一定要带来啊。”

殷正琴十分无奈。她又对手镯看了一眼,觉得与自己的那只相像,顿有几分诧异;再仔细看,发现细节处还是多有不同,说:“你的比我的好。”

“我觉得差不多。”胡菊珍调转话头,“那个李老板被我教训以后,倒是蛮识相的,主动打了个电话过来,说要请我们去跳舞,还说请晚饭呢。”

“你有你老公这层关系,可以只管唆使,我则还是点到为止为好。”

“没事的,这些人赚钱容易,叫做来得容易去得快,他们不会计较的。”

“不了,不了。”

“儿子的事已顺利解决,你还有什么事放不开?”

“我不是这个意思。”

胡菊珍像受到了提醒,问:“建祖的饭碗丢啦?”

殷正琴的脸上一阵发烧,急忙微微别过脸,装作摆弄桌角上的书纸,借以掩饰。她实在是要面子。儿子灵秀可爱,是她谈论的话题,觉得脸上有光;对家里的那位,虽屡有求人之愿,特别是想求助于胡菊珍,但最终对厂里人还是三缄其口,没有透出风去。没想到还是知道了,想到这事一定被许多人大加议论,十分焦躁不安。在回答胡菊珍的问话时,她试图扳回点影响,故意淡化其性质,说:“没什么,换了一样工作。”但声调低得像蚊子叫。

胡菊珍听出来了,却没有一点感应。殷正琴遮遮掩掩,煞有介事要把人做体面些。而在胡菊珍看来,没钱的人都差不多——狼狈、猥琐,她才不愿在那方面费心思。当然她也有一点想不通:虾有虾路,蟹有蟹路;螺蛳没有脚,躲在橹上能过河。现在人人都在设法弄钱,他们怎么就跟不上趟?于是,她说道:“要吃要用嫁老公,建祖应该活络一点。男人要挑起家庭的担子。男人如果不能跟紧形势,到外面狠命抢钱,一家子的生活怎么过?"

殷正琴听得出胡菊珍的话一半对她说,一半是在炫耀自己的男人。想到他们确定恋爱关系时的曲折,明显的反差让她心里有点发笑。回到自身的情况,她叹道:"谈何容易!"

"你就是护着他。他没有压力,就迈不出这个坎。"

这话引起殷正琴内心强烈的波动。她知道他不是无能,只是在迎合方面缺少点机灵劲,这不能算是一种错。她希望家庭是宁静的港湾,夫妻应该平等、包容,从来没有对席建祖指责、嫌贬的心理。然而,她未免有一点点遗憾:胡菊珍的男人、阔绰的李老板、还有自己母亲那天津津乐道介绍的几个邻居,都活生生地摆在那里,她又觉得如果席建祖能像其中任何一个的某一小部分,他们的生活就不会是今天这个样。但见胡菊珍的话说到这个份上,她也只得给一个正面的回答:"他在工地上做,确实不理想;他就是这样一个人,多说也没用,逼是逼不出来的;看他也很苦恼,慢慢来吧。"

胡菊珍又在欣赏自己的手镯,说:"还是你的好,你要快点带过来。"

看胡菊珍满足的神情,殷正琴一阵回心肉痛。下班后居然鬼使神差又去了调剂商店,得知手镯已被买走,想那手镯居然这般行俏,心里更不是滋味,加上胡菊珍要比手镯的要求,这些都把她的心搅得纷纷乱。

第 三 章

一

“手镯带来没有?”胡菊珍问。

“手镯卖了。”殷正琴心里烦,抱着自我作践的心理,以半真半假的口吻,道出了真相。

“不可能。”

“真的卖了,想比也比不成了。”殷正琴仍闪烁其辞,她嘴上说的是事实,心里还是希望让胡菊珍捉摸不透。

果然胡菊珍将信将疑,就此作罢了。

事过不久,席建祖也惊异地发现手镯不见了。只要有空余时间,他就喜欢窝在家里,既不看书,也不写字,就在家里烧煮洗涮、内外整理。多动劳力,少费心思,以求得内心的平和。在整理床头柜时,他忽然感到似乎家中缺了点什么,很快,他发现锦盒不在了,便猜度是妻子戴着上班了。但转念一想:不可能!如果戴着上班,也不可能把盒子带上啊!不会是遭窃了吧?难道真会屋漏偏遭连天雨不成?得抓紧问一问。

所以殷正琴一回家,席建祖急切地说:“镯头连盒都不见了。”

为了不露破绽,殷正琴不允许自己过多的犹豫,说:“是我带走的,胡菊珍也有了一只,她要作个比较。”

“哦,我还以为发生了不测之事呢。”

话是说出去了,殷正琴的心里却打起了鼓。她知道不可能永远瞒着,而且席建祖是个惜财爱物的人,比如穿衣,一件有点模样的衣服,出去时穿着,回到家就一定要换下来,用衣架子挂好,所以穿了很长时间还是有棱有角的。他要是知道镯头卖了的话,是一定会心痛至极的!殷正琴惴惴不安地想。

她暗暗给自己定下一个目标:一旦有了钱,第一件事就要重新买一只做工精细又沉甸甸的手镯回来。

上完夜大,殷正琴独自离校回家。其时秋色已重,从人多闷热的课堂出来,顿觉温差明显,寒气阵阵,她禁不住打了一个激灵。想到漫长的冬季将至,不免使已重压在心的殷正琴又平添几分忧愁。

走不多远,她觉得一个身影有点眼熟,定神一看居然是李根龙。他坐在摩托车上,一只脚踮地稳住车子,正对她微笑呢。殷正琴惊讶地问:

"你怎么会在这里?"

"等你。"

"我干吗要你等?"殷正琴警觉地反诘了一句,跨上车要走。

"说是等,其实关键的是要告诉你一个情况,"李根龙不急不忙地说。

"什么情况?"殷正琴重新站定,问道。

"那天我正好也在那家调剂商店里,我对你看了几眼你都没发现我。我看看东西好,就赎了下来。"

一听到手镯的事,殷正琴又羞又悔,人顷刻就蔫了,说:"我有点急用。"

"我看那东西好才买下的。可以自用,也可以作为上等礼品送给我的客户,当时的动机就这么简单。这几天没事的时候就拿出来欣赏,发现果然是件精品,每个细节都经得起展玩,我想爱精品的人,自身也一定有品位。君子不能夺人之爱,所以想把她归还给你。”

“谢谢你，但我一时也凑不出这么多钱，你就留着吧。”殷正琴的警觉性丝毫没有减弱。

“我这么艰难地找到你，你再说叫我留着，岂不是让我功夫白费了吗？”

“我要谢谢你，但东西还是你留着为好。好了，没事我先走了。”

李根龙无法再作强留，又一次看着殷正琴慢慢消失在昏暗的路灯下，顿时感到自己的魂儿也被勾走了。他原以为有了手镯当诱饵，鱼儿就百分百上钩。他有他的分析：靠卖手镯来筹钱的她肯定生活窘迫，缺钱的无奈和对心爱之物的难以割舍，会使她精神委顿；这时乘虚而入，必然一招制胜。他又联想到他所结交的官场、商界人物，虽一个个冠冕堂皇，其实非贪即色，都有软肋可以攻克。乡下有句土话，叫“抓住骱门不用刀”，他相信殷正琴也不例外。他在洋洋得意中等人来就范，但万万没有想到会被殷正琴回绝得如此断然。得到这样的结局，李根龙虽痛心疾首，心里却也不得不惊叹：此女了不起！

李根龙知道“好女只怕烂男缠”，他不认为自己是“烂男”，但烂缠死打的能力亦是本作里货，他要再行蹲守，不达目的誓不罢休。

其实殷正琴的意志并非坚强如铁，自行车驶出没多远，她的心思就开始摇摆，想人家堂堂老板，也没说错、做错什么，怎么能那样对待人家呢？吃人嘴软、拿人手短，手镯是不能拿，但应该好好说呗。现在做什么都要有“路子”，要往那个方面靠。建祖老实，我再死板，家就更没有希望。这样的关系有肯定比没有好。到时托个关系，借阵好风，对方不受损失，自己的日子就不一样了。想到这里，她有点责怪自己，但事已经过去也只能就此打住。

因为殷正琴读书时间很有规律，所以李根龙可以讲是一候一个准，没过几天他俩又一次相遇。殷正琴惊愕地问："怎么又是你？"

"我是真有情况要说。"李根龙恳切地说："今天我把镯子包好打算送人，但出门不久又犯了犹豫。那天要你拿着，你说了钱的问题。我也不否认，这只手镯是值些钱，但失去以后能够再度回来，说明你和她的缘分。你拥有她是再合适不过的，所以我就没有忍心把她送人，还是想请你留下。"

殷正琴的心松弛开来，解释道："不是'再度回来'，已没有那种可能。手镯已经不是我的了，如果要送给我，那有来无往非礼也，我不能收；如果作为一种施舍，古人尚能宁可饿死也不吃嗟来之食，我怎么能为玩物而丧志呢？所以，镯子我是肯定不能拿的。"

"我是真心的，你为什么想'礼'和'志'，难道你就不能想想世界上还有友情两字？"

殷正琴"扑哧"笑了出来，说："我是想说明我不能收的道理，我也看出你的一副热心肠，否则我才不说那么多话呢。"

"你能说到这样的程度，我的心也放下了，既然不再见外，我的意思你还是收下她。"

"手镯肯定不收。"殷正琴迟滞了一下，说，"不过，我心中另有急事，不知你能不能帮忙？"

"只要你说出来，我就能办到。"

"我先生从厂里下来后，一直在工地上打临工，能不能利用你的关系，帮忙找一份好一点的工作？"

李根龙面色凝重，沉默了一会，问："他有什么特长吗？"

"他会机械制图。"

"有特长就好办，机械、轻重工、电子等好几个行业，我都有熟人，我抓紧找人去。"李根龙嘴上说得痛快，心里却掠过一阵讪笑，想：这女人真傻，你以为关系是什么，现在还有纯粹的关系吗？关系也就是钱啊,可能比手镯的价值还大呢。但这毕竟象征了两人之间实质性的进展,李根龙仍感到喜不自胜。

“那就真的谢谢你啦。”殷正琴腼腆地说道。

二

殷正琴终于托到人了,看他脸色凝重的样子,断定不像在敷衍,心里乐滋滋的。想为丈夫谋一个好工作的念头,已经在她心里盘桓了很长时间,今天把话说出去,不管成与不成,都可以讲是了了一桩心愿。令她高兴的还有一个理由,是欣喜自己的变化:迈出了紧追潮流的步伐。她期待好消息快点降临到席建祖身上。

而席建祖呢,仍然一身泥灰,在工地里外忙碌。

建筑的基础部分快要结束了,相关人员聚在一起,少不得对工程情况议论一番。有的说井井有条,纹丝不乱;有的说省时省财,一流水平。黑皮是主要负责人,听到赞美,心里自然是开心万分。

席建祖在一旁若有所思,说:“有几根静压桩没有压到位,一根根都要敲掉一大截,可惜。”他讲的是事实,没有错,但那是设计问题,也是许多建筑工程经常碰到的问题。讲了没有多大的意思。他是从工程的完美角度,讲了这样的观点。

黑皮听了不开心,绽开的眉头又蹙紧了。

这时工地上来了一辆运砖车,黑皮说:“去,帮着把砖卸下来。”

席建祖从上班开始到现在还没有停过,刚想坐下来喘口气,又被黑皮差去卸砖,颇感委屈。他想顶撞一句,但想到自己落魄的样子,便没有了脾气,和其他小工一起搬砖去了。

当他又饥又乏回到施工组,组里几个施工员正在打牌,黑皮赢了不少钱,一边整理战利品,一边说:“晚上要出去玩了,还不知哪个女人倒霉呢。”

他看到席建祖在走过来，便转动着诡秘的小眼睛，说："来，也来玩几把，人要图个乐。"

席建祖忙解释道："我不会的。"

黑皮没再顾及他，眼睛紧紧盯住窝在掌心的牌，慢得几乎是一丝丝地把底牌捻开。底牌是什么？这是悬念，捻开得越慢，悬念持续的时间越长，所得到的刺激也越强烈。等到看清以后，他立马恢复常态，一副泰然自若的样子，底牌是好是坏，已不能在他脸上找到任何蛛丝马迹。他平静地把牌放回桌上，说："要！"他再要了一张，又开始重复那个紧张的过程，投入程度可以说已到了极致。

趁着洗牌的空当，他嘴上又开了花，说："不赌不嫖，还到这世上来干什么？吃喝嫖赌，都是男人的噱头，叫以毒攻毒，不然怎么防得住外面的小白脸呢。"

他这么一说，处在对家的胖子来了精神，牌也不发了，说："现在是这样的，男人不坏女人不爱。邻居家一个男人，和我们差不多年龄，人有模有样，而且规矩本分，但厂的效益不好有几年了，生活上自然要能不能。老婆颇有姿色，两人的关系，平时根本发现不了什么，突然女的就跟着小白脸跑掉了。"

"这种事多呢，多呢！"黑皮一副深谙世故的样子，说，"抓紧发牌吧。"

席建祖坐在角落里，一边用一根细竹竿刮鞋上的泥，一边侧耳听着，感到那种事令人恶心，想：家到了那个地步还成什么样子。那男的和自己倒很相似，但自己的妻子绝不是那种人。又转念一想：自己终究也是处境艰难，也要有点危机感。

好容易等来了领工资的时候，含辛茹苦工作，换回了少得可怜的收入，但终究看到钱了。拿到钱后他没有直接回家，而是进了一家品牌鞋店，神情专注地四处寻找着。在一双新款中跟女鞋面前，他伫立了很久，鞋是中意的，想买，但要花去他三分之二月收入的价格又使他踯躅难定。他走进这家高档的鞋店，本身就是一番痛苦抉择的结果。其真实意思是想讨得一点欢心，亲密一下与妻子的关系。但这样的动机又使他觉得失面子，怀疑自己行为的价值。他要作遮掩，款式和价钱就成了他关注的焦点，要买一双既好、又便宜的鞋，表明不是为讨好她而是抓住了一个特定的商机。现在款式是满意了，但价钱实在咬手。他心猿意马地在店门内外徘徊，出去后又心有不甘，回来吧仍然下不了手。几个反复后，终于一咬牙把那双鞋买了下来。

购物的心态是非常奇怪的，在出手之前，钱像长在心头的肉，给人难以割舍之痛，但东西买下以后，特别是买到称心的东西后，那种疼痛感会顿然消失，转而变成为快乐，甚至会不敢相信那种痛感曾在自己身上发生过。也就是说，此刻的席建祖已是满心欢喜，只想快点把鞋送到妻子手上，相信妻子一定会兴高采烈。他就等着妻子的称赞了。

殷正琴一回到家，席建祖就迫不及待地把新鞋给她穿上，深情地问："喜欢吗?"

殷正琴深吸一口气，调适一下自己激动和幸福的感觉，反过来替席建祖舍不得，说："要花很多钱吧？其实我一般的皮鞋穿穿就可以了。"

殷正琴内心的喜悦溢于言表，席建祖应该是看得出来的，就是那小白脸的故事，造成了他的心理障碍，竟认为妻子的态度不够热烈，想："怎么连'喜欢'两个字都说不出口?"一丈水退了八尺，情绪骤然降温。

虽然殷正琴就买鞋的事又饶有兴味问了几句，如购买地点、具体价钱等，但席建祖只是简单而含糊地回答，再不作提升感情的努力。本来夫妻间亲近的好机会，就这么悄悄地溜走了。

三

席建祖的心里阴云密布，光阴的脚步迟滞而沉重。

袁有辉到工地上来看席建祖了。他的行事风格与席建祖截然不同，显得比在厂里时潇洒多了：头发上抹了油，西装虽不挺括，领带却系得有棱有角；骑一辆油漆脱落、尾烟很大的轻摩；突拉油门，猛按喇叭，动作都非常夸张。他喜欢硬撑门面，但知其根底的人看他的样子会有点心酸。

两人就在工棚的角落里垫一只草包坐下来，虽说好久没见，却也没有什么可以多说。席建祖向来话不多。袁有辉与席建祖感情基础并不深厚，只是像一群人挨了个炸弹，说散就百分四散，他性格热烈、外向一点，忘不了要关注一下别人的下落。特别对席建祖，那次传给他的就业信息，结果怎样更是他所要了解的。到工地一看，袁有辉心里就明了八九，两人坐着心里都有一股酸楚，真可谓：牛衣对泣怜同病。

“过得不行。”良久，席建祖沉闷地说。

“我倒还好，混得还算轻松。”

“你在做什么？”

“在给私人老板打工，仍然开车床，工作不太重，就是钱太少。现在也想透了，慢慢混吧。”

两个人好像找到了话题，慢慢地说开了。

“没想到会到这地步。”

“你也下来，倒是没有想到的。有一阵还传你要提拔呢，你哪个环节上一定有失误。”

“不知道。”

“事情都过去了，我们不妨敞开来说。我问你，厂长家里你跑过没有？礼送过没有？”

“没有。”

“这就对了。现在光靠干没用了，一个个已被利欲熏心，得跟着 180 度急转，哪怕慢一秒，就可能遭受灭顶之灾。得会讨巧，还要会讨好。人与人的关系要像一锅煮烂的汤团——腻个隆咚。”

“我做不出来。”

“做不出来就吃苦头。”

“你还记得‘打气癞团’？”

“已是哪一年的事了，那也说不上是恭维。”

“我喜欢那种感觉。”

“要做狗！不说那些了，历史翻过一页，想的事又不一样了，还是做只老鼠吧。我告诉你，我马上要跟人出去贩香烟了，一条香烟，两头真中间假，搅浑水后摸大鱼，来钱绝对容易。等我做顺手后来带你。”

“我恐怕不行。”

袁有辉无奈地看了他一眼，说：“我学会了跳舞，工厂下来的女工有不少在舞厅里面，给十元就能要一个，碰碰也不要紧，灯光暗的时候动作还可以大一点。有兴趣的话我带你去。”

“我不去，”席建祖摇头说。

袁有辉忽然想起了什么，说：“你老婆肯定也要跳跳的，好像还有固定的舞搭子呢。”

“不可能，她在上夜大。”

“喔，那我看错了。”

袁有辉走后，席建祖心里顿时起了疑云。蠓虫飞过也有影，他相信袁有辉肯定看到了什么，不然平白无故怎么会说出这样的话呢？舞厅这种地方她能去吗？想到袁有辉讲的碰碰摸摸的情况，席建祖更加恐慌起来。

殷正琴读完夜大回来，告诉席建祖，有两门课要考试了，叹道：“时间紧张得要命。”她赶紧给立伟换洗后，让他睡觉；又走进厨房作整理，把灶台重新擦拭一遍。她原谅男人做家务的粗疏，想等厂休日泡点碱水，把墙砖缝里的油垢洗刷干净，给厨房来个彻底的大扫除。她一边干活，一边有一搭、没一搭地说着夜校的情况，但托人为席建祖找好工作之事，她没有说。她知道要论怎样去紧跟形势的节拍，他简直是大象的屁股——推不动！一种潜意识告诉她，这样的托人求情方式他不会很热衷。她只想等结果出来，再悄无声息地让他去接受结果。

做完家务，本来还想看点书，但实在太累了，就早一点睡了。

席建祖边看电视，边注意妻子的言行，没有发现妻子有什么变化，但心里却焦虑、恐慌。看妻子入睡，他也很快上床。睡下后，他把两个人肩头的被子掖紧，不一会又松开一点，伸出手来轻轻抚摸妻子的脸，摸到她在白天曾令他百看不厌的美丽的大眼睛的部位，用手指去探寻双眼皮的那条凹线。

殷正琴很疲乏，已经睡意浓浓，任由他在她脸上摸索，只是被摸到眼皮时，条件反射地抖动了几下。

席建祖把手缩回被窝，一切都安静了下来。

过了一会，他又伸过手去，穿过她内裤橡皮筋的裤腰，捂住了她的下身。

殷正琴像瘫了一样，纹丝没动。因为经过较长时间的磨合，他俩的那件事已趋于规律，一般都在周末。达成这样的默契，席建祖起主要作用，殷正琴是逐步适应了他。对今天的反常行为，殷正琴想，最好不要；如果实在要，她也会配合。她在等待他更明确的表示。她虽仰天睡着，由于不想要的想法占大面，也就懒得把大腿分开，没有让他的手再往里插。

对席建祖而言，这是一次特别的要求。他对妻子的为人是有把握的，但又希望得到进一步证实，因此妻子态度的热情与否，远远超过了他所要做的事本身的含义，然而殷正琴偏偏疏忽了这一点。其实也可以说她没有疏忽，君子之交尚淡得如水，何况夫妻?

真有什么要求，尽情表达就是了，还用得着犹抱琵琶、藏掖试探？遗憾的是这小小舛驳却加大了席建祖的疑虑。

要人接受施舍吗？席建祖没有得到积极的回应，沮丧地把手抽回，通过身体扭动让被子贴严实，这样一床被子就鲜明地分成了两个天地。

听着殷正琴轻微的鼾声，他的心情变得异常焦躁。他其实也很疲乏，但就是无法入睡，眼睛一闭起来思绪就烦乱不堪。后来，他抓起一件厚衣服垫在枕头下面，索性睁大眼睛，依靠幽暗的光线来发散心中的郁积。

早上殷正琴醒来，朝还熟睡着的席建祖微微一笑。因没有发生那一切而得到良好休息、精神饱满的她感激他的体贴，心里说：我确实累了，以后会补偿你的。接着便起床准备早饭去了。

她哪里知道，那一夜席建祖一直熬到不能再感觉眼睛是否还睁着为止，那是耗尽精力后的麻木，是饱含痛苦的平静；他虽然没有知道天是怎么亮的，但醒来时身体沉得像根湿木头，简直动弹不得。

四

李根龙非常卖力，当然卖力并不吃力。人混到一定层次，像十月底的稻穗浆头十足，满是黏劲，托人办点事自然也十二分容易。李根龙曾踌躇满志地告诉殷正琴现在办事必须找到一把手，找其他人没有用。受托之人能感受到来方的实力，知道不会吃亏，只要能办的，哪有不办之理。由此可见，托与被托其实就是各有所求的交易罢了。李根龙他会把进展情况适时传递给她，她从他的信息中看到了希望的曙光。他给她的第一个消息是联系上了轻工设计院的院长，已一起吃过饭了。过了一段时间又有了第二个消息，说里面的一个设计人员还有几个月就要退休了，也就是说即将有空位出现。第三次他没有发布消息，而是拿出一张空白的设计院职工情况表，要殷正琴填好给他，同时坦诚地表明只是初表，给院里参考的。

殷正琴领会其意思，说："这是提供个人情况，没正式进去怎么可能填正表呢，这些我知道。"

殷正琴觉得目标越来越接近，特意暗地里到设计院去看了一次，看到那大楼悄悄静静地矗立着，想自己的丈夫能在这样的环境里工作该有多好，她企盼着这一天能早一点到来。

在逐渐增多的接触中，李根龙一再流露出对跳舞的喜好。殷正琴没予理会，但心里对他是有好感的，常暗自惊叹：看不出，怎么有这么大的能耐！他那板寸头、黑皮肤，敦实健壮的身体，一副生就大田劳动力的样子，在"能耐"之下也变得满是干劲，热力四射。她十七八岁进厂就一门心思工作，根本没有在意厂以外的世界，做好本职工作是她人生的不二法门。等到对厂的希望成为泡影，她的眼光扫出来了，才发现自己和别人的差距有多么大。反观自己的现状，假定有十分的赚钱欲望，却会有十二分的畏缩和摇摆，前张后望、患得患失，结果钱一分没多赚，而焦虑之心却日渐严重，压得连气也透不过来。而李根龙这种人无羁无绊，活着就是为赚钱，也有能力赚大笔的钱，像一架轻型飞机，既灵活、又强劲，任凭飞跃。她羡慕他，对他充满钦佩。李根龙在告诉她一些鼓舞人心的消息的同时，又提出了手镯要交给她，并恳切地说自己粗心大意，保不准会把好东西弄丢，就算是代保管也要放在殷正琴那里。殷正琴终于被说服，收下了金手镯，当然她还是表明清楚：日后有了钱，一定要如数归还，不还钱就还物。毫无疑问，这又增添了殷正琴对李根龙的感激之心，想着要予以报答。这时李根龙正式提出要请她一起跳舞，在这样一个小小的要求面前，她无论如何也摆不出断然拒绝的态度。可以讲在半推半就中，她陪他进了舞厅。

在舞厅里，李根龙还是一如既往，舞跳得十分投入，所以殷正琴也把这事看得平常起来。当然她生活的底线一刻也没有放松过，从舞厅出来，会轻轻拍自己的额头问：是不是清醒？回答是肯定的。她告诫自己，到席建祖的工作解决以后，还得和李根龙再拉开点距离。

金手镯失而复得，是一件可喜的事，但当殷正琴再一次把手镯放回床头柜抽屉时，心情并不爽。无端受人财物，一股强烈的羞耻感使她脸烫心烦，不愿多看手镯一眼，只在心里默念，要早一点把钱还了，她知道只有等到把钱还了才能心安理得。然而即使不看，东西还是在了，她知道席建祖很快就会发现的，他很看重这样东西，看到后就可以安心了。拿出去时没说，拿回来也没有必要说了，她想让一切留于自然。

殷正琴哪里知道，因为席建祖犯了疑心病，手镯消失又重现的过程，也成了引发他怀疑的重要因素。他的疑问是：为什么镯头出去、进来都悄无声息？由此又联想到了别的：为什么晚上回家时间不一，而且越晚回来越轻手轻脚？为什么以前常为他的工作嘀咕，现在倒像没事一样？为什么对他冷待少趣、拒之远远？他断定她的心在变。

席建祖的恐慌感越来越强，特别是入夜后，他看护立伟的感觉大变。本来照顾着儿子，想着妻子正在为这个家不懈努力，心情是恬然的。现在却总是惴惴不安，寻思吧，风影不定，了无事实；放松吧，惊悸阵阵，难获安宁，意念像风车般不停在"疑"和"无"两端间盘桓。惨白暗淡的日光灯下，父孤子幼，凄清苍凉。

他反复揣度着妻子读书的情景，不明白怎么会有人在舞厅里看到她。篱笆扎得紧、野狗钻不进。他告诫自己万不能在这方面有闪失。像所有懦弱的男人一样，他能想到的对策，就是要盯紧，只有寸步不离，才能控于掌中。他要行动起来，可是低头看看睡得甜蜜蜜的立伟又犯了难，那边要去盯紧这边势必抛开，儿子可是他的宝贝，说什么也撂不下啊。

一番左思右想，他对着立伟暗忖道：儿子啊你是爸爸心头的肉，而爸爸的心却快给你的妈妈掏空了。你可知道，爸爸的心里有多难受？再这样下去爸爸会疯的。爸爸得有点行动，到时让奶奶来搭把手，你可能会受点折腾，也没有办法啦。

工地的进度不断加快，劳动强度越来越大，人手也越来越紧，但他已顾不了那么多，把立伟送到托儿所后，就径直去找母亲叶福娟了。叶福娟看见席建祖，神情紧张，赶紧把他拉到厨房间。两个人简短地嘀咕了几句，叶福娟连连点头，跟着席建祖就出了门。看得出叶福娟是一口答应，接着是去认托儿所的路了。席建祖不可能把自己真实意图告诉叶福娟，只是找了些工地上忙之类的话为托辞。现在叶福娟爽快地答应下来，算是顺利走出了第一步。

事情安排停当，席建祖急冲冲赶回工地。黑皮瞪着眼睛对他一顿臭骂，还说要扣他半天的工资。席建祖早已没了脾气，再加上心里的事正烦，低着头不作任何辩解，只是发青的眼圈里两颗浑浊的眼珠儿死死盯住地面的那副狠样，依稀可见他困兽犹斗的倔劲。听完一番数落，他拿起一把铁锹默默地干活去了。

一等到收工，席建祖顾不上一身的臭汗，骑上破自行车，就直奔殷正琴厂而去。从工地到殷正琴的厂，耗时耗力，而且又是在妻子后面做暗事，按理应该充满了疲惫和愧疚，但恰恰相反，此刻的他却充满了宽慰和亢奋，犹如把一件心爱之物揣在了怀里。他蹲在厂门对面一间小平房边上，观察出出进进的人流，寻找殷正琴的踪迹。

约摸半个小时后，殷正琴骑着她那辆女式的斜杠车出来了，在厂门口踮着脚和门卫说了一句什么后，就直驶出了厂门。

席建祖心里紧张，身子往里缩一缩。等到殷正琴转过身，背对自己后才跨上车，在后面紧紧盯着。才过一个路口，席建祖就断定妻子是在往夜大的路上去，这是他所期盼的，然而这又使他内心饱受了卑下猥琐感的折磨。但他并没有放弃，也没有放缓跟踪的速度，直到看着殷正琴走进课堂为止。在课堂边等到第二节课开始，他实在不能再等了，另外他知道夜校只上两节课，到了第二节课，回家时间也能算出来了，于是急匆匆到母亲那里接了立伟，先她一步回到了家里。

连续跟了几次后，真的给他发现了异常。那一天也是傍晚时分，殷正琴出了厂门后不久，就拨转方向，朝一个全新的地方去了。紧跟在后的席建祖既紧张又担心，浑身肌肉痉挛，险些从自行车上摔下来。看殷正琴在舞厅门口停下来，席建祖差一点点就要瘫倒在地了。

五

席建祖变成了一头狼，眼睛布满血丝，那种血丝被情绪的高压电流烧灼着，由红到亮，几近窜出火焰来了。他开始在舞厅门口蹲守，两眼死死地盯住大门。

舞厅门前的路并不宽，他占据在人行道上，行人走过时难免挤碰，他的身体会随之摇晃，但双眼却死死盯住大门，一刻也不曾偏向。守了大约有三十分钟，席建祖却像苦熬了三十年，他在绝望中挣扎，袁有辉的话也增添了他更多恐怖的想象。他知道跳舞的姿势本来就成合抱，只要稍微近一点就贴上了；他想到了灯光暗下来，小白脸的手在黑暗中为所欲为。他再也按捺不住了。好在门票并不贵，他付钱买票后，第一次走进了音浪滚滚、光影婆娑的舞厅。刚到里面他视线不清，心脏也有点吃不消。强烈的不适应，更使得他不能接受文文静静的老婆与这种场合联系在一起的现实。舞厅的喧嚣、嘈杂像硝酸甘油不断注入他的体内，只要再有一点点震动，他定然会轰然而起，炸一个沸反盈天。

他努力要看清四周的情况，实际上也就是在慢慢适应幽暗的环境，等到眼睛有作用时，他那寒凌凌的目光在四处搜寻，终于发现了目标。当目标被锁定时，他既想紧盯不放，又怕正眼直逼。他怕看到她对另一个男人的媚笑，怕看到她在别的男人怀里神采飞扬的样子。他是用眼角的余光去确定她的存在，其时，理智要他离开，一切等回家再说；情绪却掀不尽汹涌的浪涛，再难平抑。当看到两人又一次步入舞池时，他悄悄走到殷正琴的座位前，腰背直僵僵地坐了下来。好在恍惚幽暗的灯光，既然能把淫欲放荡遮盖，必然也能将暴怒凶残隐藏，一切藉此而保持着宁静。只是席建祖这只"狼"已背毛竖立，看他那样子，血腥的场面已经无法避免，但安宁能多一分钟就尽量多一分钟吧，毕竟面对的是他的爱妻啊。

殷正琴翩然起舞。她舞步娴熟、舞姿优美，较之当初舞艺已大有长进。可说来也怪，今天的她似与寻常不同，舞时心里充满了焦躁和不安。她隐约觉得有件要事没有做好，什么事呢？又想不出来，想不出就拼命想，愈想愈心神不宁。这次跳舞，她是不想来的，但李根龙对她说，席建祖找工作的事又有了新的进展，希望见一次面。为这事殷正琴当然如约而至，两人一边跳舞一边说事。李根龙告诉她，设计院那人就要退休了，但一个岗位，有几个人在抢，而且各有各的关系，还说这些只是表明其中的难度，事情没有落空，今天已经和院长敲定。李根龙传递给她的是一个喜讯。

殷正琴听了当然十分激动，但同时也有点犹豫、动摇甚至有几分悔意。她原来羡慕那些四通八达的人，深深被托关系、找路子的魔力吸引，看见有了能托事的人，一个念头到底，想压也压不住。从李根龙一次次反馈的信息中，她了解了事情的进度，也知道了事情的难度，觉得做这件事太超越自己的能力了。与李根龙是截然不同的两个层面的人，自己处于完全依靠的地位。他怎么在做，自己一无所知；整个办事过程，自己又一无所用。这样的托与被托的关系，让她越发感觉到了自己的卑微。投桃报李，有来无往非礼也，事到如今，她唯一能想的是要报答。不管成与不成，等事情有个结局，她要备点钱好好地感谢他。但想到钱她心里又发怵，能有多少钱去给人家？人家会把这钱放在眼里？高攀之举让她身心俱疲，如果还有一点点值得宽慰，那就是这事是在为席建祖做，是在为全家而做。尽管如此她内心还是有动摇，想打退堂鼓。

她神思恍惚地跳完一曲，走出舞池，回自己的座位。却发现座位上有人，断定是误占了，也没往心上放，轻轻上前含笑提醒道：“你是不是坐错了？”

“婊子，终于给我抓住了！”“硝酸甘油”终于因受到震动而爆炸了，被愤怒燃烧得大脑一片空白的席建祖猛地跳起身来，疯也似的左右开弓，朝着殷正琴狠狠地扇了两个耳刮子。

“啊——”一声惨叫，猝不及防的殷正琴大惊失色，双手捂脸，倾倒在一边。顿时，她的大脑中也出现了短暂的空白。她万万没有想到，丈夫席建祖会突然自天而降，突然出现在这里，还如此不问青红皂白、不顾一切地向自己大打出手！短暂的空白倏忽过去，刚一冷静，她脑子中就乱成了一锅粥：解释吧？为时已晚，再说也不一定肯听；反抗吧，大庭广众之下只会出更大的丑。一阵电闪念转后，殷正琴强忍眼泪，起身就往外走，头也不回地哽咽道：“有事我们回家去说！”

“怎么怕啦，怕出丑吗？我就是要在这里说，我就是要让大家知道。婊子，给我当场捉住！”疯狂了的席建祖紧追不舍，一路拉拽打骂，此时此刻，爱到极端已变成了恨，他的心里，家的这根纽带已被怒焰灼断，唯一想到的只是用武力手段给居然瞒着自己出轨的妻子以惩罚、以教训。

“你别胡说，我什么也没有做，请你相信我！”殷正琴还是想稳住局面，边退边说。

可惜席建祖真的疯狂了，什么话也听不进去，继续抡起双手，没头没脸地挥向妻子。殷正琴无可奈何，也不得不挥舞起双手，半是招架半是还击地在席建祖身上乱抓乱拍，叫道：“你还打我、你还要打我呀！”

夫妻俩打成一团，跌撞到舞厅外面。围观的人立即多了起来，有的是舞厅里跟出来的，大部分是路过驻足的。在舞厅门前打架，必然与桃色有关，最容易吊起人们的兴奋神经。看热闹的人中有的交头接耳、低声议论；有的神情不屑、嘲弄讥笑；还有的神情讶然，急于探底……殷正琴虽忙于对付席建祖，对四周的气氛还是有感知的，众人的围观使她就像被烈焰炙烤，只想躲避。

李根龙躲在光线暗淡的地方，冷眼旁观，他对席建祖的猜测是两个方面：大面是判断为殷正琴的男人，但也不排除是她男人的帮凶，因为出手太狠了点。他脑瓜子灵活，深知好汉不吃眼前亏，绝对不能露面，不然可真叫做“不死讨棺材睡”；再说自己出去，也只会火上浇油，因此他在黑暗处越缩越进。

“歇手吧，有话好好说。”终于有人上前相劝了。

在围观者的劝解中，殷正琴终于得一空档，衣衫不整、头发蓬乱地逃离了现场。

席建祖虽被众人架住，但全身依然热血沸腾，狠巴巴地想：我不是好惹的！他似乎找回了那个顽强的自我，像独登高台、傲视一切的勇士，对来自周边的相劝或奚落之声全不在乎，体验着得胜者的痛快。

等围观者慢慢散尽，他才余怒未息地推着破自行车回家。

一踏进家门，那种冷彻腑脏的孤独感像一桶冰水从头浇到脚：儿子没能按时领回来，夫妻关系也已如山崩地裂！完了！一切都完了！席建祖高涨的情绪直线回落，思维逐步清醒，他开始后悔自己当时怎么忘了去抓住那个小白脸，狠狠地揍他一顿！殷正琴做出这等事来固然可恨，但那个野男人更应该痛打一顿才解心头之恨。无奈，这是席建祖的痼疾，他又变回了只想蜷缩的病猫。而且内心除了一成不变的怯懦外，更增添了家庭破碎的哀伤。

六

殷正琴怆怆惶惶地走了一段，发现包还寄存在舞厅里，自行车还在舞厅门口，止住脚步犯起了难：马上踅回去，说不定席建祖还没走，那帮子围观的人也还没散去；包不要紧，自行车丢在那里肯定不行，怎么办？她像一只吓呆的小松鼠，身体瘪缩，心底里还不时发出阵阵惊悸。她靠到路边的廊檐下，开始平整衣服。紧身短袖胸前的一颗纽扣不知什么时候散开了，两片门襟豁得老开，乳罩也露出来了，刚才忙乱中她没有顾及，直到现在整理衣服才发现，原本就热辣辣的脸，又是一阵臊红。路灯光下，她发现自己头发蓬乱，像个夜叉，于是，她只能用手指当梳子，反复梳理。刚才前胸后背都挨了拳头，现在一静下来浑身就感到痛得厉害。她伤心地在路边悄悄流了阵眼泪，这才悄悄回到舞厅，取回包，推上自行车，在冷清的街道上徐徐而行，脸上泪水恣意流淌，心中充满了无尽的委屈。

走了一段后，她又停住了脚步。往哪里去——回家，绝对不能！席建祖已经彻底断绝了她的回家之路；不回，茫茫人世间哪里才是归途？殷正琴眼前一片迷茫，心中万般痛苦。

这时，一直紧随在后的李根龙走了上来，从出事开始，他就根本没有离去，只是保持了一定的距离，跟在后面观察。当看到殷正琴在回家的路上踯躅不前时，他偷偷地乐了起来：真是天赐良机，何不趁着她孤独无援，用几句热心热肠的话，叫她就此滚翻在自己的怀里？他上前悄悄地问道："他是谁？"

"家里头。"殷正琴哽咽着答道。

"这种人做你的丈夫，配吗？"

殷正琴不言语。

"这种人早断早好，你还回去干吗？你一心为他找好工作，我也是全力以赴，我们是在办正事。既然是这样的男人，我也无意再去托人求情了。不光如此，对你在这种人身边，我非但不放心，还真舍不得呢。"

李根龙把话巧妙地套到了感情上，殷正琴听着并不反感。最美丽的眼睛，其愤怒的眸子也会最有威慑性。殷正琴的情绪再次被煽了上来,两眼喷火恨恨地说:“杀千刀,我不会放他过门。”

夜色下,殷正琴的双臂,如两段嫩藕雪白有光,李根龙看得眼馋,假装痛惜的样子,一边说这里有点肿,一边就轻轻捏了上去。殷正琴触电般一闪,李根龙意识到时机还未成熟,也不想勉强,立马缩回了手,说:“平时为了工作接待,我们有固定关系的宾馆,今晚你就到那里去暂住吧?”

“不用,我自己想办法。”

“什么办法?”

“到我妈那里去。”殷正琴调换方向,骑上了自行车。发现李根龙仍骑着摩托车在后面跟着,便头也不回地说道,“你回去吧,不要再跟着我了。”

“太晚了,你一个人走我不放心。”

殷正琴的心里倏地涌过一股暖流:“很远的,你还是早点休息吧。”

“没事,你只管走你自己的,不要来管我。”李根龙等和殷正琴拉开距离后,摩托车保持在怠速状态,慢慢在后面尾随。

进了娘家的那条巷子,她回头看看已没了李根龙的影子,也就放下心来。这巷子她再熟不过了,很快找到一个装在室外的水龙头,捧着水洗了一把脸,尽量恢复得没事一样后,才站到了家门前。但刚想举手敲门,却又犹豫起来:“怎么说?先瞒吧。能瞒过吗?身上还有没有破绽?”惴惴不安中,她还是敲起了门。

祁金英手拿蒲扇,打开了门,看见是殷正琴,吃惊不小,突口叫了声:“琴琴!?”

“嘘——”殷正琴示意妈妈不要声张,把妈妈拉到了门外,再把门虚掩上,说:“太晚了,不要惊扰了哥嫂他们。”

“有什么事吗?”

“没什么事,爸爸还在值夜班吗?”

“在,不过情况有点变化。他值班的那个单位搞基建,增加了值班人员，三班倒，不允许睡觉了。今天他上的是中班，下半夜要回来的。”

殷正琴一听心里乱了，她原来是想在妈妈脚边缩一夜。这种可能性已没有了，还能到哪里去投宿呢？她忙着在脑子里安排其他方案，一时间竟忘了搭理妈妈。

“到底有没有事？”祁金英再一次问。

“没什么事。”殷正琴回过神来，说。

“到屋子里去吧，坐下来喝口水。”

“不了。”殷正琴微微一笑，说，“在外面办点事，路过就来看看你，你去休息吧，我走了。”

祁金英感觉到了反常，不放心地问道：“你真的没事？”

“真的没事，我走了。”

殷正琴道别母亲，泪水就再也止不住了。“到哪里去？”她无助地问自己，心变得异常空落，几近绝望。

她艰难地挪动脚步，来到人影稀疏的远处，用手臂枕着脑门，支在一棵大树上，抽泣了起来。

“我是在为这个家啊，你还有没有人性，怎么连好坏都分不出来？现在有能耐的，哪个不是钵满盆满，如饿虎扑食般猛敛财富；哪个不是安排好了儿子，再安排孙子，非求个万世无虑不罢。唯独我们像圈里的猪，等吃死粥死饭。不说我们还有多长的生活之路，儿子他要成长，不给他打点基础，行吗！我嘴上不说，可你知道我心里的压力有多大！虽然还没见成效，但跬步千里，总得努力去跟啊。你倒好，自己不动脑筋，还给我来这一手。今天，一口一个婊子，大庭广众下出我的丑。我卖什么了？日后我还怎么做人？真是跳进黄河也洗不清啊。席建祖我告诉你，我是不会罢休了。”殷正琴的脑海里，像有搅拌机在翻滚，羞惭、委屈、怨怼、愤懑各种情绪挤碰着、拉扯着、撕拽着，翻腾着。泪越流越多，胸脯也随着抽泣而大幅起伏。

第四章

一

祁金英送走女儿回身进屋，轻轻将弹簧门锁带上，生怕影响儿子、儿媳他们，蹑手蹑脚地摸黑回到自己的房间。

儿子的房间里传出一阵“悉索悉索”的声音，因为天热，房门本来就留隙通气，外面的响动把殷正刚惊醒，他睡眼惺忪地走到祁金英的房门口，轻声问：“妈妈，刚才谁来过了？”

“是琴琴。”

“这么晚了，她过来做啥？”

“说是路过看看。”

“看看怎么又急着走呢？”

“是啊。半夜三更，建祖怎么不一起来？”

“你没看出什么异常吧？”

“好像眼气不对，有点湿漉漉的。”

殷正刚退一步朝客堂的挂钟看了一眼，说：“会不会有什么事，要不要我去打个传呼电话，问一问情况？”

“倒是用得着的。”

殷正刚把圆领汗衫拉扯平伏，又回房间套条长裤。妻子夏祥芸的睡梦明显受到了扰动，来了个一百八十度翻身。殷正刚对她看看，不知她醒没醒，见她没声响，就轻轻走出家门，来到不远处的小烟杂店,拨通了席建祖家附近小店的公用电话。弄堂里的小店,主要靠守点夜生意,再加上是大热天,店主人一边乘凉,一边等顾客。所以,殷正刚出去打电话,居然是一路畅通,很快就把席建祖喊过来了。

“骚货,被我当场捉住了!”席建祖料定殷正琴是到娘家去了,现在一定是她娘家人打来的电话。虽然独自在家时虚弱至极,但对她的娘家人,他又表现出超乎寻常的强硬,大声说道。

“建祖,我是正刚啊,你都在说些什么呀?”

“就是说给你听的,不要脸。”

“发生了什么事,琴琴她现在人在哪里?”

“她死到哪里我不管,我只知道是当场捉住的。”听到妻子不在娘家,席建祖心里不由“咯噔”了一下,但他还是死鸭子嘴硬,犟着把话说死、说绝。

殷正刚料想妹妹发生了不测之事,但席建祖骂骂咧咧的,也问不清到底是什么事。靠在电话里纠缠,也不会有什么结果,他就挂断了电话回家了。

“电话通了吗?”祁金英问。

“通是通了,但琴琴没有回家。”

“走这么长时间了,怎么还没到家?”

“可能出了点事,建祖在电话里把话说得很难听,肯定是闹矛盾了。”

“别的我不管,人不回家是要出大事的。”

夏祥芸也头发蓬松地出来了,说:“琴琴平日也没有什么大脾气,突然不肯回家,这件事倒要重视的。”

“死老头子,一生都没在乎个钱字。退休了反倒钻进了钱眼子,还去值什么夜班。现在好了,出了事也没个决断的人。”

“我出去找去。”殷正刚说。

“到处黑灯瞎火的,到哪里找去?再说你们明天一早都要去上班，时间也耽搁不起，要找就我去找吧。”

夏祥芸说：“让正刚去找吧，至多明天不去上班，反正他厂里也不正常。”

殷正刚说：“我骑自行车去找一圈，但她也不可能在马路上晃荡，希望是不会大的。”

“阿弥陀佛，穷点还没什么，千万不要出什么事，你就快一点去找吧。死老头子，到现在还不回来。”

二

殷扣成值中班，接班的人一到，就可以回家了。但他老脾气没变，一定要领接班的人在工地上转一圈，有什么情况交代一下。这样一拖，回家的时间就晚了，人骑在自行车上，困顿感来袭，巴望到家后即刻睡觉。回家推开家门，却是一惊：深更半夜还开亮了灯，除孩子外，其他人都没有睡，一副焦虑的样子，或坐或站聚拢在客堂里。他急问：“怎么都没睡？”

祁金英抢先说道：“还怎么睡得了安稳觉？”于是把殷正琴回家后又离开，殷正刚的及时提醒，她回想后发现苗头不对，殷正刚与席建祖通电话对方出言不逊等情况絮絮叨叨说给老头子听，言语中不乏委屈、责怪的口气。

其间殷扣成不时打断祁金英的话头，焦急地问：“现在怎么样？”

“现在嘛，你听我说下去。”祁金英又接到了老话题上。

一直到祁金英自己感到讲得差不多了，当殷扣成再问“现在怎么样”时，她才答上了话题，说：“现在琴琴那里像鹞子断了线，一点消息也没有。正刚骑自行车出去找了快两个钟头，全市差不多也兜遍了，连个影子都没见着。出了这样大的事，你只顾安享太平，我们的心都要急碎了。”

“我也是为赚钱。”

“赚钱！不说没有气，说到这个钱字，气就不打一处来。几十年里，有模有样，结果双手捏拳头，尽是个空，现在倒说要赚钱了。”

“别扯开去了，现在要紧的是琴琴的事。”

祁金英无意间朝殷扣成看了一眼，发现他脸上一层冷霜，平时也没有少领教过老头子的倔劲，口气软了下来，说：“是呀，得找到人才是。”

“我再来去找，或者到派出所去报一下！”殷正刚说。

殷扣成朝儿子瞪了一眼，殷正刚下意识地缩了一下。

大家也都不再吭声。

殷扣成双眉紧蹙，有点要流泪的样子，好一阵后才低沉地说：“不报派出所，要找也明天找吧；是福不是祸，是祸躲不过。听天由命吧。”

当殷扣成决定第二天再找人时，早过了午夜时分。尽管已是个不完整的夜，对殷家而言，仍是一个特别漫长的夜。

殷扣成在等天亮，估计时间差不多了，把床头柜上的小座钟拿到眼前，借着房顶上一块小玻璃做成的天窗的微光看时间。

“几点了？”祁金英问。

“才4点过点。”殷扣成说着，把小座钟放回原处。

又过了一会儿，殷扣成索性起来了。他的太阳穴在跳，人晕晕乎乎，绵软无力。他拉开封过夜的蜂球炉子，烧一壶水，然后在锈迹斑斑的大铁盒里撮出窨过茉莉花的红茶末子，泡了一杯浓茶。他觉得喝红茶过瘾，想依靠浓茶来提神。

祁金英也起来了，她要早点为一家人烧好一锅稀饭，吃了好让他们办各自的事去。米入锅后，她开始洗衣服、搞家庭卫生。她突然停了手中的活，走到殷扣成面前，说：“橱里还有点隔夜粥，我先给你们热一热；你去买几根‘油炸桧’，你和正刚早点吃了去找人吧。”

“去早了也没用。”

“不早了。这么长时间了，她真要是寻短见往河里一跳，尸体也要发胖了。”

“你别胡说，牙齿有毒的。”

“我是说不早了。”祁金英嘴上强辩一句，心里却后悔不迭，生怕毒到了自己的女儿。

见殷正刚出来漱洗，殷扣成就坐不住了。上街去的路上他拉长了耳朵，想兴许能听到点殷正琴的消息。昔日的小桥流水，可能因两边的栏杆有狮子、麒麟等雕塑在那几年被砸后没有得到修复，故而风景不再；河流也因多有被用来建防空洞阻断而发黑发臭。天天走过也见怪不怪，但今天祁金英的那句话，给殷扣成心里留下了阴影，感到高且垂直又残破不全的河驳岸像一段崖壁，联想到人下去的情景，不免惊悸阵阵。

怎么去找人？他有过几个方案，无非是再到亲家那里或者再到席建祖那里去看一下，看来也都不会有明显的收效。他心里推托时间还早，其实是没有主张。

在与儿子一起吃早饭时，他问：“不上班不要紧吗？”

“车间里没事可做，也不考勤了。”

“吃好我们就出去。”

“我们到她厂里去一趟，如果厂里再找不到，那可得报警了。”

殷扣成双眉紧锁，不置可否，好久才说：“不行，不能轻易到厂里去。”

“都火烧眉毛了，还有什么行不行的？现在最要紧的是找到人。”祁金英急吼吼地说道。

“莽莽撞撞往厂里跑，没有事也变得有事了。小孩子以后还怎么做人？”殷扣成不耐烦地说。

祁金英压根儿没想到这样的问题，暗下连连称是，想：老头子能力是有的，就是耿了一点，尽吃亏。

父子俩又商量了其他方案，都未能跳出殷扣成原有的思考。突然殷扣成有了想法，站起来说："走。"

"哪里去？"殷正刚懵懂地问。

"到她厂门口去拦截，按正常情况，她班总是要上的。"于是父子两人，两辆破自行车，急急忙忙往殷正琴的厂的方向而去。

三

那天晚上，殷正刚摸摸索索地在挤得满满当当的灶披间推出自行车，从小巷里一颠三簸地骑车出来时，殷正琴刚刚离开巷子。

当时李根龙一直蛰伏在远处，像狐狸发现了迷途的羔羊，不肯轻易放弃上手的机会。他发动摩托车，来到殷正琴身边，说："夜色已深，我送你到宾馆暂住吧。"

殷正琴纹丝不动。那摩托一响，她就知道他还在，心里清楚越是这个时候越要远离他，这种远离不仅仅是空间上的，更是理智上的，男女之间的堤坝绝不能垮塌。

"总不能露宿街头吧。下一步怎么做以后再说，先过了这一晚吧。"李根龙很有耐心，又说。

殷正琴心有点动，说："事情你都看在眼里，女人有多难，多容易遭误解，所有的委屈只能往肚子里咽。"

看殷正琴一副认真的样子，李根龙暗自发笑，想：实在涉世太浅，可爱。他以超然的口吻说道："别情绪化了，现在要么考虑我的建议，要么回家去，你必须作出一个决断。回家去事情就简单了，拳头不打笑脸人，讨个饶赔个笑脸，事情也就过去了。"

"给谁赔笑脸？我哪里错了？"经李根龙一挑唆，殷正琴马上强烈反应，柳眉倒竖地反驳道。

"我只是通过分析让你作决断啊。"

“我就是不回去，宾馆在哪里?”那正是请将不如激将，殷正琴一赌气就跟着李根龙往与他有特约关系的宾馆去了。

一路上，她渐渐恢复了冷静，想：熬过这一夜，明天上班后，去和胡菊珍商量商量，看她有没有办法，实在不行就到她那里借宿一段时间。

李根龙引着殷正琴来到一家规模并不很大的宾馆，叫殷正琴在一旁稍等，独自到服务台前，没说几句就取到了两把钥匙。他迅速藏了一把，另一把则挂在手指上，返身到殷正琴面前，说：“房间已经开好，我送你过去吧。”

殷正琴说：“钥匙给我，我自己去吧。”

“我送你去。”李根龙自顾自在前面走，把房门开大了，又把里面的灯打开，见殷正琴站在门边不动，说，“进来呀。”

殷正琴说：“我就住一宿，把钥匙给我，你就请回吧。”

“没事的，没事的。”李根龙语有双关，一方面是表示自己什么时候回家都无所谓，另一方面也暗示殷正琴不要紧张，他不会有非分之举。他一屁股在软靠背椅上坐下，抽一支烟，把香烟盒往小圆桌上一放，又掏出名片盒也放在了小圆桌上。

殷正琴一边慢慢往里面走，一面里里外外在看。说实在长这么大还是头一回住宾馆，难免有点新鲜和好奇，说：“真不好意思，给你添这么大的麻烦。”

“这个宾馆虽然不算大，但是新装的，服务也好。我时常邀请工程师作指导，凡外地来的都住这里。”李根龙发现殷正琴对宾馆比较陌生，就站到玻璃橱柜前，讲解道，“袋泡茶、袋装咖啡，都是免费的，可以任意选用，洋酒、饮料是要付钱的。”

“我什么也不吃。”

“你想吃什么就吃什么。”李根龙顺手拿起一瓶洋酒，“啪”旋开了盖，在两只高脚杯里各倒了一点，把一杯递给殷正琴，说，“喝点酒压压惊。”

“我不会喝的。”殷正琴连连拒绝道。

“不是会不会喝，稍微喝一点下去，能帮你安神，稳定情绪。这是XO，我也不懂，现在外面都兴喝这酒，跟着喝得次数多了，就听人家在讲，是橡木桶里陈放40年以上的白兰地，绝对好货。”

“哦。”殷正琴也听人家以艳羡的口吻讲过XO，现在目睹杯中淡红色的液体，很多人只是向往而她却已如此接近，一种莫名的优越感让她激动，脱口说道，“一定很贵的。”

“无所谓。”

“你们常喝这样的酒？”

这个问题，使李根龙联想到他生意中围绕酒桌而展开的惊心动魄的交易，那种一掷千金，最终让羊毛出在羊身上的胜算。面对心爱的女人，他非常想炫耀、吹嘘一番，搏美人一笑。然而他深知这种事杀伤力太大，一个心平如镜的人听了，有可能一生再也无法保持宁静，那也就等于一生被毁了。他要努力去呵护殷正琴的纯真，怎么能让她水晶般洁净的耳朵，塞进斑驳杂陈的污秽之物呢。于是他尽量把语气放平和，说：“聚在一起，也就是为了好玩。”

殷正琴轻叹一声：“呵，不得了。”

“喝一点吧。”李根龙以劝酒为名，趁机把杯子推到殷正琴胸前，用手背在她的胸脯上稍微擦了一下。

殷正琴敏感地朝后一仰，用力把酒杯推开，说：“我不喝。”

李根龙装作毫无意识，实质是作了一次进一步掂量，并感受到了她那股斩钉截铁的狠劲，缩回手后换出另外一种姿态，把酒杯放到桌子的另一边，说：“坐会儿吧。”顺手拨通了小卖部的电话，关照送点贴身替换衣裳，统一记在账上。他把电话递给殷正琴，尺寸要她自已报。

不一会儿服务员就把一个包送了过来。

殷正琴在李根龙对面坐下，心存感激，说：“实在过意不去，我欠你的，我一定要还。”

李根龙用杯子对杯子碰了一下，说："别说那些话，我只要你喝一点酒，哪怕是舔一舔。"

殷正琴拗不过他，举起杯子，抿了一口。

"好、好！"李根龙给她鼓励、加油。

殷正琴却一个劲地摇头。

突然李根龙目光下坠，话音也轻了许多，说："跟我吧。"

殷正琴圆睁起惊愕的大眼睛，怀疑自己听错了。

李根龙眼帘仍然低垂，继续着他的话。这几年他经历了不少女人，如果把他称作情场老手的话，那应该是带乡土气息的情场老手，其最大的特点是在突破与女人的关系时，从来没有用过语言，都是在碰碰闹闹中，你推我就、水到渠成。他擅长用形体语言的方法，也想用这样的方法对殷正琴，但几经试探均未见效果。他不会放过今夜的好机会，万般无奈之下，终于开了口。岂知，所谓的形体语言，实质是双方肉欲的宣泄。而言为心声，把一个情字放到了桌面上，就摒弃了暗黑和猥琐的心理，让心怀在阳光下接受拷问。李根龙十分难为情，似乎想靠低垂的眼帘来帮自己遮羞。好在他早就想好了一套话语，眼睛不对她看，思想就不被打岔，表达得也更顺利。他说："你不需要背叛。你漂亮但更实在，所以背叛不是你这样的人做得出来的。也正是因为这一点，让你截然与众不同，深深地打动着我的心。但不背叛不等于不能去改变，今天是界限，今天为止，你没有负任何人；今天以后，你不需要对任何人承担道义和责任。我知道改变对你而言是多么的不容易，但现在人人都在伺机而变，与其漫漫马拉松，还不如斩一刀、去一段，当机立断。"李根龙说得来了劲，居然双眸铿亮，热辣辣的眼光对准了殷正琴，恳切地重复道："跟我吧。"

殷正琴面红耳赤，如坐针毡，说："你快别说这些，你不要再说了。绝对不可能。"

"为什么？"

“是啊,为什么?”殷正琴自问。人人都在伺机而变,这一句话最打动她的心,她也早有改变自己的冲动。然而细细想来,自己所期待的变,是想变得会赚钱,赚大钱,过潇洒日子,从来也没有想过要和别的男人“拆铺并床”,做出娼妇一般人人所不齿的事。循着这样的道理,她说:“我们不能那样。你帮了我,我从内心感谢,我会报答你的,但要那样是绝对不可能的。我的那位怎么骂我你也听到了,如果真那样了,不是正好给他说中了吗,那我以后还怎么见人?”

“你不要说帮不帮的话,那算啥,千万不要放在心上;既然这样你就只管在这里住,我先告辞了。”李根龙来了个急拐弯,显得很大度,非常出人意料。他边说边站起身往外走。

一切似乎戛然而止,殷正琴于突然之中,还有点淡淡的歉疚。送走李根龙后,她专门检查了门锁,了解这把三杆式执手锁的性能。锁的内外执手相同,但外面的执手必须钥匙才能打开,弄清情况后,她才放心地关上了门。

她哪里想得到李根龙还拿了一把钥匙,也没有注意到还可以在里面上一道保险,门关上以后,眼泪又涌了出来。

李根龙看上去敦实,心灵得很。为了在今夜有所突破,他还备了最后的杀手锏。他相信她会对他的话重新嚼味而对他产生意犹未尽的感觉,意志的旗帜会变得摇摇欲坠。他再度突然出现,很有可能使她的防线彻底垮塌而一举成功。他把名片盒留在房中,就是为突闯的合理性埋下的伏笔。

有了这一手,李根龙显得不急不慢,坐在大堂里抽烟,要等待最佳时机。他在脑子里模拟殷正琴的活动:慢慢走进洗澡间,天热又是一个人在屋,没有关洗澡间的门;坐了一会儿马桶后就开始脱,外衣外裤脱去,紧接着就是贴肉衣裤。第二支烟即将抽完,李根龙根据自己的时间表判断,殷正琴应该是光着身子在喷淋。他把烟蒂掐灭,蹑手蹑脚到她的房前,轻轻把钥匙插入转动到位,迅速把门打开，贪婪的目光忙不迭往他所选定的关键部位扫视。

洗澡间果然大敞其门，但还未等李根龙用上眼睛，已经有了异样的感觉。洗澡间就在房门边上，却没有丝毫水热之气。说李根龙眼光贪婪扫视，只不过说了个表象罢了，他心里早就为扑空苦叹起来。门既开了，只能硬着头皮朝里走。

殷正琴蜷伏在床沿上，双肩抽搐，呜咽不绝，就像一只受创孤雁。自有了自己的家以后，家已经实实在在占据了她的心房，还没有过彻夜不归的日子，更没有像今天这样的在外流落。她想家、想儿子，忧虑、焦灼，使她愁肠百结、五内俱焚。

李根龙呆立不动，神情沮丧。殷正琴抬起头来，诧异地望着他。

“我的名片盒忘桌上了，已经走了老大一段路，又返回来。没办法，明天要去见客户。”

“在哪里我帮你拿。”

“没事我自己拿。”在拿的同时，他进一步解释道，“本来想找一个人的名片，结果放桌上后就忘了。”

李根龙拿了名片盒再次告辞，看殷正琴悲伤的样子，动了恻隐之心，劝慰道：“早点休息吧。”

殷正琴哪里睡得下去，泪流一阵，迷糊一阵，整夜没有片刻安生，一大早就把钥匙交给总台离开了宾馆。

四

殷扣成父子在厂不远处扼守，等到上班铃声响过十多分钟，还没见他们要见的人影，殷扣成急了，琢磨道：“怎么搞的？”

“到厂里去看看吧。”

“我来去，”殷扣成对殷正刚做了个往下按的手势，说。

“殷正琴是不是在这个厂里，现在人在吗？”殷扣成站在传达室窗前朝里问道。

“你是——?”

“我是她的老相邻,路过顺便问问。”

“在,一大早就来了。”

“哦!”殷扣成如释重负,悬着的心一旦松开,周身即刻发软,趴在窗台上直喘粗气。

“你怎么啦?快进屋里坐吧。”

“我没事。”殷扣成到传达室里坐下,情绪也稳定了。

“有点反常,七点不到就进厂门了,”传达室的人很健谈,“刚才听两个泡水的女工讲,昨天她和老公大打出手,原因是她傍上了个老板。”

“我不想管这些闲事,路过才问问。”殷扣成心里关注,表面上却做出漠不关心的样子。

“你真想管我还不跟你说呢,知道你是局外人才与你聊聊。”

殷扣成喝了几口茶,精神慢慢恢复起来。

殷正刚还在老地方等,随着时间的推移,看到上日班的人都进厂了,心里十分焦急。突然看见远处自行车慢悠悠过来的女的有点眼熟,想起在殷正琴的婚宴上见过,是殷正琴的要好小姐妹。眼睛盯着她,观察她的反应。

“是殷正琴的阿哥吧。”胡菊珍也认出来了,淡淡地说。

“是的是的。”

“到这里来找她吗?”

“是——的。”

“不用找,有好事。”

殷正刚发觉对方的态度有点冷,已心存疑惑,听她这么一讲,更莫明其妙。

原来胡菊珍家中已安装了电话,早上就有包工头找雷振球说事,顺便把昨晚舞场里的见闻告诉了她。胡菊珍不能容忍的是:殷正琴简直是在抢老板,其实质是与她在抢利益! 感情的天平顿时严重失衡,抓起电话就给几个家里有电话的同事发消息。她平时上班也不准时,今天特别迟,忙着打电话是主要原因。有道是:好事不出门,坏事传千里。经她一传播,消息一下子就在全厂传遍了。

见殷正刚发呆,胡菊珍又说:“她现在傍了个老板,关系已非同一般;你们都不用管,将来保你们稳吃三注。”

这还了得,怪不得席建祖要火冒三丈。父亲知道了,不把她整个半死? 殷正刚顿时为妹妹捏了一把汗,以致胡菊珍离开都没顾上打个招呼。他想幸亏父亲不在边上,还能作点隐瞒。

殷扣成在传达室坐了好长时间,身体和心情都得到了调适,才回出来对殷正刚说:“回家吧。”

“见到了?”

“在厂里。”

父子俩虽各怀心事,没再多说,却都放心不下殷正琴。

殷正琴进厂后没有听到任何关于她的风声,也就是说一切平静如初,但在她感知中,无数双眼睛在对她窥视,似一把把锋刃在刺她。

此时此刻,她把能得到胡菊珍的帮助当作最大的希望,她之所以这样想,是有原因的。

胡菊珍像刺猬,到处扎人;殷正琴则像海绵,大度包容。胡菊珍与厂里人闹了意见,会在殷正琴身边哭诉,殷正琴就给她宽慰、为她解围、处处呵护;她对殷正琴也是这样,想说就说,不考虑对方的承受力,殷正琴也从不计较。虽然年龄相近,殷正琴却处处显得像个大姐姐,如果换了别人,这样的关系早就断绝了。这一点胡菊珍也明白,她曾对殷正琴说,我们都不要结婚,就两个人过日子。

那话十足的孩子气,没过多久胡菊珍就谈朋友了,那位朋友就是现在的老公——房管所所长雷振球。当年的雷振球可完全是另一副样子：人瘦脸黑，在所里当跑腿，工资低，又没有技术，一点儿也不起眼。胡菊珍几次想甩了他。

雷振球忠厚老实，只会在殷正琴面前叹气；殷正琴心有不忍，就不停地穿针引线，多次使濒临崩析的关系绝处逢生。后来命运突变，胡菊珍仗着老公的威势，成了腰板硬挺的老板娘，成了厂里的佼佼者。

殷正琴本身就是个无所求的人，面对这样的变化也处之淡然，所以关系一直还保持着。现在她穷鸟入怀，胡菊珍定会伸出援手，这一点她还是有十分把握的。

殷正琴想：死人，平时来得勤，今天想她来倒偏不来了。到了上午十点多，她知道仓库里没什么人了，从楼上下来，穿过一块搁着几台旧车床的场地，到仓库门口慢慢朝里走。

仓库里排列着角铁架子，生产资料、维修配件、劳保用品分门别类摆放着，胡菊珍的工作间在最里面。殷正琴在架子之间穿行，这条路平时走得不算少，但今天却躲躲闪闪的。她心中发虚，竖直了耳朵在听，如果里面声音嘈杂，即调头回撤。一直到胡菊珍的工作间，还是悄悄静静，于是殷正琴推开了门，说："想见你人嘛，连影子也不出现。"

胡菊珍头也不抬，脸皮紧绷，冷气十足。

殷正琴愕然，问道："怎么了？"

"怎么了，你自己心里最清楚。"

殷正琴低下了头，说："我正想和你说这事——"

"还有什么可说的呢，你是三等白相人，独吃自家人！兔子还不吃窝边草呢。把你当姐妹倒了一百辈子的霉！"

"你听我解释，我没有事的。"殷正琴觉得委屈，说着眼泪就滚落下来。

胡菊珍却已经爆发开来，只想刺人，不依不饶，说道："我看你想钱、想老板想疯了，什么墙脚都敢挖。才几天？就勾搭上了。真是啥都要，就是皮不要。要不是其他包工头来电话，我到现在还蒙在鼓里，也就是到现在还把你当自己人，实在气人。你走吧，我不想再见你。”

殷正琴发现胡菊珍除误解外，还有巨大的排斥性，从头冷到了脚，一扭头就回了自己的办公室。

检验科这几天是有生活要做的，殷正琴虽然搞度量衡，但同是一个科室，加之她出手快，所以是科里的主力。科里的人集中在隔壁的产品检验室搞检验。殷正琴不去，在办公桌前闷坐。

分管厂长到产品检验室一看，殷正琴不在，就皱起了眉头。

分管厂长姓熊，大家都叫他熊厂长。所谓分管厂长就是副厂长。实行厂长负责制后，副厂长完全是聋子的耳朵——摆设，人、财、物一样也管不了。对此有的顺势而变、不闻不问，乐做太平官；有的却更为咋呼，处处想显示自己的作用。熊副厂长就属后一种人。

“检验任务这么重，殷正琴怎么不过来?”熊副厂长问。

“小殷有点事。”科长也是女的，五十多岁，人很和善，解释道。

“有什么事，活脱脱小姐的脾气，叫花子的命!”熊副厂长转到隔壁，朝门里嚷道，“要打瞌睡回去打，到单位就得工作。”

真是屋漏偏遭连天雨，殷正琴本来已伏在桌上，泪流不止，听熊厂长这么一咋呼，更觉无处容身，如果桌子是软的，保不证就钻了进去。她几近绝望，破罐破摔，竟然想到就跟着李根龙去算了。这想法一出来，先把她自己吓了一大跳：“我是那种人吗？我怎么能那样想?”

但生路茫茫，日子怎度、身安何处?

五

殷扣成父子，在殷正琴下班前，又到老地方守候。

殷正刚说:“下午是关键时间了,要不要离厂门再近一点?”

“就在这里,这种事还去招人惹眼?”

“我怕有意外。”

“你注意多望望就可以了嘛。”

等大拨人哄出厂门后,殷正琴才推着自行车,慢慢从厂里出来。她根本不愿骑上车子,因为此刻快对她是最大的折磨。尽管已经够慢的了,但到底往哪里去呢?每迈出一步,殷正琴就要思考这样一个问题。

“琴琴。”殷正刚看到人近了,趋步上前,压着嗓门喊道。

殷正琴看见父亲、哥哥,意识到家里对自己的情况已知晓了,虽然还不清楚他们是什么态度,但遇到亲人,心里的热流即刻打开了眼睛里的泪腺,还来不及回应一声,泪珠儿早已“啪啪”地滚落下来。

殷正刚站在殷正琴自行车的车头前,说:“往路边上靠靠吧,截住了,就好了。”

“有什么好的?截住了又有什么用?什么用也没有!”殷正琴听到一个“好”字,心里发逆,带着哭声说道。

“天大的事,我们回家再说。”殷正刚说。

说话间两人已靠近殷扣成,殷正琴看到父亲面色冷峻,有几分胆怯,就半表白、半开脱地说道:“家里不是住不下嘛。”

殷正刚说:“爸爸已调了班,安排好了。”

“啪”,殷扣成踢开自行车脚撑,说了一声“走”,就上车往家的方向急行而去。殷正琴不敢耽搁,兄妹两人一步不落地跟在后面。

进家门以后,殷扣成仍旧是徐庶进曹营——一言不发,拾掇好饭菜,提起他那只人造革拎包就值夜班去了。他这一走,又使全家人的心蒙上了一层疑惑和不安的阴影。

“妈,我该怎么办呢?”殷正琴在祁金英的旁边坐下,话刚出口,泪水又跟着下来了。祁金英心疼女儿,抚着她的肩膀,安慰道:

"船到桥、直苗苗,到了家里就没有什么可担心的了。"殷正琴顺势倚在妈妈的怀里,絮絮叨叨地说:"人家生儿养女,这个做官掌权了,那个经商发财了,尽给父母脸上增光。我呢,没能给父母添彩不说,还把父母拖累成这样,我还有什么脸面做人?"

"不要瞎说,不要瞎想。怪我不好,喜欢说这说那,其实我说了也忘了。没有要求,一点要求也没有。"

"我也是有眼睛看的,确实不如别人,跟不上趟了。"

"你们都是要强的,只不过标准不一样了,你那时大大小小的奖状拿回来,那种荣誉我们已经享受过啦。那些做官、发财的看似浑身的本事,其实都是表面,后面的龌龊事,说不定比屎坑还要臭呢,千万不要被迷惑。真要怪还要怪老头子,那时好坏也做过头头,也有点对外协作的权力,如果能在厂里弄套房子,能凭关系为子女弄个好点的工作,又何至于此?"

殷正琴情绪缓和一点后,坐直了身体,沉郁地说:"爸爸一定在恨我?"

"瓜田不拔鞋,李下不整冠。就是为了防止被别人起疑心,得自己多注意。"

"我会慢慢向他解释的。"

"他也是个直肚肠,真有什么话早就说了,你不必担心。"

"不管怎么样,我要离婚。"

祁金英倒抽一口冷气,良久才回过神来,惊悚地说:"怎么能这么说呢?夫妻没有隔夜仇,牙齿和舌头还要打架呢,哪有你们这样稍对不上榫,就往外跑,就说要离婚的?儿子都有了,怎么还生出这样的荒唐念头?好好过日子吧。"

"你不知道!他完全是神经质,空穴来风。我托人拉关系,完全是在为他,他却给我来这一手,这种人谁吃得消?对这样的人,我的心也冷透了,一定要离。"

祁金英还是转不过弯来,说:"离婚这么大的事,怎么说离就要离了呢，你千万不要意气用事，冷静点、再冷静点。”

殷正琴没再说话，但心里根本不能接纳祁金英的意见。

“你先洗洗吧，我来去准备夜饭。叫正刚去把立伟接过来，再带点替换衣物过来。”

“家里更挤了，哥嫂也受挤了。”

“也好，远仙还可以有小弟弟陪玩呢。”

把殷正琴接回来后，殷正刚一直在门前捣鼓破自行车，紧螺丝、往车链子上加油，见祁金英进灶间，他就跟了进去，轻声说：

“据我所知事情不是那样简单。”

“还有什么事？”

“我听说琴琴搭上了个老板。这事爸爸还不知道，他要是知道了，照他那个脾气，肯定会因为伤风败俗、有辱门楣而雷霆万丈，不把她撕个粉碎才怪呢。”

“是这样！绝对不能让你爹知道。”

“我是没问题的，倒是建祖那里传过来怎么办？”

“有什么事，你多做联络，不要让他们碰上。”

“这一点我可以做到，但既然她有了外插花的事，恐怕一时也断不了，给爸爸发现迹象怎么办？”

“这就要平时多防范了。”

母子俩像活在了炸弹旁边，既紧张压抑又得百倍小心。

可他们哪里知道，殷扣成早有听闻。殷扣成的第一感觉是：闯出祸来了；第一个想法是：赶快制止。怎么制止？他的脑子里一堆乱麻，还未等理出头绪，就赶紧到工地去值班了。调班打乱了他全部的生活秩序，他请值早班的顶一段时间，再设法请人带信给值夜班的，说明要中夜班对调。这样殷扣成第一个夜班从下午四点多钟要值到第二天的上午八点钟，够辛苦的了。人辛苦一点还没有什么，关键是心情过于沉重。他一向血压高，承受这么大的压力，是个不好的征兆。

到很晚了，他才准备吃晚饭。

值班室极为简陋，一桌一凳，一张单人板床，床上一顶发黄的蚊帐。规定晚上不许睡觉后，被子也被收了；真困了，就和衣打个瞌睡。他们自带了一只小电炉，偷偷开炉热点饭菜。吃好洗干净，不到工地上转，就坐着发呆。这就是他们的值班生活，饱含着孤独和凄清。

今天饭菜热好后，殷扣成仍然没有食欲，似有一股气堵在胃里，发出阵阵隐痛。听到女儿的传闻，再结合席建祖凶透狠绝的态度，殷扣成相信女儿和那个老板确有其事，然而蒙羞转回家门的事实，即意味着女儿生活的失败。对待子女，殷扣成像一个老窑工，知道坯已烧制定型了，要改也难。到如今，好端端的一个家，生出偌大的裂隙，连个正常日子也过不上了。这比天塌下来能好几分呢？往后的日子还怎么过？发生在子女身上的祸事，往往比父母自己承受更痛苦，殷扣成的心越揪越紧。

他不断提醒自己，得赶快制止事态发展。他想去做席建祖的工作，有必要的话他愿意代女儿拿出个态度来，无论如何要把事情缓和下去。

六

殷扣成拖着疲惫的身体回到家里，祁金英赶紧给他备了早饭，要他吃了就睡一觉。吃饭的时候，她告诉他昨天他走以后的事：正刚去了席建祖那里把立伟接了过来，还带过来不少母子俩的衣物，今早上班的上班、进托的进托，生活恢复了正常。

“蛮好，但还是要早点让他们回去。”

听这话祁金英心里就堵住了，闷了好一阵，才说：“住几天，双方冷一冷也可以。”

“我想和席建祖见个面，做点说服工作。”

祁金英急出一身冷汗，说："小辈们的事，你不要轻易出场；正刚在，有话让他转达就是了。"

"我想我还得出个场，到时再说吧。"

到了傍晚，屋子里就热闹了。有道是：男面亲，冷冰冰；女面亲，闹盈盈。虽然发生了不愉快的事，但女儿回家喊一声爹妈、称一声哥嫂，融融亲情就是不一样。一家人谈谈说说，有忧愁也能暂忘。特别是殷远仙，自己人不大，却一副大姐姐的样子，围着立伟亲他、逗他，两个小孩成了家庭快乐的中心。

外孙是殷扣成欢喜的，晚饭过后，他也抱了好一会儿。但神情明显没有先前那样疏朗。

热闹了一阵，妈妈伴着远仙回房温习功课；席立伟眼睛发饧，殷正琴也让他睡了。

"你还得早点回去。"等殷正琴重新坐定，殷扣成说。由于房子小，怕影响其他人，他的话音很低。

"我要和他离婚。"

担心殷扣成会猛地跳起来，祁金英、殷正刚屏住了呼吸。出人意料的是殷扣成没有怒，他们断定殷扣成还完全没知底细，又怕殷正琴会说漏嘴，引起更大的风波。

"好好过日子吧，不要有不切实际的想法。"殷扣成说。

"没法过了。"既然已经和父亲说到了这个份上，殷正琴也放开了，大胆地摆出自己的观点，说道，"我也只不过是搞一点公关，公关是一种新兴的社会潮流，能起到事半功倍、甚至是四两拨千斤的作用。"

"那又怎样呢？"殷扣成耐着性子，问道。

"讲公关，就是追求新观念，跟上潮流。现在想想，我被他打，在什么地方打，这些都不重要，重要的是我和他之间观念上的差距。我要凭自己的智慧，抓住大势改变命运。我们的家（她做了个双臂合抱，把父母象征性地围在里面的手势），我一直不想讲，今天话说到这程度，也不想再藏掖，是到了该改变命运的时候了，我希望自己在改变家庭命运中发挥更多的作用。”

“泥沙俱下、鱼龙混杂。哪个是鱼？哪个成龙？含意深呢。”

“爸爸，我知道你对我们一向要求很严，但我是在走正路。请你放心，我会把握好自己的。”殷正琴说得有点激动，觉得这样有说服力的话，父亲绝对应该认同。

殷扣成没有反对，似乎已经被女儿说服，但从他越蹙越紧的眉头看，似乎事情又没有这么简单。殷正刚注意观察父亲的脸色，规劝殷正琴道：“少说些吧，还是多听爸爸的意见。”

“你用不着惦着我们一大家的事，自己往身上压包袱，回去就只管过你们小家的生活。”祁金英也说道。

殷扣成的额头并没有舒展，他对生活的观念，像郑板桥画竹“去其芜杂、留其清瘦”，已经没了丝毫的游离；儿子、女儿的话，显然都没有能够射中靶心，沉默了一会，他说：“你可以再考虑一段时间，等冷静下来再作决定，但最明智的选择还是早些回去。”

殷正琴脸沉了下来，感到父亲不近人情，老脾气一点也没有改。但慑于父威，又不能强辩，说：“我抓紧时间来作安排。”

“你既然在这里住下，就好好在这里过日子，当出当归，把好时间。”

殷正琴不情愿地说：“我知道了。”

把要说的话都说了，殷扣成就出去值夜班，继续他日复一日的通宵值班生活。

常言道：一日不睡，十日不醒。他经常做隔夜人，终究对身体不利，明显变黑变瘦。殷正琴看在眼里，很过意不去，说：“爸爸，我过来后，让你受累了。”

殷扣成朗朗一笑，说：“我一切都很好，你只管安心在家，照顾好小立伟。每天能抱一抱小立伟，就是我最大的快乐。”说完又是一阵朗声大笑。

殷正琴眼睛有点模糊。尽管住的是娘家，但她还是提着一颗敏感的心，特别是冷峻的父亲，会让她不断揣测纳度而精衰力竭。现在父亲的话，证实他其实一点也没有嫌她，如山的父爱，使她心里一股暖流喷涌而出。融融亲情亦是对她的鞭策，她要尽快改变局面，少给父母拖累，由此就造成了到娘家以后的第一次晚归。

那次殷正琴晚归，正好殷扣成为接班而早出。祁金英担心女儿会越滑越远，第二天把女儿晚归的情况告诉了殷扣成，她说："琴琴昨天很晚才回来吃饭，问她也回答得含糊不清。"

"你怎么就不盯紧了问呢？"

"我问了她不说有什么办法呢？你去问吧，她听你的。"

"没由没头还怎么问？"

就在殷扣成愁着没有机会给女儿敲警钟的当口，殷正琴自己倒找上门来了，她对殷扣成说："我要恢复到夜校去读书。"

殷扣成立刻卡住时机，说："你要去夜校读书，我没有意见。还是那句老话，当出当归，把好时间，你把具体时间排出来。"

"爸爸，别这样吧，我也是当母亲的人了，有这点自控能力。"

"不行，你到我这里，就得照我的规矩。"

殷正琴无奈地摇摇头，说："夜校是每星期一、三、五晚六到八点。"

"那好，加路上半个小时，八点半之前必须到家。"

不管殷正琴满意不满意，殷扣成算是给她上了道紧箍咒。然而，还没有满一个星期，殷正琴就出现了严重超时。那天，当晚归超过半个小时时，殷扣成在堂屋里来回踱着焦躁起来。又过了约二十分钟，还不见人影儿，殷扣成叹了口气，已怒火中烧。他想跑出去，把她生生地拽回来，只可惜还得赶着去接别人的班，一切只能留待明天来处理了。

七

李根龙看出殷正琴已无处可去，断定会在他开的旅馆里住一段时间。飞鸟入笼，金凤进巢，拢住芳心他相信只是一个时间问题。他一再提醒自己，不能“霸王硬开弓”，要如兵法所述：攻心为上，不战而屈人之兵。通过感情大包抄，像蜘蛛那样布一张八卦网，但小飞蛾入网必须绝对出于自愿。他得意于自己营造大势的耐心和耐力，对结果胸有成竹。

入夜，酒足饭饱的他，骑着摩托一阵旋风到了宾馆，直奔为殷正琴订的房间。没走几步，心里起了疑惑，回到总台一问，一丈水退了八尺，殷正琴果然已退房走人。李根龙自信心明显受挫，但很快又调整过来，想：功一百半九十，再盯就是了。李根龙设法进一步接近殷正琴，于是就导致了殷正琴回娘家后第一次晚归。

那一次李根龙是在厂门口候她的，看见她出厂门后，考虑到一起出厂的人多，他就在后面尾随，一直到殷正琴独自进入小街背巷时，他才加一把油门，拦住了她。

殷正琴不惊不恼，微微一笑，说：“不好意思，退房后也没有对你打个招呼，谢谢你。”

“一直见不到你人，找得我好苦。”

“我回娘家住了。”

“一起吃晚饭吧。”

“不行，得早点回去。”站在人来人往的路上，殷正琴好不自在，又不想断然离开，发现不远处的小河边相对安静，说，“往前走一点吧。”

到了小河边，殷正琴放松了点。在谈到为席建祖找工作的事时，殷正琴说：“这件事肯定就此作罢。”

“半途而废，太可惜了。”

“给你添这么大的麻烦,真不好意思。”

殷正琴觉得李根龙是自己闷葫芦的小窗,与他讲话就像在窗口做深呼吸。尽管如此她还是控制好时间,不久就告辞回家了。

自从家庭发生风波后,殷正琴在厂里的心情变了。她认为厂里的人都在对她指指戳戳。不断传出要改制,要“刷”人的消息,大有“黑云压城城欲摧”的气势,原来坚信自己不会列入被“刷”之列的她,现在也早已底气全无了。会再一次脸面扫净的精神折磨,让她惧怕万分,促使她要提前行动。与其坐以待毙,还不如奋起一搏,她又想到了李根龙,想再请他帮个忙,给她自己换一个工作。

想到这件事,她有点后悔:当初在讲到席建祖的工作时,如果顺势提出来自己的事该有多好呢!怪自己想问题太简单。她忽然想到有他的手机号,那天在小河边,她看到他腋窝下夹一只精致小皮包,拉链的尾部,戳出小手指那么一截,好奇地发问后,他告诉她是手机天线,并把被他戏称为“八五砖”的手机拿出来展示了一番,最后还把号码留给了她。趁办公室没人,她拿起电话就拨通了他的手机,与他约定夜读结束碰头。

李根龙接到电话,浑身来劲,找了一家离夜校最近的咖啡馆,做好了约会的充分准备。

于是,殷正琴又有了一个晚归之夜。

“昨天怎么那样晚才回家?”第二天清晨等殷正琴起床,祁金英第一句话就充满焦虑地问。

“我有点事。妈妈你放心,你相信女儿不会豁边的。”殷正琴心里正高兴,李根龙已答应让她到他公司搞管理,昨晚那种边喝咖啡边谈事情的形式,也让她体验了一回新潮,隽永之味久久不散。尽管他没有讲清具体做什么,但只要看到有新的生路就是获救。由于心情好,答话也格外轻松。

殷正琴洗漱好就要唤儿子起床,捏捏儿子的小脸蛋,轻轻唤道:“乖儿,起床啦。”

可能是殷正琴的手有点凉，席立伟的头敏感地侧向另一边，小嘴“嘬、嘬”地抿个不停，他还沉浸在好梦里。

殷正琴不忍心地收回手，坐在边上看着睡得香甜的儿子发呆。入新托没几天，又要让儿子跟着自己早起，她深怀歉疚，心里发誓，一定要不断努力，给儿子更多的补偿。

又过了一会儿，殷正琴下决心要让席立伟起床了，稍微提高一点嗓门说：“伟伟起来吧，要上托儿所了。”边拉边揉地把他抱起来慢慢穿着衣服。伟伟开头还没醒透，嘴里哼哼唧唧不停；殷正琴为他穿衣时，设法逗他开心；等穿着整齐放到地上，他就高兴得满地跑了起来。

看着欢快的小立伟，祁金英的脸仍布满愁云，说：“昨天你爸等到快十点了，他出门时显得很不高兴。”

“爸爸也真是，要不干脆弄根链条来把我锁上吧。”

“看他的火气没消，回来肯定不太平，有什么情况你自己对他说吧。”

“爸爸也不至于为我超过一点时间而兴师问罪吧，我也在为生存而忙碌啊。”

大门外发出“嚓、嚓”的钥匙转动锁心的声音，值了一整夜班的殷扣成，带着一张隔夜脸，匆匆地回来了。

正在满地蹦达的伟伟奶声奶气地喊道：“爷爷。”外公满脸堆笑把立伟高高举起。抱了一会，将伟伟还给他妈，一脸不悦地问：“怎么会晚回家的？”

“有点事。”

“是单位里有事，还是别的事？”

“单位里没事。”

“你怎么不吸取教训？”

殷正琴低头不语，好一会儿才以恳求的口吻说：“爸爸，事情没有那么可怕。”

"啪",殷扣成手掌在桌上狠狠地拍了一下,蛮横地说:"你懂个屁,从今往后再要打岔,看我不打烂你的脸。"

家人都面面相觑。"哇——"幼小的伟伟感觉到了气氛的肃杀嚎了起来。

殷正琴把儿子紧紧地抱住,眼泪哗哗地流个不停。

空气快凝结了。

"爷爷抱。"伟伟似乎懂得要为爷爷消气,从妈妈的怀抱扭滑到地上,一晃三悠地往殷扣成身边跑。

"好。"殷扣成果然转怒为喜,俯身说。突然他身体一震,用肘撑住桌角,嘴里呓语道:"喔哟,头晕、头晕……"

"爸爸,你怎么啦?"殷正琴赶上两步,用力扶住殷扣成,问道。

殷扣成努力睁眼看着殷正琴,他对自己的命运已经有了预感,体现父亲尊严的脸部的褶角慢慢平直开来,人还原成善的几近于令人怜爱的本面;那渐渐黯淡下来的眼神充满了忧虑,嘴唇不停地翕动着,似有很多话要说。终于听出了一句,那是对殷正琴发出的哀鸣:"你不是——那——块料——"

他的身体慢慢在往下沉,殷正琴拼命拽住,喊道:"爸爸、爸爸!"惊恐,天塌下来的感觉。全家人呼天抢地喊着,忙着联系救护车。等救护车一到,就把殷扣成直往医院里送。

第五章

一

一头殷扣成被急送医院，生死未卜；另一头席建祖孑然一身，对岳丈家的情况还一无所知。

急风暴雨来得凶去得也快，与殷正琴的冲突过后，席建祖很快就冷静下来。他看看自己的手，无法相信这只对她从来都是极尽爱抚的手怎么会打她；他深知自己片刻也不能没有她，心头阵阵惶恐，是对事态不祥后果的预感；这种预感反过来又严重毁坏了他的情绪，令他失魂落魄。那么就赶快听章叫和(麻将用语)吧，恰在这点上又出偏差，他脑子里死梗着一个念头："我没有错！"

他之所以这样坚持，一方面是较真的性格，另一方面也是他的特定视角所必须的考虑。

他在对殷正琴动手的时候，曾看到了"小白脸"。他记忆中那个所谓的"小白脸"，其实个头不高，属壮实型的；皮肤黑黑的，理了个板寸头，貌绝对没有任何过人之处。那么是什么能耐，把他那蛮有把握认定是贤淑的爱妻吸引过去了呢？答案很快有了，答案冒出来的刹那，他脊背猛地窜出一股凉气。他判断那个人一定是时下热得发烫、手眼通天的阔佬，通过炫耀财富，给她灌了迷魂汤。

面前突然出现个阔佬，他顿时如刚出锅的糍粑——酥软了。发财、暴富大潮如狂浪来袭，他从自己厂里观察，那活脱脱就是权力到财富的嬗变。就在人们千万次指责那是犯罪的时候,富与贫的落差还是以锐不可当之势形成起来。由此贫穷变得不仅仅是物质的匮乏,更是无法愈合的心灵创伤。他彻底瘪了,瘪得像一张飘忽的纸。自己还有什么能力去与之相抗衡?还有什么能力去稳住家?所以他的"我没有错",既是他对他认为的事实的坚持,也有他困兽犹斗的蛮横,怕一旦承认有错,他唯一能够仰仗的一家之主的尊严与威望,必将统统被扫灭,家庭秩序会彻底失控。

他急切地巴望妻子回来,妻子能回来儿子也就回来了,生活又能一切恢复如初了。他甚至发愿:如果妻子回来,他一定会百倍珍惜,再也不会去做傻事,要以实际行动对她补偿。但他所固守的观念,又使僵持的局面迟迟得不到改变。

叶福娟虽然不明就里,但看到儿子半人半鬼的样子,煞是心痛,专门到席建祖处做工作,问:"到底怎么回事?"

"没事。"

"没事怎么闹成这样子了呢?"

"我无所谓。"

"日子总是要过的,既然没事,你就主动一点;认个错也只是嘴上打个滚,怕人家把你吃了不成?我相信正琴也不是那种人。"

"我没有错!"席建祖立刻作出强烈反应。

叶福娟是个有内涵的人,看透了儿子的心思,说:"你说你没有错,她说她也没有错,这事还了不了呢?实在不行,就请人来转个弯,看看有没有合适的人,总不能推着车硬往壁上撞啊。"

席建祖当场没说什么,实质上叶福娟的话对他是有启发的。等她离开后,他就搜肠刮肚找合适的人,思来想去人是有一个,但想到这个人的同时,就出现了一大串"难"字,那人就是胡菊珍。

虽然以前两家子有过走动,但毕竟是殷正琴的关系,能请得动她吗?她家的层次越来越高,还会念及旧情吗?家丑难言,怎么对她说去?尽管疑问不断,但情势紧迫,席建祖还是设法与胡菊珍取得了联系，硬着头皮上门求援。

胡菊珍的家虽然也在公寓楼里，但属老城区改造中建起来的独栋新大楼。其楼闹中取静，在周边老房子中鹤立鸡群，一枝独秀；楼高三层，东西两个单元，胡菊珍家在东(2)，又是整幢楼中最好的一套；光一个区位优势，就足显房管所所长的实力。

席建祖蹑蹑地进了胡菊珍的家。她家宽敞的客厅里放一套仿古的三加二欧式沙发，极其精致、典雅；铜质的吊灯，墙顶的四边嵌着精美图案的装饰板，大气而不失韵致；一只特大的进口原装电视机更是把主人的身价显现无遗。他们家乔迁之喜时他跟殷正琴和她厂里另外几个人来过一次，那时新鲜、羡慕，但主要是热闹、开心。这次再来，里面陈设并没有大变，但席建祖却感觉出一股咄咄逼人的超豪之气，人不自觉地开始收缩。

雷振球也在客厅，见有人来他坐着没动，只是嘴里喊："坐。"等席建祖坐定，两人寒暄几句后，他就进了书房，一直没有出来。席建祖一边和胡菊珍说话，一边期待着雷振球能再出来说几句。因为以前姐妹们聚会，女的在一起叽叽喳喳说个没完，他就和雷振球一起喝茶，谈天说地，很谈得拢。现在明显有趋避、不愿意见的味道，他话是在与胡菊珍说，心却因雷振球而不着落。

他事先想好了方案，一定要表现得坦然，要在闲谈之中，自然切入正题，表现得天衣无缝。但东拉西扯的，总找不到一个合适的话头。苦于没有巧妙的语言，他只得直接拎起了话头，说：

"小胡，有件事想请你帮个忙。"

"什么事？你只管说，"胡菊珍很大度地说。她知道席建祖上门来肯定有事，但不清楚是什么事，当然会与殷正琴有关这一点还是料到的。她对殷正琴仍余怒未消，照着她的脾气，一定要在席建祖面前痛痛快快发泄一通。但她知道席建祖是一个阿弥陀佛的人，所以控制自己尽量忍着，能帮则帮。

"我们的事想必你也知道了，我想请你出面为我们圆个场。"

胡菊珍没有想到是帮这样的忙，她对席建祖偷偷瞟了一眼，原来轮廓分明、充满刚毅、会让她对雷振球丧失信心的那张“国”字脸，在愁云笼罩下，线条变得僵硬而呆板，特别是失神的眼睛附近几条刀刻般的皱纹，简直目不忍睹。“变化可真大，”她有点悲悯，问：

“这个场还圆得起来吗？”

“难为你了。”

胡菊珍顿了顿，她在心里作权衡。她是很现实的人，大势如此，殷正琴为抢老板、傍大款卖得翻过来，也无关她的痛痒。问题是殷正琴所勾搭的人，是通过她结识的，是与她丈夫有利益关系的圈里人，忌就忌在这里。但事到如今，与其让殷正琴去继续发展，还不如弄回去，让席建祖看好。

“我来发动小姐妹，一起去做她的工作。”她没有把已经和殷正琴吵架，不便直接去做工作的话说出来，转了一个小弯，答应了席建祖的请求。

“谢谢你！”

看席建祖连戴“绿帽子”也不计较了，她替他心酸，说：“不用谢，现在外面的诱惑太多，人真的回来后，一定要看紧点，要吸取教训。”

“知道了。”

二

殷正琴守在殷扣成的病榻前。不吃、不喝，除了给殷扣成翻身、擦洗外，就是坐在他床头流泪。她在等殷扣成醒来，要向父亲表明一定听他的话，绝对不再有悖于他，惹他生气。然而殷扣成没有片刻的清醒，只是双手不停地舞动。据说人在临死前会出现漂浮起来的感觉，殷扣成那似要抓住什么的样子是不是受脑部深层细胞影响，想对漂浮的身体作固定？如果这样，那么人死前漂浮感的确是有的，那么体现在殷扣成身上的征兆就预示了情况危急的程度。殷扣成真有什么三长两短，殷正琴的压力会有多么大啊！

看着面色如土的殷扣成，殷正琴陷入了深深的绝望，但仍不断在心里呼唤："爸爸、你醒醒。"经过一昼夜的全力抢救，殷扣成的生命体征渐渐消失了。殷正琴无法承受这沉重打击，轰然晕眩倒地。

殷家本来就不大的客堂设起了灵堂。活生生的人，转眼间就长眠不醒了，强烈反差实在令一家子难以承受。白帏、遗像、香烛、哀乐也显得格外悲意浓重，让人几至窒息。

门外孤零零摆着一只花圈，那是殷扣成的厂工会送来的。也有邻居、亲戚、同事来吊唁的，这些人相信干折，包点钱在白纸包里，送一份白礼，实实惠惠，这样花圈倒嫌少了点。

殷扣成突然亡故，来吊唁的人自然而然会问及一个问题：好好的人怎么突然就过去了？祁金英经受不了沉重的打击，身体垮了下来；小辈们要她去躺着，她却硬是不肯，但勉强坐着终究也不能多动了。殷正刚成了家里的顶梁柱，里里外外全靠他在照应。在被问及这个问题时，他总是不厌其烦地把医生的诊断结论和盘托出：是脑溢血，CT 做出来血液已在脑部大面积弥漫了，血管瘤破裂是致病的直接原因。但周围的人还是认为人死得太突然，不正常。既然不正常，就有个责任问题：如何归责？就有人出来挖消息。这种人的能耐还真大，拼拼接接再加合理想象，传闻就起来了，矛头都是指向了殷正琴：

"殷正琴在外面有了花头，是闹翻了才回家的；殷扣成是在与殷正琴激烈争吵中，突然倒下去了；活蹦鲜跳的人，是被气死的。"

殷正琴守在父亲的遗体旁，眼泪早已哭干，声音也已经嘶哑，但还是一个劲地啜泣着，不肯离开寸步。她不能接受父亲亡故的事实，可无情的事实却又像重锤实实地敲打着她。她深深地后悔：

如果我不来，父亲的生活不受干扰，情况就不会发生。她对父亲的死充满负罪感。坐在灵堂里，从一个个异样的眼神中，她清晰地感受到了外界的压力，精神到了崩溃的边缘。

"有人来了。"坐在门外的人传出信号，里面稍微有点骚动，哭声马上大了起来。

是定居在农场的殷扣成的胞弟殷宝成得信赶来了，他先在门口架了只花圈。他的花圈很单薄，细细的草芯上插了几朵纸花，往三脚架上一摆，圆圈就下垂成了椭圆形。

"有人来了。"过没多久，门外又有人提示。来的不是别人，正是席建祖，他一下子滚倒在殷扣成的遗像前，磕头如捣蒜。

"有人来了。"过没多久门外再次传进话来。这一次来了个瘦高个，提了只巨大的鲜花篮，进门鞠躬礼数亦一点不少。来者是谁，大家投出诧异的目光。

殷正琴看到陌生人，马上想到可能与李根龙有关，心里就慌乱起来，想：席建祖在，亲戚朋友在，四乡八邻在，只要来人提及"某老板"，破绽就出来了。自己本来就已千人所指，再曝次光，不被他们唾死才怪呢。

殷正琴的担心不无道理，来人正是李根龙的属下柳月忠。他环顾四周，眼睛就盯住了殷正琴。两人从未谋面，但他从她虽悲泪不辍、眼泡微红，却不觉邋遢、且目光更现绵软，一副楚楚可怜的模样中，断定值得李根龙心仪的非她莫属。见陌生人对自己在看，殷正琴更相信与李根龙有关，想赶快躲避。可那人已朝她走过去，殷正琴想躲无处躲，只得硬着头皮迎上去。

"节哀。"柳月忠说。

"你——"

"我代表李科长来探视和问候。"

"李科长？"

"李科长最近比较忙。"柳月忠朝殷正琴看看，意思是你不是检验科的吗，检验科不就是某科长吗？怎么不明白？他接着说，“过些天他会来看你的。”

殷正琴真是急傻了，根本不知怎么接话，好在是办丧事，气氛比较凝重，她的迟钝、生疏、慌乱都被看作是悲伤，没有引起别人的怀疑。

“琴琴，给厂领导倒杯茶，请他到里面坐一会儿。”祁金英有气无力地说。

这话提醒了殷正琴，她知道他们用了自己所在科室的名义，心稍稍放下了。但对李根龙派人贸然闯入还是很反感，对面前这位瘦高个感觉也不好。碍于场面，她冷冷地说：“谢谢你们。”

“喝口茶吧。”祁金英又招呼道。

“不了，不了。”柳月忠照规矩，没说“再见”，只是微微颔首，转身离开了殷正琴家。

说是厂里的吧，殷正琴是不是太过冷淡；说不是厂里的吧，来人的表示和花圈的落款都明确无误。虽然无可怀疑，却不能说没有蹊跷。殷宝成在看，还在听，眉头一直紧皱。他到来前就深感突兀，到来后更觉满心不爽。

殷宝成已经发福，腰间一条人造革的军用皮带，系得非常紧，把圆领汗衫包裹的浑圆的肚皮肉分割成了葫芦形状，显得僵直板硬，脚上的黄胶鞋也粘满了泥灰。他把殷正刚、殷正琴叫到一边，生硬地问：“人怎么突然死了？事前不会没有征兆，为什么不早治疗？”

“事前没有征兆，一切都好好的。”殷正刚说。

“要不就是受了刺激？”

“没有。”殷正刚对殷正琴看看，希望她说几句，他可能认为她能说得更清楚一些。

殷正琴忙辩解道：“当时爸爸火气是有一点的，但马上就过去了；没到影响身体，更不可能到致命的程度。”

“你们这些小辈是怎么当的?”殷宝成不满地摇摇头,说,“你父亲去了,有的话我不得不说。这房子你爷爷是给我们俩兄弟的,我原以为你们大了有出息了,房子迟早会腾点出来,没想到连已经出去的人还会回来,人越住越多。住就住吧,但话要对你们说清楚:房子是我们俩兄弟共有的。”

殷正刚低头不语。他知道叔叔是那种“说到风就扯蓬”的人,对人的敏感性未见减少,对财的敏感性倒又跟上来了。面对这样的人,只能在心里苦叹无奈。

殷正琴被臊到了脚跟上,内心里翻江倒海。到了这个程度,她才意识到,此前悲痛和郁结曾得到过缓解,情绪曾在慢慢趋于平静。也正因为此,她的意志变得更加脆弱,对新的打击更难以承受。她不知道是怎样回到了原来的位置,坐回原位的她僵如木桩,只比死人多了口气。

鲜花篮里碧绿的鱼尾草、散尾葵烘托着金黄和雪白的菊花,发出带有青汁味的幽香,随阵阵清风,驱散屋里弥漫的香烛味,灌入僵如木桩的殷正琴的心田。她有突然一醒的感觉,似置身于广袤的草原,心胸顿时开阔起来。真是宝贵的精神享受啊,她因鲜花篮子,尝味了生活中时尚和奢侈带给人的愉悦,也因此而起了一份憧憬。

三

席建祖得讯后立即赶到岳丈家,一进门就长跪不起,悲痛至极,经人力劝才退到殷扣成的遗体旁,沉痛默守。当殷正琴科室的人送花圈来时,他有点犯糊涂:她科里的几个人,他都有点面熟,怎么这个人从来没有见过呢?此时的他一心只想和殷正琴修好,所以怪自己脑子不好,不愿再往别处去想了。心里充满悲痛的他,从白天守到夜里,还坚持留下来陪夜。

到了下半夜，殷正琴头晕心泛，人摇摇晃晃。祁金英已在床上靠过一阵，见状就硬拉她到房间里躺下。殷正刚的几个朋友说是陪夜，牌打到下半夜就哈欠不断，结伴到外面去上个厕所后重新回过来，约定再打一个小时。在进进出出的时候，看到有一个人虽不说话，但对灵堂里的香烛、锡铂等祭品，侍弄得特别认真，都投出赞许的目光。

有人轻声问："是谁？"

殷正刚答："妹夫。"

"哦、好。"

等殷正刚的朋友走后，祁金英对殷正刚说："明天的事还不少，你也去靠一会吧。"

接着又对席建祖说："你也去靠一靠吧。"

席建祖说："我要到天亮，您去休息吧。"

祁金英很满意。

到第三天要出殡了，运尸车进不了弄堂，车上一个人扛着铁担架进来，要人搭手搬尸。在许多人畏缩、迟疑的一瞬间，席建祖抢到了前面，紧接着又让殷正刚和那人抬前面，他一个人抬后面，默默地发挥着作用。

悼念室里与遗体告别是最撕心裂肺的时刻，遗体要被拖走，围满的人却不肯分离。女眷们哭声震天，涕泪横流；男人们虽没有掉泪，一个个脸色也阴沉得可怕；唯独席建祖，人站在最外圈，眼泪却啪啪地往下落，很动真情。祁金英偶尔看到一眼，又增加了好印象。

丧事办完已是夜里八点多了，殷正琴搀着祁金英回到家里，席建祖是决心要把殷正琴接回家的，所以也跟了过去。一家人聚集在客堂里，因为有席建祖在，气氛略显干涩。尽管三天来，席建祖没少在殷正琴面前出现，但到现在为止，两个人还没有说过一句话。对殷正琴来说，席建祖给自己蒙受这么大的冤屈，是不可原谅的，坚决要离婚，绝不想再回头；在席建祖这边，一定要把母子俩接回去，不谈对与错，就是要稳住这个家。两个人虽近在咫尺，却如隔万丈深壑。

殷正刚一家都很累了，加上第二天上班的要上班，上学的要上学，就准备回房休息。殷正刚坐在桌子边的高凳上，起身时亲切地招呼坐在墙边矮凳上的席建祖，让他坐到了自己的位置上。他们回房后，客堂的气氛更加肃穆。唯独席立伟，在姐姐离开后没有片刻消停。一会儿缠外婆，外婆带着泪痕的脸在他小脸蛋上亲一下；一会儿缠妈妈，妈妈也会表情木然地贴住他的小脸蛋；又到席建祖身边，席建祖虽然心里喜欢，却无心顾及，用手背把立伟别了开去。立伟无趣地回到了妈妈身边。

“姐姐去睡了，立伟也去睡吧。”殷正琴说。

“妈妈——睡。”

“走，妈妈陪你去睡。”殷正琴抱起儿子，趁机进了房间，并随手关了房门。

外间就剩下了丈母娘和女婿。祁金英希望殷正琴能早点回去，说：“僵坐着有什么意思，你打算怎么办？你也快说呀。”

“我要接他们回去。”席建祖答道。

“接回去是对的，但当初注意点方式方法，也不至于到这一步。”见殷正琴躲在房里不出来，祁金英就轻声喊道，“琴琴，你出来，老避着也不是个事，建祖来接你回去呢。”

殷正琴被妈妈喊着，只得重新出房间，说：“我不回去。”

祁金英说：“你爸虽然没有明确要求你怎么做，但他的真实意思你也应该清楚。事情已到了这个程度，还是认真考虑一下吧。”

殷正琴说：“我的脸丢尽了，我的台也塌光了。现在倒来说要回去了，真是吃了灯草灰，说话轻飘飘。”

祁金英对女婿看了一眼，意思是让他说点什么，如认个错、讨个饶。可是席建祖沉着头，三拳头打不出一个闷屁。她只得再逼上一句:“你也说说呀。”

席建祖突然拉高了声调,说:“闲话越讲越多,铜钱越用越少。我没有什么好说的,前面的事大家既往不咎,接下来好好过日子。”

“看看,都说了什么?好像我还真——”

“琴琴,你就少说点吧。你们再这样吵下去,干脆把我也吵得厥一口气,走了算了。”祁金英说着,眼泪扑簌簌滚了下来。

殷正琴见状心里发慌,说:“妈妈,你别再流泪,我听你的。”

祁金英伤心地说:“你爸刚刚过去,家里也乱,心里也乱,我实在是怕再有事了。”

“妈妈,我知道了,我绝不再让你焦虑操心。”殷正琴伏在祁金英肩头,边流泪边表明心迹。此时的她内心波澜起伏:自己的家庭矛盾,已经闹得够大了,父亲在这个过程中没了,亲戚间也有不少难听话出来,再不能无休止地拖累母亲、哥嫂了。也就是说,即使不回自己的家,也必须离开母亲的家。想到要离开,就有个到哪里去的问题。能到哪里去呢?漂泊的孤独和茫然又在心头掠过,引发她一阵惊悸。想到厂里也有同事规劝,“江晚正愁余,山深闻鹧鸪”,她萌动了暂且回去的念头。

“要回去我先要谈一个条件。”殷正琴抬起头来,也不看席建祖一眼,说道。

“一百个条件也答应。”发现松动,席建祖异常高兴,不假思索地说道,但话说出口,又因心里没底而略感不安。

殷正琴顿了顿,说:“小房间搭只床,我们分开来睡。”

“可以。”席建祖心里暗喜:只要能进家门,只要这个家完整,一点没问题。他还有自己的小算盘:人心都是肉做的,能在生活上照顾好她,路遥知骥,定能尽释前嫌。

殷正琴回家了,外表看生活又恢复如常。

四

殷正琴的每一个举动，李根龙都看在眼里，虽然信奉姜太公钓鱼——愿者上钩一说，但想得到而得不到，终究是一件令人焦灼难耐的事。

随着柳月忠的逐步介入，情况似乎起了变化。

李根龙与柳月忠的特殊关系，决定了他对他的信赖，特别是柳月忠的名字里有个“忠”字，常常会启发他对他的评价。

李根龙和柳月忠都是农村的，还是毛头小伙子的时候，进了同一家镇级企业跑腿打杂，也算是捧上了铁饭碗。领到工资后，他们喝酒、抽烟，在成人世界里跃跃欲试。两人虽未义结金兰，关系却着实非一般可比。

数年后，李根龙扔掉了铁饭碗，靠着一只破烂不堪的挖泥船，做起了土方生意。那艘破船能力极其低下，像一堆废铁，没人相信他能成气候。但历史上真的有那么一瞬，草莽发财唯一的那么一瞬，只要你敢亡命去做，你就会拥有无尽的财富。李根龙抱着大不了再回去种田的想法去了，未曾想那条破船竟然成了他叫开宝库洞门的咒语，财富像决堤的库水，以喷涌之势，滚滚流入了他的腰包。

起初，李根龙要辞职买船做土方生意，曾与柳月忠商量，甚至认为柳月忠脑子活络，想请他挑头，两人合起来做。柳月忠脑子灵活，在领导面前表现得特别卖力，混到了管理员的位置，境况比李根龙好，根本不想去冒险。当他看到李根龙要买的那条千疮百孔的破船后，骨子里小觑李根龙的心理又冒了出来，想：真是个脱了帽子、没有脑子的人。他的第一感觉是李根龙非栽大跟头不可。

然而事态的发展与柳月忠的预料完全相反，李根龙事业蓬勃、如日中天，而柳月忠所在的厂却日趋凋敝，连生计也难以为继了。

两人之间不再是距离的问题，而是无法企及的层差。他掉了不少头发，人也瘦得落了形，如霜打的青菜——蔫了。生活苦一点还没什么，问题还是一口气难平。他偶尔也能听到一点李根龙的勾当，心里咒骂道：原来事情还能这样做，真是狗屁、荒唐！才干、智慧还有何用？看李根龙四万多元的进口摩托在镇村道上飞驰而过，尽管他眼红得要流血，但外表却显得特别阴冷，好像什么也没有看见，也不想关心。

李根龙出线了，气宇轩昂，大小事情都显得满不在乎，对柳月忠的心理变化也没放在心上。见柳月忠处境艰难，就想出手拉一把，说："到我公司来吧，来做个副经理。"

"到你公司做点具体事情吧。"柳月忠答道。李根龙的诚邀，他很感动，但没有完全答应。他知道在副手的位置上，与老板的关系"近则逊，远则不敬"；再加上公司里不少都是他的叔侄之辈，他也不宜过分出头。

"也好，我叫名头也有个综合办，你就做个主任吧，帮我管好内部事务。"李根龙手一挥，说。

柳月忠进公司后，李根龙大小事情都不相瞒，把他当成自己人；柳月忠则抱着要报答的心态，竭力侍候、处处迎合。但在殷正琴一事上，李根龙原来是不想对柳月忠说的，这倒不是忌讳谁而作隐瞒，而是要尽享其神秘性，"妻不如妾，妾不如偷"说的可能就是那种感觉。

李根龙在得到殷正琴父亲亡故的信息后，想抓住机会，有所表示，于是柳月忠就成了他找帮手代劳的不二人选。他唤过柳月忠，对买些什么、送什么地方一一作了交代——到花店挑一只最好的鲜花篮，落殷正琴所在厂检验科的款，送到草场街某弄某号。并要立即去办、越快越好。

柳月忠眨巴着一对小眼睛，笑眯眯地说："什么贵人啊，要送这么好的花篮？"

“我新近结识了个女朋友。你先去把事办了,具体情况以后再说。”

柳月忠是出了名的猢狲脑子,善于察言观色,一听心中就有数了,说:“你放心,我会去办妥当的。”他动作麻利地办了事,还在殷正琴面前主动为李根龙缲边。不管缲边的结果如何,他已顺理成章地参与了进去。作为旁观者,他有自己的视角。他看殷正琴一副善相,想到会同为李根龙身边的人,倒也不见得太过排斥;再看她的俊美,觉得也值得李根龙去轰轰烈烈地爱一场。但他知道李根龙可是有家室的人,两个人真的走到了一起,麻烦也不会小。当然这些都是他的想法,李根龙不与他谈殷正琴的事,他是绝不会主动去提的。

“阿忠,你有好办法吗?”

两人闲坐时,李根龙突然没头没脑地问道。

柳月忠知道他问的意思,说:“钱能通神,现在还有谁会嫌钱有铜臭味?”

“人应该看到过了?”李根龙像要展示一件宝贝,带点炫耀的口吻问。

“看到了,可以。”

“早几年,那些仪表厂的又长得漂亮的女工,我们都不敢正眼看一眼。”

“现在你敢看,我还是不敢,”看李根龙笑得开怀,柳月忠也轻笑一声,说,“但‘天涯何处无芳草’,也没有必要为某一个女人而情牵意挂。”

柳月忠作为旁观者,尽量把话说得客观、冷静。

“你的话不错,貌美的女人是有,值得花心思的不多,但她却真正走进了我的心里。她那份清纯、那份温厚,让我好像跑到天外吸了一口新鲜空气,畅快淋漓至极。俗话说‘宁食鲜桃半个,不吃烂杏一筐’,我没有理由不为之而起意动情。”其实李根龙惯于商场上以恶制恶的一套，对殷正琴也只不过是在另一个侧面实践那一套，照他的脾气，吹嘘这些也会口没遮拦。但柳月忠现在是朋友，更是下属，两人之间的联系太广泛了，因此他还是把紧口风，高调赞美“清纯”，想以此来提高正面效应。

柳月忠不吭声。

“怎么，我的话不对？”

“对是对的，但这样就陷入了‘二律背反’定律。你看中的好女人，轻财薄利，恪守妇道；你需要她做出来的，却是改辕易辙，芳心重投，鱼和熊掌难道真能兼得？”

“所以我才问你有没有办法呀。”

“女人有两种方法可以得到。《圣经》里夏娃下身只遮一片无花果叶，这就是说明可以通过爱情的方式得到，也可以通过强硬的方式获取。她这样的情况，最好的办法可能还是后面一种。”

“不行，这违背了我的初衷。”

“你真是菩萨心肠。”

李根龙被说得有点开心，拿起水瓶要给柳月忠加水。柳月忠用的是玻璃杯，而李根龙用的是紫砂杯，柳月忠看不出李根龙杯里还有多少水，看李根龙要倒水，忙抢住热水瓶要为李根龙倒水。但李根龙很坚持，柳月忠歉恭地托着水杯接水，在李根龙收起瓶口时，柳月忠的水杯往上抬一下，把瓶口最后一滴水正好接入杯中。

李根龙满意地朝他看一眼，问：“还有办法吗？”

“要么以利诱之，出个价正面去谈。”

“也不行。”

“逆取顺守有什么不行？自古以来中国政坛就颇多此类范例，更何况对一个女人。你有真心，人来了以后再弥补也不迟。”

“我不想让她那比玉还纯的心受玷污，就是要她的‘愿’。西方有句谚语：女人是白蓟花，只要苦苦追求，就能得到她的芬芳。‘愿’的女人像一架优质钢琴，按动不同的键，就会有不同的优美声音。只有下了功夫，才能得到‘真’的享受。常说你脑子灵，在这个问题上却尽出臭招。”

柳月忠仍然笑得很坦然，问：“桂珍那里怎么交代？”

“那里我现在只给钱，根本就不回去，这一点你都清楚，不会有障碍。看反倒被你问个不停，现在是我问你，到底还有没有高招？”

柳月忠玄妙地笑着，意味深长地说：“她的男人是个醋坛子，我去把那只醋坛子捣个粉碎，你不就可以长驱直入了吗。”

“你说话就喜欢‘城墙上出棺材——圆兜圆转’。赶快想想，有了好办法就告诉我。”

五

桀犬吠尧、各为其主。柳月忠嘴上没有多说，心里早就想抓住机会露一手，显示智慧，取悦老板。还在和李根龙说话之际，他就有了些模糊的想法，那句要去捣碎席建祖醋坛子的话，已经沾到了意思。但静下来细想，又有点小狗吃天——无处下口。

“常记溪亭日暮，沉醉不知归路。兴尽晚回舟，误入藕花深处。争渡，争渡，惊起——”柳月忠喜欢古文、古诗词，随手抓了一本来读，但读着就没了心情，又把书丢到一边。他曾经钻天打洞觅那些书，如醉如痴读那些书，遨游在知识的海洋里，并为其博大精深而慨叹不已。然生活变故，“死没死、皮裸去”，心情也随之变了，再看那些文字，竟然引不出内心的呼应来。在他看来，那些文字中无论是出世的飘逸、失意的愤懑，还是内敛的深邃、机巧的丰富，似乎都脱不了本质上的拘泥，无非就是些酸涩和细巧。对如何主宰人生的至理，连个屁都没有敢放的，看了那些东西，人浑浑噩噩真就废掉了。如今半世人生过去，又转过来吃老板的饭，尽管鞍前马后表现也分毫不差，但心总是灰冷的。受命运作李根龙与殷正琴的事，那一股冷血自然就会泼洒到席建祖的家。如果真把殷正琴挖了出来，她是悲还是喜暂说不确定，席建祖可就必定受苦受害了，好端端一个本分人，哪曾想到会处处受算计？

说柳月忠看书没了内心的呼应，并不等于他一点也没有看进去，蛮好的词遇到他的戏谑心理就歪了，那个“误”字和“惊”字，竟给他的恶作剧引来了灵感。

“误入藕花深处，惊起一滩鸥鹭”，真是绝妙啊。他要来“搭积木”，通过席建祖的“误”，让殷正琴“惊”。有了这样的构想，他开始考虑实施方案：要趁殷正琴独自在家时，让李根龙到殷正琴家里去，造成两人在一起的事实；席建祖本来就醋意十足，见状必定怒从心起，狂暴至极。他进一步分析方案的可行性：这三个人中，殷正琴完全处在被动地位，是最好安排的一个；李根龙这一头也不用多说，到时叫他出场就可以了；难度大的是席建祖，三点准确汇集的关键就在他。柳月忠意识到要能对席建祖招呼去来、适时调动，还需要有一个帮手。到哪里去找呢？他想到了席建祖工作的地方。

席建祖仍旧在老地方，把殷正琴接回家，就是他最大的满足，日出而作、日落而息，他把心思全放在了家里。

要殷正琴回家，他没有半点低声下气，真有一副凌然大丈夫的气概。其实哪是什么气概，实在是做不出来，内骨里是心都可以掏出来给她的。殷正琴回家后，他主动挑起了做家务、带小孩等全部家事，只想给她一个轻松的生活环境，只希望让她感到身边可以有他的存在。中午都在外面吃，晚饭就成了一家人的关键，他会在晚饭上特别用心，除尽量变换烹饪的手法、品种外，还努力搞好服务。如果晚上吃饭，他会用一只小碗盛好一碗，轻轻喊一声“吃饭吧”；如果是吃面，他就柔柔地说：“今天吃面，来吧。”

他知道殷正琴喜欢吃糖年糕，当得知有一处的糖年糕味道特别好后，虽然那店距家有十多里路，他还是不辞劳苦，远去采办。

回家时挤在满满当当的公交车里,他把又沉又硬的糖年糕抱在胸前,不让人碰着、挤着。其实糖年糕是粗货,挤挤碰碰也无大碍。但那包糖年糕,在旁人看来是一般食品,在席建祖的心里却因包含着对妻子的情分而格外珍贵。此时的他虽然面容憔悴,双目无神,身体随着公交车的摇摆不断疲乏地晃动,心里却钢铁一样坚定:只要妻子能开心,他什么事都愿意做,他誓死要保住这个家。

殷正琴回家了,她是那样的恨席建祖,咬他一块肉也不一定能消除心头全部的愤恨。但她又是那样的生性温厚,事发当时还有股冲动,过后就没了撒泼、作践人的利斧。她刚回家进自己的房间时,脚跟一踹,"咣"地一声把房门关上;后来,进房门时在手上稍带点力,把房门"碰"地关上;再后来,就变成用手指轻轻地把房门掩上。她虽然不做事、不说话、不笑,把自己变得像一块寒冰,但那毕竟只是在不断收缩自己。

除上班之外,绝大部分时间她都躲在自己的房间里看小说。夜校已经不去了,建立在上夜校行动中的赚钱热望成了泡影;父亲突然亡故,心头的创伤也久久无法抚平;被误解、遭冷落更似风霜相逼,令她周身寒彻。她没日没夜地看小说,奇幻、仙侠、悬疑、恐怖,还包括言情、生活之类的小说,都会拿过来看。她先坐在凳子上看,累了就靠在床头上看,困得瞌睡过去,醒来再看。她确实爱看小说,以前工作、生活都忙,不能尽兴;上夜校后基本不看,更是一种痛舍。按理现在是尝愿的机会,但此刻她的心境,就那些书是无论如何也舒缓不开来了。无奈之下强迫自己无休止地看闲书,只因不敢把书放下来,生怕一旦眼前没有了排遣之物,情绪失控而发疯。

时间在煎熬中过得非常缓慢,时间又具有冲淡作用,怨怼、纠结在慢慢逝去的时间中稀释和淡化。俗话说人心都是肉做的,更何况殷正琴这样的阿弥陀佛人。小立伟两头的牵扯,席建祖天天的呼唤,殷正琴的感情世界发生了变化。尽管前嫌未释,尽管分手决心未变，但同在一个屋檐下，原来只当他死了的她对他敏感起来。

她仍然锁闭在自己的房间里，但心却在整个家游弋。他的一声不知是有意还是无意的叹息，她会猜测是不是遇到不顺心的事而隐隐担心；他晾洗时挂钩掉落等小的失误，她会顾怜他僵手僵脚而跃跃欲试；他家务动作中的一个重响，她又会分析他是不是带有情绪并担心与己有关；他把立伟揽过去照看，她会显出撒手不管的冷漠，一副不放心的耳朵却总想透过房门而无限延长。她是操持惯家务的人，不愿意享"恶福"。她有点荒唐地设想哪天他因身体原因无力顾家了，她就顺理成章地出手；她甚至巴望他再对她发一次怒，她就走出房门，甘愿妥协。反正此时她的心像初春的江南，连日的冻雨看似冬寒未消，枯枝糙皮上却已经鼓出了绿色的芽苞。如果给她时间，再平静地走一段，芽必然破苞而出，春风就会在这个家庭里吹拂。

然而柳月忠的阴毒计划已经启动，这个家庭会是什么走向，情况扑朔迷离，难以预测。

六

在柳月忠的计划里，要有一个能掌握席建祖的动向，进行左右支使的人。他七折八拐地找到了黑皮。柳月忠觉得黑皮这个人蛮合理想，请他在小饭店喝了两次酒，结成了朋友。

趁着酒兴，柳月忠说："有件事不知老弟是否肯帮忙？"

黑皮知道柳月忠是公司的大管家，早就有了趋附之心，巴结还来不及呢，说："大哥看得起小弟，我自当两肋插刀。"

柳月忠迟疑片刻，说："过一阵再说吧。"

"你怎么搞的？一点也不爽快。看来还是看不起我这个草民。"

"绝对没有这个意思。有道是'小曲好唱口难开'，不是我不爽快，实在是事情本身不直落。”

“没有些许难度的事，哪还轮得到我董虎宝效力的份？你只管吩咐。”

“我们老板在做一件事，这件事涉及一个人，就是你的跟班席建祖。”柳月忠又作了一个停顿，才发狠似地说道，“你真的愿意帮忙，我就把全本‘西厢记’，原原本本告诉你。”

“只管说。”

于是柳月忠编了一个生动的故事。他说：“我的老板是个儒商，在读夜大时结识了席建祖的女人，两个人情投意合，相好多年。老板现在独身，虽事业日隆，却终因心缺一块、无缘连理而痛苦难当。作为他的部下，我备受他的恩惠，现在见他整天忧忧戚戚、为情所困，意欲灸艾分痛实却爱莫能助，心中倍觉不安。后来我了解到席建祖他们夫妻关系也很紧张，就给老板提了个建议，让他与席建祖当面摊牌，成则皆大欢喜，不成也就斩断愁肠。”

“你这个观点正确。”黑皮心想又是一个小白脸的故事，但情感上是偏在柳月忠这一边的，赞道。

柳月忠似乎也被自己编造的故事感动了，声音柔和地说：“要你帮的忙，就是老板准备见面时，你能把席建祖调度到现场。”

“到哪个现场？”

柳月忠显得心中没底，说：“暂时确定不下来。”

“去咖啡馆吧。”

“也可以，但席建祖不一定肯。依我之见就到他家里，当面锣、对面鼓，把所有的话说个清楚。”

“对，这样对他调动起来也方便一点。”

“就这么定，到时和你电话联系。”

“没有问题。我看席建祖这个人瘪缩缩的，也不像个男人的样子。那个女的能被你老板看中，必定貌美过人，那样的女人和席建祖过一辈子，是一朵鲜花插在牛粪上，太过可惜了。”

柳月忠早在信封里塞了三百元，看时机差不多就递给黑皮，说："下面几天我可能会比较忙，没时间陪你喝酒，这是一点小意思，你有兴趣时，就来个自斟自酌吧。"

"不好意思，谢谢了。"

见钱也收了，柳月忠完全进入了指挥者的角色，说："有两个方面一定要注意：一是要严格保密，你和席建祖相处时间比较多，绝对不能露出破绽来；二是计划一定要周全，不能有半点闪失。你得到我的信息，立马得让他回到家里。"

"知道了。"

黑皮一直对席建祖有一种捉弄的心态，主要还是席建祖"不会"。进公司这些天，不说好和坏，终归是黑皮带着他，可是他莫说请顿酒，平时连支烟也不递。这"会"和"不会"真是大不一样，人分几类："特别会"的，能上跳几级去巴结、套近乎；"一般会"的"脚踏尾巴头会动"，也有股灵劲；而席建祖呢，实在"不会"。都到了这个年头，连个"颜面"、"眼色"都还看不出来。照此，别说"这些天"，就是"这些年"与黑皮也只会是形同陌路。黑皮自从与柳月忠见面说妥那事后，对柳月忠所言虽将信将疑，但对待席建祖，却只管往狠处下手，没有丝毫的顾惜。他要把席建祖控制住，在关键时刻，一定要叫他说东不西。

在黑皮看来，席建祖有点傻、容易骗。他想到席建祖有一套钟爱的绘图仪，第一天到工地，还一本正经背了过来，就有了支使他的借口。到时候只说有图要画，叫他回家去取绘图仪，就保叫他屁颠颠直往家赶了。黑皮成竹在胸，只等柳月忠发指令了。

柳月忠在席建祖身边埋下眼线后，觉得"积木"已经搭成大半，心想好戏即将开场，那个男人再看见老婆和野男人在一起，而且还勾到了家里，那个女人的回家之路就彻底断了！你李根龙就等着快活吧。他这样想着，要在李根龙面前居功的念头也有点冒了出来了。

在得意之余,他还要分析一个问题:以什么方式让李根龙出场?有两个选项,一是让他知道底细后去,还有是编造一个理由让他去。他分析李根龙,认为他本质上还是个“无用黑心人”,真要他去扮演一个角色,绝对是“阿元戴帽子——完”;让他懵懵懂懂地去,吃点吓头成功率反而高。

问题刚想到这个程度,李根龙就找过来了,说:“怎么就没有办法啦?你也枉有一个猢狲脑子啊。”

柳月忠看出李根龙半真不假的样子,也放活了口气,说:“心急吃不得热豆腐,得慢慢地来。事情在顺利发展,已经请人沟通过了,女的也已有八成许了。”

“喔,是这样。那还有两层怎么办?”

柳月忠说:“我也正为这余下的两层而费神思,功一百、半九十,看来关键时刻还得主帅亲自出场。”

“怎么出场?”

“你单独到她家里,把那层窗糊纸捅破。”

“踏得进去吗?”

“如果女方要你去,是那面的意思,你还担心踏不踏得进吗?”

“那当然是豁嘴淌鼻涕——顺了,什么时候能去?”

“得到那面的确切消息后我立马告诉你。”

部署得差不多了,为防万一,柳月忠又与黑皮通了个电话,了解黑皮那里的进展情况。当听到准备通过叫席建祖回家拿绘图仪的方式进行调动时,柳月忠大为赞赏,又在及时性方面关照了几句,才真正觉得问题不大了。

两个人都把宝押在了席建祖的绘图仪上,认为席建祖只要听到要用他的绘图仪,就会乐不可支,任由调遣。可他们怎么会知道此时的席建祖,正想把那套绘图仪扔掉呢。

席建祖是在整理屋子时,意外发现绘图仪的。看着用报纸包得好好的绘图仪,他的心被猛地一刺,旧创新痛全部涌了出来。心已渐渐平了，这个劳什子为什么还要出来扰人？在工地上画齿轮后就想扔的，因舍不得而保留至今，结果多受了一番折磨。他已脆弱至极，哪怕一个小小的刺激，都会造成久久无法疏解的郁结。他迁怒于绘图仪，下狠心要把那劳什子扔了。

他用纸重新包裹一下，把绘图仪夹在腋窝下，到小河边走上一座石拱桥，坐在石栏杆上，准备就在这里下手。

桥的两边是破败的老巷子，巷子在早晚两头人会多一点，上班的上班，去市场的去市场；上午十点和下午三点左右，出外的人还在外面，在家的人大部分正在家里，巷子会非常静。席建祖正是处在静的时段，他那魂魄失落、行为乖张的样子，才没有被太多的人注意。他先把旧报纸揉成一团扔了下去，接下来就扔绘图仪了，可是手举到半空中又垂了下来，实在是舍不得啊。乌黑的鞔牛皮盒子，嵌一块银质的字牌，是绝对的精品。想当年需要多大的冲动才会舍得买啊。再看里面：铿亮的大小圆规、各式鸭嘴笔等，统统是伴随了自己多年的心爱之物。

席建祖是嫌厂里的绘图工具不好使，才自己花了约两个月工资买的。他珍宝似的藏着，除了工作中使用以外，还会用来品赏和把玩，享受其中的愉悦。说真的，当时就那么点小心思。时过境迁，当时的“那点小心思”是真，现在看去就是愚不可及的痛，连绘图仪的精致也变得特别扎眼。

他心一横，先把里面的器具往河里一倒，“咚”、“咚”，河面上冒出来一个个水圈，又狠心将盒子扔了下去。

好了，丢干净了。再也不会有非分之想，心也就疏朗了。然而正像“哈姆雷特”里说到的那样，“忧郁不是天性，而是过多的思考”，此时的席建祖思虑能少得了吗？靠扔掉点绘图工具又会有什么用呢！但歪打正着，他的行为无意间对柳月忠他们的计谋形成了障碍。

七

星期四是殷正琴的厂休日，柳月忠一大早就蛰伏到她家附近观察动向。看席建祖出来，骑上自行车直冲冲地去了。看他像被包裹在一层膜里，对周围一点感觉也没有的样子，柳月忠放心不少。过不多会看见殷正琴抱着儿子也出门了，他耐着性子继续蹲守。在他的预料中，不会超过一个小时，殷正琴会回到自己家里。但守候的时间过得最慢，更何况她到底会不会回来，也没个定数，他只得在焦虑中苦熬。他的心里浮现自己猥琐的影子，怎么做这样的事？怎么沦落到这样的地步？他在心里连连诘问自己，苦叹老板的饭真不好吃，免不了生出几分怨尤来。

好在殷正琴没出一个小时，就拎着一扎小青菜回来了。那头殷正琴意兴阑珊，这边柳月忠却情绪格外高涨。他先和李根龙接通电话，要他按时赴约。等有了合适的时间差后，再通知黑皮调动席建祖往家去。

黑皮接令后，立即启动预案，把席建祖叫到身边，说："有一张工程图要作点修正，又有你的用武之地了，快去把你的那套绘图仪拿来，越快越好。"

席建祖顿时急得眼角都挂了下来，叹道："早扔了。"

"不可能！"满打满算的事情出了意外，黑皮有点慌乱，说，"这可是总经理交办的事，也是重用你，在给你机会。"

"真扔了，不骗你。"

其实黑皮也知道席建祖不会说假话，但此时的他宁信其假，就怕是真。想到说出去的话要无由改变，岂不就是"包子破了皮——露馅"，黑皮顿时方寸大乱。黑皮根底里还是个草包，在这节骨眼上，他除了发慌，一点办法也没有，甩了一句气恼话："给你机会都不会把握，你还有什么用？"就把席建祖赶一边去了。

不一会儿，柳月忠跟踪落实电话倒又来了，听到人还没有出发，嗓门也大了起来，说："你搞什么百叶结？快点设法把他调动出来。"

"我怕换了理由引起他的怀疑。"

"你问问他有没有绘图方面的书籍，就说总经理想看。再不行，你只要找一个与绘图有关的理由就可以了。"

"哦，你说得真对，我有办法了。"于是黑皮重又找回席建祖，说："总经理要看有关绘图方面的书，你家里有吗？"

"有几本。"

"快去拿来。"

"明天早上我带过来吧。"

"不行，总经理的事再小也是大的，快去冲一趟。"

"知道了，知道了。"席建祖诺诺连声，跨上自行车就往家里赶。慌忙之中工地泥路上横躺着半块八五砖也没注意避让，前轮上去，砖头一个翻身，车子失去了稳性。他一边紧抓车刹，一边靠踮地的脚作单脚跳，才算稳住。他迅速重跨上车，径直往家里而去。

李根龙骑着摩托大模大样到了楼下，楼里面大部分是年轻的双职工，上班或外出的居多，楼道里静悄悄的，他的高调没有引起丝毫反响，幽静的环境似乎专为他密会情人特设。

李根龙轻轻敲门。

"谁呀？"殷正琴正在洗菜，听到门声，就把门隙开一条缝，先是一惊，继而勉强一笑，说，"是你。"

"好久不见，你好吗？"

"我还好，"殷正琴把门再拉大一点，将身体堵在空当处，心里想道：不能放进来，一旦进来话就难说了！于是她问道，"有什么事吗？"

李根龙见状心想：柳月忠那里的信息好像有点问题嘛，怎么连家门都不肯敞开呢？但嘴上却说："没大的事，到里面说吧。"

"家里乱得很，我还来不及收拾呢。"

"没关系。"

"有什么话就在这里说吧。"殷正琴不让李根龙进门的态度很坚决。

"老远的过来，茶总该喝一口吧。"

殷正琴踌躇片刻，还是坚持不能放人，干脆挑明话头，说："家里没有人，进来会招惹是非，就在这里讲几句吧。"

李根龙相信柳月忠不会骗自己，那就是殷正琴忸怩怕羞了。他一边在推门的手上加点力，一边底气十足地说："到里面说嘛，好歹也这么长时间交往下来了，我是一个什么样的人你还不清楚？放心吧。"

殷正琴也不肯做得太绝情，无奈之下让李根龙进了屋。她把门虚掩着，意在表明不会在里面做什么暗事。

李根龙坐下来，端起殷正琴送上的白开水喝了一口，说："见也见不到你，约也不出来，你好狠心啊。"

殷正琴还是想让李根龙早点离开，说："还是不见为好，你是大老板，有你自己要忙的大事。喔，你来了正好，手镯你带回去吧。"

"你又来了，不谈这个。"

"真的，你拿回去，我一时也不会有这个钱，放这里反成了我的心病。"殷正琴一边说着，一边把手镯拿给对方。

"至于吗？"李根龙接过手镯随手放在桌边，说，"我过来就是想问你，还想不想到我的公司来？你也不要太封闭、保守，你看看你们的那些厂里，一个个非贪即捞，还有谁真心为着厂？"

殷正琴心头涌过一股暖流，想：穷途末路之际，难得还有这样的人，还能说出这样的话，弥足珍贵啊。她知道厂在被蚕食鲸吞，人人都想暴富，人际关系已冷漠到了血腥的程度，要不了多久自己必将生活无着。就这方面看，李根龙是她的救命稻草。但已发生了那么多的事，再到他的公司里去，对家庭的冲击会更大。身临绝境，却心有不甘，想借李根龙之力能奋起一搏，然而家已经摇摇欲坠，再不能有一点点风吹浪打。她感情的砝码放在了家的一头，有心要守住这个家。

“谢谢你的好意，但觉得不合适，还是不去为好。”她嘴上在拒绝，心里却充满惋惜，无意间又往他茶杯里加了点水。

“你思虑太多了，现在的人不能太讲究理数，撞到哪里是哪里。你错过这样的机会，最后是会后悔的。”

“不要再说了。”殷正琴怕自己会动摇，想大喝一声来终止谈话，但发出来的声音却弱得像是哀求。

“我都是为你好。”李根龙趁机再逼上一句。

殷正琴蔫了，她是想好要他早点走的，但心已经被说动，闷了好一会儿才勉强地说：“你看都这么乱，请你原谅不能再陪了。”

李根龙顾左右而言他，问：“水槽里在洗什么呀？”

“洗青菜，中午吃青菜下面。”

“到外面吃去吧。”李根龙站起来，去拉殷正琴的手。

殷正琴焦急地阻止道：“别这样、别这样，这样会出事情的。”

李根龙哪顾得这些，使足了蛮力，把殷正琴往外拉。

就在这时大门“哐当”开了，席建祖愣头愣脑地进屋，见此情景顿然怒目圆睁，咆哮道：“混蛋！婊子！”

李根龙和殷正琴都呆若木鸡，一时间不知如何是好。

席建祖急速转进卫生间，操起吸水用的“皮老虎”，就像红了眼的猛兽，朝俩人漫天挥舞过去。

“你疯啦！”殷正琴见话语已阻止不住他，情急之中抓起台灯罩，朝席建祖扔去。虽然灯罩是布质的，但里面也有铁丝，正好砸中他的脸，砸出了一道红痕。

李根龙乘势上前，紧紧抓住席建祖的两只手腕。席建祖是瘦高个，李根龙是中壮个，扭在一起时，明显是李根龙占上风，席建祖一时竟无法施展。

李根龙回过头来对殷正琴说："快走。"

殷正琴像吓坏了的小兔子抖个不停，对李根龙的话没有任何反应。

席建祖拼命挣扎着，李根龙眼看要抗不住了，又回头对殷正琴喊道："快走吧，不要吃眼前亏。"

殷正琴头一低、心一横，拎了随身包，夺门而出，一口气奔出老大一段。李根龙摆脱席建祖后，飞快下楼，骑上摩托车不一会儿也赶了上来，要殷正琴跟他走。

前路茫茫，殷正琴怎么办？

第六章

一

席建祖瘫倒在客厅地上，冰凉的小瓷砖使他燃烧的脑子有所清醒。他清楚地知道，凭着自己的两条长腿，完全可以赶上他们，但他没有勇气、没有脸面到门外面去追。看殷正琴仓皇离去，他内心只有无比的痛苦和绝望。

“到底看到了什么？”在漆黑一团的脑子里，唯有那根神经还像火焰一般灼烧着。开门一刹那的场景无休止地在他眼前闪回，他试图要捕捉住所有的细节，看清楚每一处关键。然而推开门的那一刻，与其说他是用眼睛看的，还不如说他在脑子里作了一番想象更为贴切。看到了什么？什么也没有看到，只有脑子轰地爆炸。他钻筋透骨地要捕捉细节，似乎细节会关联到他痛苦的程度。他什么也没捕捉到，没有任何资料可以成为他分析的依据，他是不是就此作罢呢？不可能。“他们到底做了什么？他们还有什么不能做呢？完了，一切都完了！”他无法停止自己的胡思乱想。

他的身体已经非常孱弱，冰冷的地面凉气直往上蹿，肚子里一股冷气已经开始盘旋，侵扰他的肠胃。但他不想站起来，他对自己的身体已没有一点点顾念和怜惜，反而希望疾病快快过来，把身体摧毁，进而把绵绵无绝的烦忧也一同粉碎。

他的心死了，听觉却不肯死，执著地注意着门声。往日席建祖独自在家时，门声是他的期待。门声一响殷正琴就回来了，儿子立伟也回来了，家庭顿时变得生机勃勃，席建祖也陡的亢奋起来、浑身有劲。他的潜意识里门声还会响起，那是长久养成的习惯，但时间一分分地过去，门没有再响，于是那习惯也成了折磨人的小帮凶。

日落时分，想到还在托儿所的宝贝儿子，他从地上爬起来，摇摇晃晃地到外边，给叶福娟去了个传呼，称自己有事，请她代领立伟。发出传呼回到家里，他蒙上被子就睡，不久就发起病来，又是发烧、又是拉稀。一个人在家里，没有人递个水、问个病；他也不去就医，连热水也不愿烧一壶，病魔和他的灵魂在一起作践自己。

叶福娟看到传呼，感到非常突兀，但领孙子要紧，也就来不及细想。很快，孙子领回家已两天了，居然没人来问一声，她心中产生了疑问，联想到前些天儿子、媳妇之间就有了磕磕绊绊的情况，心神不宁起来。她六十出头年纪，修长的腰板还算挺括，沉稳、慈祥的眼神依稀流露着当年受过良好教育的富家千金的韵致。但斑白的头发，如刀刻般的皱纹，都鲜明记载着她那特定家庭背景备受磨难的岁月创伤。她有病，身体已经衰弱不堪，一当某个由头触发她对子女生活不好的想象、预感，那种担忧就有一股透彻心肺的寒意。她坐不住了，坐上公交车，一颠三晃地去作探视。轻轻敲门没人应答，好在有备用钥匙，就自己动手开门。门打开朝里一看，叶福娟惊呆了，急呼道："家怎么成了这个样子？"再到床前看到席建祖，脸色焦黄，两眼凹陷，头发蓬乱，又惊呼道："建祖啊，你怎么弄成了这个样子？"

席建祖像死人多口气，一点表情也没有。

叶福娟料定夫妻俩闹翻了，夫妻间争吵也是生活范围内的事，还算能够承受。到厨房间，看看锅是空的，提提热水瓶轻得发飘，开开碗橱，一点点吃剩的卷心菜都快长出白毛了，才想象到席建祖这两天是什么生活，眼泪汩汩地流了下来。

“正琴呢?”叶福娟回到床边问。

席建祖双目紧闭、沉默不语,良久,眼角处凝聚出两颗晶莹的泪珠儿,哀伤地说:“不要再提她了。”

是是非非已经闹了很久,叶福娟一听就明白了八九。说:“起来吧,日子总得过下去的。”

“你回去吧,把伟伟照看好,不要管我了。”

叶福娟没有再说什么,看见米坛里还有米,就出去买了点菜,回家开始忙碌起来。一边煮上饭,一边就开始简单炒两只蔬菜,食物的香味渐渐地弥漫着小屋。

席建祖躺在床上人虽没动,但灶台的声响,使处在休眠状态的脑子活动起来。是母亲在灶台的响动!是妻子在灶台的响动!两个人的影像被不断地切换。母亲的爱是上天给的,绵长而平淡,像静静流淌着的河流,不停不息、波澜不惊,偶尔会激起一朵浪花,那也必定是对母亲最好的记忆:小时候自己也是生病在床,母亲一番嘘寒问暖后,会为自己做好吃的,灶台的声音,就是无法忘怀的温暖的感觉。妻子的爱是自己争取来的,那种爱因为夹杂着曾经的努力和深潜心底的渴望而变得敏感,也会有那种情景:某天因看精彩球赛而睡得晚了,第二天日头高照,自己却睡得分不清是寅时还是卯时,迷糊之间,听到妻子在灶台忙碌的声音,知道起床以后,会有丰盛的美餐在等着,真是莫大的慰藉。那声音里传递的是妻子的爱,那种享受不仅会感到温暖,更会感到无比的自豪。然而现在一切都变了,自己似瘫在冰窖雪窟里面,年迈母亲灶台忙碌的声音,也变得凄婉与苍凉。虽说母亲对孩子是最为包容的,但孩子却总要在母亲面前争强好胜。此时狼狈不堪的他居然要接受老母亲的照顾,强烈的不安甚至使他产生拒绝感,但身体已虚弱到了极点,尽管内心在翻江倒海,躯壳却沉沉的难以动弹。

叶福娟把饭菜在桌上摆放好,又回到床前,说:“起来吃一点吧。”

难道还想像小孩一样在母亲面前撒娇吗？席建祖没有理由再烦扰母亲，挣扎了几次，终于撑了起来，简单洗漱后，坐下端起饭碗吃下一口。他感到米粒非常烂糯，想到母亲是知道自己喜欢吃烂糯的饭的，她一定是细致地考虑到了这一点，顿时感激之情如洪流涌出，一边吃一边泪水“啪、啪”地掉个不停。

吃了一点以后，精神仍旧委顿。

叶福娟力劝道：“放开点，身体是一生的事。”

“虽生犹死，还有什么意思。”席建祖颓然答道。

叶福娟无奈地摇了摇头，说：“吃过了再好好休息，以后就回来吃吧。我要走了，伟伟要有人照顾呢。”

叶福娟走了以后，席建祖只觉闷得慌，看到碗橱里有半瓶料酒。古人常说以酒浇愁，他平时不喝酒，是因为好强，他认为如果一个人需要通过外在因素维持心态，那是一种失败；现在，他是想通过酒来表达自己的放弃，怎么可以把自己搞坏，就怎么搞。他拿起酒来喝一大口，又苦又涩，想：呵！终于找到作践自己的东西了！“咕、咕、咕”一口气把半瓶酒全部喝了下去。

重新倒在床上，愁肠百结的事变得无所谓了，低落的情绪变得亢奋了，原来真是“杯中乾坤大”呀。

到他再醒来时，已经又是一天的中午了，他往脸上掬了些冷水，又含几口在嘴里漱漱，然后大声咳嗽着，头发蓬乱地到街上找了个小酒馆，要了瓶黄酒，又要了炒蛋、花生米喝了起来。

过了几天他又开始喝白酒了，直喝得眼神游离飘忽。小店门口有一个修鞋匠，暑去冬来一直在这里露天修鞋，脸色乌黑，背有点驼，一天到小店里要点热水，正逢席建祖喝高了，眼睛盯住那人看了一会，突然说：“你给我滚得远点。”

鞋匠也是一个吃惯下风的人，平时都在附近活动，对席建祖也有点眼熟，笑着说：“少喝点吧。”

“妈的，我就是要喝，你要我少喝，我偏要多喝，你的话是放屁。”

这一下鞋匠的脸上挂不住了，反骂了一句，抢上一步出手就朝席建祖脖子上掐过去。

鞋匠的手，五根指头像五根钢筋。席建祖哪是他的对手，还未及挣扎，头朝后一仰，摔了个四脚朝天。鞋匠凛然一笑说：“老子就是怕受闲气，才学点小手艺混饭吃，我招惹你什么了，要由你这般地挑衅？”

“人不能打，人不能打。”店堂里的人劝阻道。

席建祖躺在地上也不急着起来，嘴里还不停地说：“你给我滚，我不想见到你。”

鞋匠看对方没有继续攻击的意思，自己当然是做生意要紧，嘴巴里骂骂咧咧地出去了。

老板娘赶紧上来将他扶起，问：“摔痛了没有？”

席建祖盯住老板娘直愣愣地看，老板娘有点慌了，怕他又要发疯。突然他微微一笑，说：“谢谢你，我没事。”说完把瓶中酒，全部倒入杯里，其实也就剩个杯底，一仰脖子喝了下去，轻轻把杯子放好，趴在桌上就睡了。店堂里的人见此情景，都无可奈何地摇头叹息。

自从和鞋匠斗了一场以后，席建祖再到小店里去喝酒，一踏进去就有顾客私底下撇撇嘴，被另眼看待了。席建祖根本记不得那天的事情，小店照去，酒也照喝，而且一天比一天喝得凶。

几天后的中午时分，鞋匠又慢悠悠到小酒店里来，他为酒店老板娘的一双脱胶皮鞋纫几针，现在专门送鞋过来，顺便再要点热水。可巧席建祖又喝高了，一看见鞋匠，盯着看了一会，又骂开了，还不停地叫他滚开。

鞋匠怒火中烧，伸出手来又要打人，幸好众人早有防备，极力相劝才算平息了事端。等鞋匠气呼呼地回去后，席建祖又睡得呼呼有声了，店堂里的人边议论边不停地摇头。

老板娘知道一点情况，用手指在自己太阳穴转着圈，说："他受过刺激的。"

一位常客压着声音说："是不是老婆跟人家私奔了。"

老板娘神秘地点点头。

"怎么把毒结在老皮匠身上去呢？"

老板娘眼睛朝上翻了半天，说："这个倒真的搞不清楚了。"

二

俗话说：坐吃山空，立吃地陷。席建祖那几千元买断工龄的钱，在殷正琴重新回家的那段时间里，为了能稳住她的心，已经在生活中补贴掉一小部分了；到酒店喝酒，老板娘多厉害啊，开始几次收费是合理的，后来发现席建祖喝得糊涂就趁机多开一点，这样花费自然就大了；他工作不去做，收入的渠道也没有了，几个方面汇集起来，家中的钱很快就用光了。钱花在了酒中，而且喝了酒还惹是非，眼看着这个人要废掉了。

叶福娟知道以后，急忙赶到小酒店劝阻。看到席建祖半醒半迷糊的样子，心如刀绞却也无计可施，只好在边上暗自垂泪。

席建祖清醒过来看见母亲在身边，就说："妈，给我点钱，酒钱还赊着呢。"

叶福娟一听赶紧到账台前，对老板娘说："欠的酒钱我付了，以后求你们再也不要赊给他了。"付过酒钱后，她又回到席建祖身边，想趁他还清醒时对他说："在外面欠钱过日子总不是个办法，不行就回家来过；家里多一个人，锅里多一把米，日子总能过的。"但话在嘴边却没法说出口，因为席建祖又呼呼地睡去了。

叶福娟无奈，又回到柜台前向老板娘恳求道："千万不要再给他赊账了，帮我劝劝他，劝不听赶也要帮我往家里赶。"

老板娘不以为然，说："话我会说的，但饭店开着不叫人家吃也难。”

“他没有工作，我们两个老人也只有几十元的退休工资，经不起他这样挥霍。到时还不起欠账，你们经济受损失不说，我们也没脸见人啊。”

老板娘这一次听得竖起了耳朵，说：“一塌糊涂，有数了。”

当席建祖再一次来到小店时，仍然对老板娘轻声说：“先欠一欠。”老板娘没有吭声，过了好长一会才说：“最近转不过来，不能欠了。”

席建祖脸刷地红到了脖子，说：“没事、没事。”转身就走了出去。“酒壮英雄胆，回家打老婆”，酒就这点德性，此刻的席建祖没了酒，立马回复到了羞怯和怕事的状态之中。

他惶惶然回到自己家里，蒙起脸睡了起来。睡到下午三点钟的光景，饥肠辘辘的他，再也睡不下去了，磨磨蹭蹭地起了床，在几只抽屉里翻找，觅着三个一元的硬币，急忙到点心店，要一客小笼包子堂吃。他是饿慌了，见笼屉上来，伸出三指“啪”捏住一只包子，滚烫的感觉又使他飞快抽手回来，放到嘴前吹气冷却。在到筷筒里取筷子时，目光还像欣赏艺术珍品一般盯着包子，抓稳筷子即狼吞虎咽起来。

几只包子下肚，饥饿感有所减退；令人陷胸垂肩的猥琐心理，随之升起。店堂里人声嘈杂，道路上车水马龙。这一切似乎都在威逼着他，使他像老鼠往黑暗处钻一样试图躲藏。他想喝点酒，最好是浓烈点的，如果有点酒下去，他就能藏进酒神的铠甲里，然而就是因为没有酒，他连去赊酒的勇气也没有了。摆在他面前的唯一之路，就是赶快回家，但那是什么家呀？那只是让自己躲藏的巢穴，是被黑暗紧裹的冥界！在外面他希冀幽独，回家去又害怕冰冷。足欲趋而踟蹰，难啊。突然，他的脑子里“咯噔”一下，冒出了一个念头：回老家过吧。

这是一个多么大的转捩啊，两手空空、没头没脸，浪子回家，更何况席建祖要面对的问题远不止此。可以判断:只要席建祖还有一丝能力维持生计,就绝不会有重回老家过日子的念头。难怪会有“咯噔”之声,像坚硬之物戛然断裂似的。“回去过吧,人躺倒了就一切都无所谓了!”他有了耍赖皮的心态。

三

席林海老夫妻俩住在一间老宅里面。那老宅子外面风火高墙、石库门坚,里面却挤满了大小住户,是名副其实的大杂院。他们搬到这里来是因为原来的住处太破了,成了危房,才动脑筋进行了串换。现在的住处,是老宅里面的一个大间,与原来的住处相比面积要小一点,但地势略高,干爽不少。他们将其隔成要走铺的两间,再在天井里搭个灶屋间就安顿了下来。因为住房拥挤,子女长大后都被挤到外面去成家。老大席建良有点像做“上门女婿”,住到了女家;老三席建德是女儿,前几年出嫁了;席建祖结婚时分到了个“一室半”,就是现在的居所。子女都出去以后,老两口在这个老房子里曾享受到了一段平静的日子。那种平静不只是他们自己对粗茶淡饭的满足,更是对子女个个都能自食其力,全家终于迈上了合乎社会发展轨迹之路的满足,特别对老二建祖能在厂里分到房子,工作已体现出很高的认可度的情况更是喜不自胜。然而过没多久,席林海又心绪麻乱,不得安生了。

此刻他正在修理一把芦花扫帚,神情显得非常沮丧。他个头不高,背有点驼;他的背原来并不驼,可能是上了年纪钙质流失的原因吧。他用麻线为扫帚加固,麻线的一头被钉在了墙柱上,手拽住另一头把镶了两根薄竹片的芦花茎紧绕在竹竿上。为了看清麻线是否绕平整,他眯着眼睛一直往前凑,差不多就要碰到芦花了,看得出席林海的视力差到了极点。

席林海手上在修理扫帚,沉重的不祥之感却充盈在他的心间。

他总会有一种幻觉:席建祖蓬头垢面地出现在家门前。人在老迈之时,看到子女日子过不下去,在自己面前“大袖子擦眼泪”,那将是多大的悲哀啊。而且如果是老大,或者是老三,他的心或许还会宽舒些,惨景为什么偏偏在老二身上特别强烈呢?许多天来,他一直为这事而烦心。幸好出现在眼前的只是幻觉,但就算是幻觉,也已经搅得席林海心惊肉跳。叶福娟手上抱着席立伟,眼睛却在对灶屋间张顾,心思已经到了晚饭的安排上,对立伟的咿呀学语已无暇顾及。老人带孩子,如果作为一时的消遣,含饴弄孙是天伦之乐,但作为家务操持,那就有点酸心和不协调。但有一个小毛头在,毕竟给这个陈暮之气萦绕的环境增添一份生气和活力。

“快要修好了吧?”叶福娟问。

“快了。”席林海答。

“你抱好伟伟,我要去准备晚饭了。”

“稍等一会吧,还绕最后一道。”

“晚上吃点啥?”

席林海思考了一下,说:“就煮点粥吧,再炒点咸菜,加上中午吃剩的就够了,伟伟还老样子——炖个鸡蛋吧。”

“吱——”门轻轻地开了,席建祖沉着头慢慢走了进来。

席林海和叶福娟有点惊愕。叶福娟马上提起了精神,说:“先坐一会吧,马上吃饭。”席林海惊愕过后却有点惶恐之色,低着头不吭气。席立伟喊爸爸,伸出手身体朝爸爸俯过去。席建祖对儿子看了一眼,没有什么反应。叶福娟说:“让你爸爸歇会,”就把小孙孙往席林海身上送。席林海手一松,已经绕紧的线全部退了回来;他只草草一缠,接过小孙孙后,尽量靠边坐着低头不语。

叶福娟到灶屋间做晚饭,因为老二回来了,除了按原来计划外又另打四只鸡蛋,做了一盘葱油炒蛋。全部准备周全,她走到已经独自坐在里间发呆的席建祖跟前,说:“建祖,吃饭吧。”然后转身出来边走边招呼道:“吃饭了。”于是一家三代就在灶屋里挤挤挨挨地坐了下来。

立伟朝席建祖伸出小手，又做出要抱的样子，奶声奶气地喊道："爸爸。"

席建祖神色黯淡，说："吃吧吃吧，奶奶喂你嘛。"他慢慢吃着，眼睛却在四处滴溜，突然眼睛里一亮，问："那瓶里是什么？"

"哪里呀？"叶福娟问。

"搁板上。"

"是料酒。"

"给我喝一点吧。"话刚出口他已起身去取了。他取了一只玻璃茶杯，满满倒了一杯。看着杯里的琼浆玉液，他沉郁的脸微微绽了开来。他把杯子送到嘴边轻轻啜一口，也许他是想表现得斯文一点，但内心强烈的需求又使他急不可耐，紧接着张开嘴猛地喝了一口，大半杯就没有了。他只夹了很小一块炒蛋嚼着，脖子一仰把杯中酒全部倒进了肚子。他把瓶中酒全部倒出来，约有半杯，只看不喝，眼看着所剩无几，他舍不得马上喝完。酒下去后，心情变得放松，说道："我暂时也没有这个能力，伟伟就放在你们这里吧。"

"知道的，也是没办法的事，我们会把伟伟照顾好的。"叶福娟说。

"伟伟是我欢喜的，到这一步真是没有办法。"席建祖说。

"现在的托儿所好是好，可离我们这里还是远了点。"

席建祖一口又喝去一半，看着仅剩的一点酒贴在杯子底下，心里慨然，想酒怎么这么不经喝？他问："妈，还有酒吗？"

"没有了。"

"唉哟，太少了。"

叶福娟看看席林海，以征询的口吻说："到弄口小店去买一瓶吧，反正吃剩下来还可以烧菜的。"

席林海虽然动作缓慢，但没有丝毫耽搁就出去了。那个小店只隔两三家门面，不一会他就回来一声不吭地把酒放在儿子面前，然后又坐回自己的位置上，把碗里的一口粥“呼噜噜”吃下去，就闪一边去了。

席建祖用筷子的梢头架在自己的大拇指上，三搅两撬就把盖儿打开了，又往杯里满满地倒了一杯。

叶福娟说：“少喝一点吧。”

“我不会多喝的，”席建祖讪笑着应道，“妈，等过了这个学期，就让伟伟转个托儿所吧，你可以省力一点。”

儿子的一句贴心话，顿时使娘的心里暖流涌动，叶福娟说：“吃力也谈不上，只要你能稳定一点就好了。”

“我没问题，你放心吧。”席建祖一仰脖把一大杯全喝干，于是，脸酡红了起来，更重要的是眼神有点飘忽了。他不紧不慢又开始倒酒。

“不能倒了！”叶福娟说。

“没事。”席建祖那只拿酒瓶的手大大地挥了一下，说，“就喝点酒，还有什么？”

叶福娟知道苗头不对，说：“适可而止吧，把酒留着明天再给你喝。”

“滚出去，我谁也不想见。”席建祖没有理会母亲，恶声恶气地说着，矛头是对着父亲的。席林海的头沉得更低了，叶福娟的脸上也一片凄然。

“你算什么？不是好东西。给我滚！我不想看见你！”席建祖唾沫四溅，声音山响地闹将起来。

席林海沉着头回到了里间。

席建祖还是喝酒。

叶福娟怕立伟受惊，把他抱到里间，递给席林海看护。自己又回到灶屋间，陪着儿子，对他进行劝解。

席建祖有时会对叶福娟看看，发出带有恍惚的傻笑，但转瞬之间会骂得更加厉害。直到瓶中酒全部喝完了，人也搅累了，才伏在桌上打盹。看着席建祖打盹,叶福娟去腾一个地方,拉开折叠床,轻声唤道:“建祖,到床上睡吧。”见席建祖没反应,她一边继续轻唤一边去拉他的胳膊,谁知席建祖心里清楚着呢,他双肩拼命扭动,力气大得不得了,很快就把叶福娟的手甩脱了。

席林海在里间,等孙子慢慢睡熟后,坐在床边看护,脸色像刚从冰窖里出来一样;叶福娟仍然陪在席建祖身边,忧伤地看着席建祖,眼睛里闪动着泪花。

不知过了多少时间,席建祖有点醒了。叶福娟说:“晚了,就睡在这里吧。”

“走了。”席建祖站起来,一摇三晃地往门外去。叶福娟少不了跟在后面挽留、叮嘱,看着他似醉似痴的样子,泪珠儿终于滚落下来。

四

看得出席建祖喝了酒,就会严重失控,但失控以后发疯、骂人,攻击的对象却既集中又明确,似乎意识仍然是清楚的,这就让人颇费参详了。自从他回老家喝酒发酒疯后,其底细渐渐清晰起来。很明显他是冲着父亲席林海来的,前一阵之所以揪住小皮匠不放,答案也应该有了,那完全是因为小皮匠外形酷似席林海之故。从冲着酷似父亲的小皮匠施凶,到直接对父亲席林海撒泼,席建祖心里到底有什么想法?确实,他的恣意妄为都是在大量饮酒以后。有道是:“酒话莫当真”,但也另有一种说法:“酒后露真情”。席建祖揪小皮匠是他糊涂的一面,但多次重复表现的内容如出一辙,就不是“糊涂”两字可以解释了。那么究竟恨从何来?父亲对儿子的养育之恩暂且不说,百姓生活,无非柴米油盐,有什么必要闹得父子反目、势不两立?还有席林海向来家教严厉,怎么就会让席建祖为所欲为,全没了为父的尊威?席建祖平日里温文尔雅,又怎么会对老父亲如此寻碴作刁呢？

事情还得从席建祖的童年说起。

席建祖自幼聪明，样式事情一学就会，而且很有精神追求。他通过他所能接受到的信息，很早就树起了雄心壮志，要当军事家、科学家、孤胆英雄等，成为服务祖国的有用人才。那时一条巷里，小孩的父母都只顾自己忙，小孩们就聚在一起疯玩。巷子尽头有一个建材仓库，里面的黄沙堆得像山一样高。不论是冬天还是夏天，席建祖和其他小孩子都喜欢到那里去玩。特别到了夏天，会玩得更加开心。大家在沙堆里打滚、游戏，弄得像一只只泥猴子，尔后就往护城河里一跳，乐趣无穷。孩提时代是模拟的成人世界。他们的所玩，都受着成人潮流的影响，有将来自己要成为的那一种人的影子。席建祖在同伴中表现总是最为出色，发挥着主导作用。

他还有一个能耐，就是垒沙和在沙面上作画。把上面的干沙扒开，利用里面湿沙有点黏的特点，用树枝或者木片当工具，进行雕挖堆垒，做成形状；沙上作画会简单些，只要把沙平整好就行，他画飞翔的鸟、迎风摇曳的柳树等，都逼真有趣。他垒沙、画画的时候，有兴趣的小朋友会在边上围看，给他出主意，说要加这添那，当然也有人会出来捣蛋。每当有人要捣蛋，他的好伙伴程君初就在边上维持秩序、大声制止："不要搅客，不要搅客！"有一次席建祖在伙伴们面前发誓，要垒一座城堡，先组织大家把沙挖开，形成一个沙垛，然后由席建祖为主，进行细雕，在城堡顶部，席建祖要雕出"心"形结构。他认为城堡是神圣的，在他有限的听闻中，"心"字经常被组合成"红心"、"忠心"，因此"心"也是无比神圣的，他要在城堡顶端堆垒起一颗心，表达他内心对人生神圣的感觉。心形中间大底部小，雕时必须特别小心，席建祖总是屏住呼吸，一点一点地抠，已经雕到"心"的顶尖了，也许是工程太大，时间太长，终于有一个小朋友没有耐心了，突然飞脚把城堡踩个粉碎。孩子们一哄而散，跳入清澈的河流中去。

程君初为没能阻拦搅客者而难过，席建祖却说没关系，可以重新来过，两个人在一起总是有说有讲的。席建祖比程君初高一个年级，好在上课的时间不长，也没有太多的回家作业，一起玩的时间很多。席建祖大一岁，能耐又大，因此两人说是好伙伴，其实是程君初跟着席建祖。

在学校旁边有一幢老房子，墙上爬着青藤，庭院里满是苔藓，席建祖放学走过，总发现里面静悄悄的，十分好奇。为看个究竟，一天他贸然闯了进去，看到一个人正在作画，年纪与自己父亲相仿，就喊一声："老伯伯。"

老伯伯慈眉善目、笑容可掬，问："喜欢画画吗？"

"喜欢。"

"喜欢就多过来，伯伯教你画。"

"我还有一个小伙伴，也能让他来吗？"

"能！"

席建祖把这个发现告诉了程君初，于是，两人放学后就到老伯伯那里去玩，看他画画。那老伯伯真好，非但让他们看自己画画，还为他们提供纸、笔，让他们对着石膏像练习铅笔素描。从那天开始，他们在老伯伯处半玩半学画约有两年。

一天下午席建祖放学时，看到老伯伯家的院子里都是人，人群中还插着一面"东化厂战斗队"的旗帜。对东化厂席建祖是知道的，就是离巷子不远，大烟囱里冒着难闻的气味，把附近一个清澈见底的大湖塘弄得又黑又臭的那个化工厂。那些人把大捆大捆的卷轴，大摞大摞油画搬出来烧，把晶亮的瓷器搬出来砸，还把几双说是属于"封资修"的尖头皮鞋也扔进火里烧了。

这时围观人群中有一个中年妇女指着往火堆里扔画轴的人说道："他也穿着'尖头皮鞋'。"人群啰唣起来："烧！烧！"那人倒也自觉，迅速脱下皮鞋往火堆里扔了进去。

人们的情绪似乎更高涨了，把雕刻着好看花纹的老式家具也

“吭唷、吭唷”抬出来，放进了火堆。

席建祖看到蜷缩着的老伯伯的侧影，心有不忍急忙走开了，一路回家却还沉沉地惦着他。哥哥席建良结伙出去串联了，他想象着他们的热闹，为未能参与其中而遗憾。外面的风风雨雨，特别是老伯伯这样再好不过的人的遭遇，使他的心缩了起来。他还很小，不可能有清晰的评判标准，但敏感的童贞产生出强烈的排斥，周遭变异击碎了他对人生的瑰丽憧憬，他在心里哀叹道：“不这样有多好呢！”

又过去了一段日子，席建祖他们不用上学了，完全成了野孩子。这时老伯伯也到巷子里来了，他被下放到街道厂接受改造，人也被从大宅子里赶了出来，住在巷口的小平房里。老伯伯刚来时是由两个人押过来的，席建祖看见老伯伯，马上跟在后面，一直跟到小平房。两个人等老伯伯简单安顿后，就要离去，临走时对老伯伯说了不少话，语气倒还平和。老伯伯变化实在大，苍老、憔悴、头上也蓦地罩了一层严霜。面对那两个说话的人，他恭顺地听着，干涩而漠然的眼神，像一口枯井，那是一口能把人的精魂吸走的井，席建祖的心顿时空了。

五

老伯伯到了巷子里，席建祖的听闻就多了起来。他知道老伯伯叫秦孝南，是马尼拉的华侨，又在欧洲得到深造，曾是市美术馆馆长，油画造诣了得。一个偏村僻巷放野的孩子，听到这样的信息，其内心的震撼不啻哥伦布发现新大陆，秦孝南那些辉煌经历把深怀志向的席建祖完全吸引住了。

作为年幼的孩子，席建祖的志向其实就是梦和幻想。他似乎永远沉浸在幻想之中，如果拣到一只装粉剂青霉素的小小胖胖的瓶儿，他会不断在手里展玩，并把它想象成聚能的容器，要让他飞到宇宙中去;在听家中唯一的音响设备有线广播时,他能断定不是人藏在里面说话,但声音到底是哪里来的却百思不解,想通过隐身之法进去看个究竟;蜜蜂嗡嗡、彩蝶翩翩,他会看得出神,它们从哪里来、又要到哪里去?在他眼里那些小精灵都充满着神秘。幻想包含着他的探求,焕发出他的昂扬精神。这种精神又支撑起他的梦想,坚信自己将来一定会作出一番大的事业。

然而虽有太多、太多的事物让他感兴趣,但又有太多、太多的问题让他困惑。其实他的很多问题,书本上早有明确答案,可是他没有书读,连知识可以从书本中获得的道理也不懂,只凭着最原始的求知的焦渴在冥思苦想。他确实有宏大的志向,相信将来会大有可为,但从哪里去努力却一片茫然,而且他知道将来要做什么并不允许个人选择,因此梦想反而变成了心中一份淡淡的悲哀,宝贵的童年就这样慢慢地消耗着。

对秦孝南深入了解后,席建祖一下子看到了希望所在,在他无数的志向中,补充了一个最明确的志向——要继续跟秦伯伯学画画,将来要当画家。

秦孝南是到街道厂接受劳动改造的,街道厂也在这条巷子里,主要生产小的变压器。秦孝南除做包装运输以外,一大早还得把厂区和巷子扫干净,一副惨兮兮的样子。

席建祖却全然不顾,他已经把他当成最值得崇拜的偶像。一天傍晚,他来到秦孝南的家门前,想进去却又犹豫:秦伯伯生活这么艰难,还能再给他添麻烦吗?他的精神压力肯定很大,还会有心情来教小孩子画画吗?经过一番踟蹰,他还是敲开了秦孝南的门,说:“秦伯伯,我要跟你学画画。”

秦孝南一阵惊喜,说:“建祖,你要来学画画太好了,我有很多东西可以教你。”突然他又面有难色,说:“可是现在条件太差了,我那些石膏像,还有可以提高眼力的名画作都没有了,连像样一点的纸和笔也没有。”

席建祖听到有难度，心情一阵紧缩。

突然秦孝南又振奋起来，说："不要紧，大自然中、日常生活里到处都有可以摹写的东西，不然怎么会有'生活是最好的老师'的话呢。"

"笔和纸我都有。"

秦孝南在贴身的衬衣里摸索着，掏出一张十元的纸币，说："你到'东来仪'去一趟，那里的东西正宗。买些画画的纸和2H的铅笔，就照这个数额买。"

"秦伯伯，笔和纸我都有。"席建祖又重申道。

"我知道。学一样东西，点点滴滴都必须照规矩来。学素描必须用标准的画画纸和2B至2H的笔，基础最重要。"

"我自己拿钱去买。"

"你替我去买吧。"秦孝南又解释道，"白天我实在是没有一点点时间。你替我去买，我抓紧给你制订一个学习的方案。"

"秦伯伯，也能让程君初一起来吗？"

"最好啦，一起来吧。"秦孝南的脸又阴沉下来，说："你们来千万别说是学画，更不要说我在教，都是玩。"

席建祖郑重地点了点头。

于是，席建祖和程君初又聚到了秦孝南的门下，但秦孝南心里非常明白：一个管制分子，还教这教那地不安分，如果被认定为有毒害青少年的歹念，可就成了敏感问题，弄不好被罪加一等。好在巷子里的人对两个小毛孩写写画画的事很漠然，在例行的监督训话中，他也冒着被彻查的风险隐瞒了这个细节，而且居然给蒙混过去了。秦孝南庆幸之余，不免身上冷汗不断。

秦孝南的小平房前面有高房子挡着，通风、采光都不行，地面一直是湿漉漉的。席建祖去学画时，每次推门进去，都看到昏暗的灯光里秦伯伯蜷缩着，表情痛苦，体会他一天的劳作肯定是累极了，再占用他有限的休息时间，非常过意不去。但一旦开讲，秦孝南就眉飞色舞，滔滔不绝，像换了一个人，此时就成了席建祖、程君初在学海遨游中最有劲、最快乐的时光。

在学画画的过程中，秦伯伯总是表扬席建祖，对他的练习画说这里很好，那里也可以，但如果这样会更好些，像在与一个同行进行切磋，亲切无比。而对程君初则评价一般，一张画送到秦伯伯手里，他会皱着眉头说这里不行，那里也不对。席建祖多么希望秦伯伯也多给程君初一些肯定，看秦伯伯作批语时的倔劲，心里直为君初鸣不平。

秦孝南看好席建祖，在一次偶然与席林海相遇之际，有心作些鼓动，说:“老席，小建祖很有画画的天赋，我看还是让他朝画画方面去发展吧。”

席林海一听这话嘴上“哼哼”地没说什么，脸却耷拉了下来。

秦孝南又说:“他们是祖国的未来，我们应该多呵护。”

“像你这个样子，也看不出有什么好啊。”

秦孝南也不恼，知道自己的处境真没有多少服人的优势，说:“艺多不压身，让小孩子学一点总是好的。”

“我只想过太平、安稳的日子。”

秦孝南摇摇头，一脸无奈。

又过了些时日，秦孝南躺倒了，传闻是胃癌。此时席建祖的情况也有变化，小学开始中断的学业，竟从初中开始延续起来，学工、学农，挖防空洞、疏散等一年光景后，又说要毕业分配了，还有消息说是留城当工人。他的心里充满了热望:如果能留城当工人，这样就可以一边做工一边学画啦。然而秦孝南的身体却使他忧心如焚，他知道秦孝南身体不好，胃病很严重，冬天焐热水袋，热天也要用棉花垫捂着，还大把大把吃胃舒平，但没想到会是那种恶病。得知秦孝南的病情后，他和程君初像热锅上的蚂蚁，惶惶然来到秦孝南的床前，喊过一声“秦伯伯”，就呆着没话了。

秦孝南是看好席建祖的，希望他能在画画方面发展，他躺在床上吃力地说:“我是教不动了,但你们不要放弃画画。我的一个同学在沙湖县,距这里也不过五六十公里,他的处境比我好,油画、国画都行,他会安排你们的吃住。你们找他去,再跟他学几年,把基础打扎实。这是我的推荐信,你们拿着,争取早日成行。”

“秦伯伯身体这样,我们不能走。”席建祖说。

“我不要紧。”秦孝南说,“建祖,你父亲可能不支持,但想要学有所成,什么阻力也挡不住。”

“我一定!”

又隔一天,秦孝南自己撑到了附近一家区级医院,就再也没有回到小巷子里来,据说才几天人就没了。

程君初父母都是工人,子女的自由空间相对大,说走就准备走了。席建祖却不一样,席林海脸色铁青,“不行”两字像冰山上绕过了两圈,让人听得寒意彻骨。

“为什么不行?”席建祖认为自己是正当的追求,没有什么错,便有了胆气,反问道。

“我说不行就不行!”席林海对席建祖学画画,早就不满在心,趁着正面交锋的时刻,就想下狠劲,一次性把他的“邪火”掐灭,把苗子扳直了。他没有解释为什么,而是凭着父威,厉声呵斥道,“什么事不好做,要去学画画!想要找死也死得太平点,免得害大累小,一家上下都不得安宁。”

“我是去学画画,又不去偷、去抢,我有什么错?”

“是啊,你不错就是我错。错也好,对也好,今天我说了,就是不准。”

“我一定要去。”

“人搀了不走,鬼拉了就跑,怎么就生出你这种末代来。你要敢去我就打断你的腿。”

席建祖气得往床上一躺,下狠心以绝食来对抗。中饭没有吃,到了晚上也不吃,家中充满肃杀之气。妹妹席建德在哥哥床前转悠，紧张得快要哭了；叶福娟也不停地劝席建祖吃饭，担心孩子把身体弄坏了。

只有席林海强挺着，声嘶力竭地嚎着："不吃最好，还能省我的饭米。"

深夜。

席建祖因为饥饿，迷糊了一阵后就睡不着了，听到隔壁父母也还在轻声说话，房间之间就隔着一层板壁，尽管他们说得很轻，席建祖还是听到了一些情况，也由此改变了他的初衷。

六

席林海曾经做过一个梦，梦中他是工人，戴上了大红花，醒来发现只是南柯一梦，梦时的欢快反造成更大的忧伤。日有所思、夜有所梦，他实在太想成为工人或者农民了。年轻的时候，在与人议论人如何努力的问题时，他总是低沉而闪烁地说："我成分高。"

他父亲是个地主，在三声口号中结束了生命。批斗大会上，县长亮着嗓门大喊，下面应声如山。

"他有没有鱼肉人民？"

"有！"

"是不是罪大恶极？"

"是！"

"要不要杀？"

"杀！"

他没有过多地替父亲惋惜，那时他也正热血沸腾，想着为人民的事业大展抱负。但对"罪大恶极"四字还是有点想法，他们家里虽然用点短工，父母、家人却都整日在田里劳作，子女读书闲时和寒暑假也都要到田里去莳秧、锄草。

好歹都过去了，历史翻开了新的一页，他当上了一名初中语文教师，雄心勃勃，想利用教师的舞台教书育人。然而，在讲课时却出了一点问题：因为他治学态度严谨，不肯随俗，在讲一篇散文时，充满思辨性地提出了地主是根据政策、以占地多少来划分的，善与恶却因人而异的观点。当时也没有什么，就是领导找他个别谈话，给他提了个醒。

随着社教的深入，问题逐步大了起来，不断有人指责他在为家庭翻案，还揭发他的出生是恶霸地主，使他一直生活在惊恐之中。那时有填不完的表：履历表、登记表、情况简表。填表是他最痛苦的时候，本来填“地主”都心有不愿，现在还要不要加“恶霸”两字呢？加吧实在太荒唐，不加吧，又怕追究。每次内心较量后，总是老实地加上“恶霸”两字，但心却在流血。他后悔自己的失言，无数次打自己的嘴巴，看见三尺讲台，就心慌意乱，学校成了油锅，而他就是在油锅里煎炸的肉饼子。

他希望子女都能上轨道，大儿子建良好，上个年头就安安分分地插队去了，虽然农村生活苦不堪言，心里却踏实；老二建祖却学这弄那的，至今还在执迷不悟。白天的争执席林海想压住儿子，但他知道至多打了个平手，他焦虑得无法入睡。

“孩子要学点东西总是好的，是要上进。他该是个什么命，就由他自己去定吧。”叶福娟说。

“你懂什么，能由得了他吗？年纪轻轻一点时代气息也没有，光凭一时冲动，尽搞那些不着边际的事？你也真是，只懂得姑息、袒护，可知道现在出手不狠一点，有了问题后悔就来不及了。”

沉默。

“你看孩子这样子，能忍心吗？已过去的生活，在我们脑子里只是概念，要怎么理性就可以怎么理性。而他们面对的是活生生的现实，每一步都是一种艰难地探索，需要更多的理解。靠压着，终也不是个办法。”

“你不要管，这件事我主意铁定，不会作丝毫退让。”

“你可以说了算，但建祖要出什么意外，我是不会安生的。”

“你就是这种样子。”

叶福娟不再吭声，低低的抽泣声却清晰起来。这边席建祖眼泪也扑索索落到了枕头上。如果是强迫，压力越大他的意志会越坚定，他已经做好拼死一搏的准备。然而母亲那哀婉的抽泣，那饱含苦难却仍然顽强呵护孩子的母爱，像一股巨大的暖流给他猛烈地冲击，他不忍心让母亲过多焦虑和担忧，心渐渐地软了下来。

第二天早上，席建祖对叶福娟说：“妈，我就在学校里等分配吧。”

人就像蒲公英的籽，随风而飘，一旦落下来，就会把所落之处作为自己的生存之地，扎下根来。席建祖进厂以后，很快就爱上了工厂的生活，除干好工作以外，还花大量的时间学习机械知识和机械制图，他像藏在麻袋里的锥子逐步展露出来。

有一天一家人一起吃晚饭，吃着席建祖“扑哧”笑了出来，引来全家惊异的目光。他眼光朝着妈妈，尽量把语气放平淡，说：“厂里叫我进技术室了。”

“做什么？”母亲停住了筷子，满脸堆笑问。

“搞新品设计。”

叶福娟、席建德都为之高兴，席林海却脸色冷峻，一言不发。

本来父子之间没有什么话说，也习以为常了，但就在与母亲、妹妹说笑得对劲的时候，席林海冒出一句：“设计就设计，乱七八糟的东西不要画。”

席建祖沉着头吃饭，大有不予理睬之意，过了很长时间才冷冷地说：“人是靠自己做的，多说有啥意思？”

“你呀没吃过苦头，早呢！”席林海说。

“你去对厂长说去，让我再回车间好啦。”

“你以为我不敢？老话‘做官一蓬烟，生意人是眼门前，做工、种田万万年’；现在的话是：工人、农民是主力军，你要看看清！”

“我不也是在凭双手劳动?”

“好啦,吃饭吧。”叶福娟劝阻道。

正在喜冲冲的时候,被席林海一搅和,兴致就下去了。好在能去搞技术,实在是一件席建祖的开心事,席林海的扫兴话也就一带而过了。

一晃十多年过去了,这段时间里席建祖踏实肯干、成果颇丰;生活上也建立了家庭,又有了席立伟。他觉得人生上到了新的平台,变得十分自信,相信依靠才能和努力就能成功,铆足了劲要把工作做得更好。这时环境却变得猥琐起来,虽然上下相隔遥远,但“物以类聚,人以群分”,顿然间猫腻的暗流肆虐,势利小人如鱼得水,吃吃喝喝、拿拿送送。同在一个厂里,甚至同在一个科室里,哪些人有吃,哪些人有拿,都在单线联系中完成。于是扯到边上咬耳朵、单独传达之类的现象层出不穷,做的人以为天衣无缝,其实尽人皆知,令看的人肚皮气破。席建祖哪来那么多乖巧?照旧是行端动方,一心在技术上,别人在他眼皮底下拉这个人、唤那个人,他全无一点点知觉,也可能是有知觉而没奈何,反正慢慢被冷落,眼看就露出了末年的光景。

果不其然,一阵席建祖已入被刷之列的风传过后厄运就到了。与此同时,席建祖从叶福娟那里听到了程君初曾从美国回来省亲的消息。仅仅过了十多年,一个是妻子出走,饭碗丢失;另一个却以世界为舞台,执了时代的牛耳。席建祖所受打击会小吗?会不恨席林海吗?他对席林海越来越冷待,但一切尚在克制中。万万没有想到他的酒性这么差,酒后会情绪总爆发。可怜见的席林海,已是风烛残年的老人,还要受儿子的折磨,照着他当年的性子,父子之间一场飞沙走石的大冲突是断不会少了的。

第七章

一

“人上一万，无边无岸”，把不准来个鹞子翻身，会因摊子大而没人承担责任，但绝不会因摊子大而没人承担后果。到了席林海这个层面，“青石板上掼乌龟——硬碰硬”，没有遮掩，也无法粉饰，一切都必须直面对待。

当看到席建祖处境艰难时，席林海心里充满忧虑，知道自己阻断了他的选择，祸闯大了。起先，出于竭力维持为父的威严的动机，席林海想蛮挺挨过危机，所以一旦发现席建祖对当年的事流露出不满，立即大声呵斥：“怎么啦？缺吃少穿啦？老婆孩子热炕头，还要怎么样？”然而慢慢地席建祖一家子吃也有了问题，老婆也离他而去，席林海才意识到一个硕大无比的碾子正在压过来。那是一种“绝”和“极”的力量，让人除却盲目，即成渺小。凭蛮劲再也无法挽住父亲在儿子面前的体面，儿子落到这一步，为父的脱不了干系。也没有等到席建祖当着他的面发酒疯，他自己先缴械不战了。

在席林海有点蛮劲时，好歹还有个精神支撑，不是没有问题，而是视问题于不顾，日子也就一天天赖过去了。一旦回归现实，问题一个也不会减少，人却被搅得五内俱翻。悔啊，席林海的肠子都悔青了。席建祖本来的前程将会是多么美好，是他一手把那一切糟蹋掉了。以目下的眼光看，建良、建德返城后的生活也都半死不活的，席建祖如果走准了，处境肯定要超过程君初，就可以帮哥、妹一把。可见被糟蹋掉的不仅是席建祖个人，而且是他席林海的大家啊。似乎应了“棒头底下出孝子”的理，当时的席林海越是成分不好，受排斥，越是想把心掏出来，要融入滚滚洪流的愿望也越迫切。也是为了爱护子女，要把他们拉上他所迷信的轨道，他眼睛里不容沙子，对席建祖发出的不谐音，锱铢必较、绝不容情。当时就那么“一根筋”。等到“一根筋”爆断，一生就等于交了一张白卷：什么也不懂，一文也不值，年纪活在了狗身上；心空得发慌，人瘪得滋汗。现在遭席建祖的忌恨，他是接受的；哪怕被痛打一顿，他也不会有怨言。那种吃了老鼠屎的感觉，面对害人害己的结局，他深感自己作为父亲实在是个大傻包啊，他所能做的只能是狠狠地扇自己的耳光。

席建祖当着他的面发酒疯后，他彻底垮塌了下来。整天愁眉不展、唉声叹气。

叶福娟看在眼里急在心里，劝解道：“放开吧，身体要紧。”

因全身乏力，席林海斜倚在床头，说：“都是眼门前的事，能放开吗？”

“世事无常，都得承受。真要钻进去想，我们以前是什么人家？相比之下，建祖的那一点小闪失，简直说不上口。”

“不一样，这关系到孩子们的将来。”席林海突然压低了一点声音，道，“我们那时积聚点财产，是几代人辛苦劳作、省吃俭用而来的。也就是讲，只要不出败家子，一代代薪火相传，终能慢慢盘大。现在那些人聚财就像吹气球，一眨眼一个暴发户。那哪是赚钱，分明在抽别人的血。我们的几个孩子会有那样的能耐吗？靠死做、死省，那点血不给抽干才怪呢。建祖要是当时就出去，‘跳出天地外、不在五行中’，也就解脱了。这样的错失，你说我能放开吗？”

叶福娟也放低了声音，说：“要说遗憾，遗憾的人还有的是。人民公园假山边上那一堆天天在骂人的人，都是些什么人？大部分是以前捏过那根万能魔杖的人。尽管当时也算显赫，但与现在的那种人比，房子、票子没弄到不说，关键也是子女没有安排好。平心而论，那时的人思想还没有这样透彻、行动也还没有这样露骨，即使有能力安排，也还有让子女自己多作努力的想法，总以为子女会有他们自己的天地。谁知道过了这个村，就没了这家店，真是‘鬼哭到老坟上’。观察那些人，眼气也变了，原来雍雅可亲，现在却火爆爆的。也难怪，他们是知道那种无所不在、无孔不入的能耐的。社会就那么些资源，入托、入学、就业；医疗、住房、生死；职位、工资、待遇是人人都面临的问题。排十天队，不如插一个档，插档与被插档性命攸关。对此他们能静得下来？要说悔，他们才真悔呢，所以我就叫你想开吧。”

“‘瘦死的骆驼比马大’，那些人可以摆在桌面上的待遇不全部解决了吗？毕竟和我们不一样，可还是在骂。我知道他们最大的失落不在这里，当时那种人什么日子？现在那种人又是什么日子？心里不平衡啊。”

“细较起来，是各有不同。但当时倒也都是那么‘一根筋’，从这一点看还是有相近之处，你要从大处看，千万不要再自寻烦恼了。”

席林海沉默了一会，说：“可惜的是苦了建祖，总得设法给他一些弥补。”

悟以往之不谏，知来者之可追。席林海想到要为席建祖作弥补，似乎看到了建立新的父子关系的可能，心也略略宽了些。可是两个老人，既没有丰厚的经济收入，也没有广泛的人脉关系，还能用什么来弥补呢？

席林海问：“建良今天上班的吧？”

“应该上班的。”

“去挂个电话到他单位里，让他过来一趟吧。”

当晚席建良就赶了过来。席建良一出现，兄弟俩就有了明显比较：老大像父亲，矮胖、肤色微黑；老二像母亲，瘦长、皮肤白皙。俩兄弟外貌差异虽大，情分却很深。席建良听到父亲的召唤，料定与弟弟的事有关，草草吃了点夜饭就出了门。看到席林海两眼迷糊，面色发灰，就担忧地问：“爸爸，你身体怎么样？”

“身体无所谓了，建祖的事没个底啊。”

“我也在急这件事。”

“我和你妈眼看都日薄西山了，建祖的家弄成这个样子怎让人放得下心？我真恨自己这个老不死，怎么没有早点死！早点死了，也就不会害人；不害人子女安逸，自己也不会有那么多的烦恼了。”

“爸爸你不要这样说，建祖是酒多失控，才表现出那样的态度，我们是理解你的。”

席林海突然泪如泉涌，不能自持。建良的一声理解，对他是多么大的慰藉啊；也是这声理解，他又知道里面有子女多么大的代价啊。没有做像父亲，亏欠了建良，也亏欠了建德，但也顾虑不圆了，眼前最要紧的还是建祖。

“要设法帮建祖稳住家。”席林海带着哭声说道，“正琴不是坏媳妇，这些年来从没有个大声小气，我相信她。家在就有希望；家破了，我看建祖这孩子也会像落在水里的面糊，捞不起来了。”

“人海茫茫，到哪里去找？”

“能找到的，蠓虫飞过也有影子，何况是偌大的人。去找，找到后我来去求她。”

“知道了。”

“现在几点了？”

“快八点了。”

“还有两个小时可找呢。”

“好的，我这就去。”

“人手不够，把你妹妹也叫上。”

“知道了。”

“有消息就告诉我。”

“嗯。”

席建良应声诺诺，又对在一旁流泪的母亲劝慰几句，返身出屋就开始寻找，想：如果能够找到殷正琴，父亲又愿意出面求情，事情说不定还真能出现转机。

二

席建良回城后进一家汽车修理厂，当了一名轮胎工。厂的情况也不见得怎么好，但还在正常上班，因此寻找殷正琴大部分得利用业余时间，好在厂里活儿不多，可以在时间上揩点油。

席建祖落到这步田地，席建良扼腕痛惜。弟弟和父亲的纠葛，他是清楚的，他虽身为哥哥，但平心而论，当时懂什么呀，人搀了能走，鬼拉了也跑，所以也没有发挥积极的作用。此时他要全力寻找殷正琴，也想为建祖的家庭做点事。

他独自骑着破旧自行车，像掐了头的苍蝇，大街小巷乱转，满城遍地找寻，回到家里骨头就散了架，坐着不想动了。

妻子尤慧珍说：“漫无目的地找也不是个办法，我知道她有几个要好的小姐妹，你和建德一起，设法找到她们，向她们了解点情况。说不定就借住在她们中哪一个的家里。如果能听到一点殷正琴的动向，那也算有收获了。”席建良听得来劲，说：“这么好的办法，怎么不早说？”“不里里外外找一遍，谁也不能说这样找不对。现在也只是没有办法的办法，也不能保证有效。”尤慧珍毕竟是小学的语文老师，墨水吃得多，思考问题和说出话来都具条理性，引得席建良连连点头称是。

要与殷正琴的小姐妹见面，拖上席建德是最合适的。席建德外形像席林海，但眼鼻耳等细微之处，都有叶福娟的影子，吸收了父母的优点，可惜初中毕业就去插队，返城后在纺织厂做辅助工，日子也就平淡了。在纺织厂工作，尽管厂的形势也不好，人倒是被扳牢的，因此两个人要联合行动，时间的利用率就大大降低。兄妹两人不顾劳累，充分利用时间一家家去跑，但大部分人家都跑了，殷正琴犹如泥牛入海，居然没有丁点消息。

要拜访的小姐妹中，只有胡菊珍没有见到了。胡菊珍和殷正琴交往最多，席建德也见过几面，安排中是要第一个去找的，但上门几次都没有见到人，一直是铁将军把门。听说这一阵她都在婆家吃晚饭，要老晚回家，怪不得难见影儿了。

席建德说："哥哥，星期四是她们厂休，我也轮到休息，你上班不能太受耽误，我来单独去跑一趟吧。"

"也好，有消息马上告诉我。"

到了星期四晚上，兄妹俩急忙碰头通消息。席建德说："胡菊珍的人是见到了，但冷一句热一句的，话没个着落。只说是傍了个大款，是真是假也搞不清楚。现在若真能傍上个大款，倒也不枉来到人世一趟。"

"傍上傍不上都不说，关键是人在哪里？她有没有说些大致会去的地方？"

"看她一脸傲慢的样子，我也不想热面孔焐她的冷屁股。她原来不是这样的，人真是有了钱眼睛就长到天上去了。"

"早知这样我是要陪去的，现在找人要紧，还去顾虑什么冷啊热的。"

席建德找回到原来的思路，说："我看她们的关系也冷了，她对我的态度更大份上是对殷正琴的。既然这样，还能有多少情况呢。"

"也对。只是爸爸那里急等消息呢。"

“这可怎么办呢?”

席建良心里也急,但还是劝慰建德道:“就暂告段落吧,你只管忙你的去。奉贤的生意做得怎么样?”

“做是还在做,但一无资金,二无门面的,要做像也实在难。”

“晚是晚了一点,碰碰运气看。你忙去吧,我再来设法寻找,反正不到山穷水尽不罢休。”

席建良骑着自行车,不辞劳苦走街串巷,还到各个旅馆去问询。大半程跑过来,他内心对寻找的结果已有了预料,但老父亲的泪容一直在他眼前浮现,使他心里充满了酸楚,不愿意停下寻找的脚步。

他是家里的老大,虽然也只比建祖大三岁,但起着父母和弟妹之间的纽带作用,对父亲的关注、了解也更多一些。在他的记忆中,父亲白天上班,晚上就写东西,常常看他写了撕、撕了以后再写,情绪特别烦躁。席建良出于对父亲的关心,常会到他身后扫一眼,瞟到的往往是顶格处他写的“斗私批修”几个大字,或者看到他在预填自制的登记表草表,从父亲的认真程度上能感觉到他精神上的压力。父亲在他们几个孩子面前,总是显得非常冷漠和过于严厉,建祖有时会顶撞几句,而他则尽量不去违逆父亲,至多在心里感觉些无奈,反正潜意识中的父亲是不近人情和高高在上的。为要寻找殷正琴,平生第一次看到父亲对着他流泪,席建良极其震撼。他知道父亲一生要强,可料不到的事也太多了,到得老来还要为曾经的执著承受没完没了的精神负担,实在是可怜啊。

他真想陪父亲痛痛快快地哭一场,但眼泪哭干又能解决什么问题?他明白只有尽快把殷正琴找出来,才能真正减轻父亲的痛苦。

为此,他决定要与殷正琴的娘家人直接见面。席建良知道殷正琴并没有回到娘家,但指望那里会有点她的消息。那么为什么不早点去呢?这也有他的苦衷。两家子关系已陷入僵局,他这样的角色还能走得进去吗？莫说沟通难，贸然上门受辱骂甚至被驱赶也说不定呢。但现在已别无他法，于是，他在一天下午，怀着惴惴不安的心情敲响了殷正琴娘家的门。

“谁呀？”

“是我，立伟的伯伯。”

“就来。”

里面传出沉重而迟缓地响动声，过了好一会儿，门才“吱呀”慢慢地开了，出来开门的是祁金英。

面对白发蓬乱、形销骨立的老妇人，席建良知道是立伟的外婆，但几个月不见，原来丰腴、开朗的一个人突然就变成眼前这样子，席建良惊诧不已，说：“伯母，您快坐着吧。”

“身体不行了，床上靠了一会，让你久等了。”

“没关系。”席建良没有感觉到对方有敌意，心放了下来。屋子里殷扣成的遗像挂在客堂正面墙上，其他陈设依旧，但物是人非，悲情令人窒息。他轻声问，“正刚他们上班去了？”

“上班的上班，上学的上学。”

“他们的厂还可以吧？”

“还可以，但也一年不如一年了。”

一听那话，席建良联想到自己的处境，心里酸汪汪的，说：“都这个样，过一天算一天吧。”

“倒是琴琴的事，拖一天就要我一天的命啊。”

“她到哪里去了？”

“正刚去逼问过建祖，建祖反过来对我们有疑心，几家子都不得安宁。我们是真的不知道。”

“我爸叫我要找到琴琴，他说琴琴是个好媳妇，他愿意当面求她，请她不要抛弃自己的家。”

“难为了。没有办法，我这一身肉多半是为她掉的。找也找遍了，眼泪也流干了。说不定哪天飘出来一具无名女尸就是她。

真不敢想了。”老人干涩的眼睛里掠过一丝惊惧之色，整个身体也在焦虑中愈显苍老。

“不会的，伯母你放心！‘吉人自有天相’，琴琴会平安回来的。”

祁金英叹了口气，说：“琴琴从小到大，一直是中规中矩的，读书好、工作好。工作以后也大门不出、二门不迈，静着心看书。我倒不是癞痢头的儿子自己好，她真不是轻浮的人。在和建祖轧朋友前，从来没有和哪个男的有一点点歪歪扯扯的事。”

“平时也看得出的。”

“对钱财也不是看得很重，她这个做姑娘的，处处都让着正刚一家。她突然做出这样的事来，我想不清也不服帖。”

“就是啊。”席建良从包里拿出两瓶蜂蜜，说，“也没有什么好买，这蜂蜜放得起，放着慢慢吃吧。”

“还让你破费，谢谢了。你这一来，我心里有底了。本来我以为两家关系就此断了，现在如果有她的消息，我就给信你们，一起来做和解工作。”

在殷正琴的娘家，席建良没有被驱赶，却也没有获得丝毫有价值的信息。事已至此，他怀着沉甸甸的心情，考虑去向父亲复命。

三

受祁金英影响，席建良也觉得殷正琴此去凶多吉少。回看席建祖潦倒、沉沦的样子，明眼人知道，那正是心缺难补的症候，若是人真的找不到，建祖必然落到不可收拾的地步，事态就严重了。如实向父亲说吧，怕父亲伤心；不说吧，这又是必须面对的。席建良硬着头皮把寻找经过对父亲详细说了一遍，他怕父亲过分失望，最后又强调了一句：“寻人是‘踏破铁鞋无觅处’，说不定过了一些时日，突然就出现了，不然也不会有‘得来全不费工夫’的话了。立伟外婆也答应，一有消息就告诉我们，就再耐心等一阵吧。”

席林海面无表情，长时间沉默。口水在他微张的嘴唇边聚集，即将滴落下来，他突然回过神来，猛地吸了一口，哀叹道：“真的无法挽回了。”

“我还会留意的。”

“好的，你忙你自己的去吧。”

“妈呢？”

“到菜市场去了。”

“女儿快放学了，我得早点回去照应一下。”席建良说着拎起装着空饭菜盒罐的人革包，急匆匆出了门，包里不断发出调羹撞击饭盒时的叮当声。

席林海坐到席立伟的床边，用极度模糊的眼睛端详正酣睡的孙子。席建良会带来什么消息，席林海似乎早有预想，但一经证实，心里还是闷得发慌。他揉揉席立伟稚嫩的小脸，希望他能醒来，希望能逗他玩，以此来遣发心中的郁积。席立伟睡劲丝毫未减，午饭后席立伟并不想睡觉，缠着奶奶玩耍不停，好久才安静下来慢慢入睡，睡着后就得等到他自然醒了。也许是受了扰动，他嘴唇卷曲起来，形成吮吸的样子，还发出“啧、啧”的声音，显出梦呓般的神情。童贞的世界会不会有忧伤？都是从幼小过来的，但容下了大千世界的脑子，偏偏搜寻不出丝毫人之初的印迹。席林海无法回答这个问题，但从模糊的视觉中观察到的席立伟，似乎带着痛苦的神情。他意识到孩子对妈妈有一种天生的依赖，缺失必定造成企盼，睡梦中的立伟肯定会强烈地渴望妈妈的抚慰。由此席林海相信，孩子再小也会有人间冷暖的感觉，而且感觉会因稚嫩和纯洁而更加难以释然。想着小小的人儿，就要去承载家庭的劫难，席林海的心里涌出一股苦味，两颗硕大而浑浊的老泪“啪、啪”落在立伟的小脸蛋上。

他根据席建良说的情况，略略调整了想法：“正琴一时间找不到也没有办法，但无论如何也要保证建祖父子的平安。特别是立伟，一定要把这宁馨儿，嘴含腋藏，百倍呵护好。”到得老来，却面临这样棘手的问题，他不知道自己作了什么孽，想到命运多舛的一生，泪眼更加模糊起来。

席建祖还是胡作非为，要吃要喝要钱花。席林海坚持避开与他的正面接触，默默地承受着一切苦痛，只在暗中尽其所能，全力给他以照顾。

叶福娟的一双平口皮鞋脱胶了，老夫妻俩商量着去买双新的，但款式、价钱都没有合意的。席林海仔细看过破损后说：“我再来修修看吧。”等到要动手修时，却发现尽管戴了老花镜，看线槽、针脚还是模糊，有重影。他心里发急，把叶福娟的老花镜也要了戴上，结果也好不了多少，叹道：“眼睛真的不行了。”

“去做手术治疗吧，医生不是介绍说现代医学发达，白内障已是一项常规手术了吗。”

“就三千多元的积蓄，一动手术不是全完了吗。”

“钱嘛人赚人用，用掉了还可以慢慢积攒。”

“我的眼睛是老毛病了，保守治疗既省钱又有效。前一阵喝决明子、枸杞子泡的茶，再滴一点‘卡林’蛮好的。倒是这几天，不知怎么一下子就看不清了呢？”

叶福娟知道，眼睛与心情有关，为建祖的事，老头子情绪十分低落，晚上总在翻身，睡不着，但她不愿去触及痛处，说：“一岁年纪一岁人，你还以为是毛头小伙子呐。”

“正因为如此，眼睛看不太清就看不太清，我也就认账了。”

叶福娟的心里一酸，说：“千万不要这样想，常把眼睛比作生命怠慢不得，白内障不及时医治，引发了‘青光眼’、‘虹膜炎’就难治了。”

“话是这样说，具体情况却不一样的。”

“建良、建德也说过几次了，希望你进行手术治疗。”

席林海沉默了好久，才摊开心扉说："子女的生活也不轻松，尽量不去麻烦他们。特别是建祖处境最难，我们不能坐视不管。他要喝一点，骂几句，这是他心情不好的缘故，我不会去计较的。建祖这孩子也可怜，面临生活的重大变故，他是急火攻心，一定要给他时间和空间，相信他慢慢会好起来的。我考虑过了，要尽一切所能，照顾好他和立伟的生活。麻雀还有三天御雪粮，这点钱无论如何得为建祖父子留着。如果积蓄贴光还不见转机，那么我们两个老的就再收紧点，一定要保证他们的生活。"

叶福娟有点诧异，平时不肯多透露内心世界的老头子，今天的话可真是句句在掏心。心想如果建祖能够理解，生活苦一点，一家子团在一起，再苦也是乐啊。她说："建祖心情不好，也有误解太深的原因。我要和他说兜底的话，把我们的心思告诉他，转变他的想法。"

"不用了，解释、沟通像点火，那一头没有蜡烛，怎么点着呢。"他顿了顿，又说，"让生活自己慢慢去化解吧。"

眼疾不断加重的席林海，行动时难免磕磕碰碰，别人都为他捏一把汗，他自己倒没有更多的警觉，还是满处儿跑。特别对涉及建祖和立伟的事，尤其显得热切。

巷子东头有座小石桥，架在两边笔直的浆砌块石的驳岸上，既高且陡。原来两边驳岸都有条石栏杆围着，前些年被"破旧"行动翻落水中后，形成了很大的豁口，至今没有修复。明眼人路过尚且发怵，对席林海而言，更是一个潜在的危险。

席建良过来探望，临走时总要提醒父亲："巷东不能去。"

席建德给父亲买了一根龙头拐杖，也反复提醒道："走路要当心，巷东不能去。"

席林海嘴上说知道，心里还是不够重视。看到瓶里没有酒或者所剩不多了，想到建祖回来要喝的，就说："我去打点酒吧。"

叶福娟说："你眼睛不便，待会儿我去吧。"

“我也要走走。”

“危险的。”

“没关系，我都是往西走，巷东不去就是了。”

他说是这么说，心里并未真正引起重视。过分相信自己身体的实力，这种生理和心理的落差，是逐渐步入老年的人的通病。小巷就那么一点点长，实际生活的区域是很难区分巷东和巷西的，巷东的险情对眼睛不好又仍好强的席林海而言，就成为一个极为可怕的隐患。

四

秋冬交互之际，气候变化无常。叶福娟积劳成疾，发了几天热后，开始咳嗽。夜里咳得特别厉害，尖厉的咳嗽声连席林海的睡眠也受到很大影响。立伟也因季节关系脾胃不和食欲降低、面黄消瘦。两老除对立伟一以贯之地悉心照顾外，又为他的健康平添了许多焦虑。

童保堂的一个老药工就住巷口，大家都相熟。他十二岁到药铺子里当学徒，深谙药性。在邻居走动时，席林海向他请教和顺小孩脾胃的办法。

老药工首推“石耳子”，说：“石耳子红者入脾胃，黑者入胃肾，白者入肺胃经，宽胸隔，除食、湿积聚，克食利水。”并给了席林海一张以红石耳子为主的方子。

席林海拿到方子后很高兴，对叶福娟说：“‘偏方一剂、气死名医’，赶紧把药抓回来，好给立伟调理，养得他白白胖胖。”

叶福娟接过方子看着，说：“这张方的确很好。蛋日常也吃，炖点在蛋里就可以了。”

“我马上到药房去走一趟。”

“不行！药房虽然不远却在巷东，你眼睛不好，千万不能瞎闯。吃过中饭等立伟睡了以后，我去跑一趟也就一眨眼的工夫，你就安逸点吧。”叶福娟说得有点急，话刚说完就引出一长串咳嗽。

席林海说：“咳嗽药水一定要吃，变成‘老慢支’就苦了。”

“有数的。”叶福娟郑重地把方子放在五斗橱顶上，说。

饭后不久叶福娟就倒了一汤匙“菲那梗”服下，然后哄立伟睡。她惦着抓药的事，希望立伟快点睡着，就亲自押在床头，并给立伟哼些小调。席立伟慢慢入睡了，而叶福娟也感到眼皮发沉，悠远、苍凉的小调，渐渐微弱下来。

席林海没有午睡的习惯，饭后只在靠背上闭目养神，似睡非睡。发现叶福娟也睡着了，首先想到是“菲那梗”有镇静作用，又想到老伴是够累的了，自己的视力下降后，一家子的生活起居，都是她在张罗，再加上照顾孙子，一定要让她好好睡一觉。他拖过一条被子，轻轻为她盖上。

他又凑近去看看熟睡的立伟。立伟睡在床的里面，他是看不清的，说实在他也不是真正在看，只不过是满足一下充满慈爱的内心。立伟的脸他不看也能描摹出来，特别那对百看不厌的眼睛：睡着时会显出双眼皮特有的层次，比艺术家的雕塑还要精致耐看；一旦睁开，乌黑的眼珠儿忽闪忽闪，真能把人的心肺融化掉。真所谓生性难改，重心转换到建祖和立伟身上后，席林海又形成了新的执拗，一切都只想围绕他们去展开，特别是小孙子的地位在他心中被无限放大。

这也有客观因素，自从席建祖的一系列事情发生后，席林海已彻底没了自信，总觉得不可测因素太多，一点风吹草动就会有莫名的恐惧。立伟的身体一打岔，他就心神不宁，想：快好起来吧，你是爷爷的心肝，你也是爷爷的信使啊。通过你把爷爷的心意传达给你的爸爸，也希望你妈日后从你身上获得感知。只要你好，上天摘星爷爷也愿意。

席林海把偏方放入口袋，轻轻走出了家门。没走几步发现拐杖没带，他怕门开出开进干扰叶福娟睡觉，就想硬撑一次。

北风乍起，街巷冷清。席林海艰难地往巷东头走。他不想回头，更不愿退缩，想早点把药抓回家，早吃早见效。

眼疾使他的视距变短，一片模糊。

“席伯伯，饭后出来走走?”一位大嫂迎面过来，招呼道。

“哦，是张阿姨，我的眼睛不太好，对不起。”

席林海继续向前，但因为有重影，有时还要用手摸一摸身边的物体，所以行进速度很慢。行不多时就累了，身上的穿着在家时正好，在外面时间一长就嫌单薄，手脚也冷得发缩了。

走着走着，席林海就冒出一股怨气：才多大年纪，就这病那恙的，不过千来米的距离就这么难？真是太没有用了。心头一躁，脚步就有点狠，没看清的步子也迈出去了，加上他巷东好久都没去了，那里路面石凸洼凹的情况也不清楚，路走得歪歪扭扭、磕磕碰碰、险象不断，可他却还一个劲地往前……

叶福娟一阵长咳，半醒半迷糊中自语道：“嘴好干啊。”突然心头一惊，感觉到一种异样。睁眼看：立伟睡得正香，席林海打瞌睡的靠背凳却空着。“快四点了，人哪里去了?”叶福娟心里犯嘀咕。她一起床就发现偏方不在了，料定席林海抓药去了，顿时惊出一身冷汗。

“老席，看到我家老席没有?”叶福娟已有严重的不祥之感，顾不得躺在床上的立伟，又喊又问，一路寻找。她一口气冲到药店，问：“我家老头子有没有到药店来过?”

都是多少年在一条巷子里生活的，彼此即使喊不出名字，也会有点眼熟，营业员知道问的是谁，肯定地答道：“没来过。”

叶福娟更慌了，调过头来又去敲席林海可能会去的那几家邻居的门，询问席林海的影踪。

几家邻居都显得茫然，只是摇头说不知道。

“不好了，老席不见了!”叶福娟急疯了，一路惊叫，一路寻找。

“会不会落到小河里?”巷子里的人听到惊叫都走了出来,有人提出疑问。

几个年纪轻一点的拿了长竹竿到河里去触,触了没几下就有人喊:“有东西!”

叶福娟听到这话就一头倒地,昏厥了过去。

五

席林海溺水而亡,对席家而言真好比天塌了下来。席建良破自行车骑得一身大汗,在席建祖住处附近的一处拆迁工地上寻到了席建祖,老远就噙着泪说:“爸爸故去了。”

席建祖又喝多了,头发蓬乱地坐在残垣断墙上,一点反应也没有,嘴里喋喋不休地念叨着:“家中没有人,睡觉一个人。”

席建良跳过瓦砾堆,跑到他身边,把噩耗细诉于他,老半天他才说:“与我何干?”

席建良眼泪“哗、哗”地流了下来,说:“弟弟,你是疯了还是傻了,这么大的事你都无动于衷?”

“生不如死,他倒解脱了,而我呢? 连个记恨的对象也没有了,我也只能去巴一个死了。”

“你别这样说,父亲终究是父亲。”

“我不认!”席建祖瞪起布满血丝的双眼,似乎又要发作,但突然又软了下来,说:“好哥哥,我要对你说说。”

“你快说吧,说完我们就过去。”

“我不当他父亲,天下有父亲蛇蝎一般断送儿子前程的吗?不要认为我喝了酒说酒话,不喝酒我也会这样说。草木有本性,我就像草木那样,没有丝毫奢望,只求人性的自然伸展。我自度:一生勤勉,从没懈怠,驯顺、听话,珍惜时光,想过好人生。哪曾想全本是把砒霜当了补药,未失足却也遭千古恨,无处回头怎了这百年身？到现在家没有家、业没有业，一具躯壳，浑浑噩噩。这样的拗折搓揉，有几个能经受得起？我心里痛啊！真不如早点死了算了。”席建祖酒劲发作，嚎啕大哭起来。

席建良想弟弟真的是酒鬼附身了，往日里话不多，现在非但话多，讲出来的也是稀奇古怪。但看他痛苦流泪的样子，知道他终究还是心中不畅。想到弟弟处在糊涂状态，还能在为兄的面前掏心挖肺，建良也有几分当大哥的慰藉。再看席建祖的惨样，建良对父亲悲伤的泪还未及收干，对弟弟同情的泪倒又落了下来，说：“你所说的一点没错，情况我是知道的。爸爸的决定，改变了你的人生，而且造成了严重的后果，这些都是事实。我也无法理解爸爸当年怎么会那么固执、武断。但我敢断言，爸爸绝不会有害你之心。另外，你对爸爸有想法也可以，却一定要替妈妈想想。突遭横祸，妈妈会有多悲伤，打击会有多大，此刻她多么需要我们的安慰。”

席建祖突然跳起来，问：“妈妈的情况怎样？快走，我要去看妈妈。”

席家俩兄弟一路泪水涟涟赶回家里。大难当头，席建祖特别关心叶福娟，每当发现妈妈过于悲痛，就会上前相劝。但他终究是一个有性格的人，面对亡故的父亲，不管在灵堂还是送殡，一直表情冷漠，倔得没有对父亲磕过一个头。

不管怎么说，“死者为大”。叶福娟对席建祖的表现非常不满，大庭广众之下又难于启齿，只得在细微表情上流露出来。当他过来搀扶、拉劝时，叶福娟的手臂生硬地一扭，表现出明显的不理睬态度。可惜席建祖木知木觉，看到叶福娟泪流满面，只顾着为母亲担心，不离前后地守护着她。叶福娟对再也没人木讷过他的席建祖既一腔无奈又百般痛爱，伤心的泪儿想止也止不住了。

很明显席建祖感情的天平是偏在了叶福娟一边，但叶福娟和席林海生活这么多年，她是深知老头子对子女的爱有多深。席建祖对席林海不依不饶，步步紧逼，叶福娟的心里一直在为席林海叫屈。现在席林海故去,叶福娟就挡到了家庭的前台,面对懵懂偏执的席建祖,就想要给他扳一扳艄。恰在这时"利市饭"又起了风波。

"利市饭"也叫"豆腐饭",是丧家对前来吊唁出过白礼的人的一种答谢;豆腐呈白色,也包含哀悼的意思。早些年这种饭较简单,也不上酒。近几年受吃风带动,除多一碗豆腐外,其他与酒宴的规格没有差别,席间也是觥筹交错、嘻嘻哈哈。叶福娟知道席建祖酒后容易失控,就想叫他留下来照看家庭,但席建祖坚持要去。

叶福娟说:"你去酒一定不能多喝。"

"我知道。"

来吃"利市饭"的人,也有些在社会上有过应酬。那里可完全是不同的情景,酒场如同战场:有稳坐中军、威风八面的;有插科打诨、机智幽默的;还有耍赖装死、不肯显露的。于是座次一旦排定,就拉开了攻防劝避的序幕,紧接着必定是哄笑不息,高潮迭起,非得"放倒几个"才算尽了兴。席散人醒以后,都说那样的喝法不值得,但那些酒宴没有费用之虑,坐上去就是为加深印象,营造气氛,真也没有更好的招数。因此越演越烈、成了风气。"利市饭"似乎也怕冷场,会串的人早就行动,热菜还没有上来,已满场转过一圈了。

席建祖人老实,叔甥姨侄敬酒,一个也不推辞。酒一多就出事了,又哭又喊,也分不清他是伤心还是挠心,一会儿说你倒逃脱了,一了百了;一会儿又说要去寻死,落个清净。到这个程度谁也不认了,没有人能劝得住他,场面完全乱了。席建良和马奉贤把他架到外面,拦了一辆出租车,将他往车厢里按。他却硬顶着,说:"不上车,要照顾妈妈呢。"

叶福娟就跟在后面,说:"你先回去吧,一会儿我们也就回家了。"

"回去吧。"席建良说着又和马奉贤一起把他往车厢里按。

席建祖死死顶住，说："我不回去，这里人多热闹。"

叶福娟说："不能再搞了，你们用力按，建良委屈你送他到家里。明天你和建德都过来，叫建祖也过来，要对他好好说一说。"

"知道了。"席建良答应着，和马奉贤一起用力把席建祖推进车厢里，"利市饭"风波终于平息下来。

六

第二天下午，天下起雨来，而且一改往年秋冬之季的绵绵细雨，雨点大且密集。灵堂撤掉后，设了一张供桌，摆着席林海的遗像，上方还挂一只花圈，使本来就悲意未散的家，又多了几分阴森。叶福娟一面照料立伟午睡，一面替几个子女担心，后悔不该在这样的天气里叫他们出来。席立伟刚睡着，席建良、席建德就如约而至。过没多久，席建祖头发全湿，衣服也沾了水渍，一副狼狈相走了进来。可能还在为昨天酒后失态内疚，与哥、妹打招呼时，他的面色不太自然。

"怎么都湿了呢？"叶福娟心痛地问。

"雨披坏掉了。"

"快擦一擦吧。"席建德拿一块干毛巾递给他。

"饭吃了没有？"叶福娟问。

"没有。"

"吃饭吧。"叶福娟说着就赶紧去准备饭菜。叶福娟没有备酒，一定是哥哥和妹妹都在，席建祖也没好意思提出来。他吃一小碗饭，筷子头上挟了一点点菜，就算吃过了，看得出心里是巴望着喝一口"还魂酒"呢。

等席建祖吃好，兄妹仨在叶福娟周围坐下，而叶福娟就坐在供桌边上。只相隔几天，叶福娟就瘦了一壳，愈显苍老。她轻轻叹了口气，说："建祖，你到底在怎么想？你整日魂游灵散，叫妈怎得安生?”

“我也不想这样。”席建祖无精打采地说。

“在工地上做,好歹也有个生活来源。”席建良也替弟弟担忧,说。

“没那个心思。”席建祖摇了摇低沉的头,说。

“没有钱,日子还怎么过?”席建德快人快语,应该是担忧的意思,听起来却有点呛。

“过到哪里算哪里吧。”席建祖心灰意冷地说。

一时间大家都没了话头,屋子里顿然静了下来。一阵带着雨水湿冷的寒风掠过,花圈上的小纸花瑟瑟响起,似有亡魂在游走、哀鸣,席建德不由得打了个冷战。

“建祖你要振作点。”叶福娟平和地说。

“怎么振作?我现在的日子连猪狗都不如。他走了,可我的灾难哪里有尽头?”

“不能全怪你爸,那是我们俩一起作的决定。”

“不,就怪他,你为我哭着求他他都没听。”

“你怎么知道?”

“那天我因肚子饿在半夜醒来听到的。”

“你错了!”那一个令人焦虑的夜晚,也深深地埋在叶福娟的记忆里,席建祖一旦提及,叶福娟马上有了针对性的话,她说,“要作这样的决定,你爸心里也不好过。你听到了我的哭声,其实你爸也流了眼泪。虽然我们两人思考的角度不同,愿望是一样的,就是要替你把握好人生。”

“就把握成我现在的样子!”

“你后来有过一段平实、安宁的日子,那时我的心里曾不着落,想幸亏有你爸做主,如果照了我的意思就害了你了。可谁能料到,又起了大变化,这真不能怪你爸。”

“他是存心的。”

“真能存什么心倒好啦。他有时说话冲，对你有怨似的，其实是直、是简单。我们这种人，一味地‘跟’，脑子形成‘板结层’。接受一些观念以后，从来没想过要作分析、更没想过去作改变，像在脑子里藏了一块砖头。看来要藏只‘油缸里的西瓜’才好呢，可你爸不是这样的人，其实你也不具备这样的能力，你有什么理由不原谅你爸呢？”

“他至少是个没有爱心的人。”

“他是爱你的！”见嘴唇磨出血来也没用，叶福娟有点气馁。想到老头子生前不愿作解释，可见他是知道会有什么样的结果的，自己花工夫也必定是白搭。但是她知道老头子并不像他表现的那样潇洒，他是非常在乎子女的态度的，一直在试图以行动来唤回建祖的热心，可怜一把老骨头，还掏心挖肺地去给子孙作遮护。想到老头子闷在心里的那股痛，她眼睛发酸，泪水就扑簌簌地下来了，说道，“他是爱你们的，他一生为这个家，从来也没有为过自己。建祖生活特别曲折，也使他特别上心，他在为你做他所能做的一切，他的心里是有期望的，就是能得到你的理解和谅解。建祖，你爸他这条命多半也是为了你啊。”

建良、建德都露出惊愕之色，席建祖也倒吸口气没了声音。

叶福娟边流泪边说道：“你的景况不好以后，你爸整天忧心忡忡，开始睡不着觉，体质明显下降；背是近些年驼的，眼病也是近些年加重的。我知道他是在惊惧和绵绵不绝的自责中煎熬，他心理负担有多重啊！”

叶福娟哽咽得说不下去了，席建德也流泪了，劝慰道：“妈妈，你别太伤心了。”

叶福娟擤了一把鼻涕，稍稍稳定情绪后又说：“他的白内障需要开刀，现在的医疗条件下，属于小手术，但他就是不肯接受手术治疗。他不为别的，就是为了省钱。他拼命省钱，目的只有一个，帮助建祖你渡过难关。他执意这样做埋下了后来的祸患，也可以看出在他的心里，早就把自己的命抛到一边去了。”

席建德哭出了声，席建良也开始抹眼泪，席建祖的头越沉越低，面部肌肉出现机械地抽动。

“爸爸确实处在了承受的极限，”席建良哀伤地说，“光明只距他一步之遥，他却陷在模糊混沌的世界里。我没有盯紧，觉得说过了也就尽到责任了，怎样像父母对待子女那样去对待父母，还是有欠缺。建祖，爸爸是千方百计在维护你的家，他还叫我和建德去寻找正琴，说他愿意去求她，足见他的那份心意。”

立伟发出“吭哩”、“吭哩”的声音，席建德说：“立伟醒了，我来去抱他。”

叶福娟抬头看时钟，说：“一般还要睡半个小时。”

“伲个团团嘛，还要困觉来。”她走到立伟床边轻轻拍着，哼出绵长而低沉的曲调。那哼声似有催眠功能，不一会立伟又沉沉地睡去了。

叶福娟重新坐定，话头也移到了立伟身上，说：“立伟是你爸的命，一直说要让他长得白白胖胖。其实很好，他却说瘦了、黄了，小孩子一天猫一天狗是很正常，他就经受不了，稍微有点不好，就急得要死。他向老药工求得一剂偏方，如得了宝贝，立刻要去抓了给立伟吃。我不让他去，可那天我咳嗽，喝了点药水，在陪立伟午睡时自己也稀里糊涂地睡着了。等我醒来，就拼命找人，你爸被捞上来时人已发僵，一切已无法挽回。”

叶福娟对席建祖看了一眼，继续说道：“至死他手里还攥着那张偏方啊。”

“咣当！”席建祖跪倒在席林海的遗像前，连磕几个头后，头点在地上久久不起。多少年来一直怨恨父亲，突然发现所拥有的是天下最好的父亲；等意识到有一位好父亲，父亲却已含着因误解而造成的委屈和创痛远离了人世。席建祖心里波涛起伏、悔恨交加。悔的是不该由着性子对父亲撒泼、逞威，把父亲逼入绝境；恨则恨自己太浅薄、太无知，对困境中挣扎内心充满懊恼的父亲，非但毫无觉察，竟还紧盯不放、百般责难。真是如中邪魔、愚蠢至极。耻辱啊，哪里还有做儿子的味道？根本没有做儿子的资格！他慢慢抬起头来，凝望着席林海的遗像，撕心裂肺地呼道："爸爸，我对不起你！"

席建良和席建德也在席林海遗像前跪了下来，兄妹仨哭作一团。

叶福娟像木桩僵在那里，好一阵才恢复知觉，说："别哭了，都起来坐吧。"

又过了很长时间，席建祖才回坐到原来的凳子上，问："爸爸为什么早一点不解释？"

叶福娟说："你爸说了解释像去点火，你那头没有蜡烛，再大的火源也不会有作用的。情况也确实，当时你有什么话听得进去？"

"我太让爸爸失望了。"

"你应该振作起来。"

"妈妈，我不会再浑蒙度日。"

七

"建祖有点醒悟了。"席建良一边洗晚饭的碗，一边把在母亲那里碰头的情况，有一搭没一搭地告诉尤慧珍，说，"有许多事情如果妈妈不说，我也不知道，爸爸的确太惨了，他对我们子女绝对是一个成语怎么说的？就是对小牛的。"

"舐犊情深。"尤慧珍在批改学生的作业，试着补充道。

"对、对，在嘴边就是说不出来。"

"你就省省吧，叫名头的初中生，才读了多少书呐。"

"如果不是被停课，我一直是年级里的尖子生呢。"席建良继续原来的话题说道，"真是可怜天下父母心啊。"

“现在人没了,说什么也没用了,老人真的可怜,可以讲你爸这条命是错掉的。”

“建祖知道这些情况后,震动很大。但说要重新振作,又谈何容易,我为他捏着一把汗。他错失的东西太多了:正琴是个多好的人啊,现在音信全无,这使得家难以为家;爸爸人死不能复生,再大的亏欠也已无法弥补,只留下抹不去的痛;最重要的是他自己的路怎么走,似乎也没有一个很明确的目标。”

“他有什么设想吗?”

“他想重新拿起画笔。”

“呀,‘再作冯妇’。听人说画画的出不了线,还不如讨饭的呢。”

“弟弟是有天赋的,那时秦伯伯真是看好他的。和他一起的小朋友程君初,现在成了美国的大美术家,可当年在秦伯伯眼里,建祖的一只角也不及。秦伯伯一直说建祖是‘天生画画的坯’。”

“‘失之东隅,榆桑非晚’,话是有此一说。但人生的不同阶段,都有不同的要求和内容。你看反季节的果蔬,非但种植时投入要大,而且质地下降。可见失去的再要扳过来不是件容易事。”

“他的意思是经历了许多后重执画笔,名利之念已经抛尽,重要的是满足自己心中强烈的表达欲望。”

“那生活怎么办?”

“这也是我今天要说的事,他想问我们借钱。”

尤慧珍倒抽一口冷气,说:“借多少?靠着借的钱过日子搞画画,岂非天方夜谭!”

“说是想借一万元。”

“一万!不是说梦话吧,他有偿还能力吗?”

席建良欲言又止,表情痛楚。

尤慧珍继续说:“他画出来的是画,又不是中头彩的彩票,怎么一开口就要一万元呢?这几年我们省吃俭用,所有的积蓄也不过万来元，借给他保不准就肉包子打狗，有去无回了。钱打了水漂，他的家散了，我们的家也要散了。”

“他准备一年立稳脚头，能够以画为生，然后逐步发展，也就是说一年以后逐步偿债。”

尤慧珍摇了摇头，说：“再有天赋也毕竟半截子入土的人了，而且画画这门子事，一定要保持宁静和清逸的心境，细描慢抹。如果生活无着，巨大的压力，像屁股后面有火在烧，怎么出得了好作品呢。这个和现在那些名人不一样，他们再浮躁敷衍，认骗的冤大头还有的是，像苍蝇逐血，乱哄一气。草民一个别说没有好作品，真有了也不见得就有人识得，照样是擦屁股还被人嫌脏。我不是谈世间冷暖，人情厚薄，我是在作分析。这样一分析钱还能不能借出去就清楚了。”

“他说是说了个保底的办法。”

“什么办法？”

“一万元还不出来，就把房子给我们，我们怎么可以要他的房子呢！”

尤慧珍眼睛里突然有了神采，说：“也不是不可能，宜岚一天天大起来，还挤在一个房间也不是个办法。我倒一直蛮看中建祖这套房子，虽不大但格局合理，通风、采光都很好。他这套房子市场行情不会低于三万，我们能拿下来肯定是超值的。建祖如果急用，抛到市场上去，也是挨宰，到手万来元也差不多了。从他有急用的角度看，我们也没有吃没他多少。因此这件事真要做就得做在明里，必须建祖、建德，还有你妈都在场，大家三头六面说清楚。”

“说是都说了。”

“你妈什么态度？”

“我原以为妈肯定是反对的，岂料她一口答应。看得出她发现建祖的思想起变化后，也是不顾一切在作推动。”

“你妹妹什么态度？”

“听说建祖要借一大笔钱，而且明摆着缺乏偿还能力，开头她支支吾吾，后来听说用房子抵押，就愿意考虑了。看得出她家的积蓄也够这个数了，特别是奉贤，这几年生意是没什么成，脑子却是绝顶聪明的，这个账他们会算。”

“建祖的决心到底有多大？不要‘新箍马桶三日香’，事情做到一半，再来‘倒拔蛇’，那就搞出笑话来了。”

“建祖的变化可以说是最大的，像是换了一个人，他现在酒不喝了，烟也不抽了，眼睛也明亮起来。他说他像突然从烂草扇里钻了出来，套一句《玉蜻蜓》的唱词，说自己‘三十多年做了梦中人’，还说有了看透事物的灵性儿，看上去是真有改变了。”

“他能有改变就好。”

“也可能要借钱才这么说的。”

“他对画画有什么说法？”

“他说要对画画进行探索，去凝练对人生的感悟。他知道日子会很艰难，但说到能再画画，他显得既激昂又兴奋。”

“看来他的决心是铁定的了，那我们也值得一做。”

“奉贤会不会出来拍横档？”

“如果你妹妹他们要，我们就让，这种事不能勉强。”

前脚听到“值得”，后脚又来个“就让”，弯转得也太大了，席建良脑子没有这样灵，直朝着老婆发呆。

尤慧珍倒是胸有成竹，慢条斯理地说道：“你只说借钱出来，不要提出房子抵押的事。可以主动和建德联系，他们独做可以，两家凑点也可以，终归先满足他们。看建祖的画业，八字还没有一撇，光借钱出来，他们是不会肯出手的，特别是奉贤，精于算计是绝不肯吃眼前亏的。”

“万一建祖不说抵押的事怎么办呢？”

“这就是风险，但你弟弟是可以相信的。”

“知道了，我抓紧来联系。”

第 八 章

一

“少而好学，如日出之阳；壮而好学，如日中之光；老而好学，如秉烛之明，孰与昧行乎？”席建祖反复想着这句话，既有点受鼓舞，又有点酸楚。是的确曾有很多人，后起发奋，而收获颇大。也就是说生活各有模式，自己人到中年重握画笔，绝不是脑子进水的怪诞之举。但错过了太多太多，突然要把画画作为事业，犹如空中建楼阁，不啻想入非非，实在是一点把握也没有。

席建祖独自坐于家中，筹划着下一步的事，席建良已送来三千元现金，其余钱款在三个月内到位。虽然建良坚辞不受，但建祖还是出具了房产的抵押凭证，签名画押，分毫不差。在自己最困难的时候，哥嫂鼎力相助，席建祖有说不尽的感激。现在钱的问题可暂放一边了，但砻糠搓绳开头难，工作该如何着手？他心头除了令人窒息的压力，皆漫无头绪。

有一点值得他庆幸：下了要将画画为业的决心，人在家里坐得住了。这话听起来像无稽之谈，但对席建祖而言，却着实是获得了救赎。自从殷正琴出走后，他的魂被带走了，心被掏空了，人像野坟堆里的磷火飘忽着、燃灼着，身心备受煎烤。殷正琴是他的深爱，却跟野男人跑了，这是一件多么可耻和可恨的事啊。按理席建祖对殷正琴应该永揣一腔仇恨。但说来也怪，恨很快就淡化了，倒是那份挚爱，犹如窖藏美酒，历久弥香。这也难怪，在共同生活中，殷正琴娴静温柔，两人没有红过脸、反过目。突然伯劳分飞，犹如人的暴亡，属“生死”，与因卧病多年，油干灯草尽的“熟死”相比，是撕筋拆骨的分离，必定要留下大片渗血的伤口。在独居的日子里，他像一台装满天线的信号接收器，不间断地关注着、搜索着殷正琴的信息。夜色朦胧中一个女子修长的背影，人声嘈杂处某个女子甜柔的嗓音，都会像电流一般激活他对她的想念。

从与妈妈、哥哥和妹妹的谈话中他得知，家人在父亲的安排下，曾四处寻找过殷正琴。他有一个短暂的不屑——这种人值得找吗？而后他发现家人并没有理会他的态度，完全是从正面的心态在对待殷正琴出走的事和对待殷正琴这个人，心思也随即作了调整，消除了见不得人的挫败感，强烈意识到，殷正琴还是自己的唯一所爱。现在他要重握画笔，对殷正琴的期待，也成了他坚韧不拔、冲击未来的动力。

这一切的转变，都发生在对父亲有了重新认识的那一刻。对父亲去世的大悲大伤，在强忍中慢慢过去。然而，对父亲的伤害，让父亲失望的精神折磨却不会轻易磨灭。他希望画好画，做像人，让父亲认可他这个儿子，以逐步的成熟来告慰父亲的亡灵。

情绪调整好后，席建祖一下子来了心气。感觉自己像一位大将军在排兵布阵、攻城略地。他的方案很明确，一是要早出作品，以画养画，解决糊口的问题；二是坚持原创，把自己的真情实感融入到画中去，一定要有自己的东西。

他急迫地从以往自己搜集的风景照片中选出三张，以此为蓝本，迈出画画的第一步。他庆幸自己有十多年机械制图的经历，画画用点和线，制图也用点和线，‘他山之石，可以攻玉’，这成为他信心的支撑，着魔似的开始了作画。

站在画框前他兴奋、专注，多少年被压抑的能量、智慧喷涌而出，浑身有使不完的劲。他个子高，嫌坐着画画受掣肘，于是把绷架高高地固定在墙面上，或站或蹲、挥笔不辍；近观远眺、倾心投入。时间成了容易被忽略的东西，经常是长久沉浸在画画的热情中，不经意间看到墙上的挂钟，呀！已是晚上十点敲过了。想到已连续画了十来个小时，顿觉饥乏无比，浑身如散架一般。赶紧拆两包方便面泡吃，边吃边对画端详，心里充满成就感。他画好一张后立即画第二张，紧接着就画第三张，日子过得是“吃饭不知饥饱、睡觉不顾颠倒”。第三张画到三分之一过的时候，就计划而言是进入了收官阶段，胜利在望。

这时他像一座喷息的火山，高热还在张力却没有了，挥笔之间犹豫、怀疑时时掠过他的心头。画得到底怎么样？多年来偶尔画点水粉，是为单位的墙报作点缀，别说评价了，看的人也没有几个，现在一步就要跨进市场，能被接受吗？自己一气就要拿下三张大幅画作，自古做学问艰苦，“两句三年得，一吟双泪流”，意即在此。自己是不是太贪心，不自量力？那么画的病症、不足又在哪里呢？

杂念太多时，他不得不搁下画笔，对自己的情绪作一番梳理。他反复将画与照片比照，结果还是满意的。整个画面是对照片的准确放大，而且刻意在空间度、色彩方面下了功夫，看着信心足了，心情也舒畅开来。他为自己划了条底线：不抱奢望，有店家肯挂着卖就可以了。他要求自己先把作品拿出来，于是又鼓起一股劲，将第三张画完成。

他是要为灵性找个载体，让自己满脑的想法在画面上信马由缰、任凭驰骋。但潜意识中窘困生活的压力驱使他像饿虎般注视着卖画会有的结果。第三张画一下架，就急不可待地要联系店家。

因为厚厚的颜料不容易干，他就只身到画店去联系，但在店门前却犹豫起来，不停徘徊。此时专业的画廊还没有发展起来，大部分是工艺品店，除摆放着大量工艺品外，也有古玩、字画等。席建祖就想进这类店，但转悠了好长时间，没有勇气进去，更不消说开口。头脑热一阵又冷一阵：想到如果能把画卖出去，既体现出所走之路成功的希望,又可以解生活的燃眉之急;想到要让画见人,画画时的激情就荡然无存,尽想打退堂鼓。他对自己说:“再考虑考虑吧,要确保成功率。”回转的脚步像鞋肚里装了风火轮,“刺溜”一声已经到了家门口。面对着家,脚步又沉了起来,债务、生活、事业一切都集中在了画能否售卖成功这点上;多少天努力的价值也要通过这一点来体现;甚至多少年苦苦寻觅,不懈的追求,也只有在突破于这一点才能得以实现。“建祖啊,你不能退,你没有退路啊!”他告诫自己。

他又踅了回去,终于硬着头皮走进了一家工艺品店,东张西望不知所措。

店里是个女老板,四十出头,个子不高身体微胖,但皮肤嫩白,穿金戴银一身珠光宝气,笑吟吟迎上来,说:“有看中的吗?我们这里是最便宜的。”

席建祖在心里拼命顶住退缩情绪,告诉自己必须开口,不能错失这个机会,他终于轻声说道:“收画吗?”

女老板收住了笑脸,转为审视的目光,问:“什么画?”

“几幅油画。”

“出自名家吗?”

“不,是我画的。”

“你画的?你是谁?”

“嘻、嘻,是我画的。”

“画呢?”

“我这就去拿。”也没有等到女老板答应,就急匆匆去取画了。

女老板轻蔑地摇了摇头。

席建祖用破自行车把画驮了过来,三幅画又大又重,还要防擦碰,搬得他满头大汗。

女老板漫不经心地翻看起来。

“小心,还没干透。”

“没关系的，”女老板拉长了调门说道，对画很不以为然的样子。很快就全部翻了一遍，面无表情地说：“都差不多。”

席建祖怯生生地问：“能收吗？”

女老板摇摇头，说：“屋子太小，没有挂的地方，你换一家看看吧。”

虽然被回绝了，席建祖心里反倒高兴，她没有对画进行否定，只是没有展出画的地方，这一点值得安慰。他有了勇气决定再跑第二家。

二

席建祖进了一家更大的店，店里的男老板蓄着小胡须，颈上一根小指粗的金项链，大拇指套了一只和田老玉的大扳指，一副志得意满、老于世故的样子。看过画后，套着大扳指的手的手指拈着小胡须，说：“可能会比较难卖，不要。”

席建祖说：“请你帮个忙吧，能卖多少就多少，我保个本就好啦。”

“不行，会比较难卖的。”

“你墙上都空着，挂上去试试看吧。”

“我这墙不会空多久的，马上有东西要上去的。”男老板笑着说。

“同样是挂，为什么就不能挂我的呢？”

“恕我直言，画还是缺点火候。”一旦挑破，老板也就无所顾忌对画逐一点评起来，“这幅山水画取意还可以，远山近水，山虚水实，水中芦苇的倒影虚化是对的，风生于青萍之末，宽阔的水面应当是有风的，但鸭子周边的水怎么就一平如镜呢？不合情理呀。这一幅树林古宅，取意也不错，但房屋的窗框子嫌粗了，玻璃也缺乏质感。画的好坏，细节是金。曾有一位大师级画家，用丝瓜筋画大幅山水，粗犷挥洒，汪洋恣肆，但山脚下的几个人物，其状虽小却毫发毕现，细腻灵动，这就是功力。再看你的，你看这些树叶，虚处浑似迷雾，实处又拙如卡通。这幅花卉也太过‘粉气’，你可能是想通过涂白来增加亮度，但画中的亮度是靠明暗对比来实现的，一定要慎用白色，纯白只能在高光处一个点或者一条线，如人的眼睛，碗的沿口。白色会降低颜色的纯度，红掺入白色，就变成了粉红，黑就变灰，而你这些都没有顾及到。还有，确定一幅画的大小也有讲究，小的挂书房，大的挂客厅，而你这三幅，横里太长，竖里太扁，呈狭长形，要么被艺术馆收藏，一般家庭没地方挂。你的几幅画给人总的感觉：不是画出来的，而是描出来的，线条呆板，笔头放不开。”

那老板以职业的敏感，只顾边读画边评点，根本没有注意到席建祖的脸色由红变白，现已面如土灰了。

发现对方有点不乐意，老板忙调转口气，说：“我也不会画画，这几年和太多的画家打交道，真正是‘近墨者黑’，染上了说长道短的陋习，讲得不到之处还请多包涵。”

“你是对的，你是对的。”席建祖本来就不是嬉笑怒骂、死的能说出活的来的人，老板句句点中要害，针对的是画，挨击的是心，窘得他更加嘴笨舌屈，胡乱应答着，收起画就往外走。

老板似生了恻隐之心，追上一步说：“讨论画作是正常的，你千万别往心里去。如果你真为生计要卖画，可以再商量。”

席建祖脚步急止，尴尬相还没缓和，眼睛却亮了，问：“你还肯接收吗？”

老板微微摇摇头，把席建祖唤近一点，压低一点声音，说：“这画肯定不要了，但看你心事重重的样子，想必过得艰难，我可以给你指条路。”

“什么路？”

“我熟悉一个作坊，专门制作油画。”

“制作油画？”

"是的。现在西洋的东西吃香,包括画。那里是流水作业,所以我说是制作。"

"行吗?"

"大有市场,现在'二把刀'多得很,只要占上'洋'字,就有人掏腰包。流水作业要求不高,稍微有点基础就能上手了。譬如负责画塔松,就一直画塔松,到时闭了眼睛也能画,画得快赚钱就多,人也轻松,不错吧?"

"不行!"席建祖像被蜇了一口,迅速回应道。

老板不愠不怒,看着往外走的席建祖又加了一句:"以后觉得可以就过来。"

席建祖拖着沉重的脚步离开了画店,画画生涯刚起步就受到了重创,生活中的其他问题又在向他袭来,使他面临更严峻的挑战。

三

就在席建祖事业受挫的时候,叶福娟承受重压的能力也到了极限。毕竟上了年纪,又才经受丧夫之痛,还要照看好嫩弱的小立伟,身体严重透支。她心里清楚自己的身体状况,起居冷暖都十分注意,告诫自己要保持警惕,绝对不能生病。但身体太虚了,似乎也没有地方闪失,却已经受了风寒。连着几个喷嚏,她感到不妙,赶紧把午时茶冲了喝下去,却已经晚了一步。一夜过后,口干舌燥,浑身酸痛动弹不得,重感冒了,从症状看肯定还伴有发热。突然睡倒,她急得半死,怎么能倒下呢?家中件件样样事都等着自己去料理,特别是立伟没有一点自理能力,完全依赖着她。她强撑着要爬起来,但身体稍微竖起点就晕得厉害,随即又无奈倒下,此时的她倍觉无助,更对席林海思之切切。也是清晨醒来,老头子在时总能看到他坐在房门外喝茶的身影,"早上皮包水"是他多年的老习惯;人不在后那情景就成为思念的触点,不忍目睹却又无处趋避。而且此时此刻的她,已不只是对亲情的眷恋,更需要老伴来替上一把,让她倦惫的躯体着实地靠傍一下。然而空荡荡的屋子,给她的是一个容不得一点点幻想的冷酷无比的回应,她那充满凄楚的心更紧地收缩起来,干涩的眼睛里泪水聚得很慢,但等到足够多时,还是捷速从脸颊滚落下来。难道单体的人真的只是一半?不然近似于惶恐的孤独感怎么会这样紧缠不放呢?叶福娟陷入无比痛苦之中。

“奶奶、奶奶!”席立伟喊了两声,得不到回应,“吭哩”、“吭哩”想哭了。叶福娟人突然竖起来。自从立伟过来后,每天早上她总会站在立伟的床头,确保让立伟睁开眼睛就能看到她。她体恤着命苦的立伟,要多给一点温暖,不让他有孤单的感觉。立伟的喊声,唤回了她几十年艰难生活磨就的坚韧意志,唤回了她潜藏在筋骨深处的那份对小孙孙的挚爱。她终于站到立伟的面前,胃泛心颤、天旋地转,她扶着床头,扶着橱柜,拼尽全部力量,撑着做完为立伟做的全部早功课。

把立伟送进托儿所后,她知道自己快支持不住了,是通知席建祖还是席建德呢?她略犹豫后,还是把求救电话发给了建德,回到家就沉沉地倒在了床上。

席建德得到消息,也顾不上纺织厂考勤的严格,托人带个请假的口信,就从家里直冲过来,推进门急切地问:“妈,你怎么样?”

叶福娟张眼不开,喃喃说:“影响你上班了。”

“没关系,混蛋厂只知道卡我们工人。那些掌权的都成了吃人的老虎,不睬他们,”她伸手摸摸妈妈的额头,说,“烫的,我给你测一下体温。”

“39.8度,”席建德差点惊叫起来,说,“妈,得马上到医院去吊水,不然人要烧坏的。”

“不用,吃点退热药,休息一下就会好的。好久没有发热所以来势猛点,小孩子会烧坏,一把老骨头点还点不着呢,不要紧的。”

席建德急如流星把药买回来给妈妈服了，心绪稍定，才想到其他的事，问："妈妈，立伟是你给他穿着？早饭也是你给他侍弄？托儿所也是你自己去送的？"

叶福娟回答虽然含糊，但句句都作肯定。

席建德看着面色焦黄、嘴唇上结满干痂的妈妈，不敢相信年事已高的母亲在高烧不退的情况下，还要做这么多事情。想想老人太可怜了，心里一阵难过，跑到房门外"嗤嗵、嗤嗵"哭了起来。

她一边落泪，一边想到生活的艰辛，情绪全坏了。首先在心里诅咒席建祖：你堂堂一个大男人，什么也没做成，连儿子也不管，把妈妈累成这副样子，你还是人吗？接着就憎恨自己的厂：好设备放着不用，却偏把业务放到乡下去，这里没活干没钱拿，那边没产量没质量；已经千疮百孔了，还要凿几个大洞；那些人趁机大捞，黑心黑肺黑肚肠，哪还管别人的死活？再则抱怨家庭环境：偌大一家子，居然没有一个人混得像点样子，老话讲"一人得道，鸡犬升天"，现在一窝子全部趴下，还有什么出头之日？最后还是把毒结在席建祖身上：自古"赚钱不吃力，吃力不赚钱"，有了权势的，哪个不是车装船载的当暴发户，你没本事就老老实实打份工，靠着你抛家弃儿的死劲，能弄出多大的名堂？别说你只有一个儿子可甩，就算你甩十个、甩一百个又有屁用！想到这些方面，又连带出对席建祖抵押房子的憋夹气：好端端的房子，三钿不值两钿就处理了。一个敢抵，一个还真敢收，还有什么自家人的味道？

人面逐高低，家庭岂能外。断定二哥是不会有大出息了，做妹子的心也冷，自然也少了几分尊重。她此时在母亲身边，服侍母亲是天经地义的责任，但对席立伟就有隔了一层的感觉，想："枉有你这样的哥哥，可是一点靠傍也没有得到。我自己也有小孩，你要叫我对立伟掏出心来我办不到。你现在家不像家，又没有抚养能力，老把母亲拖来拽去也不是个办法。妈妈也不是你一个人的，你不心痛我还心痛呢。实在没有能力，干脆把立伟送人算了。我是做得出的，让立伟去个好人家，也能幸福一点呢。”

席建德心里气恼，尽出些怪念头。想到一个相熟的人家，家境还不错，正好想要个小男孩，真就打起了那个算盘。

四

叶福娟病成这样，女儿就成了贴肉布衫。两天两夜一步不离左右，还担起了服侍立伟，包括送他上托儿所等事务。其间席建良夫妇来了，席建良还说了要分工轮值的话。席建德坚持由她来，说："不要客气了，你们俩谁在这里呢？还是让我留这里吧。"硬是把他们推了回去。

见妈妈身子骨发松，吃点稀饭、肉松也显得有滋味了，席建德就想着要谈点正事。她从托儿所接立伟回来，给他换身干净衣裳，顺手搓洗起来，说："妈妈，把立伟送回去吧，你拖不动了。"

"不是我想拖，你看你二哥，他担得起来吗?"

"再不行就把立伟送人，送个好一点的人家，也可以让他过点好日子。"建德说出了自己的心思。

"看你说哪里的话了？不要胡想胡说。"

"妈，二哥这样下去不行的，你要劝劝他，叫他抓紧出来打份工。"

"人没变成疯子，就是上上签了，还能要求他做什么呢?"

"二哥从小是聪明有灵气，但常言说得好，到啥山、斫啥柴，黄河水浑洗泥足，黄河水清洗帽缨，要因时顺变。"

"你也很聪明的。"

"我不行，没有出息。"

"是生不逢时。"

"我们家是'驼子跌跟斗，两头不着实'。"

"此一时，彼一时，无可奈何。当时我们这样的家景，整天提心吊胆，稍微有点风吹草动，就心惊肉跳。一心想的就是如何跟上时局，迫切希望的是有所转变。”

“我小时候是最听话的，因为我能感受到你们想让我们成为怎么样的人。”

“我就说你聪明嘛。”

“不是聪明，是本分。直到现在，如果工作时想开点小差，想揩点公家的油，心还会跳个不停。”

“你谁都不像，就像我。”

“但现在要会投机，我们这种人就吃大亏了。二哥想瓦片翻身，拼死拼活地干，靠他现在那么弄，到头来只是‘赤脚赶个后马屁’。”

“由他去吧。”

“不行，不把立伟送人，也得把他送回去。让二哥闷在窝里是害他，另外你发烧后，身体受了损，需要将养一段时间，一定得送回去。”

“你们兄妹要能够理解，让立伟留在这里。现在你二哥的情形，要把立伟送回他，说不出口。”

“妈，日子总得自己过啊，不给点压力他不会直面人生，迎击困难。你说不出口我来去说。你年纪越来越大了身体也不好，再拖这样的小宝宝，吃不消的。我过来吧，自己家里也有事，路又远，虽然也在尽力，终究是隔靴抓痒，解决不了根本问题。”

“我已经松快点了，你也快去料理自己的事吧。”

“妈，我确实要走了。不说立伟，立伟的事就由我来处理，你自己还有没有问题？我的房子实在太小，不然就接你过去住了。”席建德说着眼圈又红了。

“我没事，要么就让立伟回去几天吧，这孩子真是苦命啊。见到建祖，千万好生解释，不要让他再受伤害。”

“你爸妈不要你，姑姑就把你给好人家去。”建德半真不假地对立伟说。她把手头事料理停当后，抱起立伟，要他与奶奶道别，然后恹恹地走了。

叶福娟看女儿的自行车载着立伟扭扭歪歪地离去，那种亘古不变的老辈对小辈的操心，那种女儿、孙子同时离去的失落，使她魂不守舍。

“去后的情况怎样？怎么也不给个信？建祖的画画到了什么程度？立伟还上托儿所吗？由谁负责接送？”几天过去音讯全无，叶福娟整日心神不宁，特别是想到建德反复唠叨的要把立伟送人的事，更令她不寒而栗，她后悔没有关照要及时给回音，子女生活的一系列问题在她脑海里萦绕。

等到第三天傍晚，还没有任何消息，叶福娟坐不住了，她颤巍巍地走到隔壁小店，给席建祖去一个电话。

其时席建祖铩羽而归已有数日，正在慢慢疗伤。

他自省。当年秦伯伯常说：“身上不备小本子，一世也画不出头。”意思是要随时把看到的精彩部分勾勒下来，点滴积累做有心人。创造美的过程并不美，而是充满苦痛和艰辛。秦伯伯的话既讲了对美术的态度，也讲了对人生的态度，绝对是有道理的，自己“急就章”的做法肯定发生了严重偏差。

他委屈。自己的处境有多难，以前随波逐流，总以为此生与画画断缘了；现在立志拿起画笔，生计、年龄都时时令人局促不安。他已经收缩到生活等于画画的程度，不顾吃睡、甩开孩子、没有娱乐、绝弃种花莳草，什么都让了路，可有什么用呢？曾经想机械制图也占到了“图”的边，指望凭借“他山之石”，从时间上寻回点补偿，走出一条非常规的艺术道路。这次的失败表明——错啊。制图的线是刻板的，僵硬的，死的；画画的线是灵动的，跳跃的，活的。制图练就的坐功，有一股迟暮之气，把激情消磨殆尽，无疑会给画画以最致命的打击。原想凭借的优势竟然尽是劣势，“一寸光阴一寸金”，错过是一件多么可怕的事，简直与被谋杀没有两样。

他明白。如果要坚持画画，就要按照秦伯伯的话，从基础做起，从零开始。当下考虑的不是怎么画画,而是素描、临摹、写生,把功底练扎实。这样一年计划肯定被打破,其后果就是搬出这个家。对这个家,更精确地说是这套房子,自己没有更多的留恋,哥嫂对自己帮助大,他们家的住房又紧张,房子给他们没有丝毫遗憾。自己正好回老家,侍奉母亲去。问题是自己从小喜欢美术,现在更指望用画笔来抒发感受、诠释人生。回到老家,画画的各项条件都会受到限制,也就是说待到回老家之时,即为接受失败、彻底告别画画之日。既然这样,与其一年以后撞墙回头,还不如趁早鸣金收兵。

想到要鸣金收兵,画店老板叫他去流水线作画的事,又浮现出来。如果去那里工作相对轻松,也会有一定的收入,但肯定是混日子。再在那种地方混几年,一生也就彻底错过了。坚持还是退却?放弃还是拼搏?两股思潮对撞,意志之舟剧烈摇晃随时面临倾覆。

叶福娟传来的因身体犯病,立伟已被建德带走两天的消息,又给他无数纷扰,使他坐卧不安。

五

叶福娟的电话迫使他放下画画的事,先去料理家务。因为叶福娟在通话时就说她身体已经恢复,他除了内疚外,顾不上前去探视,而是直奔妹妹家,想先把立伟的事探个究竟。在电话中听得出立伟没有被送回的消息使叶福娟有点急,席建祖倒一点也不惊慌,因为如果在路上发生意外,肯定会第一时间得到消息的,这一点他绝对放心。但既然妹妹讲了要送过来,怎么会见不到人影儿呢?席建祖还是有点犯糊涂。待到要出门时,一看自己胡子拉碴、头发蓬乱,实在走不出去,于是他往头发上湿点水,梳理一下,才骑上自己的破车子出门。

席建祖轻轻敲席建德家的门。

“谁呀?”席建德问。

“是我。”

“二哥到了，我来开门。”席建德话是这样说，门却迟迟不见打开。

席建祖料定立伟在妹妹家，只耐心地等着，并设想门开时儿子迎上来的情景。多少天没见了，心中怪想念的。他喜欢儿子，但前一阵的心思被画占了，再前一阵的心思被殷正琴占了，心中唯独没有儿子立伟的位置，他内疚地想见到儿子一定要多抱抱他。

席建德开门，堂屋里只有马奉贤坐着抽烟，席立伟不在，外甥女马艳萍也不在，席建祖有点诧异。

“坐吧，喝点茶。”席建德说。

马奉贤扔过一支烟，席建祖很珍惜地把烟递回去，说：“快放起来吧，我不抽烟了。”

马奉贤把那支烟往桌上一摆，自顾自点了一支，说：“二老兄，你怎么连香烟也不抽了？”

“不抽了。”席建祖谦卑地答道。

马奉贤说：“我们现在不能做人，要做猪猡。”

“是猪猡。”

“我的话不涉及身份问题，是讲要有猪猡的习性。你到北方可以看到散养的猪，整天东拱拱、西嗅嗅，一旦找到红薯田、玉米田，绝对不会嘴下留情。我们的身体在上班，眼睛却不停地四处窥视，所谓‘红薯田’、‘玉米田’就是‘公家’那一块，糊多汤腻，到里面去混。如果碰巧撞上，就死抓住不放。做猪猡还要有一层意思，就是只觅食，话一句也不说。我们初中有个体育老师，人高马大，用现在的话说是绝顶的帅哥，课上得好，还善于纵横议论，我们都喜欢他的课。但他的结果却不好，被整得一塌糊涂，腰也被打断了；我去看过他，一米八几的个子躺在床上，尿屎都不能自理，真是惨不忍睹。”

席建祖不想听他唠叨，虽然他的画业一无所成，但别人获得投机性的当儿，他却在不断孕育着自己的灵性。在他看来马奉贤貌似通透、满嘴财富，其实财富的边也没沾到，只是一种心理趋势；与父辈相比正好是换了一端，随芸芸众生满腔热忱地陷入新的百分百。以他的脾气是不会去打断对方说话的，一直等到有了说话的间歇，才问："立伟不在？"

"立伟不是回你家了吗？我送他到门前，让他自己走去的呀。"席建德说。

席建祖"啪"直立起来，说："出问题了！"

"你没见到人？"席建德追紧一句。

"没有。"席建祖方寸大乱。

"你呀，哪个孩子跟着你这样的爹，就是倒霉！立伟由别人去养也是好事。"席建德嘲讽道。

"你不要做出糊涂事来。"席建祖有所警觉，说。

"你哪里像过日子的人，把立伟送人的事，我迟早要做的，你既然能卖房子，还留着儿子做什么呢？"

"你疯了？你真把立伟送了人？"席建祖恶狠狠地问。

席建德不吭声。

那天席建德好犹豫啊，直到把立伟送到席建祖的楼下，还犹疑不定。是送上楼还是真就送了人？看着可怜兮兮的席立伟，想到"宁可跟讨饭的娘，也不跟做官的爹"的俚语，要把立伟交给粗手大脚的爹去抚养，实在是一百个不放心。立伟那因忧伤而更显秀气的眼睛，那眼气，活脱脱是殷正琴的翻版。想到可怜的殷正琴又少不了多出几分恻隐之心。罢了罢了，她竟把立伟带回了家，天大的麻烦竟由她自己担了下来。现在见席建祖找上门来，心里的气倒又上来了。刚才迟迟不开门，是在藏匿立伟。她把电视机声音调低后，让马艳萍陪席立伟在房间里看电视，目的是吓吓席建祖，也借机发泄一下。见席建祖的腔调，知道不能再闹下去了，拉高声调朝里喊："艳萍，带弟弟出来。"

席立伟出来了，他没有欢蹦乱跳地扑到席建祖怀里，而是似陌生，又似委屈，低着头靠到爸爸脚边不吭不响。

席建祖俯下身，把席立伟抱起来，内心被自责感强烈地冲击着，好久才说："想跟爸爸回去吗？"

立伟眼神茫然，缓缓地摇了摇头。

席建祖把立伟搂得更紧，想："儿子，原谅爸爸吧，爸爸已日头西斜的年龄，事业却和你一样才蹒跚学步，爸爸也难啊。"

跟在立伟身后的艳萍亲切地喊一声："舅舅。"

席建祖答应了，也蛮喜欢艳萍，很想摸个头、拍个背表示出长辈居高临下的爱。但他做不出来，他知道小孩的童真世界是把大人和伟大联系在一起的，一无所成的他没有那个高度，勉强为之是一种亵渎，他欲动又止，身体僵在那里。

席建德凄然地说："可怜的立伟，长此以往孩子的性格会出问题。二哥，你到底有什么安排？"

"唉，难。"席建祖叹道。

"画画的事进展怎样？"

"拿出去三幅，没有店肯收，全退了回来。"席建祖支吾地道出了实情。

"那就赶快收摊吧，当初怎么能把房子三钿不值二地抵押呢？"

"这倒没什么，都是家里人。"

"这样的做法，与外人有什么两样？'花纸头'人人都欢喜。"

"定了的事，不谈了。"

"二哥，你有一个儿子，房子是最重要的问题，得赶紧收回来。有剩余的钱赶快退回去，已经用掉的能缓则缓，不能缓我们来撑一把，无论如何要恢复过来。要不然干脆真把立伟也送人吧。我有个姐妹条件好，想领养个小男孩，到了那种人家，立伟绝对不会过苦日子。到那时你想怎么过就怎么过，再没有人来限制你了。"

“不行!”席建祖断然回绝,心被深深地刺痛。他明白自己在经济上确实没有能力,但父亲对儿子的爱难道因为穷就可以被剥夺吗?父子骨肉相连,而且他还期待着总有那么一天殷正琴会回来的,到时他要把一个好端端的人儿交给殷正琴。他领着立伟要走。

“到哪里去?”席建德问。

“到妈妈那里去。”

“妈的身体刚有点恢复,不能累着她。”

“我管不了那么多。”

“二哥,有句话我一直想说,回到现实中来吧,重新找份工作;与正琴的事也该了结了,重新建个家,好好过日子。”席建德情绪激动起来,说,“我们这种人条件是差一点,但也不是垫到了底,也就是说不如我们的也大有人在,有必要这样作践自己吗?”

“没有退路。”

“怎么会没有退路呢?”

“杀人越货、走私贩毒都是人做的,有什么退呀进的。其实枷锁都是自己要背才背上去的。”马奉贤按捺不住了,猛吸了一口烟说道,还带了一句粗话。

席建祖知道耍脾气、摆狠劲解决不了问题,沉着头不吭气。

“你必须当机立断,拖一天,房子要回来的可能性就小一点。为了儿子、为了生活下决断吧。”席建德说。

“不多说了,我们要走了。”

“二哥,说了这么多,你怎么就无动于衷呢?你还要把立伟送到妈妈那里去?”

“是的。”

“妈妈身体还弱,你真的不能去。”

“我没有办法。”

席建德一脸愠色,盯着席建祖,看势头马上要吼出来了。屋子里的人都静了下来，连活泼的艳萍也呆了，一切都预示着雷暴雨要到了。席建德突然缓过气来，低柔地说：“二哥，妈妈那里先不要去吧，立伟暂且还是放在我这里，我再来照顾一阵。等妈妈恢复元气后，我负责把他送过去。”

六

虽然顶住了席建德的攻势，席建祖的意志力亦已丧失殆尽，重新回到画布前的他显得魂不守舍。就在这个当儿，殷正琴那边居然有了一点点动静，这更使他坐卧不定，难以自持。

从席建德家回来后，放弃的念头，像乌梢蛇一样死死地缠着他，拿起画笔，就似有无数毛毛虫在他心里面爬，令他片刻不得安宁。他忍住，再忍住，终于超过忍受极限爆发出来，奋力把笔扔了，把几个颜料罐扔了，又一脚把画架踢翻，如丧家犬一般颓然坐倒在墙角边。

冷静后的他，又一件件重新收拾；心中重荷依旧，独多了无数懊悔。既画不下去，又不想放弃，怎么办？

为了寻求坚持的力量，他从箱子底下拿出一本薄薄的书——《怎样画水彩画》，书的封面朴素，装帧简单，是五六十年代的出版物，当年秦伯伯特意为他准备的。那个年代想看书、想得到书几乎成为一种疯狂，明明是要学画油画，却只有水彩画的书，真是饥不择食啊。得到书后他一边看一边就照着画，画苹果、画鸟，真的是如饥似渴。重新拿起珍藏了近三十年的画画书，他既激动又感伤。“秦伯伯，我到底该怎么办？我的画画之路怎么去走？”他在内心不断向秦伯伯发出求助的信号。看着纸张泛黄的画画书，席建祖的心情略略舒展了些。他鼓励自己要像刚得到书时一样，从零开始。

他认真调整了思路，既然无法画下去，就干脆暂时停笔外出写生去。这样的安排好是蛮好，只可惜生活已不允许席建祖从容处世。就他的心思：一年 365 天，总 50 万分钟，最好一分钟也不停，全部用作画画。在他的时间概念中，只有画画，时间才用到了正道上，其他都是浪费，已到了惜时如金的程度。画画曾使他高度亢奋、精神百倍，现在要忍痛割爱、停画写生，也就等于要抛弃直接实现目标的可能，那么实现目标所带给他的无限憧憬也随之消失，他再一次失去了前进的动力，勉强外出写生，步履犹豫而沉重。

他的所谓写生，也就是背了画具在居住地周围转转。好在千年古城是个十足的“美人胚子”，虽然强劲的外力导致她瓦扭砖裂，石断桥损，流水亦因改建“防空洞”而受阻发臭，但垂柳依依、人家枕河的格局是不会改变的。“懒起画娥眉，弄妆梳洗迟”，留得一份凄清、倦怠、抑或哀怨，反而传递出“不如意事常八九”的磨难感，倒是与席建祖此时的心情正好合拍。

席建祖是个苦惯了的人，在外写生从不在乎生活条件，有时坐在石阶上，有时干脆席地而坐；午饭就着白开水，吃两只菜包子，也没觉得不适应。物质可以不予计较，心思要静下来却难。他想尽情投入绿树清风当中，多积累画画的素材，但诸多的生活杂事总会时不时地侵扰他。

殷正琴还是最折磨他心境的人，而她给他的最大折磨又是他要不想她。他明明对着旧桥古宅在写生，冷不丁画境中出来个殷正琴；他知道是幻觉，赶紧驱散开去，可是已经心猿意马起来。等到重新调整心态，时间已飞过老大一段。

席建德的言行也惹他分神：原来建德不是这样的。当年席建祖在工厂里，早就有了固定的收入；而她插队，一年到头看不见钱。想给她一点，她总是坚辞不受。也可以说她是在客气，但能感觉得出她对钱的观念是那样淡泊。现在不同了，开口闭口是钱，一声“‘花纸头’人人都欢喜”，说得水般流畅，大变了。

他由房子的抵押想到嫂子尤慧珍：他知道事情建良在出面，后面尤慧珍的作用才是关键。他们确实没有说过要抵押的话，但尤慧珍的行事风格最为务实，“千里来龙，此处结穴，皆为一个钱字”，她当然也不会甘于人后。席建祖之所以急着要出文书，也是为建良在尤慧珍面前好做人。不说“人穷志短、马瘦毛长”之类的话，只说人穷了会特别敏感，最善于揣摩别人的心思。他觉得“皇帝不差饿兵”，只有这样才能让哥嫂放心。也只有这样他才心感踏实，没有亏了有恩于他的人。

还有那个画油画的流水线，此刻想起来还让他回心肉痛。许多被看作神圣的东西，在“发财”的聒噪声中，顷刻分崩离析。假话、假货、假面具他还能够容忍，当然不容忍也无可奈何。艺术可是他心中的禁脔，当他重新焕发出对画画的热情时，是希望通过艺术表现人的灵性，然而她竟也成了谋利手段而无所不用其极，真是烂到了根上。自己还在一本正经，有什么必要？有什么价值？

他想在写生中得到些活力，结果似乎更加沮丧。

日头西下，飞鸟归林。席建祖带着一身的疲惫回转家门。在楼梯口，看到信箱上粘着一张纸片，伸手揭下来一看，是领取邮件的通知单。他犯起了嘀咕：自己这落魄样，还有谁给寄邮件？但白纸黑字却是再明白不过的。他估计邮局还没关门，从家里拿了身份证、图章赶过去。取到的是一张汇款单，是殷正琴寄来的。本来把单子交出去，把钱取回来就完事了。但捏着汇款单，似乎与妻子形成了强烈的沟通，千头万绪涌上心头。他没有取钱，而是带着汇款单回家，要在家里看一个仔细。

汇款单简单得出奇，席建祖却不放过任何细节。单子上有一段留言，他要紧先读了一遍：“钱给席立伟。伟伟我的好儿子，妈妈日日夜夜想你。”邮戳也是他最关心的，尽管比较模糊，经过反复辨认，席建祖还是弄清了款是从南方某市汇来的。外面看完后，席建祖还不尽意地朝空壳子里面张望。不够、实在不够！尽管汇款单的内容没有涉及席建祖，但他并不在乎，只要是殷正琴的线索，他都有无限止了解的渴望。离别、更精确地说是一拍两散以来，殷正琴还是生生地潜藏在他的心里。那一丁点信息，点燃起他思念的火焰；那山高水远的阻隔，又陡增他破镜难圆的痛绝。他把汇款单久久地贴在脸上，于百感交集中寻求着爱妻的抚慰。

入夜，他还是辗转不能入睡。对妻子的思念转换成对女人的渴望，他全身火烧火燎的，身体强烈地想从衣服里面钻出来。他真的这样做了，在空荡荡的屋子里，没有人来接应他，也没有人来羞辱他，那种生命的力量高度聚集，再也无法遏制。

做过了这道“永远都是负阙”的题，他的情绪又回到冰点，虚空、自责、羞赧朝他层层围拢过来。

早晨精神萎靡的他想要终止画画，他也要到南方去，要去寻找殷正琴。

这个念头一动，画室再也关不住他热血滚烫的心了，于是上午就到了叶福娟那里，把打算告诉她。

“妈妈，我不准备画画了。”席建祖迟迟疑疑地说。

“你想做什么？”

席建祖把汇款单递给叶福娟，说：“她在南方，我要去把她揪回来。”

叶福娟仔细看了汇款单，说：“500 元，数目还不小。”

“是吗？”席建祖居然没注意到汇款数。

“是揪回来还是跟着去？”

“设想到那里打工去，边打工边寻找。”

“你要去我没有意见，但你已经这把年纪了。‘有志者立一志，无志者常立志。’为了这画画，你有多少年的向往，我们就有多少年的歉疚；现在刚刚从你实现夙愿中享受满足，怎么你却又要把还没有焐热的东西抛弃呢？”

“我安静不下来。”

叶福娟脸上掠过一层阴翳，很明显席建祖的行为让她感到失望，她说：“生活有什么困难，我来帮你分担。做事要勇于坚持，不轻言放弃。当年秦伯伯肯定你画画有灵气，虽经风霜摧蚀，毕竟潜质还在，要自珍，否则一生就彻底被糟蹋了。”

“杂念、杂事把脑子挤爆了。”

“谜还是参不透，井还是跳不出。”叶福娟想。

叶福娟说：“你那天讲得多好，要在画画里寻求、表达你的向往。”

“太难了。”

“我能理解，但经历了这么多，应该透彻一点了。前条巷里有位姓阚的老先生，过去一味地‘跟’，唱高调、起哄多年。时风转到了钱上，他也老得赶不上趟了。突然截止，留在脑子里的货全部作废，这种人你再叫他回入几千年的老套，去信佛、信道也不太可能，结果是徒有一个空脑壳。空穴尚且来风，空脑壳怎不杂念肆虐呢？我每次路过，都看到眼神呆滞的他在自家破屋门前不停忙活，有时浇水泥台面，浇好后再用水沙皮打磨；有时弄点铁皮敲敲打打，做点箱不像箱、桶不像桶的东西。夏天晒得墨黑，冬天冻疮满手。我有时会禁不住问：‘你在做什么？’他反问我：‘你怎么还不去做？不要让手空，手空了脑子就会忙。’想叫你‘跟’，总会让你感到‘跟’的必要，那就是浮世的诱惑。精神的也罢，物质的也罢，本质是一样的。问题是不知会从何时截断，既然本质一样，到突然截断时，结果必然也一样。说脑子空，其实脑子不空又能怎么样？我们这样的人家，多少年的边缘游移，你父亲的亡故，你自己家庭的突变，这一系列特殊的经历，应该会引发非同一般的感悟。你说你要画画，我从心底里支持你。你应该从感悟中提炼独到的见解，再把见解融入到艺术创作中去，使艺术产生出真正感人的力量。我们这种人不求铸造辉煌，只求把心智体现出来，一世为人总得探出头来透口气。”

席建祖伫立良久，终于沉重地点了一点头。

第九章

一

席建祖沉重地对母亲点过头后，从母亲家里出来，铆足劲朝北走，走到了几里地外的火车站；从野田里绕上铁路，再沿铁路登上月台，一屁股坐在花坛的矮墙上。他接受母亲的规劝，已经抑制住要到南方去寻找殷正琴的念头，但鬼使神差的他还是来到了城市的大门口。面对一列列南去的列车，眼看一次次车门的打开，一颗飞翔的心在胸臆间冲出去又压下来，外表呆滞得像根木桩的他，内心充满了经历殊死搏杀后的悲壮情怀。

在月台的矮墙上，他傻傻地坐到了夜幕降临之时。内心经历一番近似于凭吊和祭祀的活动后，席建祖终于又站到了画布前。母亲的话给予他激励，他知道母亲也曾是能诗善文、酷爱艺术的人，话中包含着她的心酸。他知道面对的是画布，背负着的却是母亲的殷殷期待。"一定要把画画好！"心气来时，他满腔激奋，迫切希望把日思夜梦的东西表达出来。那东西在脑际、在心间、在笔端，然而待要细加琢磨，付诸实践时，又是那样的光飞影散、支离破碎。于是站在画布前的他又陷入了无限的迷茫，步履维艰。到底会走到哪一步？他的心里仍然没有底数。

与席建祖同样关心他"会走到哪一步"的还有一个人，就是取得了房产抵押权的尤慧珍。尤慧珍是一所小学的语文老师，头发后梳，露出整张鹅蛋形的脸，虽然眼睛、鼻子、嘴巴单个看皆无美感可言，但整合在她的鹅蛋脸里，再配上平实无华的金属架眼镜，倒也是一副俭朴干练的样子。“家有半斗粮，不当孩儿王”，本来小学老师就是块鸡肋，看别人空麻袋背米都发了财，更使她火急火燎地坐不住，少不得四处转悠，想跟上节拍寻机到商海遨游。她设想开一家点心店，让席建良当老板。这样一个教书混太平日子，一个开店发财，可进可退，左右逢源。她的想法确实不错，可惜的是启动得晚了：要想盘现成的店面，没这一大笔资金；要想找住家进行改造，市口好的地方，早被别人捷足先登了。因此几年下来心思没少花，竟也一事无成。

席建祖要抵押房产，尤慧珍嘴上没有多说，心里清楚是一件有大利可图的买卖，极力促成了这事。她想房子到手后，他们仍要在老房子里挤一段时间，待到把席建祖那套房子租出去，加快筹措资金，她的愿望还是要走开店的路。抵押凭证到手以后，她料定席建祖以画谋生必败，但还是不动声色、静观其变。随着时间穿梭而过，接收房子的期限已近在眼前了。关于房子抵押的问题，姑嫂之间最为敏感。席建德是什么心态，在婆婆、还有建良处讲了些什么话，她都略有听闻，也隐隐不安。其时挂牌营业的律师楼开始多了，她为抵押公证一事专门去进行了咨询，但被告知此类文书公证意义不大。她即刻认识到：兄弟之间房子交与接，不只是两个人的事，一大家子里有无数眼睛窥视着，关键是要解决好这方面的问题，一定要做到“刀切豆腐两面光”，才能在族人当中不留话柄子。

于是她在较近的亲属圈中排了个队，确定了两个重点工作对象——席建德和建良的舅妈章丽华。她迅速酝酿了攻略：对席建德压，对章丽华则拉。

她要与席建德正面接触，把抵押凭证拿给他们看，摊开来说话。“凡事预则立，不预则废”。尤慧珍的高明之处在于从一开始就高调言明要借钱出来，其实她是摸准了席建祖耿直的性格，来了个兵走险着、欲取先予。那么万一失算，借出去的钱如“肉包子打狗——有去无回”怎么办？说实在话，尤慧珍这个人有计谋也有诚心，帮小叔一把也是她做这些事的根本动机。事情果然按她的设想顺利发展，到了拿房的时候她自然也不再客气了。席建德就不一样了，攒钱不容易，有了点钱捏得手上汗都出来；看尤慧珍得手占便宜，又愤愤不平。

尤慧珍主动上门，一席话说得磊磊落落，反弄得席建德手足无措起来，说：“情况我都知道，我也只是替二哥发急，才说了那档子话。”

尤慧珍逼近一步，说：“那点钱是我们一生的积蓄，建祖这样的情况，冷眼旁观吧太过狠心，要鼎力相助，也能力有限，当时真希望我们一起来支撑一下。”

“是的，但我们确实是有心无力。”

“现在家里彻底空了，万一有个急用，可是一个子也没有了，心里一直没着落。我们不是要那房子，是建祖坚持要出一个纸条，你看纸条上的日期和我们给出钱的日期，整整相差一个星期，就是因为我们坚持不要，才造成的时间差。”

席建德实在是个阿弥陀佛的人，如果霸道点，管他说过什么做过什么，就是不合作你能怎么样？见者尚可有份，更何况手足之间，就听凭你独得了这么个大便宜？但她是蛮做不出来的，忙面有羞色表态道：“纸条不是主要的，即使没有纸条，该给的还得给，要有信用。嫂子你放心，该怎么做你就怎么做，我们能理解。”

席建德那里顺利摆平，姑嫂之间的感情还由此而有所加深。尤慧珍满意之余，立即想到了拉近与章丽华关系的问题。章丽华是一家医院的内科医生，能说会道又争强好胜，在长辈层面是个有影响力的人，如何去赢得她的支持，相对于建德难度大大增加，必须周密计划、谨慎行事。

怎么样才能拉近与章丽华的关系呢？确实是摆在尤慧珍面前

的大问题。章丽华年纪虽不很大，但毕竟隔了一代，平日很少有来往。请过来吃饭吧，从未有过先例，难免唐突生硬；如果上门去，空着双手吧，没有力度；大包小包的吧，有做作的嫌疑，反而露出破绽。尤慧珍左思右想，一时间也没有好的办法。

有一日她正冥思苦想，一旁做功课的女儿问："妈妈，'举一反三'的造句怎么做？"

尤慧珍突然受到启发：章丽华的儿子叶明康在读高中，各门功课都相当出色，这在亲属圈中早有听闻。自己女儿快中考了，可以请明康过来做个辅导。就事情本身而言，能请辅导就是选择了学不如人的定位，章丽华要强，不会不开心。老子曰："道生一，一生二，二生三，三生万物。"有了这"一"，就能滚动发展，产生蝴蝶效应。可以借感谢、还礼进一步接近，再通过叙情、交心成为至交，成了至交就不怕她不予支持。"呵，真是好办法！"尤慧珍抑不住笑了。

她的主意定了，但都是夫家面上的人，自然得由席建良打头阵。她知道建良憨直，事情的枝理太细微时，会把握不住，所以要他出面前，先要把用意给他作详细解释。

她说："都说亲人之间'砍断骨头连着筋'是拉扯不断的。建祖的房子外表看是兄弟间的事，背后却受着整个家族的关注，如果被讹为'兄弟相残'，我们日后就难过了。"

席建良不以为然，说："都是自家人，不用太考较。"

"没这么简单，'人言可畏'，族人之言为最，更何况现在的人'钱'字上都吊紧了一根筋。所以不能打'闷棍'，必须寻求支持。"

"这么多亲戚去跟谁说好呢？"

"有一个人的近乎是一定要套的——你舅妈。'天上老鹰大，地下舅舅大'，这是一层关系；舅舅和舅妈之间又以舅妈的态度为关键，把她搞定，她能支持最好，至少能让她保持缄默，事情就水到渠成了。"

席建良说："舅妈确实是个关键，一旦被她看死了，她记你一生，那里是应该去沟通一下。"

于是尤慧珍把全部计划，一一向建良作了交代，直说得他诺诺连声，浑身来劲。

二

傍晚时分席建良骑着破自行车，屁颠颠去章丽华家。亲戚间平时各忙各的，有大事才会走动。席林海的"利市饭"后，一晃又近半年了。为消除疑虑，席建良按照尤慧珍的要求，表现得非常随意，连平日拎惯了的人造革包也撂一边，就空着两只手。

章丽华生一张圆盘脸，肤色较白，柳眉高挑，高高隆起的鼻梁略带点钩，显得冷峻孤傲。外甥造访，她相迎一笑，顿然和蔼了许多，但仍有一股居高临下的气势。在她眼睛里，外甥们作为都不大，如上门有事定不会是好事，故持了几分戒心。他们一家人陪席建良坐下，拉呱一阵后，叶福寿没有话了管自一旁喝茶，叶明康回房做功课。

章丽华说："又好一阵没见了，没什么事吧？"

"有一点事。"

听说真的有事，章丽华更加警惕起来，还在心里准备好了应对的思路。她早已知道建良两兄弟抵押借款的事了，见老大家明显占便宜，心里愤愤不平外，也想趁机插一杠子。在他们医院里，外科医生红包拿得热火朝天，而内科却死水一潭。谁不想发财？在快速致富争当"万元户"思潮的催赶下，她的优雅淡定已成为虚表，心里早急成了一团火。在百无一策的困局中，她就想托人到南方捎点时装过来，利用医生的人脉关系进行推销，搞第二职业。席建祖的房子就在他们医院边上，他家的车库用来存放时装是再好不过的。想法是早有了，只是放不下长辈的脸面，所以方案迟迟没有启动。现在听到席建良说有事,不管能办不能办,她也有了切入点,说:"有事只管说。"

席建良说:"宜岚要中考了,想请明康作次辅导。"

"哈、哈,"章丽华舒心地笑了出来,说:"小家伙也是泥菩萨过河自身难保,他有这个能耐吗?"

席建良说:"比我们宜岚肯定要强一点。"

章丽华说:"年级前十是保持的,我要求他保持在前三。"

席建良说:"星期天上午能不能就让他过来?"

章丽华说:"可以。"

席建良说:"会不会影响他的学习?"

章丽华说:"问题不大。小人读书关键是养成良好习惯,就像一棵树苗,从小扶正,就直往上长,等到碗口粗了,你还要去校正,校和被校者都会痛苦不堪。"

席建良说:"当然还是尽量少占用他的时间为好。"

叶福寿插了进来,说:"高考竞争激烈,压力是有,但教学相长,也是小家伙的锻炼机会。"他因秉性不活致仕途有限,一直只是个老公事。好在大机关粥多汤腻,分到了很好的福利房,也算有点成绩,但与一夜暴富的人相比就寒碜了。没能让家人显富显贵,他也挺不直腰背,插话时习惯性地留意着章丽华的眼色。

席建良说:"那就定了,谢谢。"

叶明康应约而来,小家伙瘦高个,两只眼睛大而明亮,很有灵气。尤慧珍欢喜在心,夸赞不绝。她善于发现别人的优点,表扬的话张嘴就来。她知道章丽华是个要面子的人,许多好话如果能让她听到,保叫她"一泡屎屙在胸口——捂心"。有时恰到好处的精神礼物,比送筐水果、送盒点心还受用。只可惜席建良一张笨嘴,料他去了也说不上几句让人心顺气畅的话,章丽华的沟通之难和席建良的木讷,让她对那天的结果微微忧虑。好在叶明康来了,事情一旦到了她手上,呼风唤雨就另一番景象了。她会适时给一个赞许；时令水果削皮切小后装盘，还插上几根牙签；辅导一阵后，又端上一小碗热腾腾的藕粉圆子；临走还让叶明康带上一包巧克力饼干。“项庄舞剑、意在沛公”，她这一切都是做给章丽华看的。果然叶明康回家一一说了，把章丽华乐得六脉调和，很有与尤慧珍一家多联络、多走动的意向。

章丽华那里到底起到了什么效果？尤慧珍心里没底；席建祖那里的情况，其实也是个未知数。走了半程，尤慧珍按下马头开始观望。

按原来的安排，接下来是请舅舅一家吃饭，尤慧珍怎么还没有下文呢？席建良按捺不住了，问：“不是要安排吃饭吗？”

尤慧珍说：“我们的目的是得到房子，而不是请客吃饭。建祖到底画得怎样了？如果年底前他赚到了钱，没有一万五千也行，并还一部分给我们，我们还有理由去占那房吗？舅妈那边联络上，但也不能操之过急，让他们看出用意来，所以你弟弟那边的情况打探清楚是最为关键的事。”

“建祖的情况肯定不好。”

“不好到什么程度，是不是一点希望也没有？”

“这倒也说不准，反正是连遭挫败。”

“时间已过大半，他能发展到什么程度，应该看出点端倪来了。我看你上趟门，去探一个虚实，我们也好作下一步打算。”

“我有数了。”

席建良爽快答应是他觉得应该去探望一下建祖了，兄弟间好久没有见面，建祖又处在艰难时刻。对建祖的房子，其实他一直很犯难。尤慧珍为房子的事不遗余力，处理各种关系也滴水不漏，他无可非议；但要占掉弟弟的房子，他还是于心不忍。他要去看建祖，希望看到建祖画技长进，成功在望；只要在画上赚到一笔钱，哪怕只有几元，他就有理由让抵押行为终止。他心里默念：“弟弟，争口气！”

正逢单位抓劳动纪律，并放出风要以扣工资为惩罚手段。明明是一些人大肆鲸吞，导致人心涣散，企业像崩断了箍的木桶无法收拾；却又是那些人，把企业败落归因于职工懒散，而大加指责，动力严整。席建良向来没有忤逆之心，为了要去探望建祖，给车间递交了两个小时的补休条。“两头打炮，中间卧倒”，弱者自有自己的一套生存法则。厂里加班不给加班工资而是发补休单。一些年轻人，一有补休单就结了伙打牌、喝酒，玩得开心。他不这样，总是把补休单存着，为自己保留住那小得可怜却又弥足珍贵的自主权。

现在他通过补休，在全厂严抓纪律的时候，堂堂正正地出了厂门。路过菜场时，他切了点夹心肉，买几只土豆，又称了一斤韭菜，全部放进专备的尼龙拎袋里。买好晚饭的菜后，他就可以在建祖那里多坐一会。

到席建祖的楼下，他把破自行车往墙角上一靠，没有急着上楼，而是往后退过几步，饶有兴味地对整幢楼观察起来。住惯了平房的人对楼房的阳台特别向往，想象中可以眺望、观景、莳草种花；夏天在那里是凉风习习，冬日里则撒满阳光，可以说是一个完美无缺的处所。面对着楼房，尽管建良内心不断否定，但已和房子紧密联系的感觉却驱之不散。

席建良慢悠悠走进楼道拾阶而上。

三

此刻的席建祖正闭门家中，挫败感、莫名的惶恐不断向他袭来。原来以为一年是一个充足的时间库，在追求目标方面可以做得很多。然而大半年过去了，却连正题的边也没沾上，“白发日日出，黄金几时成”？岁月催人，该怎么办？

他没日没夜地画画，画好了就自己审视、评价，因为没有自信，结果必然都被自己强烈否定，心亦由此一层又一层蒙上失败的阴影。他成了超龄的“丑小鸭”，艺术路上蹒跚难行，又没有勇气找同行交流，更没有勇气请名师指点，只想躲着人闷头干。这也难怪，没有一点东西，怎么去交流呢？没有个九成账，又何谈请名师指点呢？说是名师指点，实则也是相互关系，你真要一无所有、一面倒，才不会有人来理睬呢。进退维谷的席建祖，多么需要帮助，来一个廓开天宇、拨云见日的腾跃。他时时怀念秦伯伯，感到世界上再也没有秦伯伯那样赤心忠良的人了，如果秦伯伯还健在该多好啊。他的艺术生涯已经到了山穷水尽的地步。话说回来，这也因他的性格过于较真，如果换了善于钻营、死皮赖脸，“有了三分颜色，就要开染坊”的人，根本就不是问题，但是他做不到，他只有死力气。

他从电视里得知市里一位名头很大的画家要办个展，很想去看。虽然那是国画展，但他仍然热切地想去感受大家的艺术造诣，了解当下美术的发展趋势，寻觅开启智慧的灵感。

当然他得不到邀请，是悄无声息地潜进去的。展厅在市立图书馆，馆前石阶门柱，高大庄严，巨幅招贴上画家半身像一脸严峻、无限沉思。站在招贴前，席建祖抬头仰望，肃然起敬。

展厅灯光悠然，安适静谧，一幅幅画作被聚光灯的强光照射，形成鲜明对比，产生出强烈的视觉效果。所展作品，大部分是美女图，花团锦簇，流光溢彩，极为妖娆。事有凑巧，画家本人正在休息室里。能与大画家近距离接触，席建祖非常兴奋，靠在橱架旁静静地观望起来。他虽已步入中年，但在画画上仍处起步阶段，面对的却是声名卓著的大画家，这与当年自己倚在爬满青藤的院门看秦伯伯作画的情景是何等相似啊。恍惚间大画家的身影变成了秦伯伯的身影，延续当年的情景应该是：大师对他一笑，招招手让他靠近，从此在仁慈包容的大师身边，他拨开迷雾，走出低谷。大画家一阵朗朗笑声，把席建祖惊回到现实之中。只见大画家神采飞扬、高谈阔论，边上围满了人，都显得非常恭顺，烘托出成功者的气势。

其时有一个人在低声与大画家说些什么，声音虽低，但席建祖能感觉出是在求画，大画家回答倒是高亢有力："尽量不要买我的画，我的画太贵了，不合算的；你们都犯什么傻呢，偏要冲着我的画来？"

"成功的画家真是气冲牛斗啊！"席建祖想。像所有圈外人一样，他只接触过天价画的种种传闻，并曾对传闻产生轻蔑、惊诧、羡慕等多种心态，天价画的画家本人说嗲话、发嗲劲倒是第一次见到，不免感慨颇多。

"你啊总是问得多，从来没有做成过。"隔了一阵大画家又朝那人说了一句。席建祖看出云遮雾绕的他，最终还是显露出了生意场上的习气，这使他不得不又把眼前的大画家与秦伯伯作一番比较。他站在那里十多分钟，没有一个人注意过他，甚至没有一个人用眼睛对他瞟一瞟。他像影子一样站着，又像影子一样消失。重入展厅后的他，漫无目的地四处转悠。

有一幅《敲背乐》，一个光身老头俯卧在榻上，背臀部盖了块浴巾，榻上同时跪着一个全裸女子在为其敲背。女子年轻貌美，胴体饱满，凹凸有致，是画面中抢眼的部分。席建祖刚站定观看，大画家领着一帮人也到了画前。在谈论这幅画时，大画家说："我不管的，什么都画，什么也都敢画。"

席建祖看看那位大画家，心想："说不定就是他真实生活的写照呢。"

他怏怏回家，心中阴云密布。不能否认这些天来他所作的努力，就是想让自己的画能卖钱。但形成他不懈追求的真正动因，还是潜藏在思维深处的对画画艺术的神圣感。秦伯伯当年画画、教画的那份真挚、厚朴，以及日常间流露出的对美术的严谨态度，像火印一样烙在他心里。然而目睹那位大画家的显赫和功利，他那含有秦伯伯基因的美术境界被搅得一塌糊涂。没有画好画的自信，现在连精神支撑也摇摇欲坠，席建祖真要崩溃了。

“笃、笃。”席建良轻而犹豫地敲响了门。

四

没有回应。席建良有点诧异，稍微加点力又敲了几下，里面仍然寂静无声。“建祖开门，建祖开门！”席建良一边敲门一边喊道。

其实门外第一声轻敲，席建祖就听到了。在长时间的孤独和寂寞中，他对门声特别敏感，时刻期待着门响人来。但真有了敲门声，心里却发出一股反作用力，他变得特别冷静，似乎从来没有对孤寂不适应，从容地辨别起门声来。直等到听见“建祖开门”的喊声，知道是建良来了，才边答应边去开门。

“啊！你怎么啦？身体不舒服吗？”看到席建祖面色焦黄、精神倦怠，席建良吃惊地问。

“没什么。”席建祖心不在焉地答道。

“你脸色不太好，不要太累着。”

“没关系。”

席建良进屋坐下，兄弟两人相对无言。原来席建良过来不立刻就坐，会站着说说话，到阳台上观望一阵，对阳台或房子称赞几句。有了那个抵押后，就有了避嫌之心，进屋就坐，眼睛也尽量少对房子扫视。

“好久没有来看你了。”建良没话找话，说，“今天补休两个小时才过来的。”

“厂里效益还可以吧？”

“不行，我看也是兔子尾巴了。”

“好端端的厂怎么说不行都不行了呢？”

席建良将一只手从腰部往外伸，说：“都捞进私人腰包了，厂怎么还好得起来？”

“以后的日子怎么过呢？”

“慧珍那里还无大碍。厂真的不行了,我是肯定要出去做的。”

“你干技术活,工作会好找一点。”

“也是‘猪头肉三不精’。轮胎工属于粗壮工,学几天就会的。好在平时学了点汽车修理,‘灾荒饿不死手艺人’,相信会有点用,但真要独立操作也没把握。反正‘到啥山,斫啥柴’吧。”

席建祖没有再接过话茬,沉思良久,说:“把你们的钱也用空了,我真的过意不去。”

“你不要这样想,努力把画画好。”建良下意识地朝建祖画画的地方看去,发现地上一堆画布,有的被团揉,有的已被绞碎,问,“怎么堆着那么多画布?”

“被我扔掉的。”

建良走过去找出几团布边展边说:“画得好不好,总是一张画,为什么团了扔掉呢?”

建祖沉默不语。

“画了很长时间了,感觉怎么样?”

席建祖还是没有答话。

“不要扔掉。梵高生前只卖出一张画,而他却留下了八百余幅油画,七百多幅素描、水彩、版画和粉画,足见他的毅力和艰辛。现在他所有的作品都成了无价之宝,你也应该把这些留着,将来说不定也都会成为财富呢。”

“唉!怎可同日而语。”席建祖说,“梵高是天才,他创造的美丰富了世界,而我只是蹒跚学步的稚童。你还记得吗,我们小时候养过一只小鸭子,因为把他关在坛子里过夜,就一直长不大。后来大人说鸭子出了汗就长不大了,我正是出了汗的鸭子。”

“不要这么说。”

“我真的一点信心也没有了,我的努力有可能是交一张白卷,到时请大家能原谅我。”

席建良心里“咯噔”一下，想：“建祖的话意味深长，是不是在对我作什么暗示？会不会要反悔和赖账？”

他又想：“反悔对我来讲是能接受的，只是慧珍那里肯定不会善罢，事情就不太平了。”

他劝道：“已经走到这一步了，千万不要退缩，‘功一百、半九十’，一定要挺住。”

席建祖把头埋在肩窝里，一点生气也没有，说：“我是在坚持，我只是说了我的种种担心。”

席建良从席建祖浑浊的眼球里，觉察到了无法挽回的颓势，心也凉了，说：“妈妈这一把年纪了，还在为你带儿子；你的嫂子有板有眼、滴水不漏的性格你也知道，会起连锁反应。”

“我知道。”

席建良无可奈何，觉得该走了，在拎尼龙袋前，走进了凌乱的厨房间，看到盆碗皆空，冷锅冷灶，心里一阵酸楚，说：“我要走了，这点菜放着了。”

“不要、不要。”

“不要多说了，身体是最要紧的。”

五

席建良重新到菜场买了点菜蔬，急忙回家。他知道得到房子是没问题了，但占走房子，建祖也被毁了；能占而不占，建祖的情况会有所缓和，慧珍那里却会不得安生。一路上，席建良的脑子像海船遇到强台风，“哗”倾向这边，“哗”又倒向那边，大起大伏，摇摆不定。

“建祖那里去过啦？”尤慧珍已在家里等候，一见就问。

“去过了。”

“情况不好吧？”

“你知道啦?”

“我不知道。”

“那怎么就下这样的断论?”

“要知道这种‘快活饭’是没有几个人能消受的。”

席建良对老婆近乎刻薄的分析很窝火,想骂她几句;又觉得是建祖不争气,该骂的是他;最终沉着头连屁也没放得出来。

“好了,请吃饭的时机到了。”尤慧珍得意地说。

一个有心,另一个也有意,请吃饭的事很快就落实了。客厅里放一只折叠式小圆桌,两家人坐着正好。为这次请客,尤慧珍做了精心准备,专门跑到郊区的集贸市场,挑一只“黄脚黄嘴”的草鸡,一大早就杀好洗白上炉煨炖。开宴时砂锅盖揭开,一股浓香顿时弥漫了整间屋子。“好香、好香,是正宗草鸡,外面店里吃不到的。”几个人不约而同发出赞叹。两家子觥筹交错,其乐融融。尤慧珍坐在最外面,一边吃一边守着炉子,不停地往桌上添汤加菜,极显东道主的热诚。叶明康和席宜岚就坐在尤慧珍身边,两人有说有笑吃得非常开心,宜岚突然向明康建议,一起改喝“粒粒橙”。尤慧珍听到了说:“对,还有‘粒粒橙’呢,宜岚不说我倒也忘了,我去拿。”

席建良坐的位置正好卡在通道处,尤慧珍站在他身边,手轻轻搭在靠背上,示意他抬一抬屁股。其时建良正舀满一匙鸡汤,喝得“咂咂”有声,一点没有领会老婆的用意。

尤慧珍手上加点力,说:“让我过一下。”

“哦。”席建良赶紧躬身前倾,让后面留出一条缝隙。尤慧珍趁势往里挤,只可惜肚皮肉在靠背上还有点搁住,笑着摇摇头说:“对不起,还要让一点。”

席建良的胸部已经顶住了桌沿,他艰难地撤离座位,才空出了通道;尤慧珍拿了果汁回到原位,一切又恢复平静。

章丽华环顾四周,说:“房子挤了一点。”

尤慧珍淡然一笑，满不在乎地说："请客吃饭终究是难得的事，平日里还可以呢。"

章丽华很有点抱不平，说："建良要动点脑筋，适当作点改善。更何况宜岚慢慢大了，也需要有自己的空间。"

席建良低沉地说："难的。"

章丽华说："难才叫你动脑筋，你不要因为老婆好说话就没有压力。"

尤慧珍觉得火候到了，插进话头道："现在事情是有一桩呢，但真要做又觉得不妥当。"于是她将怎样借钱给建祖，建祖怎样坚持要将自己的住房抵押出来，兑现时间将近，现在正难以决断的情况一一对章丽华道出。

章丽华也只当是第一次听说，看尤慧珍左右为难，也"嗯、唷"地叹息，显得毫无良策。

尤慧珍叹道："真是为难死了。"

章丽华对尤慧珍的感觉蛮好，同情地说："我们这一大家子，人都是善的。换了凶一点的，兄弟之间也你抢我夺的。按你们的情况，拿也无可指摘，建祖也不是三岁小孩，你肯他愿的事用不着过于犯难。"

尤慧珍就在等这句话，但还是难以释怀地说："建祖现在的状况，再去拿了他的房，知道内情的没什么，就怕不知内情的，还以为兄弟相煎、落井投石，闲话断不会少。"

"长舌头根的人有是有，但也顾虑不圆，所以不必太注重这些。只要问心无愧，该怎么做就怎么做。"

尤慧珍见好就收，说："再看看吧，来吃菜。舅舅、舅妈这样关心我们，一定要好好敬你们一杯。"

碰过杯后，章丽华忽有所思，说："慧珍，到时我可能要用你的车库放点东西。"

尤慧珍爽快地应道："没有问题。"

这一顿饭吃得和和美美,各得其所。尤慧珍相信支持率已大幅提高,章丽华也巧妙地得到了车库的部分使用权,最苦恼的当然就是席建祖了,“人为刀俎,我为鱼肉”,等着挨宰、流离失所去吧。请过客后尤慧珍洋洋自得:等合同期限到,房子即可手到擒来。

六

随着占房时间的临近,席建良眼前一直浮现席建祖愁容满面的样子,心里绞痛一样难受。他想退缩,只是他想退也没有用,还得劝尤慧珍同意放弃才可。涉及尤慧珍那头,他就理穷气短不敢开口了。他知道自己一生没有像模像样地赚过钱,以前稀里糊涂,现在更不行了,被人看不起,日子过得越来越窝囊。这些他都认了,但慧珍不一样,正像他对建祖所说,她是“有板有眼、滴水不漏”的人,意思是她在什么样的环境里,就能成为什么样的人。现在大家都想弄钱谋利,她又怎愿甘居人后?也不仅仅表现在席建祖的房子上,为了赚钱她一直处心积虑,四面窥视,费尽了心思。占有席建祖的房子,是她追逐暴利的滥觞,煮熟的鸭子怎么可能让他飞掉呢?她有这样的能力和手段,而且所做一切也都是为了自己的家。她没有错,既然她没有错,那么自己有什么理由去阻止她呢?暴富者成了标杆,人就被势利笼罩起来了。如果去阻止,不光她不会同意,周围的人听到后说不定也会耻笑呢。席建良的脑子不断翻转,实在不忍心看到亲弟弟遭受清场之难,但心有余而力不足,只能坐视厄运慢慢降临在建祖身上。

交钥匙的日子定在星期天,席建良实在怕经历兄弟相残的一幕,想着法儿要逃避,便对尤慧珍说,单位里有突击任务要去加班。但他这一点“花手心”怎么遮得住尤慧珍的锐眼?她早另有想法:已是关键时刻,当断不断,反受其乱;建良做事向来拖泥带水,去也不一定好。于是她说:“事情并不复杂,你只管加班去吧。”

尤慧珍这一头放了席建良,另一头就约上了章丽华。一个星期前,尤慧珍又与章丽华作了一次深谈,了解到她要用车库的真实意图,大受启发,十分敬佩。发现将来在赚钱方面两人有无限合作的可能,距离更近了。有了这样的感情基础,尤慧珍一个招呼,章丽华就兴冲冲地帮忙来了。

两人各骑一辆自行车出发,行至半程章丽华犯起了犹豫,问:“如果建祖不肯搬怎么办?”

“建祖不是这样的人。”

“建祖的东西一时搬不完怎么办?”

“就坐等吧。”

“在那附近有个运输户,与我相熟,我可以先去看一看有没有车和人,提前作个准备。”

“这样好,我估计用得着的。”

章丽华主动提出联系车子,一方面确有关系可利用,另一方面也因恻隐心起,想缓一步再见席建祖的面。到建祖家附近时,她让尤慧珍先上楼,自己则拐上了另一条道。

事有凑巧,那个运输户正好有车子空着,吃章医生的面子,只要给个成本费,就连搬带运一起解决,章丽华与那人约定要就过来喊。事情谈妥,章丽华估计尤慧珍那里也已经摊过牌了,血腥的场面消失,双方心理的敏感期已经过去,再过去应该没有问题了。

章丽华的估计不错,但她所要避开的血腥场面其实也没有发生。尤慧珍慢慢上楼,席建祖早开着大门在等候了。这一天他把屋子收拾干净,又把热水瓶烧满了水,等候哥嫂过来。见嫂子上楼,他从从容容地给嫂子倒一杯开水,请她入座。两人坐定后,他说:“我都准备好了,要搬的已经理好,不搬的就留给你们,这是房子的钥匙,你先拿着。”

尤慧珍心肠发软,说:“建良厂里加班不能来,但他关照了,一定不要勉强。今天是舅妈陪我来的,也是来商量的。”

“舅妈呢？怎么不上来。”

“她马上会来的。等她来后我们再商量商量。”

“不用再商量了！”席建祖情绪有点激动，喉咙本来就粗，此时吐字更加迟滞，说，“想当初我雄心勃勃，一年来却一无所成，我认命了。”

尤慧珍不无惋惜地说：“生活之路也实在太艰辛了点。”

“一年的曲折，也使我想清了很多道理，所以一无所成并不是一无所获，我会更客观地对待自己。我对这一年没有后悔，我努力过——”

说话间章丽华进来，互相打过招呼后她也入了座。席建祖继续说道：“我主意已定：再不东描西摹，自古‘毛锥子安足用哉’；出去打一份工，再苦再累我也愿忍受。”

尽管席建祖说得还算轻松，尤慧珍却听出了他内心的酸楚。她初次上席家门时，对建祖就有很好的印象，闲谈时曾经对席家人说过，席家里面建祖最神气，也最有希望。万万没有想到，建祖的结局会是最惨。她也感觉得到席建祖对殷正琴没有死心，说不定哪一天殷正琴就回来了，没了房子可就——她不敢再往下想，也不愿退缩，于是绕开了房子问题，说：“现在工也不好打，要想找好点的更难。”

“总有办法，不行就再上工地。回到妈妈那里，也好多照顾点她，同时多关心立伟的成长。”

尤慧珍心怀怜悯，说：“今后生活上有什么困难你只管说。”

“我知道了。我这里准备了一份转让文书，上面签了名盖了章。房子是厂里的，没有产权证明，这张文书是我真实意思的表达，转让不会有问题的，你要收好。”

“你想得真周到，我会保管好的。”尤慧珍接过转让文书，说，“至于这房子，你还有什么用，要用到什么时候，都无所谓。”

“我已理好了几个包裹，马上就搬。”说着就拉住一个大包裹往门外拽。

章丽华说："真要搬也不要蛮干，我来去叫辆车，叫两个人来。"

"不叫、不叫！"席建良边跑步上楼，边大声说道，"建祖，我们不搬。"

七

席建良一早按时起床，像往常一样紧张忙碌地料理好早上的家事，推出自行车急匆匆地上班去。车骑至半程，速度慢了下来。他说是去加班，其实厂里无班可加，所以这样说，都只是为了遮掩尤慧珍的眼睛。现在跳开了她的视线，也不需要真的进厂加班，到哪里去？他犯起了迷糊。

他干脆下了车，推起车子漫无目的地走着。在一条小河边，他从包里翻出一张旧报纸作垫坐了下来。他想在这偏僻的地方多待一会，到房子交接之事差不多结束的时候再回家。

寒冬即将过去，草木尚未复苏，河水因轻度污染而微微发黑，使景色于凄清中又增了几分荒凉。席建良很想有支烟抽。他是在下乡插队的时候学会抽烟的，返城后还抽过些年头，近年来收入减少，生活负担日重，就把烟戒了。此刻建祖的事令他充满焦灼，真想把种种烦闷在喷云吐雾中逐个排遣。有研究认为，同卵双胞胎的心灵感应最明显。建良和建祖是同胞兄弟，不属于那种类型，但为什么躲在僻静处的他还如此不安呢？是不是他们之间也感应到了什么呢？这些一时都难以说清。有一点席建良是十分清楚的，房子被占后，建祖再难重新振作，也就彻底毁了，想到这里他的心收拢起来。

微风吹拂下，河水泛起层层皱波，席建良的思绪，也随之铺展开来：建祖酷爱美术，但命运总是对他作祟。父亲软拖硬拽，坚决不准他往那条道上走。当年的父亲只是一种简单和纯朴，完全是出于对子女的爱护。然而一个画赋十足的英才，也恰恰被他不适宜的爱护摧残和打垮了。多少年啊，父子之间针尖对麦芒，隔阂无法消除，那真是家庭中折磨人的经历。建祖的怨是可以理解和值得同情的，父亲也显得那样的无辜，他们的一切似乎都可以原宥。现在建祖的艺术追求又遭堵截，关系人却轮到他和尤慧珍。从表面上看，只是一笔房产交易；从本质上看，是强烈的利欲对一种执著追求的吞噬。钱迷了心窍，外面的钱赚不到，脑筋动到了家里人头上，这才是真正不可原宥的啊。

席建良脑际有一个强烈的念头："做不出的！"钱是好东西，有多少钱就能显示人生有多少成功，没有钱就抬不起头来；只有心狠手辣、不择手段才能弄大钱。这些道理他已体悟得清清楚楚，但真的到了要做点什么的时候，他的心软得像糖稀。那几千年文化的影响，说是受熏陶也好，说是受愚弄也好，反正不是几年、十几年能折腾完的。顾不完的亲情和情理，使他一味地想着退却："建祖的房子绝不能占，再大的压力，我来承受。"

他忽地站起来，骑上破自行车就直奔建祖家而来。在楼梯口听到要叫车搬物，遂大声进行制止道："我们不搬。"

"还有什么可黏糊的，我要搬！"建祖冲着建良说。

"这里的环境好，对你画画有利。"建良说。

"我们以协议办事，你不要再多说了，由我来决定。"

"多少努力难道就这样废了？"

"努力过了，没有遗憾了。"

"但努力不是目的，成功才是目的啊。"

席建祖放出一句狠话："一切为时已晚，画画的东西都已扔的扔、烧的烧了。"

"哟！"章丽华惋惜地叹道，几个人相视无言。

"我不相信！"建良解开一只只包裹，把建祖画的画和他的绘画用品一一寻找了出来，舒了一口气，说，“还在。”

席建祖说：“即使带过去了，最后也会被我扔掉的。”

席建良说：“弟弟，你要珍惜曾作的努力，不要轻言放弃。”

席建祖其实很为建良担心，怕他们夫妻失和，说：“哥哥，就由我决定吧，要知道改变决定会有严重的后果的。”

席建良沉默了，他知道建祖的话在提醒自己，这样一个重大的决定还不足以由他一个人定夺。但他更明白，这一次再不出手扶一把，建祖的一生就无望了。于是说：“不管这些，我要你坚持住。”

顿了顿他又深情地说：“当年哥伦布出海探险，漂泊了几个月却一无所获。探险队员死的死、病的病，陷入了绝境，坚决要求返航，不然就要杀死哥伦布。在巨大的压力面前，哥伦布提出再给三天时间，三天还没进展就返航。坚持到第三天时，他们终于发现了美洲大陆。前面几个月和后面三天的关系，有力地表明，在绝望中懂得坚持，所有努力才不至于白费。”

在席建良的竭力劝解下，席建祖终于改变了态度，愿意再持续一个阶段。“几个月和三天的关系”之于哥伦布是一个创造奇迹的关系，之于席建祖又将是一个什么结局？不说奇迹，会不会有一点激动人心的事发生呢？

第十章

一

席建祖记得，那天嫂子回家时，脸上似乎带有愠色，很为建良担心。向建德打听，建德表示没有听到建良家发生争吵之类的大动静，但他还是放心不下，想在与建良单独碰头时，作个详细地询问和了解。如果有什么问题，就重新来过，绝不能让建良因为他而多受责难。

不管有多大的担心，他终究又回到了画布前。他对关心支持他的人充满感激，一心想努力把握好眼下的局面。

利用作画的间隙，他去了趟叶福娟那里，他要把这么大的事亲口对她说一说。叶福娟听到建良、慧珍都能宽厚退让时，露出了欣慰而慈爱的笑容，又鼓励他要咬定青山、坚持到底。席建祖一一答应，同时也要叶福娟一定多保重身体。在返回的路上，想到日渐老迈的母亲，又心生无限的悲伤。刚才在叶福娟那里，活泼可爱的席立伟使他满心欢喜，可是当立伟玩耍掉了一只鞋时，他看到叶福娟艰难地把立伟抱在怀里，花了好长时间才给他把鞋套上，又摸摸索索地给他系好鞋带。稚嫩的小脚边母亲粗糙而迟缓的双手，深深地印在了席建祖的脑子里。算算母亲还没有满 70 岁，这样的年龄，生活条件好的人正手脚轻捷，四处活动。而母亲的一生饱经风霜，衰老的迹象十分明显，已经到了需要儿女关心、照顾的时候。

他非但无力为母亲分忧解难,还在拖累母亲,还要让她照顾一个稚顽的孩童,还要让她挑沉重的生活担子,还要让她为近四十岁的他劳神操心。对这一切母亲没说过任何抱怨的话,总是默默地独自苦撑,然而也正是这默默地苦撑,让席建祖更深切地感受到母亲无限包容的博大和她肩头那摸不到边际的重荷,心灵为之而震颤。他已经错过了对父亲的关心,他再也不能错失对母亲的珍惜,可怜的是他一无所成,实在是要能不能啊。他使劲地抹了一把脸,把滚落下来的大滴泪水涂散。一阵轻风掠过,脸上凉飕飕的。

这时他的思绪又转到了殷正琴上,他想如果殷正琴不出走,立伟就用不着去拖累妈妈,反过来还可以给妈妈一些照顾。平心而论,她在对待老人方面一直做得很好,只要她在是没有问题的。那么她现在到底怎么样?难道真的不回来了?她可以不在乎他,可也应该来看看儿子呀!

回到家后,他又开始没日没夜地画画。经过一番波折,他从如果不成功就从此与画画决绝,到摆脱时限的羁绊,再度回到画布前,心胸变得开阔起来,像从闷葫芦探出头来,猛地吸了一口新鲜空气。人变得淡定了,画笔也变得轻巧了。

由于放松,脑子里深层细胞被充分调动,作画时思维极为活跃。前一阵为遣散郁闷而逃在外面,好几个星期居然一点感觉也没有的写生,此刻也形成反刍,不断给他的创作提供养料,丰富了他的绘画语言。这时他想起秦伯伯要他重视写生的教诲,心里免不了又是一番思念和感慨。

他顺畅地画出了两幅小幅的风景画。虽然仍旧不满意,但那种任由挥洒的感觉却是从没尝到的。画好后晾到一边也不再去理会,心里就想着下一步画什么和怎样画得更好。

哥嫂他们没有把建祖的房子占去,使席建德内心受到很大触动,像服了一贴清醒剂,明白了亲情最重要、钱并不能取代一切的道理。妹妹关心二哥的脚步也勤快起来,每过一段时间她就要过来探望一下，还给建祖料理一点家务。

靠在墙脚的两幅风景画，她看着觉得很舒服，说："这两张画很好看，拿出去卖吧？"

"不行、不行。"

"为什么不行？"

"都是练习之作，还没到那个程度。"

"我来去试试，至多碰一鼻子灰吧。'好女常带三分点'，我就去做一趟十三点好啦。"

"没有必要。"

"我去。"

席建德拎着画走进画店，她所去的那店，正好是一年前评点过席建祖画的那个老板的店。老板见到画后，套着大扳指的手的手指拈着小胡须，看了一阵，心里断定这两幅画是好卖的，说："不怎么样，想卖就放着吧，试试有没有人要。"

"你不收？"

"收也可以，50 元一幅。"

"好的，"建德想表现得平淡一点，但答应时喉头还是有点发颤。收了钱几乎是一路小跑回去，进门就说："画有人收了！"

席建祖听了也非常高兴，特别是听完建德的介绍，知道就是曾给自己深刻批评的那个老板收下了自己的画，更是兴添三分。建德把钱如数交给建祖，建祖却没接，说："钱你拿着，替我去买三箱'红富士'苹果，挑好一点的，给建良一箱，妈妈一箱，你们一箱。"

"你好不容易赚到的钱，怎么能这样花呢？"

"祝贺一下。妈妈、哥嫂、还有你们在我心里的地位是至高无上的，一起分享。"

席建德心头掠过一阵暖意。

过些时日，席建祖按捺不住要到店里看看自己的画。他已经想好了，反正画上没有签名，就作为旁观者、局外人去随便看看。

走进店堂，一眼就看见自己的画被挂在了比较显眼的位置，涂了上光油，配了金箔仿旧的框，真应了“人要衣装、佛要金装”的老话，一经装饰确实出彩了。画框下面一角别了一块水牌，标价500元。

席建祖站在自己的画前欣赏良久，早已记不得他的老板以为他想买画，就走上来轻柔地问：“对画有兴趣吗？要挂在哪里？”

“我只是看看。”

“只管慢慢看。这画共有两幅，昨天已卖出一幅，这一幅是今天刚挂上去的。画不错，但可以肯定出于非名家之手。‘英雄不问出身，登枝就是凤凰’。我们开画店，不在乎画者有没有名气，关键是画本身是不是见功底，这幅画用大胆的笔触，刷写出了树木葱郁的景象，小笔细腻地勾勒出了亭台一隅和通向幽深处的数片石阶，技法和意境都达到一定的程度。”

虽然50元和500元之间老板赚去了很大的差价，席建祖却满心欢喜。他也知道老板是在作商业推介，许多话带有夸张性，但挂在店堂显要位置，已经卖出一幅，老板有些话很接近自己画画时的用情的事实，使他不得不相信那两幅小画的价值。不能说没有品尝到成功的喜悦，但在画中怎么把内心的那个灵性儿表达出来，他又觉得一片茫然。

恰在这时，他收到一封信，那信把幽灵般的殷正琴又带到了他的身边。信还是给席立伟的，信纸满是水渍斑痕，文字却不多：“儿子，妈妈想你；再耐心地等待一阵，妈妈一定会来见你的。妈妈的心肝宝贝！”此时席建祖的内心虽不像收到汇款单那样波涛汹涌，却仍然思绪难平，于狐疑之中充满期待。读罢信，他把信重新入封藏好，准备日后交给儿子。

二

“301电话！”附近小店的老板在楼下大声喊人接传呼。

席建祖很愕然，探头窗外应道：“知道了，就过来。”其时家庭电话已经起步，政府要员、国企领导、私企老板电话都进了家门。家庭电话成了时尚，体现在电话机上的，不再是简单的通讯工具，而是一种人生成功与否的标志，几乎成为荣耀和羞辱的分水岭。连传呼人短促、僵硬的喊声，都似乎对被传呼人蕴含着丝丝不屑。好在席建祖早就当起了精神上的缩头乌龟，知道自己没有资格与人争高下，遭受轻蔑来个装痴不癫也就过了。倒是那个电话显得很突然，他想：“怎么会有人打传呼，会是殷正琴吗？不太可能。会不会是妈妈？如果是妈妈那里打来的，一定发生了意外。”他赶出去听电话，心里忐忑不安。

“谁呀?”席建祖充满疑惑地问。

“我是程君初!”

“君初，是你啊！电话怎么打到这里来的?”席建祖大喜过望地叫了起来。

“我在美国，又不是在月球上，家乡的事钻天打洞总有办法，但找你也确实让我找得够苦的了。”

“你现在好啊。”

“你那里怎么样，还顺利吧？我一直在挂念你。”

“还好。”

“在家乡除父母外，我真正有感情的就两个人，一个是你，还有一个是秦伯伯。秦伯伯已经故去，碧落黄泉、阴阳相隔也只能扼腕叹息，时常牵挂的就是你了——你在听吗?”

“在。”

“还画画吗?”

席建祖犹豫了一会，说：“算在画吧。”

“为什么这样说呢，我知道你一旦出手，一定会有不同凡响的效果。”

“不。”席建祖迟疑了一会，说，“我是在没了工作后，才又画画的;想当一个卖画换钱的画匠,可怜的是现在连个画匠也做不像。"

"你这么说我明白了。"程君初的声音低沉下来,说,"人生的路有时会很难。只要你还在画画,说明你经受得起挫败,也让我找到了几十年前我们之间的感觉。"程君初又热烈起来,说,"那时我们一起玩,一起跟秦伯伯学习画画,一起憧憬未来,多么有意思啊。"

席建祖闷声闷气地说:"我不行。"

"你行的。你有灵气,任何东西一经你手,就会变得灵动有创意。在画画方面你有绝对的优势,只要你把智慧充分发挥出来,就一定能出好作品。而我其实只能算是喜欢画画而已,所以一直怀念跟着你的那些日子。直到现在我画画或者做事,都会想如果由你来,那定将是另有一番韵致。现在终于和你联系上了,我又有机会向你学习了。只要你还在画,对你而言就一定有希望。你在听吗?"

席建祖的脸微微泛红,说:"在听。"

"过些时候我要过来,在京城办一个画展,到时一定拐过来看你。"

"京城离这里老远的,不要为我费时间了。"

"我要过来的,上次回来时间太紧,也没见到你,这一次一定要见到你。我有很多话要对你说,我们还要像以前一样谈画、谈艺术。是你把我拉进了艺术的殿堂,虽然那时我们都还小,但和你在一起的时候,你总像大哥哥一样,从你身上总能获取智慧、激发灵感。现在我迫切想见到你,希望你还能给我启发,我们要不断加深友谊。"

"好是好。"席建祖答话时不自信地摇了摇头。

"我有很多话,见面再说吧。代我向你家人问好,再见。"

"再见。"

接听电话后，席建祖的感情起落很大。可是他哪里知道，程君初在通话后，感情起落更大。电话中程君初明显感到席建祖声音低沉，话语稀少，情绪不高，再联系通话的内容，断定席建祖的日子很艰难，他的情感从原来无垠的牵挂，骤变为绵绵不绝的担忧。在他的心目中席建祖是他的贵人，自己走遍天涯海角，第一步是在席建祖的引领下迈出来的。多少年来，他一个劲地往前冲，很多与他密切相关的感情被撂在了一边，席建祖就是突出的一个。上了点年纪以后，有心盘点人生，要与席建祖取得联系就成为他最大的心愿。几经周折，终于与席建祖接上关系，但接上关系却发现席建祖的日子过得不是很顺利，他有点坐不住。他觉得应该为席建祖做点什么，有了一些帮助席建祖办事业的想法。此时妻子正在参加一个宣传爱护小动物的聚会，他想等妻子回来再好好商量一下。

三

程君初去美国留学，属于解禁后最早的一批。当时他只身去了秦孝南推荐的那个美术班，命运就此出现了转变。所谓的美术班，其实是几个有相当造诣的美术工作者，担忧美术后继无人，以工农兵办学为幌子，在“七二一”大学里设一个小班，学员主要是世家子弟。凭着秦伯伯的推荐信，程君初顺利地进了班。接待他的那位上了年纪、头发花白的长者（后来知道就是美术班发起人）向他表示热烈欢迎的同时，还遗憾地问：席建祖为什么不来？很显然秦孝南推荐时一定作过重点介绍。程君初解释道，他是想来的，他父亲不让来，说这话时程君初心里也很难过。

前面说到“主要是世家子弟”，并没有“肥水不流外人田”、“近水楼台先得月”之类利用职务谋利的意思，那时的人才不会有那些花花肠子呢。当时要办带“美”字的班，是一件很忌讳的事，绝不能公开招生，只能在熟悉的人中靠书信、口信等方式，因为渠道的局限性，必然导致这样的结果。

在这个班里，程君初是唯一一位没有家庭背景的人，但得到的关心却没有丝毫差异。他们除接受良好的绘画训练外，还较系统地接受了英语、历史、哲学、美术、写作等课程的教学。那时老师根本不是上课，而是掏心窝。他们淳朴敦厚，大多着青灰面料衣服，男的四个口袋，女的小翻领，唯一的、也是共同的突出点就是讲课。一旦开讲，就会像清泉喷涌，既严肃、精准，又海阔天空，展现另外一番情景。他们的语气非常恳切，不停地讲，不停地书写、示范，精神完全投入在课程之中。他们深知在座的已经到了可教的边缘，所以嘴唇结干痂还在讲，下课铃声响了也还在讲，就是想把所有学生都扳回来。看那气势，如果他们会变化之术，必定把自己化成知识的养分，直接喷洒给每个学生。

用老师的话讲，程君初是"勤奋型"的，但就是凭着那份勤奋，在老师的精心呵护下，经过整整四年的学习，打下了厚实的底子。没过多久又适逢大气候变化，他们这批人成了稀缺人才，一个班十来个人分别被美国和欧洲几个国家选去深造。程君初最后落脚到了美国明尼苏达州立大学，在美术设计学院美术系当了教授。岁月悄悄逝去，他在美术事业的辛勤耕耘，也进入了色彩斑斓的收获阶段。

后来他知道了，一个人在美术方面要有所成就，一般应具备三个基本条件：一是有充裕的经济实力作支撑，也就是所画之画不是为了要去换柴米度日；二是拥有好的老师指导，这个老师非但要功底深厚，还必须是好人，有真心，肯传授；三是自己有艺术的禀赋，并能坚持不懈的努力。对照自己的成长过程，这三个条件一个也不具备。他由席建祖带着走近了秦伯伯，受秦伯伯的指引，遇上了一批诲人不倦的良师，在美国的学习那更不消说了。要说这一点比较接近基本条件之二的话，他自感绝不是"拥有"，而是在懵懂中，被一路搀扶了过来。由此他感悟到：人的成长其实是盲目的，像一片飘浮在水面上的小树叶，也可能被浪击碎，也可能凭着浪的力量，飘向梦幻般的远方。此刻的他希望自己能成为送小树叶"飘向梦幻般远方"的那种浪，要竭尽所能做营造性的事，努力搭建适合人成长的平台，让更多的人像他一样，在人生的偶然性中与美好相遇。

他坐在宽敞的画室里。画室里挂了多幅自己的或朋友的精品画作；一副木制四角抽拉式画架上，新的画作才开了个头；几件精致的中式家具，矮几上还摆着一只锈迹斑驳的青铜大圆尊，整个画室保持着鲜明的东方文化特色。他没有如往常那样安闲地画画，也没有像闲暇时那样捧一本画册欣赏画作，而是闷坐沉思，一心想等妻子早一点回家。

程君初的妻子是香港人，叫刘美莲。正是这个名字，引来了他们的美好姻缘。

刚刚踏上美国国土，他无时无刻不在怀念自己的祖国，思念亲人。面对截然不同的文化、习俗，内心产生出强烈的排异。在他眼里差异无所不在：同样的雨滴，撞击地面所铺设的砖石却不同；同样的清风，掠过清冽的小河两岸景致又不同；同样的明月，勾勒出一幢幢建筑其轮廓更是完全不同。甚至一盏老旧街灯，也会把他的思绪带回万里以外的故乡。故乡那幽暗的灯光下泥灰斑驳、飞檐翘角的老房子，像充满神秘色彩的千年老人，他曾为之惊奇、迷幻，甚至是恐惧，那是伴他成长的永难磨灭的感受，然而那种感受一经出现，会马上被打回，毕竟看到的不再是家乡的街灯。雨、风、明月、街灯让他遐思；雨、风、明月、街灯又对他围剿。他像一颗飘落在干涸泥沙里的种子，坚硬外壳层层包裹，拒绝向外界展开自己的心扉。

他用拼命地学习来抑制去国怀乡的情思，但抑制本身就是一种煎熬。

到了即将毕业的时候，程君初应邀参加一次朋友聚会。别墅外面绿草如茵,屋子里面笑语不断。音乐、美酒、热舞,人们沉浸在无限的欢乐之中。程君初也非常兴奋,在孤寂中苦熬的读书生涯,已经使自己对异国环境不再那么敏感了,融入感使他的日子变得轻松;即将毕业,要一展身手的抱负,也使他对自己的未来充满激情和向往。他兴高采烈地和朋友畅谈着、笑着。可能是"内敛"、"节制"等中国式修养文化的作用,他又慢慢沉静了下来。对家乡的思念,对自己毕业后的定位等等,让他的心蒙上一层淡淡的忧愁。他轻轻放下盛着殷红如血的葡萄酒的高脚杯,从人群中隐退,顺着红檀香90度旋转楼梯下楼,走到屋外的草坪。

草坪上站着一位少女,皎洁的月光下,似乎也若有所思。

"你好。"出于礼貌,程君初主动打个招呼,往另一边走去。

"你好,也出来走走?"

程君初停下脚步,说:"我来自中国,良辰美酒亦倍思亲,就出来走走。"

少女眼睛看着远方,改用国语说:"我来自香港,白云孤飞,吾亲舍其下。"

"你叫什么名字?"程君初也忙用国语问道。

"刘美莲。"

"娄没丽?"程君初轻轻重复一遍,摇了摇头,表示不理解。

刘美莲又一字一顿讲了一次,并补充道:"名字很老套。"

"老套"两字在内地带点玩笑用法,而她拉长了声调,表情认真,还有点难为情样子,引发了程君初的兴趣。他体会着祖国既熟悉、又有差别的文化传承,话也多了起来。

这偶然的相遇,两颗因飘零而落寞的心竟然碰擦出了爱的火花。可见乡情的酵母总会应时而发,他们相恋,彼此把对方当成乡亲,牵手犹如找回了半片故土,在异国他乡互相寻求着精神庇护。

四

“我一直和你说起的我的老乡邻，他现在情绪低落，估计有困难。”刘美莲一回来，程君初就迫不及待地说。

“我知道是席建祖，比你更有才华。”

“不是比我更有才华，只有他才真正是才华横溢。”

“这么有才华的人怎么会处境艰难呢?”

“我会进一步了解，如果真很困难，我想给他一点资助。”

“这样的善举当然好啦，你作决定吧，到时我为你到银行去跑腿。”

刘美莲的话使他开心，但程君初脸色依然凝重，说：“问题远没有这么简单，一个肯做拼死努力的人，大凡都是自尊心极强的人。直接给他钱，他断不肯收，所以怎么去给，也是一个需要认真考虑的问题。”

“人的自尊心是最重要的。能不能这样呢？现在国内正大兴投资热，我们算给他投资。”

程君初说：“作为投资就没意思了，还是要资助。”

刘美莲成竹在胸，说：“我们可以来个‘四不’，不计息、不收本、不求回报，连合同也不要签。”

“这样好，搞一个名义上的投资，也可以和他搞一个口头协议。”程君初笑着说，“帮他置业，办一个画廊。在那里既可以寄卖、代卖别人的画，自己要研究画和创作也有了场所，这件事对他非常合适。”

“这样，他的才华不但可以横溢，还可以‘竖溢’了。”

程君初哈哈一笑，说：“他会干成一番事业的。这一次回去重点就办这件事。你忙你的去吧，为了这件事，我都没有心思动笔，得抓紧补上呢。”

刘美莲还在沉思，说："这样做会不会在你亲戚中造成影响？"

"哟，怎么还会有这样的问题？"

"上一次回去，那些亲戚好会做工作啊，找项目、拉投资，都眼巴巴望着你。亲戚不打发，反而给外人钱财，他们知道了能太平吗？"

"我见了他们也怕，也就这短短几年，原本温雅、安分的人，一个个怎么就变得嗜财如命了？"程君初稍加思索，又说，"席建祖不是那样的人，这也可能就是他生存艰难的原因。到时我叫他不要对别人说，我们把事情做得隐秘一点。"

"他不说，他的家人也不能说，只有这样才能确保太平。但要做到这一点是非常难的。"

"没问题。"

等刘美莲离开画室后，程君初开始画画。可是提笔在手，心却静不下来。他在与刘美莲谈论亲戚时，由于心头正热，也没有深入考虑。冷静下来后，觉得事情没有这么简单，不免又心生隐忧。

那种如火烧心的物欲，连他这样的局外之人，也明显有了灼伤感。他那只青铜大圆尊，是好几年前从国内托运过来的。圆尊死沉沉的，从购买、运输到在画室里安放停当，真可谓花了九牛二虎之力。圆尊放进画室后，程君初满心欢喜，经常站在面前看一看，伸出手去摸一摸，圆尊成了他心中的宝贝。

斗转星移，光阴变化，家乡过来的人多了起来。有来访问的，也有来探亲的。他乡遇故知，程君初自然激动万分，常把朋友请到自己的画室坐坐。几乎所有的来客看到那只全身饰兽面夔纹、肩四角各铸兽首鸟身动物、形体高大、造型庄重的圆尊都会很兴奋。有的目光犀利，看出是件稀世珍品；有的工于算计，估出不低千万的价钱；有的更具专业水准，直接道出是商代酒器，眼里充满贪婪之色。

程君初告诉那些人，这只是一件复制品，只值人民币千来元。

但无人相信，弦外之意：你是赚美金的大教授、大画家，家里怎么可能放一件赝品。他必定进行详细解说：这只圆尊的原件叫牺首兽面纹圆尊，高70多厘米，重15公斤左右，是商代的酒器。20世纪60年代从长沙一个废铜仓库的27大袋铜碎片中检选修复的，是国宝级文物，不可能私人拥有。

道清了原委，来者会有失望甚至不屑的表情，虽然稍纵即逝，但程君初感觉得到，并为此而痛苦。

他不远万里，把圆尊弄过来，根本没有想过经济价值的问题。青铜器是华夏文化的精髓，中华民族的瑰宝。在异国身适应愈久，心怀疑亦愈烈，"飘飘何所似？天地一沙鸥。"凭着一只古尊仿制品，让浮生有个重坠，故土之情找个寄托，自己可是用她来止心头之血的啊。可是来看的家乡人怎么都会在经济价值面前两眼发光呢？难道人生除了钱财就再也没有别的？他记得早年，家里没有什么东西，但父亲能把箱子的铜包角撬下来，去支援建设。那时一穷二白，却能视钱财为草芥；现在人们的占有欲极速膨胀，已经远远超过财富之于生活本身的意义，简直成病态了。

他搞不清短时间内怎么会发生这么大的变化，其状活像是空调的冷热转换阀被转换了一次。如果不是为了席建祖，他可以超然局外，袖手旁观。但现在他要去作名义上的投资，也就卷了进去。为利用他这个海外关系拉项目，好几门亲戚都与他有过接洽，又对他的无动于衷心存芥蒂。其中几个堂兄，特别是老三程士林，表现尤为突出。程士林本来是家国企的高管，被鼓起了发财欲后，跟风"下海"做起了暴发梦。只可惜他没有像李根龙那一拨人那样，出手早又敢赌博；虽身为企业高管，离开了自己的蜗牛壳也就寸步难行。可叹他心比天高、命如纸薄，财没有发，日子反而大不如前。曾经沧海难为水，商道没通的他人却废了，再不想踏实做事。几年的商海敲打，他看清了火热背后的狰狞，拼命想拉关系、找门路，把程君初当成救命稻草，软泡硬磨要他出手相助或帮忙拉投资。这些行为对程君初而言是不可理喻的,他也由此平白背上了骂名。给席建祖资助的决心不会变了,但事情一旦暴露出去,必定引得亲戚反目,那就断了回乡路啦。此刻的程君初充分看到了此举潜在的威胁,要让席建祖包括他的家人保密就成了他做好此事的关键。

五

程君初在筹划给席建祖资助时,席建祖在画画方面也有了点发展。一位心有灵犀的地方小报的记者,最擅长做证明题。一批又一批职工失去岗位,那种惶恐失措、大哭小喊的状况目不忍睹,他却能从中搜罗积极素材。哪怕那些人只摆了个葱摊,他也能写出一篇动人的励志报道。佐证大命题,拾得小牙慧。席建祖闭门多年,进行油画练习和创作的情况,让他觉得很有价值来了精神,问爆料者:

"那人情况怎么样?"

"他生活窘迫。"

"我不是问这个,我是问他是不是从厂里下来几年了?只要是就可以作为励志人物报道。"

"是的,问题是他现在的画还不是很成功。"

"这不是问题,成功是没有标准的,我有办法。"

小报记者通过居委会,约见了席建祖。席建祖哪里知道记者的真实用心,很是激动,有问必答,积极予以配合。记者感到有素材了,提出要配一张画。席建祖拿出了新近的作品——《戏沙图》。记者不懂油画,看了也说不出个短长优劣,只是感觉画怪怪的,想现在人吃菜的口味变重了,说不定画也喜欢上怪味的了,拍过照就管自去了。

那么,《戏沙图》又是幅怎么样的画呢?

事情还得从程君初的越洋电话说起。接到电话，席建祖着实激动了一阵子。他羡慕程君初的辉煌人生，哀叹自己之望尘莫及，连拿话筒的感觉也似乎程君初那一头高高在上。然而程君初的话又是那样的平实，席建祖因生活重负早已无心顾及的童年往事，程君初却如宝贝珍藏又娓娓道来。回味当年的感觉，席建祖心里暖融融的。

他想画一幅画，那是有关童年的。当年秦伯伯要他们临摹，常说，一定要临摹名作，最好是临摹直接成就画家名望的画。可惜秦伯伯珍藏的名画和印有名画的书籍都被烧了，虽然四处托朋友寻觅，收效也不大，所以临摹好画的机会不多。如果有机会临摹名画，他俩会特别认真，中规中矩，有板有眼；如果临摹流行画，席建祖就会不安分。僵直的小路会被他打上两个弯曲，蓝天白云、阳光灿烂会被他修改成灰调子，等等，显出他人虽小却张狂，不受羁绊的艺术禀赋。在这一点上程君初和他出奇地一致，每每看到他对画作改动，程君初总是第一个拍手叫好，两人似心灵相通，友情也由此而不断加深。

他觉得要画的画，应该成为两个人的共同怀念。充满童趣的沙堆上玩沙，一个进行沙雕，一个维护秩序的情景，就成了他构思的基础。

他所要画的画又不仅仅是童年的。经历已经太多，取童趣为画画的素材，其实心中已没有了“趣”的滋味。程君初的越洋电话，还勾起他友情方面的创痛。让席建祖第一批从厂里下来的厂长，曾经和席建祖走得很近，他们同时进的厂，他配合席建祖搞过技术改革，那时两人感情非常深厚，“打气癞团”的雅号就是他“敬奉”的。发生后来的可以说是兄弟相残的一幕，也可能缘于席建祖的许多不善于，但有任厂长为所欲为，鲸吞整个厂的条件才是关键所在。席建祖的心曾为之流血，从此不相信有友情的存在，像茧一样把自己紧紧包裹了起来。“喜见淳朴俗，坦然心神舒”，可幸远方还留有程君初这样的人。按理童年的友情是不牢固的,那是由特定的地域强加的,长大了各奔东西也就烟消云散了。可程君初还记着他,那股久违的厚拙之气,使席建祖老想掉眼泪。席建祖心胸宽阔起来,似乎又有点躁动和不安分,但那已不再是少年的张狂,而是一个经千折百揉艰难孕育的灵性儿萌生出来了,他急迫地要通过画笔来表达,于是就有了新作——《戏沙图》。

《戏沙图》是他童年生活的一个截面,主画面就是一只小脚丫,脚下沙雕的古堡上心形的顶尖已被部分踩塌,四周孩童愕然中表情各具。古堡和孩童被表现得灰色偏虚,唯有小脚丫既白又嫩,视觉效果比较强烈。画的挑战性在于小脚丫一定要见功底。他画的是童年伙伴搅客的小脚丫,眼前跳动的却是儿子席立伟在干硬筋凸的奶奶手中系鞋带的小脚丫。对时光的易逝、对亲情的歉疚,使他气息下沉,笔头凝重,用以造型的笔触带动着内心的宣泄,情绪高度投入。在用色方面,他也刻意寻求突破。他知道大部分人不敢用冷色,只敢用暖色。咖啡、红色见老,豆绿用得不好会显得脏,都很难表现出嫩白的效果。秦伯伯最善于用豆绿,通过块面与其他色光形成对比,得到极强的表现力。遗憾的是后来秦伯伯身体不好了,没能得到他的直接教授,所以如何用冷色,全得由席建祖自己去尝试和探索。他通过反复琢磨认识到:色彩受不同时间、不同场合的影响呈现出复杂的明度关系、纯度关系、冷暖关系,并根据这样的关系大胆尝试,承受了一次又一次的失败后,终于使调入豆绿色的块面与其他色光形成合理的对比,取得了令人满意的效果。

小报果然载着介绍席建祖的报道,连同他的《戏沙图》一起发表了,像第一次卖出画一样,不免又引得席家乐了一阵。但报道的主旨不是介绍席建祖的油画,而是讲人生重新再来是可能的,人生是充满阳光的。雨过地皮湿,没过多久也就销声匿迹了。

无常人生、世事难料。偏有一位叫陈蓓蕾的妙龄少女,在处理旧报纸时，随意翻看到了席建祖的画，一眼就喜欢上了那只稚嫩雪白的小脚丫，很想看一看原作。在念念不忘中，她给报社打了个电话，要请他们帮忙与《戏沙图》的作者联系。可能时隔过久，也可能那篇报道太无足轻重，报社居然没有一个人再记得曾经的事，也不愿为一个无谓的咨询电话再回过头去刨根究底。陈蓓蕾得不到进一步联系的线索，虽心有不甘，却也无可奈何，把想看原作的愿望搁在了心里。

六

席建祖拿着《戏沙图》到了他的老东家那里，老板扫了一眼先是摇头，弄得席建祖心头一惊。待仔细看过一遍，老板说："味道有一点，但不对路，不会热销。"

"为啥?"

"我的客户是大众，他们中大部分喜欢喜庆热闹。当然这幅画时间长一点还是走得掉的，这样吧 50 元我收下来。"

席建祖心里矛盾，他自己也有点搞不清此来是卖画，还是想与老板切磋。当听到肯收购，席建祖脑子清醒起来，感到画中倾注了自己大量情感，于是支支吾吾地不想卖了。老板其实是看中的，又以爽快的口吻往上加了 10 元，弄得席建祖不好意思推托，差点手一松就把画放出去了。正巧有顾客进店问价，他说一声以后再说吧，就趁机扛起画走人。艺术融入了灵性儿就会有故事。《戏沙图》如果卖出去，会形成一种走向；现在该画没有卖出去，必定又会有其不同的轨迹。

程君初飞抵京城后，第一时间就与席建祖通电话，敲定了见面的时间、地点，还叫他把嫂子和孩子一起带出来。至此席建祖只能说实话了，把自己生活中的曲折和妻子出走的情况简单述说了一遍。程君初听了不免一阵唏嘘叹息，并为勾起席建祖的痛楚连连抱歉,后又关照一定要把席立伟带出来,席建祖一口应诺。

到了约定的时间,席建祖就准备去见程君初。“老朋友见个面,无所谓的事。”他试图找回童年时兄长的感觉,尽量把事情看淡。但见面的时间越临近,越觉手足失措。多年没见,程君初又是从美国过来,矮人三分的不自信,让他心头掠过阵阵慌乱。他郑重其事地找出一件西装,可惜衣服已经有些年头,肩塌布褶没了样子。好在席建祖条干好,衣服上身后将下摆用力扯一扯,胸再挺一挺,也就有了几分挺拔。

会面地点在程君初入住的宾馆,席建祖抱着席立伟提早一点就到了。坐等时,看到宾馆的大堂富丽豪华,经常有不同肤色的外国人或单个,或成群进出其间,身体不由自主地畏缩起来。立伟幼不谙事,看到大彩屏有节目,“刺溜”就蹿了过去。席建祖赶紧一把拽住抱入怀中,说:“这种地方能让你乱跑吗?”再也不敢松手。

程君初也提早一点出来,他是想先等席建祖的,不想席建祖已早到一步等着了,就快步迎了上来。他上身穿短款带金属光泽的小麦黄夹克,敞着胸,里面的白衬衫上系一根蓝白斜纹领带,下身配驼毛灰直筒休闲裤,脚上穿一双白色皮面高帮运动鞋。整个装束既休闲随和,又强化了腰身以下的修长,紧扣人体结构的“黄金点”,显示出非凡的干练、挺拔和自信。

席建祖望着他白里透红的脸庞,暗自感慨:大不一样了,简直就换了一个人。他想直呼其名,话到嘴边又觉不妥:他已是名闻遐迩的大画家,这名还是我喊的吗?那又喊什么呢?几种想法一掺和,人就怔在了那里。

“建祖,我是君初呀。一晃十多年,真快要‘儿童相见不相识’啦!”程君初握住席建祖的手,微笑中露出一丝顽皮相,活脱脱还原了童年的模样。

“君初,你好!”席建祖转过脸对儿子说,“叫叔叔。”

“哟,眼睛真大,皮肤真白,太惹人喜爱了!恭喜你啊。”程君初捏着立伟的小手，赞不绝口。

席建祖看着儿子那处处带有他母亲影子的脸，赞美声里心突然就酸了起来，说：“这孩子也是苦命。”

程君初赶紧打住话头，说：“时间差不多了，我们吃饭去。”他在宾馆餐厅安排了餐，点好菜，还要了一瓶酒。席建祖一听要酒，坚决反对。程君初不解，说：“历代文人都好酒，李白斗酒诗百篇，妇孺皆知。我们虽然是画画的，但书画同源，怎么就有忌酒的道理？”

“我也曾‘莫思身外无穷事，且尽生前有限杯’，一头扎在酒缸里。但酒几乎把我推到了深渊，教训极其深刻。现在我全身心投入画中，已发誓戒酒。”

程君初若有所悟，点头表示理解，说：“这里有鲜果汁，小立伟一定喜欢，我们也可以喝一杯。”他转对服务员说，“给我们来一扎草莓汁吧。”

“果汁是现榨的，可能会慢一点。”

“没关系，我们正好要说说话。”

与老朋友相见，席建祖心里高兴，话头却搭到了秦伯伯上去，显得有些沉重。他说：“要是秦伯伯还在，就能一起聚了。”

程君初说：“就是。他如果活着，也就 70 出点头，应该是精力仍充沛，经验最丰富，最能出成果的时候。”

席建祖说：“我切切记得，他是自己走着去医院的，到医院后怎样，怎么走的就不知道了。没有到医院去探望一下，内心一直有一份愧疚。”

“是的。当时我没有你注意得那么多，因为我总是跟着你的，我看到秦伯伯有点怕的。秦伯伯很严厉，后来我出去读书，碰到了许多老师，不论国内的，还是美国的，几乎和他一模一样。他们心里有一根标尺，就是用那样的标尺来打造人，不允许有细微的折扣，真正叫一丝不苟。他们作为育人者，似乎就是为那根标尺而活着。”

“那时什么也不懂，把秦伯伯的崇高当成是我们应得的，连一句感谢的话也没有对他说过。现在看，秦伯伯教我们，并不是我们怎么优秀，也不是我们和他特别亲密。他心里怀着的是对整个下一代的关心，心底无私是他们那代人的境界。但事实上是他教了我们两个人，我们从他身上获了益，没有能够报答实在是难消心头的遗憾。”

程君初怔怔地看了席建祖一眼，说：“你说得真深刻，我是根本不可能想到那样的层面上去的。‘三岁看老’，你从小思想就犀利，看问题总有与众不同的视角。‘与君一席话，胜读十年书’。”

席建祖神色仍然沉静，说：“我和你的环境不一样，我看到的、经历的实在太多。看到了太多善良的人横遭不幸，也看到了太多善良的人转逐名利而百倍疯狂。这些你都看不到，即使看到也不会有切肤之感。”

一贯乐呵呵的程君初沉着头不言语，奔放的情绪也随之而收拢起来。他多年记挂在心的秦伯伯是严师、恩师，反正脱不开师长的形象。然而席建祖怀念秦伯伯，蕴含着他对某种生活模式的眷恋、向往。他所言不是犀利，而是厚重。一些程君初看来简而又简的问题，在席建祖这里却充满了纯正本性下人的顽强和执著。程君初闻之大受震撼，良久才说：

“我到了国外后，碰到了几个熟悉秦伯伯的人，了解到秦伯伯的身世很悲壮。他是菲律宾华侨，抗战时期，本着文艺救国的思想，背着画框、辞妻别儿从马尼拉到了中国。从此天各一方，就再没有和亲人团聚过。”

“听说他还到法国深造过？”

“是的。”

“就是那些国外的经历，成了他被打为特嫌，被审查、管制的直接原因。在巷子里再次看到秦伯伯时，他已经被监管，我看到他的眼神干涩而漠然，像一口枯井，那是一种能把人的心灵掏空的眼神，现在想起秦伯伯，他那个眼神还能在脑际浮现。”

“据熟悉秦伯伯的朋友说，他为人厚道，临终前最大的愿望是请求能相信他。”

“喔，那就对了。”席建祖若有所悟，说，“原来我一直不能理解他的眼神：他已被圈入樊篱，为什么没有畏葸的乞怜；面对强暴与蹂躏，他又为什么没有仇恨的火焰？现在知道了，他心昭日月，即使身陷樊篱，不会猥琐；一种根脉相连的感觉，又使他压根儿就没想到过抗争！”

“是那样的心态，但那份坚守不得不让人肃然起敬。”

“秦伯伯是被狂风带走的，走得悄无声息。相对于狂风他是那样轻纤而渺小，然而他的渺小，是以付出、甚至是牺牲为内核的自我压缩的渺小。这会是什么后果我们不研究，有一点是肯定的，如果没有秦伯伯那样的渺小，我们这种穷街陋巷的孩子，也就不会有接触美术的机会。因此秦伯伯在我们心目中无比伟大，直到现在我还经常梦见他的音容笑貌。”

听着那些错综复杂的事，程君初想到了在美国的生活，一切那么简单、直接，于是他随口讲起了美国的法律制度。说者无心，席建祖却听得津津有味。程君初讲了许多许多，才又回到秦伯伯的话头上，他说：“据我所知，后来他的家人把他的骨灰带回了马尼拉。”

“那我们连到他墓前上一支香、献一束花的机会也没有了。真不该、真不该啊！”

“我有个计划，要到马尼拉去一趟。我一定要设法找到秦伯伯的墓地，争取我们两人一起去祭扫一次。”

说话间菜、饮料逐步上了，但话到此时，什么饭菜都不重要了。

七

席立伟像懂得大人之间有重要话说,坐着吃大人夹给他的菜,一声不吭。鲜果汁上来后,又喝起了鲜果汁。程君初见状越发从心底里喜欢,问:"草莓汁好喝吗?"

"好喝。"

程君初乐得笑了,对着席建祖兴奋地说:"小立伟真乖,给你养着的。"

"不活灵,种气是这样的也没有办法。"

"你不要瞎说,我就不相信种气之类的话,实实在在最好。"

"话是不错。你去培养他油嘴滑舌吧,以后不要外头人没骗着,却把家里人给卖了;反过来教得他老实巴交吧,'好马被人骑,好人受人欺',又怕日后吃别人的亏,也是两难。但我主张还是让小孩中规中矩,有句话叫'宁养败子、不养呆子',我倒坚持认为'宁养呆子、不养败子'。不要去脚脚僭,不要在外面闯祸,生活安宁就足够了。"

"等到立伟大一点你就把他交给我。"

"怎么能给你们添那么大的麻烦!"

"真的,反正我们就一个女儿,而且大部分时间都在她外婆家。等立伟读完初中后过来,我们来负责他以后的学业。现在的孩子,应该以世界为舞台,对中西方不同的文化有广泛的了解。"

"是的。"席建祖说,"这也正是我一生中,心头最大的痛,没能得到知识、语言方面的系统教育,没打好基础,处处受局限。你能让立伟去美国读书,太好了。"

席建祖对儿子说:"快谢谢叔叔。"

"谢谢叔叔。"立伟并不知道谢什么,也不知道两个大人的谈话对他将来的成长有什么影响,根据老爸的要求说道。

“不用谢。”程君初双眼慈爱地看着立伟，说，“现在都讲地球村了，我们的下一代应该站得更高一点。”

程君初接着说：“中西方文化背景不同，据我观察，西方所表现的是一种组合文化，而我们这里则显现主从文化。就是会议上的开场白也有区别，那里一般是：‘大家好’，而这里是：‘各位领导、同志们好’，总得有个高低区别。”

“你观察得很细，你最有发言权。”

“这种文化在画画上也会显出差别。杜尚被称为艺术上的捣蛋鬼，他的画独特、大胆、充满狂想。《带胡须的蒙娜丽莎》，是在达·芬奇的《蒙娜丽莎》的彩色复制品上用铅笔加上了胡子，谁也没有想到他居然拿名家的东西开玩笑，然而这就是他的艺术宗旨，我们不说他这样做的是与非，只说他摒弃传统，不相信神圣的精神，是一根标杆。”

“杜尚是谁？”

程君初简单地作了介绍。

席建祖明白了，说：“没有办法，以前根本没有机会接触。”

程君初又说：“晋唐以来，名家不断，用笔虽堪称精湛，其用意却不外乎修修补补。顾闳中的《韩熙载夜宴图》虽然被普遍认为是传世精品，但绘这幅画的动机却非常奇怪。他是为给南唐后主李煜刺探情报，此画只是所获情报的表达方式，实在有点可悲，而且这些画居然被大肆追捧更是可悲。”

席建祖说：“这就是让孩子远走的意义。”

程君初欣然点头，问：“你最近在作什么画？”

席建祖说：“那次电话后，依小时候玩耍情景，画了一幅《戏沙图》，作为我俩共同的怀念。”

“带来了吗？”

“没有。”

“遗憾了。这一次时间太紧，以后一定找机会来看你的作品。”

“好的。”

“这次我过来一则是看看你，二则是想搞点投资。”

“投什么？”

“想买一个店面，开一家画廊。”

席建祖诧异地问：“你要过来搞经营？”

程君初有所感觉，忙解释道：“我不过来，这件事想委托你来办。”

“我肯定不行。”

“你肯定行的。现在国内刚兴起办画廊，前景看好；你懂画、识画，有专业知识，怎么可能不行呢？你到中国银行，去开一个多币种户口，现在可能其他银行也能开了，我逐步把钱汇过来。”

“把钱交给我？能行吗？”

“怎么不行？有了画廊，你自己可以画一点，也可以定购、代销，没有不行的。对有志于美术事业的年轻人，还可以像秦伯伯那样，多给予一点帮助。”

席建祖有点激动，说：“好是好，但把钱交给我，我总觉得不妥。店面买得不好，画廊经营亏损怎么办？”

“没问题。”

“什么时候签协议？”

“签可以，不签也可以。按我们的传统，有个‘君子协议’就可以了；在美国，很多商业活动也只是口头协议。信赖是最重要的基础，更何况我们之间还有这样深厚的友谊。说要求也有一个：这是我们两人之间的事，不要对外人讲，千万不要对外人讲。”

“这个我绝对能做到，我就怕弄不好对不起你。”

“请你一百个放心。”

第十一章

一

程君初那里分两笔汇过来10万美元。突然有了一大笔钱，而且没有留一点字据，天上掉下大馅饼，换了别人高兴还来不及呢，诚实本分的席建祖却反而惶恐不安。他觉察出程君初是在资助自己，心里满是不能接受的警觉，但细细回顾全过程，认为投资的可能性占大面，于是又有点责怪程君初：这么大的款项，也不看看人行不行，就放出来了，万一有个闪失不得了啊。席建祖心里沉甸甸的，他要对程君初负责，要确保没有半滴疏漏，郑重其事在笔记本上记下收到投资款的年月日，心里发誓一定要把这笔钱保管好、用好。

偌大的款项，怎样去运作？席建祖心里又犯了难。他特别想和哥嫂进行商量，但程君初有保密要求，这时他才意识到，当时轻易出口的保密承诺，其实实施起来很难。

他硬着头皮一个人出去领行情，最终在新改造的娱乐、艺术一条街上，买了一百多平方米的门面房。那时办证还没规范，对共有人办证人员只作一般提示。说到共有人，他立刻想到了殷正琴，心里一阵酸楚。他突然强烈希望有共有人，于是就把席立伟的名字填在了共有人一栏里。

门面房买下后，又得到一个新的消息：他现在的住房属于房改房范围，几千元就可以购得产权。手头上正好有余钱，他就去办了房屋的产权证明。怀着报恩的想法，他把房子的产权办在了哥嫂名下，想一旦自己有了能力，就物归原主。

两件事都办掉了，特别是后一件事，他办得很开心，心中默念：“哥哥、嫂嫂，你们的大恩大德我是一定要报的，现在也算有了开头。”

接着，他把主要精力放在了开办画廊的事情上。钱付出以后没有几天，店面就拿到手了。站在房子的中间，有一股凉飕飕的风在周边旋转，蜗居惯了的他倍觉宽敞高爽，接受投资时的那份沉重慢慢淡去，要一展身手的热劲充盈了全身。他热切希望让妈妈、兄妹知道所发生的一切，一起来分享成果，同时得到他们的支持和辅佐，然而那个保密的承诺又使他犯起了犹豫。

有一点他非常明白，开店做生意这样的大事，肯定要对家里人有个交代。

他先去看望叶福娟，一进门就抱起立伟，问：“想不想爸爸？”

叶福娟有点诧异，说：“怎么会想到问这个话？再不过来看看，儿子都快不认爸了。”

“妈妈，我要做一件大事。”

“有希望就好，对儿子的态度也不一样了。什么事呢？”

“开画廊。”

叶福娟的表情又冷了下来，说：“家徒四壁，拿什么去开画廊？”

“我的一个朋友到国外去了，他把店面托给了我。”

“怎么会有这样的好事？”

“还给了装修费，钱已经没有问题。”

“骗人是把钱骗过去，不会送钱出来，看来你是碰到好人了，那你就要对别人负责。”

“我知道。”

"好好干,千万不要去亏欠别人。"

席建祖说:"你去看看吧。"

席建祖又说:"哥嫂,妹妹都去看看,给我出出主意。"

叶福娟脸上掠过一丝难以察觉的微笑,说:"叫大家过去看看是可以的,但事情一定要牢靠,不能出差错。"

"绝对不会。"

席家其他人听到席建祖要开画廊的消息,第一反应都是怀疑,但席建祖自己说得有根有据,再分析他要在外面行骗,哪有这样的心眼;贪污、受贿吧,又没有这个能力,也真找不出破绽,因此虽有疑问也只能埋在心里。席建祖安排了时间,一家子搀着老母,抱着幼儿,到了店里。席建祖赶紧将里面仅有的一只木方凳擦一擦,说:"妈,您坐。"

叶福娟坐定环顾四周,说:"建祖有了这么大的店面,我们席家要出老板了。"

"妈妈,这个店虽然由我开,但他是我们全家的。"

席建德说:"现在烟酒的生意最好做,越高级越有人买;'买的人不吃,吃的人不买'。既然这样,赶快开店经营高档烟酒。"

尤慧珍说:"这个地段有几家大宾馆,客流的层次高,还有不少外国人;开一家服装店,经营民族服装和品牌服装,确保有钱可赚。"

席建祖说:"房主是搞艺术的,我也感到办画廊是我的优势。"

席建德说:"也可以,画的买卖也是黑门。"

席建良一声不吭,上下左右不停地看着,此时他问席建祖:"你准备怎么弄?"

"我也没有具体想过,只想简单一点;分成两个功能区,前面主要是展示,后面可以画画,也可以做些紧画、装框之类的事。"

席建良眼睛看着房子,胸有成竹地说:"这间门面房比较进深,在五分之四的地方用夹胶钢花玻璃隔开;里外有个照应,免得人在里面时，外面遭贼偷也不知道；地面贴地砖，外面装玻璃门，做一个大一点的招牌就可以了。这些到时我来帮着一起弄。”

“最好了。”席建祖说。

席建德说：“新房子，动工前点几支香。”

叶福娟笑道：“你年纪不大，怎么也相信这一套?”

席建德说：“现在不一样了，这一套外面兴盛得不得了。”

叶福娟摇了摇头，说：“冷来冰上卧，热来蒸笼里坐，一眨眼全变了。你们看我这么大年纪，我倒是从来就不信的。”

席建良说：“就弄弄吧。话说出来再不弄，心里会犯腻。”

席建祖没吭声。

二

不久在席建良的全力操持下，一个叫“同心斋”的画廊正式开张了。取名为“同心斋”，席建祖的用意是一家人同心协力。因为处在娱乐、艺术一条街，市口较好，画廊开出来后保证了一定的成交量。由此，席建祖想到了要找个帮手。家里人不懂画，又好歹都有事在做，正巧有个十七八岁的外地小伙子找上门来，想进画廊打工。他是个学艺术的中专生，理想是进高等艺术殿堂深造，想边打工边学习，对报酬要求不高，能过日子就可以了。只要允许他在工作闲暇时作一些研习，并允许用些画布、颜料。席建祖发现青年有志学画，就想到了秦伯伯、程君初，也有心要帮扶一把，立即就收了下来。小伙子来后很勤快，两人有事一起做，有空画画、看书就各便，相处得非常安稳。

一天，席建祖外出办事，小伙子就一个人守着画廊。他将隔夜席建祖裱在夹板上的一幅顾客的素描作品装框后，就抓紧时间做自己的功课。此时进来一位年轻女顾客，认真地看着画。小伙子刚静下心来，加上上午时间短，下午客人一多就不会有空，因此抓紧时间画着，对来人没作理会。

来者正是陈蓓蕾。她路过时注意到了一家新开的画廊，还发现里面竟悬挂着自己寻寻觅觅的《戏沙图》，便一头冲了进来，一边看画，一边琢磨起作者的情况。

陈蓓蕾个子较高，身材苗条，乌黑的长发披在肩上；凤眼低沉，樱桃小嘴微微嘟起，于无限的美丽中亦显现出些许的孤傲。她打小对钱的感觉就特别灵，初中毕业毫不犹豫地选了所商学院，学连锁经营管理专业，理想是进入大公司、大企业，搞市场开发，驰骋商海、攻城略地，赚大笔的钱，快速致富。

她相信自己是为财富而生的，谈价格，让点子，转战商海；既能谦和礼让又能固守底线，凭着过人的机敏和善变，从容运筹，稳坐中军帐；轻而易举，就赚得大把钞票。然而想象和现实总有差距，中专毕业后经过一段社会上磕碰，最后在一家普通的宾馆落下了脚。现在叫名头是客房部副主管，其实就是带着服务员做些整床单、换肥皂之类的事。工作不对路，钱也赚不到，心里着急，可也回天无力。

她像一只野猪东拱拱、西嗅嗅，既漫无目的又精神专注，总想发现点商机。杂志上一句“做买卖画的生意，是聪明人赚的钱”的话，给她很大的启发，想：“自古就有‘粮油一分利，百货十分利，珠宝百分利，古玩千分利’的说法。做买卖画的生意，既高雅又与自己的工作不相冲突。如果觅到古画、名画，一张赚几千，甚至上万也不是没有可能。”认准了这个目标，她开始了解画的基础知识，还到各个画廊、画展看画，有机会就想收进点，也特别关注新作旧画方面的行情。

再度看到《戏沙图》，她心里很激动，想：“遍寻不着，竟在这里遇上了。真是‘踏破铁鞋无觅处，得来全不费工夫’。”她有许多问题想询问，但出于顾客的优越感，总指望店员先凑上来。哪想到小伙子一直无动于衷，她耐不住了，说：“这幅画上过报的，登过报的画应该更值钱了吧?”

“不知道。”小伙子在画静物,头也没抬,说。

“谁画的?”

“老板。”

“做这种生意一定很有钱吧?”

“不清楚。”

“我能见见他吗?”

“在就行。”

“人呢?”

“出去了。”

“这店面是老板自己的吗?”

“好像是。”

她探身进里面半间,看到一幅蛮大的油画,已经画到一半,一种画家既清闲、又赚钱,日子过得自由而富足的想象,令她心向往之。她说:“你们老板应该经常在的吧,也就是说除今天外,就能见到他的?”

“差不多吧。”

“好,我改日再过来。”陈蓓蕾走出画廊门,又回过头朝画廊看了一眼,有点回心气,想:“太不热情,服务态度一塌糊涂。”

席建祖一回到店里,小伙子就带着些许新鲜和好奇,把那个有点特别的顾客一五一十地告诉了他。席建祖警觉地说:“问这问那的,这种人要多加提防。”这样说过,这件事也就被丢一边,再无人提及了。

一天,席建德过来,在店堂里东看西看,又站在门口朝路上看一会,说:“这条街的人气越来越足了,这几天生意怎么样?”

“蛮好,走了几幅油画,还可以。”

“我来帮你把前后玻璃擦一擦吧。”

“等一会我们来吧。”

“你们的时间宝贵，这点小事以后就包给我。”

“怎么过意得去呢？”

“我就喜欢在这里做点事，顺便还能观观街景。”说着建德风风火火地干开了。

席建祖内心感激，想：“哥哥、妹妹他们都把这个店当自己的事，全力支持、维护，如果店开得好了，绝不能亏待他们。”

三

席建祖抱着认真负责的精神，对每一笔生意以及相关的收支情况都作了记录，一则为客观反映经营情况；二则日后也要对程君初有一个交代。经济条件略有好转，他就把借哥嫂的钱全部还了。在他心目中画廊是全家人的，有了效益当然也不能把家人忘了，要和全家人一起分享经营的成果，第一个就给席建良送去了500元。

席建良拿着钱，既欢喜又不踏实。欢喜的是建祖立起来了，在事业上迈开了坚实的步伐；不踏实的是画廊刚开，要让他把蛋糕做大，怎么能收了他的欠款，再花他的钱呢？他说：“你有一份心就可以了，家人并不是要你多少钱。”但不管怎么说，席建祖情况好转，席建良的内心也释然。

自从那天他气喘吁吁跑上楼梯喊出“我们不搬”的话后，席建良就一直惴惴不安地过着日子，与尤慧珍说话时，别说不敢提“房”字，连说到“方”字也会引得一阵惊悸，怕一旦引发尤慧珍话头，闹出来不好收场。主动放弃弟弟的房子，他除了怕妻子闹，更多的还是对妻子满含愧疚之意，他知道那样的态无论如何轮不到自己来表。尤慧珍是他回城后才谈上的女朋友，要结婚了可是他没钱也没房子。尤慧珍是家里的老大，一个弟弟年纪还小，于是就在娘家腾一个房间出来暂做新房，谁知临时居住变成了长住户口，一待就是十多个年头。当时为布置新房，席建良自己动手刷墙粉、抹地平,还给老瓦房吊了个顶。吊顶可以讲是最大的工程,他在木圈梁上用铁钉当脚,拉出一道道铁丝布成网格,上面铺了上好的铜版纸,下面用糨糊覆上一层白报纸。干透以后洁白畅亮,效果非常好,他终于垒起了爱巢。但好景不长,小舅子一天天长大,住房的压力不断增加。他所精心打造的吊顶也渐渐泛黄,出现不少老鼠的尿斑,整个吊顶的中心下垂,形成一个浅锅底,风把吊顶往上吸起,然后又慢慢落下,发出"哗啦啦"的声响,那种天天日日的风吹草寒的感觉,真让人受够受尽了。可以讲尤慧珍为占建祖房子所做的一切,与其说是竭尽全力攫取,还不如说是在作绝望的挣扎。而自己的一声"我们不搬",就断送了她的努力,也毁灭了她的希望,每想到此席建良都充满自责。

他把500元放入五斗橱抽屉,对尤慧珍说:"钱是建祖给的,他现在情况蛮好。"

他又借机鼓足勇气,在房子问题上与妻子沟通,他说:"在建祖的房子一事上,我对不住你。"

"我也想通了,房子的事慢慢再说吧。"

"现在的人利益上六亲不认,像乌骨鸡打架,此时你还能存宽厚之心实在不易。"

"唉,"尤慧珍叹了口气,说,"钱也不是不要,住房也不是不想改善。瞧着那些阔绰、显赫并备受宣扬的暴富者,就像掉了魂似的,哪里还顾得上亲情、手足,一门心思就想着去索取、获利。但那一次的事,真的收回了手,脑子也就跟着别过来了,兄弟相残还真做不出来。现在满心满肺的就一个字——钱,但我们这种人犹如飞天的风筝,风筝飞得再高再远,毕竟有一根线拽着。这根线不是别的,就是那一点点善,也可以说是那一点点是蠢。说是善,就是只能这样做、不能那样做的本分和礼数;说是蠢,还在拘泥于本分和礼数,就等于是自筑边界、自我束缚。在钱的方面,分分钱中有血拼,'吹火抢铜钿,打哈欠割舌头',哪容得一丁半点心慈手软。

现在的局势下还守着那些陈米烂谷，心里已经知道被害苦了，可是几十年生活的积淀，像窑里烧过的坯也定型了，别说亲兄弟，就是外头人，也不可能青着脸把人家往绝路上逼。狠不了心，下不去手，既然这样也就认命了。但乱风头一个劲地吹，总有一天风筝线是要断的，线真要断了还不知是个怎么样的格局呢。”

席建良伸手抚住妻子的手背，动情地说：“我知道你前前后后做了很多工作，接受这样的结果十分不容易，好在建祖出成绩了，也是对我们的安慰。”

“现在建祖刚起步，正是用钱的时候，不该去拿他这么多钱！”

“我推也推不掉。”

“你再去还一次，叫他把钱留着再发展。”

“好的。”

“事业要发展，家庭问题也应该有所考虑。他一直说要一个人过了，怎么可以呢？看来正琴是破镜难圆了，这件事想起来就叫人心痛，但到了这一步也只能了断，将来有相配的再找一个。”

“妈妈也这样说。”

“你去还钱的时候，向他提一提。”

“好的。”

听妻子这么一说，席建良有点发急了，想和建祖谈一谈，尽快促成他再建家庭。他觉得席建祖的生活已陷入了悖论：他对殷正琴既怀有感情，又遭受创伤，得在慢慢淡化中得到解脱，时间拖得越久越好。但从再婚角度看，青壮年是人生最好也是最短暂易逝的阶段，过了这个年龄段，身价陡降，选择面剧缩，必须分秒必争。席建良要把他推出迷圈，促使他直面现实，快刀斩乱麻，作出正确选择，他要去做这方面的工作。但他不知道，有一个名叫陈蓓蕾的人此时已以极具冲击力的方式，出现在了席建祖的身边。

四

傍晚，陈蓓蕾一走上艺术街，上次同心斋留给她的疙瘩就冒了出来，她驻足同心斋路对面，冷眼旁观，想如果不对襟干脆不进去了。大玻璃门，灯光又强，里面的动静一清二楚。她看见玻璃隔墙里一个个头高高大大的人正侧着头端详画，断定那人必是老板无疑。上次见过的小伙子仍旧在，也正旁若无人地在看书。

有两个顾客进去看画，老板没起身迎接，伙计也毫无热情可言，那两个人空手而返；过了一会儿，又有两个人空手而返。

“不行、不行，这样怎么做得成生意呢？原来以为伙计因老板不在而懈怠，没想到老板更没心思。现在的商场是什么形势，他们这样也叫做生意吗？”陈蓓蕾既替他们痛惜，又充盈着身为顾客的愤懑，“噔、噔、噔”跑过马路，直往同心斋里蹿。一进去就先发制人，眼睛看着墙上的画，问：“为什么不热情一点？为什么连招呼也不给顾客打一个？”

“刷。”席建祖放下了画笔，小伙子合上了书本，他们被这位带指责口吻的不速之客搞得一头雾水。

席建祖慢慢从里边出来，小伙子看清是上回来过的，朝席建祖努努嘴，意思是眼前这位就是上次对你说起过的人。

席建祖没有理会，也不想对人有成见，满含诚意地问：“你买画吗？”

“不买画，问画。”

“问话？”席建祖疑惑地问，“还是问画？”

“是问画，也要问话。你们开店，不就是为了有人光顾，做成交易，为什么对顾客这样冷漠？”

“看画的不一定要买，尽量让看的人有一个独立的空间，特别是画，多说无益，靠的是惺惺相惜，由客人自己产生感觉。”

陈蓓蕾心头“咯噔”一下，想：“原来如此，话是在理的。有的地方刚在柜前停脚，营业员就缠着你也确实令人痛苦。”她把对着画的目光，微微移过来，朝席建祖扫一眼：“哎，这个人蛮有意思。”她潜意识中的他强悍甚至傲慢，但眼前这位却锋芒敛尽，神态宽容而谦恭，明显的落差释放了她的任性和张扬，强辩道：“给人空间，不等于冷若冰霜呀，我喜欢一幅画，站着老半天，也没人来给我讲讲。”

“你要讲哪幅画呢？”席建祖也不看人，俯就道。

“那幅《戏沙图》，是你画的吗？”

“你喜欢？”席建祖欣然问道。

“蛮有味道的。小孩的脚丫本来就是大自然的精美制作，我看过专拍小脚丫的照片，也很美，但没有画出来的味道好。”

席建祖有点失落，说：“画得不好。”

“都登到报上，怎么还说不好呢？肯定会值钱的。”

“那是偶然的，不会给画增值。”

“一幅画怎样才能变得值钱？”

“是名与实的关系。有名无实是炒作；名实相符，才经得起评论，随着时间推移，才会越来越值钱。”

“归根到底是要画好，那么怎样区分画的好坏呢？”

“你想学画？”

在对话中，陈蓓蕾又捕捉到席建祖的一个特点：他说话时低音部特别厚，给人拙拙的感觉。她打心眼里喜欢这样的感觉，自己也敞开了心扉，说：“我不是要学画，是想利用业余时间做点画的生意。”

“这样行吗？”

“现在谁不在为钱东奔西走，不会有问题，只是缺乏鉴别画的知识，还望你不吝赐教。”

“我也是一瓶不满、半瓶晃荡，恐怕难胜此任。”

“我认准了你，会常过来的。”陈蓓蕾说完把牛奶白单肩包的包带往颈部靠靠，腰一扭一扭地走了。随着她身体走动的微风，拂来一股沁人肺腑的香水味。

席建祖朝她的背影望了一眼，无奈地摇摇头，既像自怜，又像怜人，道：“‘百会百穷，讨饭祖宗’。”

没过几天，陈蓓蕾果然又过来了。那天，天正下着小雨，下午五点多钟，她腋窝下挟着一卷用塑料薄膜包好的纸，冒雨而来，说：“我弄到十幅丰子恺漫画，你给我看看。”

席建祖放下手中的杂活，仔细看过一遍，说：“旧画我是外行，但我很喜欢丰子恺的画。”

看了一会儿，他说：“丰子恺画的笔头有自己的特点：拙和涩，章法上突出个简字，常用枯锋；看这画滑润、轻飘，布局上还有点乱。”

“那是赝品？”

“其真实性令人怀疑。如果出了大价钱可能会吃亏。”

“哈哈！”陈蓓蕾非但不急，反而轻松地笑了，说，“十张才20元，是旧货摊上淘来的。我这是投石问路：买对了捡个漏，买错了学费交得也不算大，带着东西听你讲解，更容易接受，一举多得。”

“那就好。”

“怎么好呢？”

“蛮好。”

“你说说好在哪里？”

席建祖迟疑了一会，说：“这几幅画虽然不是真迹，但画得不错，裱成册页，留着自己看看可以，要卖掉也不会亏的。”

“哦！谢谢你。你在补什么呀？”

“包坏了。这只帆布包虽然没有卖相，但口袋大、很实用，外出写生时，很多杂物都可以装在里面。线脱开了，绞几针就好。”

“看你有点别扭，这种事我倒可以帮你的忙。”

"没事,快好了。"

"男做女工不好的,老话讲'男做女工,烂掉臀恭'。"

"没办法。"

"怎么就没看见过嫂子?"

"她离家走了。"

"哟,不得了。可能我不该问。"

"没关系,近两年了,即使你不问,事实也在。"

她搬个凳子坐下来,看他僵手僵脚地在布片上绞针。外面雨声淅沥,街上行人稀少,小伙计已经回家,也没有顾客上门,店堂显得格外静谧。陈蓓蕾由对席建祖的同情开始,展开了自己的绵绵思绪:经济上有实力又懂得节俭,这么一个好人真不应该落单,他老婆怎么肯舍他而去?是不是老婆跟的人更加有钱?换了我打死也不离开。她突然一个警醒,发现自己的痴想非常可笑,禁不住"吃吃"地笑出了声。

"你笑什么?"

"没有什么。"

五

在回家的路上,陈蓓蕾想到了不可笑的一面。她的生活目标一向非常明确:"我只有我,我只为钱。"希望自己寻求财富之路,像鸟在蓝天飞翔,如鱼在大海遨游。不期而遇的席建祖,让她发现了"飞翔""遨游"的极佳路径,俗话说"干得好不如嫁得好",抓住这样的机会,凭借他的画廊和专业知识,加上自己的精干,一定能大把大把地赚聪明人赚的钱。钱的问题摆到位后,回过头来看人,席建祖年龄大一点、结过婚等问题就都被淡化了;觉得他人品、性格、相貌都无可挑剔。一切表明这是一篇值得一做的大文章。她成了要做这篇大文章的有心人。

"那个女的我看蛮合适。"物色到一个离婚女人，席建良乘着返还钱的机会，要为弟弟说媒。

"麻烦事太多。"席建祖显得很犹豫。

"是你嫂子那里来的信息。"

"你替我谢谢她。这钱你无论如何叫她收下。再不收下我要多心了：你们看不起我吧？"席建祖想把自己对房子的处置和盘托出，话到嘴边了又觉不妥：现在还不可能把房子让出来，等于是空口说白话，给人吃一个空心汤糰，于是转口说道，"我亏欠你们太多了，心里一直过意不去。"

"不要这样说。"

"我一直想问问你，在我那房子的问题上，你没少挨嫂子埋怨吧？"

"没有。"

"我不信。"

"真的没有。应该说还是她自己有心要让的，如果不是她甘愿罢手，就凭我说上几句，能阻止得了她吗？"

"嫂子真是仁义深厚啊。"

"现在整日都是发财的聒噪，还有哪一个真正能把持住？她倒很坦率，说自己的贪欲像风筝漫天飞舞，理性只有一根细线了，但毕竟还有这样一根细线，在关键时刻就起了作用。"

席建祖笑了起来。

"你嫂子很关心你的婚事，得到这样的线索也不容易，那家子因男的服刑而离异，有一个女儿。"

"我不想谈。"

"谈不谈看了以后再定吧，见个面无所谓，有机会不要放弃，成不成再看缘分。"

"不想谈就不必看了吧。"

"建祖，一岁年纪一岁人，耽误不起啊，殷正琴无音信已经近两年了，如果你还陷在里面不能自拔，那是不应该的。”

“我没那份心思。”

“你不要急着回绝，再思考一下，有什么想法我们再沟通一次。”

送走席建良后，席建祖坐着发呆。他没有依照建良的要求，在见不见那个女人的问题上花心思，而是感慨于嫂子的变化。他作《戏沙图》时，曾想到秦伯伯、父亲，也曾想到妻子殷正琴，但绝对没有想到嫂子这样的人。嫂子说她在求富方面的理性已游丝软系，这样的比喻既贴切又让人惊讶不已。想当年嫂子简朴、敦厚的形象，烙在他的记忆中无法抹去，怎么变化就这么大？也就是说如果没有那一根拽风筝的线，他的下场铁定是被扫地出门。四处漂泊的他，也就可能彻底与艺术绝缘。

好可怕的变化啊，席建祖的心里隐隐担忧。正好要给程君初去信回复画廊开办情况，他结合最近对画廊发展方向的思考，把心中的担忧一并在信中流露了出来。

信的开头他把画廊多大的面积，在城市哪个方位、具体哪条街、基本装修等情况介绍后就说，得到如此信任，在巨额资金运作中，独立性越强，责任感越重，唯恐有所闪失。投下了这么多的钱，从眼前的收益看，投资周期可能会比较长，以追求利润最大化目的衡量，不是很理想。当然还是有盈利，他都作了严格记录，收支账目清楚，将定期请程君初过目。

信中他又说了自己两个方面的困惑：一是在经营方面，靠常规手段可能做不大。开浴室要搞异性按摩，开饭店得靠美女推动酒水消费。据说如果只卖掉几碗饭或者只收到几份浴资，饭店、浴室的利润微乎其微。驱动力实在强劲，于是为求暴发歪招、怪招频出，转变起来一个比一个疯狂。在这样的境况下是否需要适应？如何去适应？二是在艺术方面，也与上面说的因素有关。如要迎合大众，画的基本格调应当是喜庆吉利、口彩佳好，景致优美、颜色鲜亮，这类画走得快，也赚钱。如果带探索性的如灰调子、有苍凉感、寓意深长的画，受众面极小。可以讲开的是画廊，所不容的却正是艺术本身。

他讲出了自己心里的不踏实：开办画廊给他的生活带来生机和活力，但在画画与办画廊之间，有点顾了这一头，丢了那一头。也许是全新的生活来得太快、太突然，使他不知所措、无所适从。他怀疑自己不能成为“可使有勇，且知方也”的管理者。

他在信的后面附上两张照片：门面一张、内部一张。

不久，程君初的回信就来了。

他首先对画廊顺利开业表示祝贺，对所选的地段和从照片中看到的画廊内外装修都充分肯定，相信席建祖一展身手的时候到了。接着对席建祖的忧虑、困惑谈了意见。他认为经营画廊和对艺术的追求有一致性，不懂艺术开不好画廊，没有艺术性也提不高画廊的档次。做事不考虑经济效益是不行的，但为钱财而走极端，不择手段，无所不用其极，那就陷入了荒谬。钱财是艺术内在价值的表现，也是画廊良好服务的表现。应该是艺术在先，服务在先，一分耕耘一分收获，他说：“在我看来就是这样简单。”

他希望席建祖的行为不要被钱财所拘，他认为钱财与工作是天平上的两只戥盘，应该平衡；为钱财而不择手段，就打破了平衡也不能持久。在信中他传导了社会生活相互关联的观念，他说：“你在青菜上过多地洒农药，菜没有虫疤好看了，卖得出价钱了，你自己也可以避开不吃，似乎得逞了，占了便宜。但当你去买他的电视机时，他在电视机上全部装代用品，几千元的东西一用就坏，辛苦积攒的钱买了那样的电视机，岂不还是被累及了。一方死皮赖脸、独断专行；另一方必然阳奉阴违，当你猴耍，到头来终落个‘马屎表面光，里面一包糠’。所谓生物链遭受破坏，就是环节间制衡能力丧失，没有制衡能力是产生悲和恶的根源。”

他叫席建祖不要考虑投资回报的事。那些钱说是投资，但三十年不要付息，五十年不要还本，并表明对席建祖的经营不过问，对画廊的账册不过目。信中说：“如果画廊的投资加经营成本，每天需要1000元营业额的话，那么扣除那笔投资的本、息两项，就可以减少约300元，也就是讲在同样的条件下，别人需要做1000元营业额，同心斋只要700元就能正常运转。要把这样的优势去换一份平淡和真实，从恶拼的桎梏中挣脱出来，让生活像闷罐透一点点气，暗屋泄一点点光，像对待艺术那样去思考和探求。”

他希望席建祖早日重建家庭，最后又拖了一句：投资之事不要外泄。

读罢长信，如释重负；掩面沉思，心潮难平。“真正的朋友，是一个灵魂孕育在两个躯体里。”程君初的信中就差“钱是送给你的”这一句了，但席建祖还执著地想着要完璧归赵；程君初为席建祖提供了极其宽松的经营环境，这一切又正是席建祖最为需要、最合心意的。席建祖深深地感谢程君初。没有了逐利的压力，似乎也就淡没了趋附之心，他想以画廊为基础，全身心投入到艺术中去，投入到对美的追求中去。

六

陈蓓蕾又一次来到同心斋。她以为和席建祖已经有了很深的交流，一踏进画廊就会得到他们的笑脸相迎，可谁能料到，那两个人仍旧把她视作陌路，只顾忙自己的活计。她马上意识到自己在他们的心目中顾客的角色没有丝毫改变，这就是他们给顾客的“独立空间”，她只得自我调节，微笑着走到里间看席建祖画画。

“唉，不要动，不要动，我来帮你把背心上的一个线头拿掉。”

席建祖却故意转过身，说：“一个线头无妨大雅。”

陈蓓蕾机敏地转到他身后，轻轻捉住了那个线头，又转到席建祖面前，送到他眼前，说：“你看，别人还以为是老白虱呢。”

“谢谢你。”

下班时间到了，小伙子整理好自己的东西回家，陈蓓蕾也出了画室。可她没有回家，而是去买了两客生煎馒头，又踅了回来。

“好香啊，是生煎馒头。”

“今天父母走亲戚去了，我就自由自在外面吃一点，发现时间还早，再过来看看你作画。要吃吗？”

“不吃。”席建祖立即答道。

“看你，好像我的馒头有毒似的。”

“不，你是当晚餐的。家里备好了，我回家吃。”

看他一声一个“家”，陈蓓蕾倒替他心酸，说：“你还是说回屋吧。”

席建祖睁大眼睛盯住她看了一会，然后沉重地点点头，酸楚地说：“是的，家不是能随便说的。”

“告诉你吧，我已经给你带上一份了，我们再泡上一壶茶，边吃边聊，你也可以歇会儿。”

“那我得付钱。”

“不用付。”

“你能关注我的画廊，我已经很领情了，怎么还能吃你的东西呢？”

“我也有我的所图，你不必太客气。”陈蓓蕾意味深长地说。

“你是想要我为你画一幅什么画吗？”

“不，什么事也没有，趁热我们快吃生煎吧。”

茶也新泡了，人也坐定了，生煎馒头还是热的，真不能说没有温馨，但席建祖筷子夹住了生煎馒头，眼睛却对着画稿横看竖瞧的。

“吃完了再看吧。”

其实他是因与陈蓓蕾近距离独处局促而故意回避，听到陈蓓蕾这么一说，勉强把头转过点，身体却还僵侧着。

“你还会想建立家庭吗?”

“不想了。”

“人家找到你身边来你也不想吗?”

“也不想。”

“如果是我呢?”

“你——”席建祖语塞了。

席建祖自认为已经关上了爱情的门户,可命运却有点捉弄人。对陈蓓蕾,席建祖不是没有感觉,作为搞艺术的,捕捉细微的感情信息,是他们的天分和本能,但他不愿去正视。他曾对建良说过自己“没那份心思”,这是真话。爱情有甜蜜的部分,也有苦痛的部分,受过大挫折漫无边际的折磨,自然再不敢轻趟爱河了。再加上他的事业刚开始,有多少事需要去做,实在没那份闲心。

当然席建祖心里还远不止这些,在陈蓓蕾这样身姿曼妙、活力四射的年轻姑娘面前,他觉得自己近似原始人类,老气横秋、暮气沉沉,自信心坍塌。她抛出的绣球没有使他激奋,反而使他惧怕。缓过一口气后,他说:“你是拿我开玩笑,可能吗? 你快走吧。”

“我不走,你也不要急,我还有话说。我想走近你,是想走近画,难道你看不出来? 难道你连这点也排斥? 基于这一点我会拿你开玩笑吗?”

席建祖心里发急才唐突了陈蓓蕾,听她三问,看她虽力显从容却仍难遮娇羞的神态,嘴就软了,说:“我知道你喜欢画,画上有事,只管来坐。”

两人的关系虽没有进展,但气氛还是缓和的。在回家的路上,陈蓓蕾看到一个年轻姑娘,一身粗旧衣服,挑着一担桃子在叫卖,看她五官、身材都还过得去,但担子使身体弯曲,叫卖中又充满了乞求,想:“卖淫,是与不喜欢的男人做爱丧失尊严,她这样卖桃,又有什么尊严可言? 既然都为了经济目标,人也长得不错,还黑灯瞎火地卖什么桃呢?”她觉得自己靠近席建祖的行为是合理和有价值的，由此刚才试探遭拒投在心头的阴霾一扫而空。没过几天，她又到同心斋去，席建祖却不在。小伙子头也不抬，只管忙自己的事，被问急了才甩出一句：到市二院看病去了。

陈蓓蕾骑上自行车追过去，在医院的大厅看到席建祖弓着腰在排队等挂号，问："什么病？"

席建祖一只手按住腹部，说："没事，肯定是胃痉挛的老毛病又犯了。"

"你坐着，我来挂号。"

此时席建祖真要坚持自己挂号也没有大问题，但身上有了病痛，心更现空缺难填的焦渴，哪里还抵挡得住陈蓓蕾的火热心肠，他顺从地把病历卡连同挂号费递给了她。

陈蓓蕾拿到病历卡就忙碌开了。排队挂号、等号就诊、验血、看结果、一直到吊针滴液，整个过程中她像一只美丽的蝴蝶，一会飞到这里、一会儿又飞到那里。看着她，席建祖心头如沐春风，医院也变得不再那么令人提心吊胆了。

等吊完水，陈蓓蕾问："好一点了吗？"

"好多了。"席建祖说。

由于在躺椅上时间长了，席建祖身体发僵，起身动作缓慢。陈蓓蕾忙边伸出手，边说："当心。"

席建祖拉住陈蓓蕾的手，站了起来。人是站了起来，手却像被强力胶粘住了，实在是松不开。

七

傍晚时分席建祖还守在店里，他手在不停地画着，心却惦着陈蓓蕾。医院挂水回来后，陈蓓蕾说："还有点药到外面平价药房里买，起码比在医院配便宜三分之一。"于是，又是她赶去把药买了回来。坚持服药后，席建祖的身体已恢复如初。想到陈蓓蕾，就有一股热血在他的心头奔涌，让他对生活充满希望。

席建祖想起同厂的厂长助理汪明泉，不知他现在的情况怎么样，希望他能有好的生活。想起当年两人曾经有过的一段小小的争辩，现在他的画廊经营很宽松，所买下的房产行情看涨，滚烫的爱情也正在一步步向他靠近，觉得是自己的观点正确，心里颇有几分得意。

最使他骋怀的是得遇陈蓓蕾，她年轻漂亮，又喜欢画，还会精打细算，一定能成为自己事业的有力支撑，有了她自己才可能真正罄力于美术追求。

毕竟他是受过重创的人，“一朝被蛇咬，十年怕井绳”，在刚刚露头的美好生活面前他患得患失起来。要守住，切勿使辛苦营造的生活新格局再度毁坏殆尽。如何守？危险、意外将从何而来？他空有忐忑，却无处觉察。莫非“天下本无事、庸人自扰之”，他自嘲多虑，却还警示一声：这一回一定要慎之又慎。

陈蓓蕾如期而至。小伙计离开了，顾客也稀少了，此时的同心斋成了他们幽会的绝佳处。席建祖画画，她就陪坐在边上。以前她坐在边上会问这问那，现在却只当是好玩。就像书本，借来的会抓紧看，自己的反不急了，她的表现可能也应了这样的道理。

看了一会，陈蓓蕾说：“吃点东西吧。”

“有什么好吃的？”

“你吃，才给你看。”

“就几笔了。”

陈蓓蕾又等了一会，说：“吃吧。”她魔术一般从身后变出了一个还温热的汉堡，在席建祖眼前晃了晃。

“面包？”

“老土，这是汉堡。夹着火腿、辣鸡和过过温水的生菜，涂了千岛酱，味道绝顶好，不是面包可比的啊。”

“哦，这就是汉堡。”汉堡在近些年刚兴起，席建祖虽有听闻，但只看作是年轻人的时尚，也没过多关注，此时才算明白。

他是纯中餐口味的人，对西餐下意识地排斥。品尝后发现汉堡居然十分软滑可口，完全可以接受。他愧于自己的古板，欣慰有了陈蓓蕾自己也在接近潮流。

正在吃的时候，有人进来看画，陈蓓蕾不肯保持那种淡定的风格，马上迎上去，和客人打招呼，给客人做简单地介绍，即使不说话，也在顾客边上笑脸相迎。也不知是因为陈蓓蕾的作用，还是客人本身就有这样的意愿，客人选定了一幅席建祖的风景画。

生意做成后，陈蓓蕾内心充满喜悦，她的喜悦既是因做成了一笔生意，也是因自己对做画生意强调推销技巧的观点得到了进一步证实。但她不露声色，因为她知道画廊与她还没有深层关系，没有理由在做成生意时显出兴高采烈的样子。

生意成了，汉堡也吃过了，席建祖眼睛又盯到了画布上。陈蓓蕾知道席建祖又要画了，他一旦起笔，就会把自己放在一边。她坐得靠他更近一点，把头依傍在他的肩头，说："看我，不要去看画。"

席建祖用一条手臂揽住陈蓓蕾的双肩，脸贴她的额头，说："这样可以了吧。"

"嗯。"

两个人静静地黏着，过了一会儿，席建祖说："你坐好，我把卷帘门拉下来。"

陈蓓蕾慵懒地把身体微微竖起，仍保持一股倾倒之势，等席建祖关门回来，就撑将不住般倒了过去。路灯的强光被截住了，川流不息的路人一双双既观画亦窥人的眼睛也被齐刷刷挡在了外面，更重要的是人的情绪已酝酿充足，两人既从容又热切地拥吻在一起。

搂着年轻貌美的恋人，他无比幸福，又有点不知所措。他不敢相信曾经痛失、曾经悔恨、曾经百劫不复的他，还能老干新枝、枯木逢春。感觉越甜蜜，越怀疑感觉是否出了偏差。幸好人还在，那丝滑长发的黏触，淡雅香气的浸润，时时提醒着他一个真实的存在。

然而曾经的痛使他难除内心的惊恐，致使他欲藏掖进自己身体一般把陈蓓蕾搂得更紧。

搂着、吻着。

“你能告诉我，我们般配吗？”他忐忑地问。

“为什么想相配的问题？我们在一起幸福就足够了。”陈蓓蕾完全沉浸在热吻的甜蜜之中，说。

“我有点精神负担。”

“你一副艺术家的派头，有什么不相配？”

“年龄差有点吓人。”

“我们在背上写上年龄，走到哪里就让人家看到哪里，是这样吗？”

席建祖没好气地说：“你真是的。”

“那就好啦，还有什么呢？”

“我是担心你那一家子，你父母都是对生活有较高要求的人，这就是我难以逾越的坎。他们会以什么样的眼光看待？我心里一点底也没有。”

陈蓓蕾也沉静下来，说：“他们早已今非昔比，拔了毛的凤凰不如鸡，但一股不撞南墙不回头的倔劲还在。这种人是老古董，他们要作梗我就只有死给他们看了。”

“不要说这种丧气话。”席建祖捂住她的嘴，说，“走到这一步，我也不会轻而言退的。”

“我不怕，真把我逼急了，我也有杀手锏。”

“什么杀手锏？”席建祖急切地问。

陈蓓蕾显出一丝犹豫，说：“到时会有办法的。”

席建祖疑惑地问：“行吗？”

陈蓓蕾说：“后娘的拳头——早晚一顿，我回去就向他们摊牌。”

“不，你不要急着做。”

“为什么？”

"先由我去终结法律上的夫妻关系。"

"会顺利吗?"

"没问题。"

八

一方面席建祖到法院去解除与殷正琴的婚约,另一方面陈蓓蕾也择机给父母施加影响,但当她以"如果——那就——"的语言形式作试探时,父母会显出特别的敏感和断然,她就知道这事还得多费思量。事情在她父亲五十岁生日那天总爆发,关系陷入僵局。

在父亲陈国伦生日即将来临之际,陈蓓蕾与席建祖谋划,要利用这个机会,切实打开局面。开头设想席建祖先不露面,而是画一幅画,以送画祝寿来扩展人的影响。后来陈蓓蕾想法转变,认为以画推人,不如趁机来个全亮相,造成既成事实,说不定会收到意想不到的效果。

席建祖说:"万一不行,可就一点退路也没有了。"

陈蓓蕾犹豫片刻,说:"我会哄住他们的。"

席建祖虽然还是犹疑不绝,但确实也没有更好的办法,就依从了陈蓓蕾的想法。他精心临摹了一幅希施金的《橡树林》。他想以阳光照耀下橡树的雄伟、深远、厚密,对未来的老丈人进行颂扬。为此他不分晨昏,日夜赶工,倾注一腔真情,力求尽善尽美。随着陈国伦生日的临近,席建祖的心情也越来越紧张,像是在等待一项宣判。

这一天,席建祖特意雇了辆车,陈蓓蕾还订了一只大蛋糕,双双来给陈国伦过生日。一见来人,陈国伦、邓树贞马上对上了榫头,再略略问过女儿,脸色即刻变得十分难看。席建祖的两大问题,像两把尖刀,直插他们的胸口:一个是年龄相差太大,怎么能是男朋友,老子也可以做了;一个是离过婚,还有小孩。自己的宝贝女儿,真是鲜花要插在牛粪上了。

陈蓓蕾正为父母已没可奈何而有点得意，陈国伦的反应倒来了。他像许多有能耐的人一样，可以最大限度地放低底线，表现出超乎寻常的大度。但一旦感到底线被突破，就会冒出一股狠劲，像炸弹爆炸般毁弃风度、礼俗，显尽“枇杷叶”那毛的一面的面孔。

“警告不听，就不能怪我不给脸！”突然陈国伦抬起《橡树林》砸出了窗外，回手把蛋糕也摺了出去，吼道：“全滚出去！”

邓树贞在一旁半劝半赶，说：“快走吧。”

席建祖又惊又羞，靠在墙脚处。陈蓓蕾心痛那幅画，叫了一声：“那画可在千元以上，怎就扔了？”两人惶惶然逃出了家门。

“完了！”席建祖发出悲彻心肺的哀叹。

“还有办法。”

“什么办法？”

“过几天我给你看样东西，你就知道了。”

陈蓓蕾故意在宾馆里住了两夜，提一提父母的心思。她这一招还真灵，事情一过父母就为女儿担心了。待陈蓓蕾重新回家，她不提那事，父母当然也极力回避，家中相对平静下来。

陈蓓蕾知道席建祖正急得焦头烂额，从自己的小箱子里拿了东西，直奔画廊而去。

看见陈蓓蕾不紧不慢从包里拿出来的居然只是双普通鞋子，席建祖像泄了气的皮球，叹道：“人家在火里，你却还在水里。伸长了头颈就望来这东西，急煞人的。”

“你看这鞋怎样？”

“鞋是不错。”席建祖细细一看，是一双暗红中跟女式皮鞋，虽然款式老旧了些，但做工精致、色泽鲜亮，便问道：“亮光是不是重了点？”

“有点。”

陈蓓蕾拿起一只皮鞋，在鞋面上用力反复折了几下，鞋面出现的不是皮革的皱纹，而是一道断裂；她把指甲伸进裂缝，伴着“嘶嘶”声，鞋面就被撕了一片下来。

席建祖惋惜地说：“好端端的鞋弄坏了。”

“告诉你吧，这是一双纸头的皮鞋。”

于是陈蓓蕾就通过纸皮鞋引出了一个重要人物。

原来陈家在沿海的小渔村有门打鱼种田为生的穷亲戚，是陈蓓蕾一表千里的表叔，名叫陈立富。约十年前陈立富坐着挤得像做腌菜一样的破班车，在车顶上带了五箱马粪纸做的皮鞋，千里投亲而来，想立个足做生意。

当时陈国伦是厂里的工会副主席，正干得意气风发；邓树贞虽然只是个纱厂的挡车工，但年年被评为先进生产者，也是一心扑在生产上。他们知道陈立富来是要兜售纸头皮鞋，亲戚中居然有人做这门子伤天害理的生意，简直比自己做了见不得人的事还要人前抬不起头，决计要大义灭亲，把陈立富扫地出门。

第二天傍晚，再也忍耐不了的陈国伦终于铁青着脸，说：“你把东西全部拿走，不然被我扔了，可别怪我不客气。”

“再宽限几天，我找到地方就搬。”陈立富低声下气地说。

“不行，你们这是在造孽，祸国殃民。”

“现在谁能出线，谁就是能人，还去想那些做什么。”

“无耻，凭你们这种人，还能有出线的时候？”陈国伦抱起一箱纸皮鞋要往门外扔。

陈立富不断地苦苦哀求。邓树贞起初也一直对陈立富瞪着眼，但看到外面一片漆黑，又动了恻隐之心，对陈国伦咕哝了几句。于是，陈国伦撂下一句“明天七点之前必须搬空，不要再给我丢人现眼！”回自己房间了。

第二天下大雨，陈立富又流露出不想走之意，陈国伦夫妻哪里再允许他犹豫，给了几张塑料薄膜，就生生地把他赶出了家门。

那时陈蓓蕾十岁还未满，家里来了客人，心里很是高兴，她舍不得叔叔走，怔怔地站在一边。临行前，陈立富取出一双小巧的女鞋，说："蕾蕾，留个纪念吧，鞋象征起步，要保存好啊。"

陈立富先把箱子移到附近的屋檐下，后来又移到一座大桥的旱洞里，再后来就不知所处、踪影全无了。

也就是过了五六个年头，消息过来，陈立富已身价过千万，成了优秀企业家，受到了国家级的表彰。而陈国伦呢？在厂的不断优化组合中先是位置没了，后连饭碗也丢了；邓树贞也因纱厂倒闭而提前退了休。陈国伦哪里经受得了这么大的打击，郁郁成疾，先是胸膜炎，后转胸积水导致心衰，眼看着性命也要难保了。靠手推车推进推出地看门诊，哪里能指望有康复的日子。想改善点医疗条件，只是手头上转不过来，家里积蓄有限，垫出去的医药费又报不回来，夫妻俩终日长吁短叹。陈蓓蕾看在眼里，揪在心里。

正当陈国伦家大难临头、穷途末路之际，陈立富这个救命活菩萨来了，他当即拿出3000元，让陈国伦住进市里最好的医院。经过手术，配之以全方位的精心治疗，陈国伦日渐康复。病好以后，陈国伦夫妇，真恨不能给陈立富跪下来磕几个响头，整天是谢声不绝。这种感谢，自然也是在有意传递对过去所为的满心悔意。好在陈立富根本就没有把往事放在心上，两家人关系融洽起来，更精确地讲是陈国伦他们完全臣服于陈立富了。

陈蓓蕾目睹这一切，叔叔陈立富的形象逐渐清晰、日趋高大，成了她崇拜的偶像。把这一切告诉席建祖听后，她说："我叔叔绝对是个手眼通天的人，曾半开玩笑半认真地对我说，这双鞋哪怕成了尸骨，他也愿意以天价收回。叔叔一直对我很好，他是要我从鞋中看出门道，看出其真正的价值。我们的事只要请他出场，定能手到擒来，让父母乖乖就范。"

席建祖听了，虽然觉得味道不大对，但要解燃眉之急，也只有这根救命稻草，哪还容他推敲、琢磨，说道："那就快点联系吧。"

陈立富是开着大奔来的，只说了几句就把陈国伦夫妇点醒了，席建祖、陈蓓蕾的婚姻大事跃上了通衢大道。

第十二章

一

当年干瘪瘦小、颧骨高突、一副苦相的陈立富，现在已模样大变，变得团肩凸肚，满身名贵服饰，大老板气派十足。当然从他那副善于应接的眼神和不时发出的浮浪笑声中，仍能感受到他那残留在骨子里的市井之气。他说："蓓蕾就是比你们有经济头脑，死做有啥用，'叫花子起五更——穷忙'。你们啊，说到底还是观念老旧，摆着这赚金掠银的事不做，却去认那些屁钿不值的死理，永远慢半拍。"

经过一番耳提面命，陈国伦夫妇还真开了窍了，当场就应声诺诺。正巧席建祖那里公告送达的离婚判决也生效了，具备了确定婚期的条件。席建祖、陈蓓蕾意见一致，跨过即将来临的冬天，在春暖花好的季节举行婚礼。邓树贞经陈立富点拨后触类旁通，把女儿拉到一边，给女儿洗脑，说："天暖和以后，至多要一身套装，一件连衫裙；冬天里办，一件裘皮大衣是不能少的。"犹如"卷地风来忽吹散"，本来阻碍重重、遥不可及的事，突然就跃到了眼前。

在领结婚证前，自是要例行婚前检查。项目一只只地做着，查过女人的部分后，席建祖看到陈蓓蕾眼含娇羞，脸上红扑扑的。他心头一惊：她的压力不一样！过来人看是寻常事，她却是最敏感也是最艰难的时刻。看她努力的样子，他心里不知有多少疼爱和喜欢,鼓励道:“过这一关就好了。”

席建祖迫切想做一件事,回到家就把金手镯拿了出来。他要去把金手镯化掉,改打一对情侣戒,来见证他与陈蓓蕾的爱情。

席建祖注视着金手镯,似乎在作临终告别。

那一天他在客厅的饭桌上看到了手镯,两个人做了什么?手镯又为什么会在饭桌上?多少疑惑,百思不解;百思不解,痛苦万分。他把手镯重新放回抽屉后,就再也没去看过。他不想看,手镯是他的伤心物;他不敢看,手镯也是他的畏物。多少个日日夜夜啊,思潮起伏中他与手镯默默相守。

情,如果作为一种“流体的亲力”,那么随着时间的推移,殷正琴渐行渐远,这样的力应该逐步减弱。“殷正琴不会回来了!”席建祖也常提示自己,希望能以坦然的心情去对待已经过去的一切。可他做不到,他试过忘、试过恨、试过挤;对她的情愫也有过曲折、有过波动,但最终还是没有办法把她从心里挪走。一路走来,让他饱尝了煎熬之苦。

陈蓓蕾以她那绰约风姿闯了进来,席建祖获得了从未有过的轻松和释然。他明白了,“情”其实是“缺”,是一种不完整。有了陈蓓蕾,殷正琴影迹全无,曾经的思恋也变得陌生、遥远和不可思议。醉过的人再喝一口“回神酒”,可“以酒解酒”,心之缺有了心上人才能消疼除痛。是陈蓓蕾给他补好了伤口,让他获得了解脱。终于到了最终处置手镯的时候了,他由衷地感谢陈蓓蕾,期盼着手镯打成戒指,他给她戴上,她也给他戴上,两人永结连理、比翼高飞的那一刻。

终于大喜的日子到了,在欢快激情的瓦格纳的《婚礼进行曲》中,席建祖挽着陈蓓蕾款款步入婚姻殿堂。若依席家的意愿,婚礼要简单点,亲戚间吃顿饭就可以了。但陈家坚持要办得像模像样,陈立富也撂出过话:“女儿要富嫁,钱不够我来。”因此婚礼非常隆重,陈蓓蕾专备了五套行头,包括出门纱、主婚纱和其他礼服,其间她不断换发型、换装束，像一颗炫目的明星，使婚礼色彩纷呈、欢情四溢。办这样的婚礼，席建祖有点苦撑，但此刻伴着年轻美丽的妻子，心也像浸到了蜜罐里。

婚礼顺利举行，然而还是出现了点不和谐音。在宾馆大门边蜷缩着一位中年妇女，宽檐太阳帽遮住了半边脸。虽然还在冬里，但由于厄尔尼诺现象，局部海温异常升高造成暖冬，常人都穿得比较单薄，她身上的粗旧衣裳却厚鼓鼓的，颈脖也被厚衣领裹得严严实实，这个人正是殷正琴！与张灯结彩、欢天喜地的婚礼氛围形成比照，此刻的她显得特别寒碜、惹眼。

殷正琴回来了。那惨兮兮样子，料必是寻金梦碎、铩羽而归。既然这样，还有必要、还有资格在此处现身吗？"十年修得同船渡，一日夫妻百日恩"，莫不是她旧情萌发，又想再续前缘？但当初恩尽义绝出走，让席建祖尝尽了相思之苦。现在席建祖拨云见日，重结连理，好日子才露了个头，说到天边也摊不上她的份啦！此时此刻她的出现，只能引发搅局的怀疑。

"来者不善，善者不来"，她会做出什么举动？只见她半闭双目，似乎对周围漠不关心，其实婚礼的每一个响动，都敲击着她的神经。她看到了席建祖，自己原先的丈夫，也看到了取代自己的新人。看着一张张熟悉的面孔相继掠过，她始终保持着一份平静。然而当远处蹦蹦跳跳过来一个小男孩时，她的身体顿然发紧，像蓄满力的弹簧片，随时可能跳起。其实以她的善良，搅局的事是做不出来的，但情绪失控就异常可怕。看见小男孩过来，她料想是自己日夜思念的儿子立伟，眼眶顿然热了起来。要知道她出走的日子里，最思念的是立伟，最歉疚的是立伟，最不放心的还是立伟。儿子一出现，哪里还可能有自制力，她要去拥抱、热吻，她甚至要跪下来，请求儿子的宽恕。

看来合该席建祖倒霉了，殷正琴从墙边发疯一般冲出来，抱住儿子又是亲又是哭，鼻涕眼泪的，亲戚朋友围成一堆看热闹，这能叫结婚吗？叫“热昏”还差不多。真这样，席建祖就是楚霸王种蒜——栽到家啦。

眼看着要发生意外，庆幸的是走近前的并不是席立伟。此刻的立伟正由奶奶看着，根本就没有过来。殷正琴的情绪平复了，她责怪自己不该头脑发热，若做出非常举动，岂非真成了个十恶不赦的坏女人了。

殷正琴为什么要过来呢？也许没有太明确的理由，但她就是过来了，哪怕只蜷缩在一边她也过来了。她是来感受席建祖的新生活，是来对自己的婚姻作最后的凭吊。不能说殷正琴对席建祖没产生过再聚首的幻想，但在席建祖再度步入婚姻殿堂的那一刻，即被证实一切均已归零。命运真是捉弄人，就在明确无误要失去席建祖时，她却真正懂了那个深邃善思的席建祖。此番凭吊后，她决意以局外人的淡定，拱送曾经使她感受过温馨、甜蜜的婚姻离去，而与她“懂了”的那个席建祖，像在光明顶看莲花峰那样，保留一种顶尖的交流。

她手上攥着一张卷成圆筒的白纸，想要偷偷传送给席建祖。与送钱、送物的人相比，她的行为有点怪异，但她自己绝不这样认为，她认定自己所给出的是人生的重大感悟，肯定比金钱或其他实物贵重百倍。

她原来的想法很简单，婚礼上人声嘈杂，谁也不管谁，混到里面，在席建祖的座位上一放，也就完事了。但自惭形秽的她，竟没有走进去的勇气。等到里面兴尽人散，新郎新娘回到门口送客，殷正琴彻底没了达到目的的机会。

她心有不甘，又潜到新房——她曾经的家——附近等待时机。

又一次听到闹新房人的道别声，殷正琴估计是最后一拨了，但她没有轻举妄动，继续耐着性子等待。新房里的灯光“啪”地熄了，她的脸一阵臊热，麻乱的脑子幻现出他们的事，又似乎是自己的事：那一夜的被子是她动手铺的，那事儿却并不成功，他太过孟浪，自己还算平静，与她的心理准备有点差距，为此她曾出现过期待落空的感觉。

新房的灯又亮了，她赶紧收住刚起迈的脚步。直等到幽暗的楼宅一片寂静，断不会再节外生枝了，她才轻轻上楼，把纸卷插在门的拉手上。按理这些暗地里的事，做完得赶快走人，然而面对再熟悉不过的家门，殷正琴却无法挪动那离开的脚步。她想把耳朵贴在门上听里面的动静，脸却又一次臊热起来。“不要脸!”她责怪自己变态，可是心像被拴住了，若去强扭，就会被勒出血来。直到此时她才意识到，即使纸卷早就给出去了，她也会到这里来，也会做出这样的举动，砍断骨头连着筋，她是无法超然其外啊。如今落得这般下场，没人好怨、没人好恨，可这又是多么折磨人啊。她凄凄而立，泪如泉涌……

第二天席建祖先起床，看到陈蓓蕾的鞋正巧叠在了自己的鞋上，“扑哧”一笑，随手将其挪到一边，回转头来又对安睡着的娇妻端详一番，只见她虽鬓度香腮，却仍似海棠醉日，梨花带雨，席建祖像得了个宝贝，心中喜之不尽。忙过一阵家务，新夫妻要出门去。大门是陈蓓蕾开的，门一开就发现了个纸卷，打开见是铅笔勾勒的简图，起手就要揉团外扔。紧随其后的席建祖，一眼就发现画中的压抑和苍凉，觉得不那么简单，忙说：“不要扔，让我看看。”

“一定是楼道里哪个调皮小孩所为，没用的。”

“我看看。”席建祖拿着不放，内心很有感受。其时，他根本没想到是殷正琴所为，更没有想到殷正琴已经回来了。

二

“走、走，越远越好。”当初殷正琴从家里仓皇出走，跟着李根龙在僻静处的宾馆驻足，做了贼似的一个劲说。

看殷正琴像只吓呆松鼠，已完全处在自己的掌握之中，李根龙颇为得意，心想终于把大鱼放到砧板上了，接下来可以清蒸，可以红烧，反正由着自己慢慢享用吧。

殷正琴唠叨着要远走，正好李根龙看到南方经济开放、发展迅速，也想赶那里去弄潮，于是一个电话叫柳月忠一起吃晚饭，其间就把公司事务全盘托付给了这位最信任的兄弟，随即携殷正琴箭一般飞腾而去。

到了落脚的宾馆，殷正琴坚持要一个单间，李根龙微笑点头，没有一点愠怒之意。

独自进房，关紧了门，殷正琴扑倒在床铺上。近忧尚未淡去，远虑又迅速弥漫开来，阵阵惊悸袭击着她，满脑子尽是塌台、闯祸、见不得人那几个词。她因害怕出丑而想走得越远越好，哪曾想一出来就发现局面更无法收拾。

“娘家一边肯定不会原谅，妈妈、哥嫂、亲戚都会缘我而蒙受羞辱；那边更不消说，一定个个眼睛喷血，仇恨至极。自己已山穷水尽、无路可退。”殷正琴胡乱地想。

“无路可退”的殷正琴悲伤至极：“家破了，儿子怎么办？什么都可以抛却，但立伟没有了妈妈，还有谁去呵护他？我得回去，立伟不能没有妈妈！”

想到回去，不免又退缩起来：“回去以后还怎么做人？还有什么脸去见人？说到底还是四个字——‘无路可退’啊。”

她很自然把恨集中到席建祖身上：“自己没有本事，做人失败，却迁怒于人，是你的疯狂，把我逼到了这步田地。常言道：天无绝人之路。这通常是讲前进之路。然而你知道吗，我现在却连想后退的路也没有，我还不够惨吗？”

她从床上一跃而起，长发披散、泪眼婆娑，满怀着愤恨和无奈，一口咬破纤指，在白手帕上写下“活难”两个大大的血字。她是冲着席建祖在发泄，心里头想：“死给你看。”

转而，又沉沉地倒在铺上，痛哭不止。

不知过了多久，血止了、泪干了。炽热的阳光从没有拉严的窗帘里直射进来，该是晌午时分了。殷正琴拖着疲惫的身体，走近窗沿拨开窗帘朝外望去。窗外一片苍翠，原先她只对南方的槟榔和椰树有印象，没想到映入她眼帘的还有另一番景象，一棵棵树形挺拔、叶片巨大、树冠广阔的霸王棕，以非凡的气势展示出南方气候和环境的独特性。勃勃生机让她感到突兀，把她深深吸引，她的情绪慢慢缓和过来，心想："历来成王败寇，我能在这里站稳脚、弄到了钱，回去好好侍奉母亲，维护哥嫂，弥补儿子，也不失为一条绝好的挽回之路。"

有了这样想法的她，很自然就会对近在身旁的李根龙作一番审视，觉得他人还不坏，他要过来办公司，自己学了些经济管理知识也想施展，搞经济、谋发财已是一切生活的重心。近阶段家庭波折不断，与自己内心的躁动不能说没有关系，既然这样就迈出去吧。和他一起可以相得益彰，应该是一条发展之路，铁下心吧。

可能是听到响动，李根龙过来喊吃饭了。他站在走廊里，低头看见自己皮鞋头上有灰，像跳舞动作一般，轻捷、迅速地将鞋面轮流在裤管上擦拭一下，然后轻轻地敲门，用征询的口吻问："是不是该吃点什么了？"

殷正琴先把门开了，再调头进去整理拎包。

李根龙觉察到了这一细微变化，却仍然站在门口，直等到她出来，才把老板包夹在腋窝下，一步一晃地陪着她朝外走去。因为殷正琴有了话，两人一路走着气氛也活跃了。

饭后又四周闲逛一阵，重新回到住处，殷正琴把房间钥匙给李根龙，说："你那里要不要放一把？"

"还要钥匙吗？退掉一个房间吧。"

"随你吧。"殷正琴把两只钥匙往李根龙手上一送，说。

李根龙把她那只拿钥匙的手又推了回去，说："总归算一天的房钱了，吃过晚饭，再退也不迟，现在你只管在里面休息，到时我来喊你吃饭。”殷正琴听了，对李根龙更多了一层放心。

到了晚上，李根龙郑重其事地把殷正琴邀请到自己的房间里，取出一只钻戒，戴到了她的手上，说：“虽然没有隆重的婚礼场面，虽然没有亲友家人的祝福，虽然孤身在外游荡飘零之感无法尽消，但我李根龙敢做敢当，一定会让你幸福。”

殷正琴乍为惊讶，继而感激，最终一股暖流遍布全身。看着白金架上晶莹闪亮的宝石，她的眼睛湿润了，这倒不是内心有什么贪图，而是在自感万劫不复之际，能得到这般尊重、爱怜，实在弥足珍贵。在庆幸之余，她心生自责：自己对待李根龙是不是过分了？他把家业托付给别人，毅然断了走熟的路出外闯荡，有一大半也是为了她，应该以心换心才对啊。她语声哽咽，说道：“谢谢！”

李根龙顺势把殷正琴拥入怀里。可能是来之不易，也可能是做功了得，他显得非常动情。殷正琴则任凭他紧抱，虽然不很明显，却也在有意无意之间，表现出一定的默契——被抱得紧紧时，她那自然分在他身体两边的双臂，会浅浅用力还以一抱。那种抱像羞女神秘内心的瞬间流露，又像担心被悬空而作攀拉的条件反射，而“浅浅用力”的“轻”更以十二分的柔弱，传递出对所抱之人的信任和依赖。殷正琴的极力回应已经很明显，但她的腰肢仍然略显僵直。

在宽大的席梦思床上，李根龙的手伸到殷正琴的背部，殷正琴便把背侧过一点，让他把胸罩的系扣全部解开；不多会儿，他起手扯她的内裤，她又顺从地把臀部微微上抬，由着他把内裤慢慢扯到了大腿中部。

像要建造一座万丈高楼，他们正进行着庄重而热烈的奠基仪式。

如水乳般交融，使殷正琴的潜意识中，频频出现一种启示：是他的人了，应如影相随地去作帮衬，合力同心，做更多共同能做的事。

李根龙应该会有感应，毕竟已真正亲密无间了。果然，没过几天他就购买了一套可以拎包入住的精装二手房，筑起了他们的爱巢。

新家在风景秀丽的海滨，举目可以望到辽阔的大海。入住以后，殷正琴并没有表现出狂喜，但双脚毕竟踏在自己家的地板上。坚实、稳固的感觉，使她相信一个曾经遥远的梦已经越来越近。等事业有成，她第一件事就是要回家乡去，去见妈妈、哥嫂，去把尊严挽回来，去给儿子无限的母爱。

李根龙虽然两头兼顾，但这里的一切是刚刚开始，所以他主要还是在这一边。他们一面享受着温馨的生活，一面着力在事业上开拓，两人双飞双栖，甜蜜而充实。

经商、经商，所有的人都在想这件事，又处在南方经济开放前沿，人们或三五聚首，或造访联络，唯一着忙的就是传递、捕捉各种商机。殷正琴跟着李根龙也夹在其中，不停地奔波。

殷正琴理所当然担当起家务的主角，把水果端上餐桌，又迅速把碗筷撤进水槽，比之亲昵时腰肢僵硬的她，此刻才显得长袖善舞、游刃有余。李根龙沉醉在自己的捕获能力中，那种被当作轴心围转的感觉，让他满心欢喜，少不了要把心头的宏大计划展示一番。他说准备开个贸易公司，赚足南方和内地贸易差价；要让殷正琴负责这里的公司，让柳月忠负责那里的公司，自己则两面跑。

殷正琴听了充满期待，也生出担心，说："这里人生地不熟，就怕碰不起那些坐地虎。"

李根龙自有他熟悉的手段，无非是钱能通神，有钱能解决一切那一套。但在全新的领域，又有殷正琴作帮衬，他真的想好好地干一番，于是说道："有地区差价这块优势在就不要紧，我俩一起从零开始，认认真真做生意。"

殷正琴心里热乎乎的，说："好的。"

三

商机铺天盖地,财富唾手可得。那里似乎每日里都给人新的希望。人脉在理顺,渠道在打通,注册公司的手续也逐步在展开,殷正琴极力辅佐李根龙,努力拓展他们在南方的事业,日子也似白驹过隙飞驰而过。

忙碌之余,殷正琴的思亲之情与日俱增,不能自已。她想给妈妈包括哥嫂去一封信,几次提笔都感到愧疚难当,想等挽回了点脸面时再说,因此一拖再拖。令她最念念不能忘的是儿子立伟,她设法给儿子寄去一点钱。她并不希望有回音,因此隐没了自己的地址。注定得不到回复的信,使她对孤零的立伟更加魂牵梦绕:儿子需要这钱吗?能用到这钱吗?他现在会是一个什么样的生活,有人疼、有人爱吗?以后他还能记得妈妈吗?“江水三千里,家书无一行”,她满腹惆怅、只得兀自嗟叹。

在公司寄来的邮包里,她发现了一份家乡小报,居然就是载有席建祖《戏沙图》的那一张。然而那却不是殷正琴所需要的,她心无所感,粗略看了一遍,随手撂在一边;在打扫卫生,要决定小报去留时,她又似乎心有所感,把它压进了书柜里,所有这一切,她都做得非常随意。

小小邮包使她再也抑不住思乡之情,于是又以隐没住址的方法,给娘家和儿子各去了一封沾满泪水的信。虽然仍然不敢表明行踪,但她的心似乎一天天在释放开来,开始与外界的沟通。

邮包是李根龙的公司寄来的,看着公司的落款,她自然而然又想到公司。她确实从来没进过李根龙的公司,但现在与李根龙的紧密联系,也就与他的公司有了紧密的联系。“公司的情况怎样?”看着小小的邮包,她不着边际地在心里发问。

殷正琴完全是局外人的瞎想,但把公司交给柳月忠代管,实在是李根龙的致命错误,一场灭顶之灾已悄悄向他们袭来。

柳月忠代管一段时间后,对公司的经营状况有了全面了解。看出李根龙的公司像时下大部分公司一样,“外看是只大铁桶,里面有个大窟窿”,收支倒挂、寅吃卯粮,账目混乱。这一切使他心底发冷。

李根龙的公司真正搞管理的只有十多个人,做手都是临时招募的。十几个人的管理层,半数是家族人员,叔伯侄甥的谁也搞不清楚。这些人土生土长,识字不多,进公司后管理能力不见提高,在钱、利两字上却灵性十足,“有权的捞,无权的混”,社会陋习虽兴起不久,却早被他们一个个悟到了炉火纯青的地步。对柳月忠触动最大的有几件事:李根龙的侄子李小土,负责项目施工,动小脑筋占便宜不算,居然几次把搭脚手架的钢管偷出去卖钱。另一个管行政的亲戚也是大豁边,工商证件要配个镜框,一个框只要30来元,柳月忠前几天也为自己家里配过一个,行情清楚,可那人却开回来130多元的发票。他深知偌大的公司“外面的架子虽没倒,内囊却也尽上来了”,料定李根龙的公司是属兔子的。他害怕看到树倒猢狲散的结局,第一次打掉饭碗的经历,使他总是做同一内容的噩梦:生活无着,孤立无援,醒来浑身是汗,手脚发软。他对未来已没了信心,于是就想要大捞一把走人。这个想法一冒出来,便不由得一阵战栗,要知道李根龙可是有大恩于他的啊。

他怎么能去伤害恩人呢,但柳月忠又太熟悉李根龙了。李根龙场面上哄、吓、骗一套是可以的,细致扎实就做不到了。在近似恶作剧一般的放纵年代中,严谨认真的人都因看不懂而迟疑,他却歪打正着得以成功。但楼有多高,伴随的阴影就会有多大,事物都是优劣互现。他可以因“拆天”性格中的狂野而成功,又必然因“拆天”性格中的浅陋而埋下大厦倾覆的祸端。柳月忠充分看清了这一点,受严重心理障碍的影响,这一点又被他无限地夸大了。崩溃的一天就要来了,自己又要穷途末路了。与其坐以待毙,不如趁早逃生。明明是恩将仇报，就这样被他理解成了解危自救，于是他一面不断向李根龙传送假情报，一面压下工程进度款，把公司的楼房作抵押向银行贷款，携卷80万巨款搞起了人间蒸发。

李根龙得到消息匆匆回赶救火，只见公司已乱作一团。银行要查封抵押物，建设方要寻人履约，供货方催要欠款，打工者索要欠薪，公司门前人头攒动，一个个怒目圆睁。李根龙见大势已去，两腿发软，公司门也未敢进去，转头就去找律师问计。

律师一听就皱起了眉头，含糊其辞："办法是有的，但效果却不一定好。"

李根龙牙齿咬得咯咯响，说："这个忘恩负义的家伙，他没饭吃了，我搭救一把；看他能干点事，我委以重任，我对他的重恩我想他应该知道，对他是毫无防备，没想到引来只恶狼。"

律师以局外人的心态，轻飘地说："就是那个问题：冲破禁锢要往哪里冲、敢不敢中要害？自己的利益丝毫不能受损，最后必定是玩把戏，把信奉多年的敦厚和朴实放倒，转换来的不会是精明和强干，而是百倍的恶毒和疯狂。民风平实时缺点钱只不过步履缓慢些，到了物欲横流的程度，每一个个体都是陷阱，就寸步难行了。"

李根龙颇有委屈地说："要搞事业怎么能不用人呢？用人又怎么可能不让他们管事，发挥作用呢？"是的，做贼防贼。李根龙在维护自己利益方面也算有心机了，头脑里是有那根弦的。他用柳月忠，凭的是一个"恩"字，充满自信；从他对殷正琴的态度也可以看出，他善于从根子上压制住别人，门槛真不能说不精。

那个贫嘴律师倒是言辞犀利，一着不让，又逼上一步道："在管人的问题上，已经没有相互关系可言；民心变了，你做老板，就只能严控高压，直到压不住一起完蛋，其他都只能是幻想。"

李根龙心里承认律师的话是对的，但此时心里正乱，说："你说得尽管有理，但现在我到底该怎么办？"

“你不要看我说话不着边际，在与你说话时，我已派人去联系、调查。消息刚刚过来了：你的公司已严重资不抵债，公司财产因债主申请诉前财产保全而被法院查封了。”

“我就看出苗头不对，那怎么办呢？”

“只有想法把柳月忠捉回来，而且光把人捉回来还不行，还必须把钱也一起弄回来，才能让所有问题迎刃而解。”

“完了！大海里翻了豆腐船——汤里来水里去，白忙乎了！”李根龙心想。

他毕竟江湖上滚过来的，知道情况不妙，赶紧踅回南方，背着殷正琴把房产变卖了，又把银行里10多万存款提了，心想：“夫妻尚为同林鸟，何况这临时拼档？”等一切筹备妥当，即弃下殷正琴，入了黑道的伙，到云南瑞丽做贩销生意去了。

李根龙彻夜未归，殷正琴估计他会回来吃早饭的，于是照常早早起床，把他喜欢的食物一一备齐，耐心等待。然而左等右等就是不见人影出现，心里便有几分焦急。

“笃、笃、笃”，传来一阵敲门声，她心头一喜，料定是李根龙回来了，赶紧起身去开门，心里还为他熬夜忙碌而痛惜。

“你是谁？”开门看见陌生面孔，殷正琴惊问。

“怎么你不知道？这房子已经卖给我了。”新房东也有点诧异。他手上拿着钥匙，因不知房子里的底细，下意识敲了几下门，正准备自己开门进屋，没想到里面还真的有人。

殷正琴觉得不对，马上回身开抽屉找存折，但抽屉已空空如也，这一下她的心也空了，顿时一身冷汗，眼前墨黑、天旋地转。

“你什么时候走？”新房东颇怀戒心地问。

殷正琴强打精神，回道：“你明天过来吧。”

新房东用不放心的眼神朝房子里掠了一遍，悻悻地走了。殷正琴关上门后，赶紧转身，打开一扇扇橱门、拉出一只只抽屉，总想找出一点否定自己判断的痕迹，然而非但存折不在了，她陪他去买的几身品牌服装也不在了。无情的事实已不允许她有任何幻想，但要她去正视现实，就等于要她接受彻底毁灭的宣告。她心如刀绞，拿出一把水果刀，在腕上划一刀，唯恐死不利索，又在颈脖上狠狠划了一刀。

新房东狐疑不定，想现在“打哈欠割舌头”的事比比皆是，精装房可经不起折腾，到了家还是坐不住，又骑上轻摩返回过来，想叫殷正琴立马走人。打开门来却着实吃了一惊，急忙呼救，把她送到医院清创、缝合、吊滴、输血。幸亏抢救及时，殷正琴的命保住了，但殷正琴已经一无所有，她把唯一的钻戒变卖后，付了医药费，带着精神、肉体双重的创伤，回到了家乡。

四

要死没死成，要活又怎样活？殷正琴的情绪低落到了极点。从火车站出来，她先走向自己的家，后又走向娘家，都感到无颜以对。有家不能回、有亲无法投，徒增她无限的悲伤。她曾远远地看到自家阳台上，挂着席建祖的夹克，凄楚地想：怎么不见有立伟的衣服？他一切都好吗？她记得老早就听到过只有疯女人、傻女人才会对自己的儿子不闻不问之类的话，深深自责道：“我真是疯女人、傻女人啊。”

她唯一能去的是父亲的墓地，唯一敢面对的也只有父亲的坟头。在父亲的坟前，她脸色冰冷、眼神黯然，与那些祭扫兼踏青的人截然不同。她把父亲的坟墓擦拭、整理一番后，摆上一束花，就跪了下来，没有双手合十，也没有磕头如捣蒜，就像一段僵硬的木桩。久了、累了，肢腿麻木、身体倾斜，侧坐在了地上，也全然没有顾及，只有双眼直直地盯着父亲的墓碑。她在心里面喊：“爸爸，女儿看你来了！”她相信父亲会给她最大的包容，一身疲惫、遍体鳞伤的她，是多么软弱啊，深深地渴望着再度得到父亲的呵护。刹那间，仿佛真的回到了父亲的羽翼下，由她倚靠、将养，让她充分感受到了亲情的慰藉。但幻影消散，父亲的墓碑显得更加冰冷霜寒。是啊，逝去的追不回来，但殷正琴凭着拳拳女儿心，不罢不休，硬要穿石窟、越黄泉，寻声觅迹去与父亲沟通，并把灌锡注铅的心思，一字一句对父亲倾吐。

"你不是这块料——"她切切记得，父亲的话还没来得及讲完就人事不省了，父亲在生命的最后关头，居然是讲了这么一句话，他后面还要讲什么？讲这话的用意是什么？当时她未予任何思考，除了不理解，还很不以为然。今天度尽劫波再回头来看，才发现当时父亲的话是充满了哀伤，她相信父亲已经料到女儿身上会发生的一切，她也知道父亲拼尽全力讲话的目的，就是想阻止厄运在女儿身上降临，足见其内心的焦虑和痛楚。

殷扣成不是个能预料一切的哲人，这一切又是怎么被他预知的呢？由此殷正琴往更深广处想了开去。

父亲读书不多，白天在厂里做工，下班后参加政治学习，总是很晚才回到家里；妈妈除了工作以外，忙里忙外，照顾全家人的生活；她和哥哥生活得无拘无束，自我感觉完全是野放的。

在她的记忆中，父亲从来不管他们，甚至连眼光也极少注视他们。但有一件事却遭到了父亲的严厉惩罚——

她家的旁边有一个很大的菜园子，应该与鲁迅笔下的"百草园"属同一类型。菜园主人被批斗后，死的死、走的走，园子很快荒芜了，围墙也开始倒塌。殷正琴看见自家的房子墙上有破洞，门前场地泥沙飞扬，就和哥哥一起去搬了几百块砖，码在门前，想过些时候堵堵墙洞，铺铺场地。这事尽管又脏又累，但她和哥哥都浑身是劲，认为是在为家里做好事，希望能听到父亲一句赞扬的话。

谁知父亲见了砖垛，突然狂暴起来，咆哮道："谁让你们去弄的？你们知道园主是什么人吗？是工商地主！这一砖一瓦都沾有劳动人民的血汗。再说人人都去沾便宜、挖墙脚，天下堆满金山，也经不起挖啊。”父亲不由分说，把她和哥痛打了一顿。殷正琴他们知道错了，迅速把砖搬回了原处。

时间长了，围墙全部倒了下来，变成了一长排砖山，砖山上又长出了长长的蒿草。

“先富”之风一吹，人们像打了鸡血，对任何物件，都要放在手上掂量一下，看看能不能当作财富占为己有。那些据说还有“秦砖汉瓦”的围墙，自然成了争抢的目标。大群人马上了砖山，先翻整的、老的，后找较大的，砖山上整天飞扬着墨黑的烟尘。砖山顷刻间消失了，而周围人家的墙门里、廊檐下，却都码起了一座座大砖垛。

殷正琴兄妹两人以平静的心态，看着搬砖大潮。他们没有去参与，他们只希望给父亲一个表态：子女能听他的话，正在逐步成熟起来。但奇怪的是他们做乖囡的行为并没有得到父亲的嘉许。在搬砖大潮持续的几天里，父亲都阴沉着脸，砖全部搬完以后，他到菜园子转过一圈，就再也没有说起过菜园子的事。

几乎与搬砖大潮同时，厂里也发生着很多事，“松绑”啊、“承包”啊、“联营”啊、“转制”啊，每转过一个轮子，像厂里的财产缩水一波一样，父亲也会消瘦一圈。一块砖也不让子女捡，在厂里一个螺丝钉也要捡回工具箱的他迅速变了，平日那一点小酒不喝了，烟倒是没少抽，只是越抽越蹩脚，那股响朗的气势全没有了。果不其然没多久他就提前退休了，全家也因此而生活拮据、精神沉郁。

父亲的遭遇，对殷正琴有触动。特别是他在提前退休的当日，拎着一只破包，神情黯然，早早回家的样子，让她终生难忘。“一生付出，结束时没有财产，连心也是空的。”她无限感慨。

她以父亲为前车之鉴，孕育着自己的狂躁和贪心，跟着李根龙到外面左冲右突。碰得鼻青眼肿之后，面对父亲冰冷的墓碑，她信了，自己真如父亲所说——不是那块料。

在南方的那段时间里，她有时陪李根龙，有时单独开展公关活动，颇多的觥筹交错中，遇到过一位政府高官，不但有官位而且拥有好大的家业。他告诉她没有官和商的结合，生意做不大。言语间除流露出认为李根龙层次低、靠不住的隐忧外，还曾单独几次向她发出喝咖啡的邀请。看得出他很钟情于她，向她射出了丘比特之箭；但她把这视为洪水猛兽，严加提防，坚守着与李根龙的爱情。

在刚买精装二手房时，李根龙有多么慷慨，一定要在房产证上署两个人的名字，但殷正琴没有接受，她认为没有正式结婚，还不是法定的夫妻；还有，既然已经在一起生活，署不署名又有多少实际意义呢？她保持着做人应有的分寸。

到了南方以后，银行主要由殷正琴跑，存款、取款是她一手包办。开户时李根龙漫不经心，表示户名写殷正琴就可以了。可殷正琴还是写了李根龙的名字，每次跑银行也总是向他要了身份证才去。她认为钱来源于他的公司，用了她的名字会给公司的人落下话柄。

万万没有想到：情分突失、爱巢倾覆，自己也若敝帚一般横遭遗弃。她有多么的后悔啊！如果留一手，她就会有另择高枝的可能；如果控着点，李根龙就不能背着她把房卖了；如果紧一把，银行的钱也不会从她眼皮底下溜走。可惜的是这一切在当时她一点也没有想到，她所想的是要和李根龙一起把公司做大，把两地的差价赚足，通过事业的成功来实现人生的价值。为此，她希望自己有丰富的知识和高超的管理水平。她所念念不忘的，也是她在多方联系的，是要找一所夜大，把没有读完的大学念完，获得一张大学文凭。她认为如果自己真有机会独立地管理公司，一定要具备卓越的才华，凭实力去赢得广泛的认可。

“那有多疯、有多傻啊！像梦游一般，真是大错特错，无可救药啊！”殷正琴不断地斥责自己。

为什么父女俩在完全不同时间、完全不同环境下，结局却如此相像？从中殷正琴意识到，父亲的话不是在作预言，也不是想对女儿作否定，而是对他自己的人生在作否定。他一生“听”和“跟”，等到发现眼前无路，已经回头乏力。再看儿子、女儿也树大定形、方方正正，都像泥做的人儿——实心眼。“跟虎吃肉，跟狗吃屎”，父亲一定会这样怪罪自己。殷正琴料想，如果那一天父亲还能讲下去，那一定是对自己深深的自责。

太阳落山了，因不是扫墓季节，本来就不多的祭墓者皆已散去，墓区变得空旷而阴森。远处寺庙的暮鼓之声，在落日的余晖中，传送着几分空灵，然而殷正琴却心如止水。尽管寺庙的断垣残壁已修葺一新，尽管扩建了许多新的楼宇宝殿，但那些地方像抽干过水的湖塘，看见过底下的碎石瓦砾后，人的感觉就再也无法聚拢到敬畏和虔诚上来了。她联想到了一件关于出家方面的有趣事：一个生意场上的同行告诉她，他有一个朋友，因20岁的女儿不幸夭折，万般伤心竟投了空门。过了几年在路上与那人偶遇，才知道那人已回俗了。原来那人被安排在了经房，侧重内部事务，吃点死粥死饭。而在大殿的就完全不一样，有大量供品，看他们分实物、拿钱财，你藏我掖、富得冒油，那人实在气不过就出来了。同行说的是笑话，却正好说明连那一块净地也被污浊得颇为不堪了。

此时此刻，有一股力量正在撞击她的心灵，那股力量来自她的丈夫席建祖，来自那幅《戏沙图》。她在南方时，从南方回来的路上，都有足够的时间看小报上席建祖的《戏沙图》，但看来看去也只看出画中的童年趣味。经过父亲墓碑前的沉思，她突然有了开悟：心是被踩坏的，那只居高临下的脚的背后，应该能够想象得到一副忽晴忽阴多变无常奶头孩儿的脸，画揭示出的是人生历经磨难的缘由。在她备感压抑、绝望时，席建祖的艺术为她作了开解，也给她带来了心灵的欢歌。

曾经有多少次，她发誓要把席建祖彻底忘却。两个人的关系冷却后，她怨他但不恨他，她责怪自己但又觉得委屈。劳燕分飞是被风吹的，是雾中的散失。那风、那雾是什么？什么也不是，什么也没有，留下的只是无情的分离。既然已经走到这样一步，殷正琴没有想到再回头，她所有的努力，都是希望自己把那段创痛早一点忘干净。

然而一幅小小的《戏沙图》，一旦被读懂，就具有解开心锁的能量。要知道人可以变虚伪、变矫饰、变猥琐甚至变狡诈，但一旦高度的认同感被激发出来，就会有不可阻挡的凝聚力。这是人的本质。殷正琴的心锁被打开，犹如听到了前进的号角，她的心潮如浩浩江水向席建祖奔涌。

在殷正琴的心里，席建祖的形象被无限地放大。他对艺术的执著，像磐石下面的小草，尽管长得像一根丝一样瘦弱，但还在拼命向外伸展，要去与阳光汇合。他的艺术帮助人们感受一种生活，那种生活如树的根须，不分粗细都依据大自然的法则舒展着，能吸取到各种养分，也发挥着各自的积极作用。造就那样的局面，需要好大的耐心、好深的学问，绝不是简单、粗放，弄点大声响能成的。那样的艺术才充满感染力。似有神秘的心灵感应，她体验到了与席建祖虽已太晚却弥足珍贵的相知。

浪子可以回头，夫妻怎么就不能破镜重圆？可单纯和呆板是深入在骨髓里的，当你要狡猾一下时，当你要残忍一点时，甚至需要你做出一点死乞白赖时，它就会出来让你犯迷糊，使你出臭招。其时还处在离婚公告期间，如果能及时参加庭审，表明不愿离婚的态度，并请求席建祖宽恕，说不定事情会有转机。可她没有想到过要去作挽回，只想着没有脸面再去介入他的生活，一切机会、可能也就无从谈起了。

暮色重重，寒风瑟瑟。荒冢野草间殷正琴更显形单影只、孤独凄绝。到了该与父亲告别的时候了，想到父亲临终前瞪大双眼却没能表达出来的那份自责，殷正琴又难过起来。她真切地希望父亲也能看看《戏沙图》，让他沉抑的心灵获得一丝慰藉。

离开墓区，她就想着要为席建祖的绘画艺术做点什么。她要凭借自己的文学基础，结合“严寒烈日皆经过”的人生经历，给他提供出创作素材，也借此抒发胸臆，于是她在席建祖的婚礼上做出了那些举动。

五

席建祖婚礼结束，殷正琴也销声匿迹、影踪全无了。

“三朝回门”时，邓树贞母女俩自会有一番私房话。

邓树贞看着面色越显红嫩的女儿，料想她婚姻生活幸福，也来了情绪，说：“早点生个胖儿子，趁着我们还年轻，可以帮你们带带。”

“你不要儿子、儿子的，生女儿不也很好吗？”陈蓓蕾有几分娇嗔，说道。

“没有个儿子，就少了一个像你叔叔一样，能在商战中横冲直撞的伟男儿了。”

陈蓓蕾有点泄气，说：“也由不得自己。”

邓树贞说：“有一种说法：家里有个男孩，就会带一个过来。”

根据邓树贞的点子，陈蓓蕾一回家就对席建祖说：“让立伟家里来住吧，你母亲年纪大了，让她轻松点儿。”

听到这话，席建祖非常高兴。立伟怎样生活？与陈蓓蕾恋爱时摆不上议题，结婚后新生活刚开始，也不便马上讲。这件事，像一个沉重的铁砣砣，一直压在他的心头。现在陈蓓蕾主动提出接立伟回来，真是再好不过了，他说：“好的，谢谢你！”

当日席建祖就把立伟抱回了家，在陈蓓蕾面前对立伟说：“叫妈妈。”

立伟怕生，低头垂眉不吭声。

陈蓓蕾不恼，笑眯眯地拉拉立伟的小手，说：“叫声‘亲妈妈’吧。”

立伟也许是受了鼓舞，也许觉得“亲妈妈”更叫得出口，稚声稚气地叫道：“亲妈妈。”

就这么一声，一家子聚拢了起来。

结婚两个多个月后，陈蓓蕾有了反应，她先去娘家报了情况。邓树贞一排天数，说：“好的，‘坐床喜’，口味有没有变化？”

“没什么变化。”

“甜男酸女，必是小子无疑。”

“妈妈——”

“刚刚得胎一定要注意休息，伤了胎气出意外，造成习惯性流产事情就大了。那个小孩你得让建祖早点送回婆家去，再放在身边就是累赘了。”

陈蓓蕾回到家里，把事情一五一十对席建祖说了。妻子怀孕，有了他们爱情的结晶，席建祖自然是分外高兴。但要把立伟再送到母亲那里去，却有点犯难，毕竟母亲年事已高。想到妻子是主动提出把立伟接过来的，现在为能多休息保胎而要把立伟送回去，也是重视两个人的骨血的表现，是在理上的，于是一口应承了下来。

转眼之间，陈蓓蕾十月怀胎，分娩在即，赶紧进医院待产，果然顺利生下了一个胖小子。医生从手术室探出半个身子，告诉焦急等候的家人是个儿子，说话时脸上笑盈盈的。其实医生每天接生数次，都无所谓，只是觉得家属、亲人会为生儿子而高兴，因此通报起来也变得报喜一般。

席建祖知道陈蓓蕾是想养个儿子的，能如她的愿自己当然高兴，只是家里两个“光郎头”，负担重了不少。

小宝宝一出生，陈蓓蕾就叫邓树贞过来帮忙，陈国伦自然也成了常客，新家庭既繁忙又亲密，其乐也融融。

宝宝要取名字了，席建祖说了几个，都遭到反对，他本来也没自信，用了征询的口吻，一有反对之声，也就作罢了。还是陈国伦定了个基调：宝宝的名字一定要包含升官和发财的内容，当然也不能太粗俗，要有寓意。他说："万物之根源为数，组合姓名文字的笔画数，会形成吉凶支配人的命运。"他表示宝宝的名字要 38 画，暗喻升和发。席字 10 画，余 28 画，配"鼎贵"两字，席可以加个草头，多 3 画，贵字的贝也可以加 3 画，正好是 38 画。

席建祖觉得还不如自己原来的想法，说："其实该用个'文'字，建'立'字辈，叫'立文'。"

陈国伦说："没意思，百无一用是文人，我也曾舞文弄墨，追求风尚，结果自不待言。那个过程，真让人欲死不能啊。现在就是要头脑活络，钻天打洞弄钱。"

陈蓓蕾说："是的，小孩子三岁看大、七岁看老，所以从取名字开始，就要让他接受这些观点，早点进入角色。"

席建祖想想也有道理，便不再作声。

一日，席建祖看陈蓓蕾对着儿子出神，问："想什么啦？"

陈蓓蕾深情地说："就这么一个小小蜡烛包，既嫩弱、又孤独，让人百倍疼爱，人世间唯这层关系是连皮带筋的。夫妻是一种组合，子女在父母面前会产生逆反，亲朋好友更远了一层。小生命投生过来，是绝对的依附；心全到了他身上去，就是为他而活着了。"

陈蓓蕾的情很真、话也没有错。但席建祖和她组成的家庭比较特殊，她对鼎鼎感情这样深，对立伟的生活必定造成影响。

问题凸显在两年以后。

叶福娟明显衰老，小脑萎缩越来越严重，迈步不开，站立不稳，实在没有能力照顾立伟了。好在立伟已六虚岁了，又乖顺听话，平日里管好三餐，就不用太费心了，于是就回到了自己的家。

席鼎贵也搭牢三岁了，实际上二十个月不满。邓树贞和陈蓓蕾一个白天为主、一个夜间为主轮流照顾，对他百般依顺，人没长大，脾气倒已经养成。一天，陈蓓蕾抱着鼎贵阳台上看风景，立伟在旁拉鼎贵的小手，逗他玩，鼎贵赶紧避开，转而朝立伟头上、脸上一气狠打。"好，团团会打人了，以后谁敢欺负你，就这么打。"陈蓓蕾把怀抱里的鼎贵往上送了送，高兴地赞扬道。

一次一转眼弟弟不见了，看到另一扇房门没有关死，席立伟就推门进去，看见里面弟弟吃得喷喷香的，便站在门口不肯离开。

鼎贵看到哥哥推门进来，马上把脸往窗外别过去，两只脚在凳板下面不停地晃着，若无其事的样子。

陈蓓蕾在炸鸡腿上撕下细细一丝肉，往立伟嘴里一塞，顺势将他一把推出门外，说："外面玩去，嗯。"把房门关了个严严实实。

立伟靠在已被紧锁的房门上，眼泪刷刷地淌个不停。他能感觉到柔软香滑的炸鸡腿丝的味道，却咽不下去，也许是因为咽下去就没有了的不舍得，也许是感到委屈，也许什么也不是，只是美妙、瑰丽的童心受到了刺伤。

超市门口摆着一台儿童玩具——"叮咚锤"，一个平面上有很多洞穴，每个洞穴里躲藏着一只米老鼠，硬币塞进去，洞里的米老鼠会突然一探一缩，并引诱道：我在这儿呢！游戏者要在米老鼠探出头来的瞬间，用橡皮锤砸上去，砸到就能得分。鼎贵动作缓慢，错失了好多得分机会，立伟急啊，拿起另一只橡皮锤帮助砸。陈蓓蕾一把夺下立伟的锤子，呵斥道："是给你玩的吗？一边去。"立伟吓得在一旁呆立着。

一次，席建良来探望，给两个小孩各买了一辆上发条的玩具小汽车。因两人都有，立伟踏实地玩自己的车了，但鼎贵却不高兴，看到立伟和自己拥有同样的东西，就有吃亏的感觉。一辆红的一辆绿的，他拿了红的吧，觉得绿的好，拿了绿的吧，又觉得红的好。

立伟是好说话的，你要绿的他就玩红的，你要红的了，他又玩绿的。但鼎贵强烈的霸占欲，使他最终难守同等份额的局面，把两辆小汽车都抱在了自己的怀里。

立伟的心几乎完全被可爱的小汽车占有了，他知道有属于自己的一辆，红绿他可以不坚持，但一定要有一辆，他实在是太喜欢了。现在弟弟把本来他拥有的一份也占有去了，他控制不住自己，冲上前去一把抢下一辆。

鼎贵一屁股坐在地上号啕大哭起来，陈蓓蕾正好看见，冲到立伟面前，一把将小汽车夺了下来，用指头对着立伟的前脑壳狠狠地点了几下说："你年纪活在狗身上啦，不照顾弟弟，还惹他哭。"

"这本来就是我的。"

"你的怎么啦？就不能碰啦？你的、你的，你有本事饭也自己吃去。"

在"亲妈妈"的大声呵斥下，立伟蜷缩起身体流下了无助的眼泪。

骂过了一通，其实陈蓓蕾对建良弄来小破车惹事也心有不快，还想发泄，但那边鼎贵的哭喊声牵动着她的心，她只得拿着夺过来的小汽车回到儿子身边，抱起他，让他坐在自己的膝头，说："鼎鼎不哭，鼎鼎不哭。"她把小汽车塞在他手里，谁知鼎鼎拿到就朝立伟所在方向砸去。陈蓓蕾忙说："哦，鼎鼎有志气，不要那破玩意儿，妈妈给你好玩的。"她搬出了小布熊、变形金刚、仿真小恐龙，谁知给的速度没鼎鼎砸的速度快，玩具被他满天儿抛着。想着鼎贵这么哭，一定是受了很大的委屈，小小年纪就受人欺负，而欺负他的人居然是自己供吃供喝的野哥哥，陈蓓蕾感到他们是可怜的母子，不禁悲从中来，一边叫儿子不哭，自己却眼泪汩汩地下来了。

她拿出她的长款三折钱包，把里面百元大钞给鼎贵看，说："妈妈有钱，妈妈给鼎鼎买好多小汽车；鼎鼎长大后，妈妈还给鼎鼎买真汽车，气死你的坏哥哥。"

鼎贵越加有恃无恐，手上碰到脏水、泥灰就往立伟身上抹。一次抹时正好给席建祖看见，制止道："不能这样。"他虽然主要精力放在画廊，但鼎贵的一些过分行为也看在眼里，趁着这次的话头，他又轻而委婉地对陈蓓蕾说："不要让小鼎鼎养成惹人的习惯。"

"孩子要长成什么模样，我心里有版本。"陈蓓蕾说，"分分钱有争夺，将来要赚大钱，就得有狠劲。现在处理人际关系就是要

‘杀熟’。原来‘他乡遇故知’是人生一大幸事，现在‘老乡见老乡、背后打一枪’，连小贩子也是人头越熟越要骗秤、越宰得凶；你看那些传销，差不多快要绑架自己人了；包括你自己，厂长和你们不熟吗？为了他的财富还不一脚把你们踹了！我叔叔发家，不都是通过制假售假掘了第一桶金？他的售假也不乏在熟人中间，为此差点被人打死呢，但现在你看他有多风光。只有对近身的人下得了辣手，经济大潮中才能潮头永立，成为英雄。”

席建祖听了心头有点发堵，却也无话可说。

六

建立了新的家庭，生活重新上了轨道。虽然生活中、画廊里都有很多的事，但席建祖的心思还是在画画方面，一直想创作一幅表情达意的大作品。苦于一时找不到合适的题材，为之搜肠刮肚，没有少花心思，甚至工作起来也时常走神，可就是形不成满意的思路。

上午店门打开，席建祖拿出两幅亚麻布的油画，叫小伙子装框，自己想将一部分画摆放的位置作点调整。这时小蒋扛着一幅油画瘪缩缩地过来了。他美术系本科毕业后，带了女朋友飘流过来，在近郊租了个小房子，靠临摹画赚钱艰难度日。他曾对席建祖透露过自己的愿景：想开广告公司或者美术辅导班之类的实体，创一番事业。经过几次交往相熟了，这一次他还带了两瓶老家的白酒表示谢意。看到这种人，席建祖就想到自己的身世，产生强烈的同情心，要尽力给予帮助。酒是绝对不收的，席建祖还是保持着滴酒不沾的习惯；画放在店里后，他指出了些不足，要小蒋过些天再过来做些修改。送走小蒋，欲创作一幅力作的想法如块垒在胸，心头沉甸甸的。

他没了对店堂里的画重新摆放的兴致，回到画桌前沉思默想。在拨弄案头一沓旧纸张时，无意中发现了那天捡到的画稿，心里又浮现出当时看到画稿的感受,随即细致地阅读起来。

画稿虽然绘画语言生涩,铅笔构图也显单一和粗糙,却很有视觉冲击。一个穿竖条纹病人服的女病人,身上缠满了吊针、导管、测试仪接线,呈卧姿作痛苦挣扎;病人的一条胳膊全力上翘,五指分开却无处可抓,显出难以挣脱的无奈和绝望,画面空余之处都画满了竖条纹病人服。待他再仔细看,发现病人身边治疗器械的管线并没有通在身上,而是背景处一件件病人服袖子里伸出来的带有利钩的索具把她紧紧缠绕。

席建祖不免一阵心惊:那不是病人,那是个无端遭难之人。如果这是幅应景之作,作画人肯定有痛苦不堪的身世。再联系他自己以及他家几代人多舛的命运,席建祖感到画中人是他们一类人的共同写照。既然如此,已有画中人物的呼唤求救,就应该有一幅画来与之对应。

如何对应?

席建祖来了情绪,经受过一波又一波冲击,他深切体会到,人真正需要的是平实而稳当的生活。他开始思考他要画的画,也就等于思考起他所期待的生活。

若听凭于人,那么被听者就是听者的天王老子,像多米诺游戏那样,后面的牌必须与前面的牌绝对对准。后一张牌对不准前一张牌,一个悲剧;后一张牌缩肩曲背对准了前一张牌,没对准再前一张牌,仍然是悲剧;机缘巧合,对准了前几张牌,没有对准龙头上那张牌,还是个悲剧。要与前面那张牌严丝合缝已经精力耗尽了,再往前对,那真得把命搭上不可了。这就是无端遭难的致因啊!

怎么才能摆脱这样的局面呢?自从与程君初有了深度交往后,席建祖的眼界开阔多了。他发现程君初有诸多不同之处,他言端行方,做事想问题首先关心的是有没有与法律相抵触,他虽为艺术家,但那种法律信仰以及对法律的神圣感简直让人讶异。程君初告诉他只有法律能帮助人们建立预期,亦即通过确定性的行为规则为人们提供确定的预期，让人们在实施某种行为之前就具有预知行为后果的能力，也就是一个人想成为什么样的人，可以由自己来决定，再也不用听由摆布，尽可以踏踏实实地过自己的日子。席建祖从程君初那里获得的不只是名词、概念，而是他苦苦寻求的完美世界的答案。如果要画一幅反映灵性儿的画，他认为这一点是断不可少的。

据此他开始构思大型油画《篱前卸妆》。

《篱前卸妆》中的“篱”是整幅画的背景，也是席建祖的重要安排。他是想把多米诺骨牌横过来，把原先无数张只得前后对准的牌，放在一个平面上，依靠一个基准。这个基准在席建祖的心中是法律的主宰，在他的笔下就是“篱”。他画中的“篱”，四至到边对画面作全覆盖，表明不管是顶端，还是末梢都无一例外，对所有的人都既能支持、保护，也能阻挡、遏制。这是建立法律信仰的基础。在背景处理的另一关键是，他让画中每一个人物都能在“篱”的严密性上发挥作用。姑娘们的舞衣是深色长袍，脱下装衣架后一件件紧挨着整齐地挂在篱上，“篱”在互动作用下不断得到完善。这个技法明显是受了那幅捡来的画的启发。因为是背景，席建祖对舞衣作了虚化处理，但长袍规整的轮廓线仍尽显严肃和厚重。

《篱前卸妆》与那幅捡来的画沉抑的背景形成强烈反差的是：画面设计了一群脱下舞衣的清纯姑娘。她们在篱前一字排开，一个个神态舒展、个性鲜明，当她们背靠着篱时，每个人的面前就是各自的自由而广阔天地。年轻姑娘是整幅画的主体，席建祖要用浓墨重彩来精描细绘。他设想将姑娘们两三人一组，相互呼应。有因热汗淋漓而作裸身擦拭的；有互相拉拽衣衫、整梳头发的；有正在穿衣裤、个别人伸裤管单腿立地摇晃的；有摆出招式，回味切磋的；有正在打理拎、背包准备离开的。动作不同表情也就不同：有的归意切切，有的兴犹未尽，有的谈笑风生，有的宁静沉思……在夏季的穿戴方面更可以从颜色、款式、面料、饰物等多方面入手，尽情发挥、充分表达。

为了对“互动”过程作必要的交代，在画面的一边，席建祖设计一位脱下舞衣、正往篱上挂的姑娘；还有一位姑娘穿着舞衣刚进来，刚进来的只画侧的半身。画中还有一位穿着考究、略显臃肿的中年妇女，应该是舞台监督。她一改严肃冷峻、居高临下的做派，面朝着篱正整理舞衣，在横拉开的画面中一点也不显眼。

他为自己的宏大愿景而热血奔涌，似乎徐悲鸿《田横五百士》的壮阔气概，吴道子《八十七神仙卷》的飘逸和洒脱，都将在自己的画中灵魂附体。那些大型人物画的圭臬给了他巨大的激励，使他食不甘饴、夜不成寐，只想着要抓紧画，早日成就巨作。“打气癞团”的那股心气，真正来到了他的胸臆之间。

做了席建祖的妻子，陈蓓蕾自然成了画廊的主人，她首先在店堂里请了个“武财神爷”，虔诚供奉。祈求他既当守护，又能招财进宝。

接着她对席建祖说：“让那个小家伙走吧，整天做自己的事，还要糟蹋画布、颜料，我们这样的小店可养不起这样的人。”

“没有多少时间，他就要去参加考试了，再帮他一把吧。”

“我们不是慈善机构，他在了真正能做的人就无法启用，无屎占坑位，店怎么可能办好呢？”

席建祖沉默了一会，说：“你决定吧。”

陈蓓蕾快刀斩乱麻，把小伙子辞退后，很快物色到一位会紧画、裱画、装框，还能外出安装的小工，席建祖也很满意，只是对那位小伙子有点歉疚，更觉得有点辜负程君初要他支持美术发展的嘱托。

陈蓓蕾生了孩子以后，全部心思都花在了赚钱上；她依靠叔叔的引领，找到一个小商品市场，以极低的价钱购进大量的“行画”；货到后，即督促小工赶快配框，自己也在一边帮着做。

席建祖对那些画看不上眼，把陈蓓蕾拉进里屋，蹙着眉说：“这些画挂在店堂里，会影响店的声誉。”

陈蓓蕾朗声笑了，说："我这么傻吗！已联系了超市、宾馆、小商品市场，放到那里去卖；你放心，倒不了你的牌子。"

"画得太粗糙，恐怕也不好卖。"

"现在还有机会，打一个时间差，满足一些不懂油画却追求洋时尚的人的需求。没有问题。"

"你们忙得过来吗？"

"你只管画你的画，这点事不用你劳神。"

看到妻子这般善解人意，支持自己的创作，席建祖不消说有多高兴。可是他哪里想得到，过不多久，她就要动他的脑筋了。

她所工作的宾馆，经常会有一些港台投资商入住。有一位客商拿着一张照片向她咨询，有没有人能把照片画成画。陈蓓蕾听了眼睛一亮，但她不露声色，问："你要画什么画？"

"油画。"

"我倒有一个熟人，画得一手好画，但可能要价会高一点。"

"没关系。"

陈蓓蕾拿过照片一看，是一张合影，男的就是眼前这位客商，另一位是年轻水灵的女人。她一看就有几分数了：那些有钱人到了大陆后，都会再找上一个，这画一定是为他们的爱巢营造气氛所用的。她说："我帮你联系上，并把价钱等反馈给你，然后你再决定。"

"好的，谢谢你。"

陈蓓蕾怀揣着客商的照片，如获至宝，一下班就直奔画室，与席建祖商量为客商画肖像画的事。

席建祖听到有这样的要求，兴致也很高，说："给人画画我倒也是第一次，尝试一下。"

"你说开个什么价？"

"有点带尝试性的，就收个成本价吧，百来块钱差不多了。"

陈蓓蕾有点失望，说："平日里一幅画至少也要五六百，怎么这一幅反而开小了呢？"

"带有尝试性。"

"你有把握吗?"

"画是也一样画,从某种意义讲应该更加省力一点,不过最好要看一看人。"

"这不难。我来定个价:三千。"

席建祖也不惊也不恼,慢悠悠地说:"开不出的。"

陈蓓蕾成竹在胸,说:"就定这个价,你以后和他们见面,千万不要说漏嘴,其他事由我来办。"

席建祖摇着头,说:"现在一般的明清老画,也不过这个价。"

陈蓓蕾略缓口气,说:"先探探口风再说,但如果谈成了,你在他们面前要有点迂回能力,多说些'钱是小事、价钱好说'之类的词句,表现出对价钱无所谓的样子,让他们觉得你不是很算计,有便宜好占。这些由你表现出来效果更好,人家会很开心。"

两人谋划好后,陈蓓蕾又去见客商,在开价时,她故作姿态,说:"价钱我一时也说不准。"

客商说:"只管说好啦。"

"那位画家的意思是三千元——人民币。"

"没问题。"

陈蓓蕾心快要跳出来了,强抑着自己,说:"这样就算定了。为了能画得传神,画家想见你们俩,请你们能安排个时间。"等客商离开,陈蓓蕾才一跳老高,自己傻笑了一阵。

席建祖把创作画暂放一边,依据照片,再结合看过人后的印象,谋篇布局,倾力绘制。那男子西装领带,双目远眺,神情俊朗;为显得高大,他把男子的头画得几乎顶到了上边框,一副雄劲挺拔的样子。女子穿蓝底白花的水乡服饰,斜倚男子肩头;目光稍稍低垂,典雅中包含甜柔。两人琴瑟相和,像在述说一段动人的爱情故事。画成后,配上贴金箔仿旧木质油画框,加全亚麻内框,富贵又大气,产生出了良好的视觉效果。

客商是两人一起来取货的，看到以后惊喜万分、啧啧称赞，话也多了起来。男的告诉他们：“新居已经装修好了，不久就要入住，这一幅画无疑是家中的最大亮点，最满意的陈设。”

女的陶醉在对画的感觉里，说：“耐看。同样的人物，照片就像镜子，拍得再好也只是外在的反映，而一幅好画就完全不一样，人物的每个部位都可以无止境地看下去，传神之处简直让人回肠荡气。”

男的又一次表示感谢，还多给了两百元，并带着敬佩的口吻向陈蓓蕾打探道：“他是你什么人？”

看到生意做成了，陈蓓蕾也露出底来，不无骄傲地说出：“他是我先生。”

男的表现出瞬间的诧异，但很快就调整过来，说：“你有这样的先生，值得祝贺。”

“以后你的朋友中有人想画画、买画来找我好啦。”陈蓓蕾趁机兜揽生意，扩大影响。

“一定。”

画交付以后，席建祖整理一下情绪，又开始自己的创作。重新回到巨幅画布前，像与久别的好友相逢，一股子亲切感涌上心头，画得也越发起劲。他想到捡来的画稿给他的启示，对送稿人心存感激，揣度着那会是一个什么样的人，希望有朝一日得以相见，当面表示谢意，并向那人讨得更多的生活心得。

然而陈蓓蕾活动能量太大，没过多少时日，又接到一幅肖像画；过不多久又接到一件事儿：画“喜神”，是画一个大老板的父亲。席建祖再也按捺不住了，说：“我还有时间画我的画吗？”

陈蓓蕾倒好，一点不恼，带劝带哄，说：“不都是为了钱嘛，画什么不一样？”

“这种画画多了，用笔就变‘甜熟’了，既没有激情，也没有明显不足；一副匠气，会像根风干的老油条。”

"我就是喜欢这样的老油条。"

"呵呵。"两人都笑了。陈蓓蕾笑得诡谲,席建祖笑得无奈。

七

小蒋的画走掉了,主要还是比较便宜,席建祖赶紧打电话叫他过来把钱拿走了。陈蓓蕾知道情况后,心中不快,问:"代售一幅画,都要25点以上,怎么只收他5点?"

席建祖心里有点窝火,觉得陈蓓蕾不应该对小蒋这样的穷学生太过计较。但他"吭哧、吭哧"半天,也没有说出硬话。他说道:"人家有难处,象征性收点,来日方长。"

"就这么大一个画廊,他的画要占空间,还要我们提供维护管理,没白拿他钱嘛。"

"好、好,以后调整吧。"

平日席建德喜欢过来看看,也帮着搞点卫生工作,席建祖有时要塞个几百元给她。陈蓓蕾门槛有多精,店里的收支账中细微的异常,都逃不过她的眼睛。而且在她的心中,席建祖的家人到店里转悠,都不怀好意,脱不了个"钱"字,因此早存戒心,时时提防。

打烊时间未到,陈蓓蕾已经耐不住了,说:"今天的钱不对。"

席建祖说:"建德一直在店里帮忙,我给了她500元。"

陈蓓蕾顿了顿,说:"收支一定要两条线,不能坐支,不然怎么提高管理水平?"

席建祖不再吭声。

"应该把钱要回来。"

"不妥当的,以后不给就是了。"

"聚沙成塔、汇流成河,小不可大算,松一点、紧一点是不一样的;经济是人的命脉,人一旦没有钱,狗都不如。"像是陈蓓蕾的敏感神经被触动了,她喋喋不休地说。

做小工的看在眼里，传话给席建德。席建德气得要死，从此再没踏进“同心斋”半步。

每天算账，看赚了多少钱是陈蓓蕾最开心的事。她最喜欢和陈立富通电话，交流行情、讨教经验，通起话来没个完；她与几个为她代销的卖场经理关系密切，如何请吃、如何送礼，全部得到叔叔的真传。

电话中陈立富告诉她：“社会上有种说法：‘一个暴发户后面有十个贪官’，不去分析事实怎样，这一对关系是有道理的。无官不贪、无人不贪，据此，你就知道在哪一头上用力气了。”

陈蓓蕾说：“对！对！我知道。但找人时，如上门去送，毕竟不很熟，会觉得没什么话可讲，怕出现尴尬，所以还是缩手缩脚。”

“大可不必，钱是最好的表达，能说几句，套点近乎更好，一般放下就走人，多待多说，人家还会嫌烦呢。”

“喔，是这样。”

陈立富的发迹经验，似乎成了这个家族的遗传密码。

看到席建祖一家的事业如日中天，章丽华很受触动。“英雄不问出身，登枝便成凤凰”。眼光一变，少不得主动俯就，随便找了个原因，就向建良、建祖两家发出了吃晚饭之请。

席建祖得到邀请后，非常重视，要筹备礼品赴宴；陈蓓蕾却另有想法：“瞎套近乎，还不是在打我们的钱的主意。”说：“非‘节’非‘日’的吃什么饭。”

“舅舅、舅妈是族门里有声望的人，能得到他们的邀请殊属不易。”

“你们的观念有点过时，他们能给项目？能给资金？什么也不能给，龙套角色！新阶层划分中只能归‘工薪族’，有啥了不起。”

“酱缸虽破架子在。”

陈蓓蕾心里不想去，嘴上却不说。一直等到要去的这一天才说："有家超市要叫我去结账，晚上的饭看来吃不成了。"

席建祖有点扫兴，说："改天结账不行吗？"

"结账就能拿钱，比吃饭重要。"

"你不去他们会不高兴的。"

"没有关系。"

席建祖带着立伟去了，并作了一番解释。大家一听就知道是托辞，嘴上不说，心里都老大不快。特别是章丽华，本来也只是想重视这层关系，并没有明确目的，现在热面孔碰到冷屁股就受不住了，心态发生了180度大转弯。

后来与席建德碰头，两人把陈蓓蕾大骂了一通。

席建德说："我现在不睬她。"

章丽华说："是个'尖'货。"

"你看她拉关系、卖假货；有了钱后添置金器、电话、手机、摩托，招摇得不得了。"

"我最看不惯的是她那个倒头儿子，你看被调教成了什么样子？将来定是个'牢监胚'，倒是立伟在这样的家庭里怪可怜的。"

"什么时候联络慧珍，给她点颜色看看。"

"没听慧珍说过她什么，看来她们关系还是可以的。"

然而，就在她们对尤慧珍作出上述判断不久，一件大事在尤慧珍身上发生了。

为了搞清楚家里房产的情况，陈蓓蕾随口问席建祖房卡的事，得到的回答却很含糊：什么画室的房子是代管的啦，有住就可以了啦。陈蓓蕾不认为席建祖是个会玩"花手心"的人，但看其支吾不爽的样子，疑窦顿起。趁独自在家的机会，翻箱倒柜找了个遍，结果什么卡也没看见。凭着她对钱财的敏感，预测里面确实有问题，人就有点坐不住了。

她决定扩大搜寻范围。在一次值晚班后，悄悄进入画室，一个人放开手来查找。橱柜、抽屉翻看一遍，却也一无所获。她有点泄气，瘫坐在凳上，一筹莫展。两处房产价值几十万，甚至上百万，自己钻天打洞赚钱，与之相比，活像蚂蚁搬家，实在可怜见的。如果房产上有问题，岂不是竹篮打水一场空！生活在这个家里还有什么意思？她思索着，满腹焦虑。

大开本画册上压着一只纹饰精美的铜盒子，与别处书纸零乱不同，显出刻意为之的样子。这引起了她的怀疑：这么郑重其事，似乎在避免什么。她赶紧打开铜盒，里面尽是石印闲章，并无不寻常处，搬开盒子，画册的硬封面就翘了起来。她顺利地找出了两处房产的产权证明，正所谓“不看不知道，一看吓一跳”，怒气、怨气一股脑往心里蹿，眼睛酸酸的直想落泪。

她强压着情绪，把两份房产证明放回到原处，盘算了个整体方案，决心豁出命也要把损失夺回来。

对画廊的产权，虽然席建祖有多处隐瞒，但毕竟是门槛里的事，可以慢慢算账；住房的产权，落到了哥嫂名下，那一定是被骗了，要收回产权已经是刻不容缓的事。于是她装作什么也不知道，无休止地和席建祖谈房子的产权，要看住房的产权证明。

席建祖被逼急了，想：纸包不住火，哥嫂的事摊开来说问题不大，她知道情况后也是能理解的。画廊的事向程君初作过承诺，是绝对不能说的，好在她也没问，绝对不能说出真相。

席建祖拿出住房证明，叙述了事情的来龙去脉，最后强调道：“哥嫂有大恩于我，日后经济条件允许，就把这房子让给他们。”

“住房是家庭里最大的资产，别说条件还不允许，即使真到了有富余的房子，也不可能送人啊。”

“也没在说现在就送。”

“你一定是犯了迷糊，可你不知道这里潜藏多大的隐患。‘有恩’、‘有恩’，不就是借了点钱嘛；本已还了，再给个千头八百的，还不算尽了人情吗？那房卡是一定要改回来的。”

席建祖沉默。

陈蓓蕾拿到房卡后，就去办理更改手续。一问才知道当时手续简单，现在紧了，不经程序不能改。难题面前，她首先想到的是："人怎么去托？钱怎么去送？"可是找遍角落，不是没能力的，就是没胆量的。她自叹生活圈子还是太小，想如果和叔叔住在同一个城市就好了，他没有办不成的事。

关系打不通，就只好走程序，走程序就必须征得哥嫂的同意，由他们签字。事情捂着能图个暂时安稳，把事情说与了他们，他们会是什么态度？一旦趁火打劫，想要强占，事情就大了，到时少不得要对簿公堂，成败暂且不说，先行支付的诉讼费就要把人吓一大跳。陈蓓蕾脑子飞旋、想法颇多，无奈"吊桶掉落在了别人的井里"，她只能在心里叫苦不迭。

她知道难弄的是尤慧珍。一方面她逼着席建祖去与尤慧珍摊牌；另一方面自己也积极行动，直接到单位面见席建良，要席建良做好说服工作。席建良听后，怪弟弟不该做这样的傻事，当即表示会做好说服工作。

席建良把情况告诉尤慧珍，正巧尤慧珍也从建祖那里听到了事情的原委，两人哈哈一笑，说："约个日子帮他们改过来就可以了。"

在办更改手续那天，陈蓓蕾特别紧张。虽然人都到齐了，但只要没有落笔，反复随时可能发生，所以她的心一直悬着，说话特别注意，生怕个别字句不妥，引发哥嫂的非分之想。

最后轮到尤慧珍签字，陈蓓蕾在心里祈祷：签吧，签下去我就蛟龙归海、猛虎上山，什么也不怕了。

尤慧珍握笔手上，没有马上签。陈蓓蕾急得心提到了嗓门口，想给尤慧珍上一把劲，说："说穿了，这些都是形式。我咨询过律师，关键是实际占有，只要是实际占有，别人也奈何不了什么。"

其实尤慧珍只是在熟悉住房过户文本的内容，接着就签字了；签到半当中，就听陈蓓蕾叽里咕噜不停；等签好了字，才辨出点味道，心中老大不快，顶了一句："没有谁要奈何什么。"

回到家里尤慧珍越想越气："像要吃没她什么似的，我们是这种人吗？真要那房还会等到今天？还轮得到你来住？什么'实际居住'！在骗谁？那时的公管房才讲究'实际居住'，现在不就是以登记为准吗。都在按你们的意志行事，还说这些话，你还有点人性没有？"她对建良大喝一声："以后少跟这种人来往！"

尤慧珍有了这段经历后，与章丽华、席建德碰头时，三人的话就说到一起去了。

席建德嚷道："断六亲户头，有点臭钱有啥了不起，我就不睬她。"

尤慧珍也是气性大的人，咬咬牙齿说："要给她点颜色看看。"

章丽华似乎更高一筹，说："昧心钱谁都会赚，关键是开不开窍，发财致富最大的挑战是自己。老虎捕食、老鼠偷油是他们生命的全部，而人呢总会有很多固守的东西，譬如羞耻、坦荡、仁厚、得体、责任，说到底就是克制、就是自我牺牲。思想一放，观念一转，景象就不同了。家里那位，虽说是政府里管文件收发的老公事，但文件夹可以变成印钞机，下面急要的拖一拖、怠慢一点，还不保你八方来朝、十路有贡！慧珍你看似穷教书，其实三尺教鞭就是摇钱树，课堂里只管敷衍，然后家教收费，还怕弄不到钱！我自己更不用说了，一张处方单就是个聚宝盆，喝汤服药，都是性命交关的事，上有医药代表，下有广大患者，要钱还不是宝宝开口！建德和你那一位，只要拉下脸来，现在一斤米十斤水、百斤水，骗死人不抵命，又何愁赚不到钱！我前一阵卖时装血本无归，慧珍为房子的事也没少花心思，都拎错了秤纽绳，现在想想多愚蠢啊。"

"你这话对极了。"章丽华的几句话，大有拨雾见日的效力，大家的情绪吊了上来，个个摩拳擦掌要与陈蓓蕾一比高下。

尤慧珍还不解气，说："我与她不会完，有机会还是要弄她的，要出这口恶气。"

第十三章

一

时间飞驰，席立伟到了该上小学的时候了。面对越来越激烈的择校，拼抢优质教育资源的现象，席建祖早有设想，要给他挑一所好一点的小学。小孩慢慢长大，家里也有了培养他的实力，将来还有程叔叔在美国接应，席建祖相信儿子的命运会比自己好，心里非常高兴。

他把想法对陈蓓蕾说了，她一口答应，说：“你只管去画你的画，经营好画廊，这件事我来办。”

可是开学在即了，陈蓓蕾才一副着急的样子，对席建祖说：“我动足了脑筋，还是没能让他入得几所想进的学校。实在没办法，给他报了地段上的学校。”

“你怎么不早说，我也可以去动动脑筋。”

“我去看了，校舍、教育设施都还可以，环境也不错。”

“报了就算了。”

席立伟上学了。也可能是生活环境、也可能是偏重了父亲的基因，他显得内向，郁郁少语，但读书却非常认真。进校没多久，学到了一篇《小蝌蚪找妈妈》。他想小蝌蚪也叫妈妈，而我怎么会叫‘亲妈妈’呢？我也应该叫妈妈才对。席立伟心事重重地回到家里，对陈蓓蕾说：“亲妈妈，小蝌蚪能叫妈妈，我也能叫你妈妈吗？”

陈蓓蕾按着计算器在核对她的流水账，随着按键被按动，计算机发出“吱、吱”的声音，随口说道：“我不是你妈妈，你有妈妈。”

席立伟怔怔地瞪着眼睛，迷糊地问：“那我妈妈呢？我怎么没有看见过？”

陈蓓蕾恶声恶气地说：“你妈妈做了不要脸的事，逃走掉了。”

席立伟心头阴郁，不再吭声。他也不想去问爸爸，他没有话要对爸爸说，只想去问奶奶。他对外界环境并没有明确的判断，只凭着内心的感觉——在奶奶身边舒坦。他喜欢依偎在奶奶膝头，听奶奶讲那些被时间的迷雾重重包裹着的、凄然而悠长的故事，在他心目中奶奶是真正的亲人。趁着一个只上一节课的下午，他不顾城东城西之隔，独自一人背着书包去找奶奶。

席立伟推开门看见奶奶，脚步还没有迈开，眼眶里却已充满了泪水，在那里僵立不动。

“小心肝，怎么不到奶奶身边来？”叶福娟斜靠在旧藤榻上，动弹不得，身上满是风湿止痛膏的味道。看到立伟，眼睛却像焰火一样闪起了光。

席立伟抢上几步，抱住奶奶的膝盖“哇”地哭了出来。

“谁欺负你了？”叶福娟坐了起来，摸着孙子的头问。

席立伟摇了摇头，哭得更加伤心。

“别哭了，你姑姑送来了葡萄，在碗橱里，快去拿了吃吧。”

席立伟仍然摇摇头。叶福娟警觉起来，问：“有什么事吗？快说来奶奶听听。”

“奶奶，我妈妈到哪里去了？”

叶福娟面部肌肉抽了两下，又瘫回到靠背上；她马上想到是新媳妇作祟，自言自语道：“人心各异，家成了碗籼米饭。”

“奶奶，妈妈做了什么不要脸的事？”

殷正琴做了什么不要脸的事，叶福娟也说不清楚。这不是说事情她不知道，而是不理解：好端端的一个人，怎么会说变就变？

扔得下丈夫、扔得下家，又怎么扔得下才一岁多的儿子呢？为了建祖的家，她和老头子经受了多少个不眠之夜。特别是老头子，常暗自垂泪，心事有多么重；无止境地哀叹自责，打击又是多么大啊。好容易淡化了、过去了，可小孙孙又缠了进来，何时才能真正得到安宁？叶福娟思绪麻乱，好久才说："你妈妈犯了错，就像是你那白白的衬衣上溅到了墨水。"

当亲妈妈说出妈妈犯错时，席立伟强烈地抵触；当奶奶也这么说时，他心里充满的是伤痛。他几乎是哀求地问："墨水还能洗干净吗？"

"当然可以。"

席立伟心里一阵轻松，问："妈妈叫什么名字，我到哪里可以找到妈妈？"

"你妈叫殷正琴，但肯定找不到她的，她已经到很远很远的地方去了。"

"你就告诉我到什么地方去了吧，我要找妈妈。"

"奶奶是真的不知道，你爸爸也不清楚的。"

"我要妈妈，我怎么办呢？"席立伟在奶奶膝头哭个不停。

"小人的心眼比针眼还细。后娘容不下他，将他往亲娘那里推，这样的大事不给他一点安抚，他怎么能善罢呢？"叶福娟想到了一个线索，说："兴许你外婆那里会有点消息。"

"外婆家在哪里？"

"你自己也去过，你就不知道？"

席立伟想了半天，说："想不起来。"

"只有你爸爸说得清楚了。"

"奶奶为什么说不清楚呢？"

"奶奶只去过一次，记不清楚了。只记得个草场街，离火车站不远，具体怎么走就记不清了。"

"我要去找。"

“那个地方交通复杂,危险的。再过几年,等你长得高高大大的,你会变得浑身是劲,耳聪目明,到那时你要走遍天涯,也没有人能阻拦你;而现在呢,你还是要好好读书,不然奶奶也会为你担忧的。”

“知道了。”

席立伟离开后,叶福娟有点后悔,她知道这小孩有股牛劲,如果耐不住要提早行动,多危险啊。可是话已经说出去了,除了担心也没有别的法子可想了。

叶福娟的担心不无道理。等了一个月,自己长高了吗?没有。又等了一个月,觉得还没有长高。席立伟不明白,时间已经过去这么久了,自己怎么还没有长得高高大大,也没有感到浑身是劲。而内心对母亲的思念,却像夏日里的山火,把周身烧得滚烫,使人焦渴难耐。他的同学大多是贫家子弟,但也有一个优势——家庭管束较少,行动相对自由。几个外来工子弟,知道席立伟的心事后,说是熟悉火车站那里的路况,于是在几个同学的陪伴下,席立伟找到了草场街,虽然要走近一个小时,汗流浃背,但毕竟有了良好开端。

后来只要下午没课,他就独自到草场街去转悠。茫茫人海,到哪里去找妈妈呀,席立伟满怀希望上路,一腔愁绪归家。火车站那里路宽、车又多,席立伟等绿灯穿马路,但往往走到一半,灯就翻红了,他陷在车流里,引得喇叭声四起,如果奶奶知道了还不知会急成什么样子。

事情无法进展,席立伟也发急。于是他悄悄写好一张“寻找妈妈——殷正琴”的八开大纸,到了草场街就把字摊在地上,人也同时盘坐下来。一个眉目清秀的少年,坐地找妈妈,立即在街头引起了关注,不少人围拢过来,但没有一个人做出反应。原来殷正琴小时候街坊邻里都因她眼睛大且明亮而喊她“亮亮”,再加上住在里面的小巷里,且已出嫁多年,“朝云飞亦散”,不说熟人已各奔东西,即使仍留着的人也该忘干净了啊。

眼看日头西落,天色渐晚,席立伟却不肯罢休。好在他什么时候回家,陈蓓蕾并不关注。这种状况曾经让他伤心,现在却成了他最好的内部环境,他有条件作更长时间的坚守。

祁金英已年迈力衰,走路时拄起了拐杖。以前老头子在时,家里的生活以他们老夫妻为主,儿子贴点饭钱,开门七件事全由他们撑着。老头子过后,她突然觉得没了生活的方向,心中那股主宰一切的力量消失殆尽,逐渐依附了儿子,每月的退休金也大部分交给儿子,儿子他们安排怎样的生活,她就过什么样的生活。现在她跑出来,是因为发现媳妇买了鱼,却没有买葱姜,是拾遗补缺来了。在街巷口,看见围着一堆人,还没等她走近,就听见议论声里提到了殷正琴的名字,赶紧挤到里圈一看,大为诧异,相隔好几年,祁金英也有点拿捏不准,问道:“是小伟吧?你怎么会在这里?”。

席立伟抬起头,看见是一位慈眉善目的老太,就有一种亲切的感觉,说:“我是来找妈妈殷正琴的。”

“哟,真是小伟,我是你外婆啊。”

“外婆!”席立伟搂紧外婆,把头埋进外婆的怀里,大哭起来。为寻找亲人,他勇往直前。真的见到亲人,那种丧失自尊的寻亲方法,带给他的屈辱感;那种多少年来亲人离散的怨尤、痛楚;那种与亲人相聚的激动和感慨,汇成一股奔涌的热流,不由声泪俱下哭道:“外婆,我找不到妈妈,也找不到你,你们都到哪里去了呀?”

“散开这么多年了,我的小心肝,外婆还以为再见不到你了呢。”祁金英才说了这么一句,眼泪也刷刷地下来了。

祁金英用袖子抹一下泪水,说:“我的小心肝,快到屋里去说吧。”

席立伟搀起外婆,一老一少在众人同情的目光下,泪眼婆娑、步履沉重地往巷子里走去。

想到外孙用这样的方法找过来,祁金英的心像被绞了一样的痛。一进家门，她把席立伟按在凳子上，用湿毛巾给他擦脸，又给他水喝。看外孙“咕咚咚”喝得畅快，轻轻揉着他的头发，眼泪又流了下来。

祁金英说：“这里你都来过的，还记得起来吗？”

席立伟情绪平静了一点，环顾四周，说：“记不得了。”

“那时候一家人有多快乐啊。”

“外公呢？”

“已经过去了，就是在那一年。”外婆神色冷峻，说。

“家里还有什么人呢？”

“还有你舅舅、舅妈和你的远仙姐。”

“他们人呢？”

“上班的上班，上学的上学。快了，差不多都要回来了。”

“外婆，你知道我妈妈到哪里去了吗？”

“她不在本地，走到很远的地方去了。”

“到哪里去了呢？妈妈即使到天涯海角去了，我也要把她找到。”

祁金英沉默了一会，低沉地说：“我也不知道。”

席立伟既伤心又失望，眼泪不停地流出来。

“别哭，别哭了，我的小心肝。”祁金英轻轻把席立伟拉到近前，安慰道。

席立伟搂紧了祁金英，说：“我要找妈妈，我一定要找妈妈。”

“唉！”祁金英叹了一声，说，“等你舅舅回来，问问他有什么办法。”

祖孙两人开始等待。

二

过了一会儿，殷正刚推门进来了。

"你舅舅回来了。"祁金英说。

"舅舅。"席立伟克服陌生心理,轻轻叫道。

殷正刚穿着旧夹克,人显得有点萎缩。人造革拎包往桌上一搁,里面带饭带菜的盒具,一阵叮当作响。他漠不关心地边掏香烟边往灶间里走,随口扔出一句:"来了蛮好。"

"是正琴的儿子来了。"祁金英盯上一句。

"我也就一个外甥嘛,知道了。"

"他好不容易找过来,你怎么就没有一点点感觉?"

"我忙着准备晚饭,留他吃饭就是了。"

"也不陪他说几句?"

"说什么呢?"殷正刚转身出来,说,"喔,听说你爸爸开了好大的店,发财了。"

席立伟渴望亲情,心有不愿地答道:"我不知道。"

"现在能赚到钱就是本事,会不会赚钱也就在一念之间。'扒分':'敢'、'不敢';'沙蟹':'看'、'不看',都是一念之间。但这一瞬之念,却包含着太多的东西:思想意识、文化积淀、社会背景,禀性习惯。"

席立伟听得一遍混沌,睁大眼睛,迷茫地看着舅舅。

"舅舅悟得深着呢,不蠢也不笨,如果能让舅舅的人生重来,那些比傻子更傻的自我束缚、循规蹈矩的观念,一定要甩到太平洋里去。"

"他还是小孩,你去讲这些干什么?"

"其他还有什么好讲的呢,现在赚不到钱就做不像人。我钱虽赚不到,但要让小外甥了解:舅舅看上去窝囊了一点,其实是心比天高的人。"

席立伟还是不懂,他还没有安装上那副在殷正刚看来比比皆是的势利眼,但殷正刚的话也让他清纯的心灵有所触动,感应到了大人们因被愚弄丧失利益的巨大痛楚。他怀着同情心,说:"舅舅,好不容易才找到你。"

殷正刚怔了一下,说:"喔,是好不容易。长这么高了,让舅舅好好看看。"殷正刚走近前揉了揉他的头。

席立伟搂住殷正刚,刚刚平复的伤感又涌了出来,眼泪一个劲地淌,还不停地抽噎着。

殷正刚心里还是木然,也想不出话来安慰。外甥抽抽噎噎的悲情,使他想到自己流年不利、一事无成的境况,郁郁不乐,恨不得也痛痛快快大哭一场。他说着:"别哭了、别哭了。"自己的眼睛却也有点发酸。

"舅舅,我要找妈妈。"席立伟终于缓过一口气来,哭声道。

"我也没有她的消息。"

"外婆说你有办法的。"

"不,对。"殷正刚像触了强电流似的,惊乍起来,问:"妈,正琴上次的来信还在吗?"

"在的。"祁金英自信地说。

"快去找出来。"

"在中间的抽屉里。"

"没有。"殷正刚拉开抽屉,说。

"怎么会没有呢,你看好信后,就往橱顶上一扔,我归到抽屉里了。怎么想到要看信?她有什么意思给小伟说一说就可以了。"

"妈,你有所不知。正琴的这一封来信,和上几次的不太一样,说到了'寻找小时候拾麦穗的地方'之类的话,说不定那时就已经回来了呢。"

"她回来还有不回家、不见家人之理?看你说得头头是道,其实和痴人说梦没有两样。"

"妈,现在要紧的是把信找出来,好让我看看上面的邮戳。"

"在抽屉里的。"

"没有呀。"殷正刚说,"什么证、什么票你都喜欢往橱顶上的小皮箱里边放,信会不会也放那了?"

"不会的。"

殷正刚东翻西找,一无所获。抱着试试看的心态,垫个方凳取下小皮箱,一打开就看见了要找的那封信。说:"妈,信是本市寄的,她回来了。"

"回来了怎么不露面呢?"

"肯定处境不好啊。"

"你怎么就知道是处境不好呢?"

"这还用说吗,她给家里写信就说明惦着家;惦着家又不回家门,这对她是多大的折磨;如果没有巨大的阻碍,怎么可能挡住她回家的脚步;这个阻碍肯定就是她现在处境困难。"

"你说得也对,那怎么办呢?"祁金英说着,眼泪"刷"地流了下来。

席立伟看着眼前的一切焦急万分,扯着外婆的衣襟,问:"妈妈怎么啦? 我要妈妈。"

"外婆的心要碎了。几年来,我没一刻能放下你妈。有时候想她干脆死了吧,免得再牵肠挂肚。但把死联系到她身上,又心惊肉跳、背上冒汗,为此都没睡过一个安稳觉。既然有了线索,外婆和你们一起找去。"

隔了一天,席立伟向老师请了假,殷正刚也借了个工休,开始了寻找行动。

祁金英急不可耐,说要一起去。殷正刚说:"一个人藏,千人难寻,此去也只是捕风捉影,朝东朝西还没个底数;你还是在家等着,我们有消息即刻告诉你。"

"在家等,还不把我急死啊。"

"累着了你不是更麻烦?"

说服了老妈以后,殷正刚骑上破自行车,让席立伟坐在后座,舅、甥两人踏上了寻亲之路。茫茫原野到哪里去找呢？小时候拾麦穗的地方又是何其之多。想尽快找到殷正琴，殷正刚也急，但信心不足，怕此去会是炒韭菜搁葱——白搭。他想：“尽人事、听天命吧，努力找一下，上对老母、下对外甥，尽个责任。”

在一条机耕路上，殷正刚停车站定，摸索出一根香烟，深深地吸了一口，说：“那时候我们从来不走路上，从这一块田穿到那一块田，在收割完的麦田里拾麦穗。你妈妈年龄最小，可是眼睛却最尖，她跟在我们后面，拾得有时比我们还多呢。”

席立伟非常向往拾麦穗的场景，听到舅舅表扬妈妈，更觉心里美滋滋的。

殷正刚又说：“可是现在要去找人，我还真不知道往哪里走呢。不过根据你妈妈那种要强的性格，肯定会选择偏僻的地方落脚。看来半天不行，要用几天时间，分不同的方向进行拉网式寻找。”

席立伟说：“好的。”

他们越沟过坎、穿村走户。沿途尽见翻建新房的热劲，屋脊也是一家比一家高；剩的几户零星老房子，显得特别寒碜。每到一处他们少不了要打探一番。

席立伟说：“舅舅，妈妈是什么样子，你告诉我，我多去问问。”

“你妈妈什么样子，我能说得清楚倒好了。眼睛蛮大，皮肤较白，高高的身材，一米六八模样。这样的人也不在少数之列，你听了不会有明确印象的。”

“我有印象了，我来去问。”

村落里女多男少。那些地方多木匠、泥瓦匠等手艺人，师傅带徒弟，成群结队到外面揽工程、打工去了。男劳力外出打工，女的就在家里绣花，听说有人寻亲，都当成新鲜事，围拢来听热闹，但听了以后都直摇头没有人能提供信息。

几天下来一无所获，殷正刚就想打退堂鼓；席立伟却不死心，缠着舅舅还要找。殷正刚说："只有莲花半岛那里没找了，要到那里有五六里的田间小道，很长一段自行车只能推，你也想去吗？"

"想去。"

于是他们决定择日再出去寻找。

星期天，天气晴朗。上午席立伟早早到了外婆家，一家人都在，很是热闹。已经读高中的远仙姐姐老早就起来等候了，席立伟一到就给他看一本新的童话故事集；舅母夏祥芸将一只热腾腾的紧酵馒头塞在他手里，叮嘱道："趁热，快吃了吧。"席立伟脑子里出现了"亲妈妈"给他一丝炸鸡腿的情形，委屈和亲情形成强烈的对比，掀起了他内心汹涌的感情波涛。香喷喷的馒头嚼在嘴里，两行热泪夺眶而出。他想低头掩饰，谁知祁金英没事就是喜欢看着外孙，说："吃得好好的怎么流出了眼泪？"

被祁金英点破了，席立伟也不再遮掩，又呜呜地哭了一阵。

祁金英上前搂住他，意识到了孩子心中的苦楚，想："从小没有亲娘的关怀，小孩可怜啊。"

殷正刚忙完早上的家务事，又给自行车打足了气，叹道："真比大海捞针还难，网差不多也撒遍了，再找不到真的没信心了。"

"不要说这样的丧气话，我还想去找呢。"祁金英说。

"我也说说罢了，看小外甥这样子，我如果做甩手掌柜，岂不使他更加伤心。都准备好了，上路吧，希望今天好运。"

三

殷正琴确实蜗居在莲花半岛上，半岛的背面是一望无际的大湖，所有的路到了这里都成了末端。半岛内有一个自然村落，很少有外人流入，整日里冷冷清清。她是凭儿时拾麦穗的记忆寻找到这里来的，用很低的价钱找了个落脚处，靠着在夜市摆地摊的收入维持生计。安顿下来后她抑不住思亲之心，曾给母亲、哥嫂去过一封信，报了平安。那封信里提及的生活环境，后来就成了殷正刚分析她动向的资料。

在凄清的半岛上，她像一只辛勤觅食的小工蚁。不论是售货还是进货，都会在自行车上驮一只大蛇皮袋，显得不胜重荷却又超强坚韧。

夜市常常会受到冲击。每当要人、要害部门视察或者检查，之前就会有大批管理人员出来清理整顿，于是管和被管会有做不完的猫捉老鼠的游戏，于是，小小的夜摊也就变得学问无限。

比如不在清理整顿阶段时，管理人员——主要是辅助管理的人员不查也不管，只在四周转悠。尽管他们也是可怜巴巴的再就业人员，但在摆摊人眼里，那些人的能耐会被无限夸大，不断产生不知什么时候会被他们捏住的恐慌。面对这些人，男的会忙不迭递烟套近乎；女的也会有小动作：如果那些人买她12元物品，付钱后，她们会迅速把零钱返给对方，眼睛里做出讨好的示意。

做小生意就要这样活灵，可是殷正琴做不来，所以被狠狠地冲过几回，吃了不少亏。边上人知道她学是学不出来了，但又同情她，就教她风声紧的时候，摊摆得小一点，还要练好收摊的速度。“惹不起、躲得起”，她慢慢入了门道。

昨晚是星期六，生意好一点，忙到了下半夜才睡；今天一早就要赶到十里地外的批发市场去进货。还带着几分困顿的殷正琴在曙色中艰难前行，车把手上挂着塑料袋，袋里几只晚间打折面包是她的中午饭，随着车的颠簸不停晃荡。这一路非常耗时，要到日头西斜才能回来。

殷正刚带着席立伟进了莲花半岛。殷正刚一进岛就有点异样的感觉。“水满有时观下鹭，草深无处不鸣蛙”。像是被清幽触动，更像是至亲间心灵的感应，他觉得殷正琴会在这里；这时席立伟也嚷了起来：“妈妈在这里。”

他们又饥又渴，向一位老农要了一碗烧菜、烧水不分的锅里烧出来的略带油腥味的开水，吃起了自带的干粮，顺便打听起了殷正琴的下落。

老农反应迅速，说：“有这样一个人。”

“在哪里？”

“在村东头。”

“快去吧。”舅、甥两人顾不上吃喝，跟着老农直奔村东而去。到一处砖瓦不齐、柴门虚掩的披屋前，殷正刚小心翼翼地开了门，见里面是粗桁条、冷推瓦，可能不漏雨，但漏光，风也能钻入，其中的生活用品也简陋之极。殷正刚不相信妹妹会到这步田地，摇摇头说：“不像。”

“村里就这样一个外来人，不像就没人了。”

“还有，你说她颈部有长长的刀疤也不对。”

“只要不穿高领，刀疤很明显的。”

“不对，肯定不对，我们走吧。”

席立伟执拗地说：“不走，我要等那人来。”

殷正刚说：“那人晚上来你也等？”

“就等。”

反正时间还早，殷正刚同意再等一会，老农说西头是村口，于是他们回到老农家里。殷正刚不相信妹妹会有这样的遭遇，自然不希望殷正琴能出现，席立伟却思亲心切，时不时到路上眺望。

坐的时间长了，老农也有点按捺不住，走到场地上远看，不多会儿就说：“那人来了。”

两人急忙跟着：一个满腹疑窦，一个思之切切。

那辆驮着重物的自行车慢慢过来，看到形容憔悴、肤色黝黑的殷正琴，殷正刚像挨了一棍，人斜倚着树干往下滑。

席立伟不知就里，蹲下身问：“舅舅，你累了吗？”

殷正刚说：“她是你妈妈。”

席立伟拉起殷正刚，拼命迎上去。面对幼时印象中记忆模糊的妈妈，经过瞬间的迟疑，他一声大喊："妈妈！"

因为机耕路有坑洼，加上车辆、行人极少，所以殷正琴的目光主要对着路面。听见喊声抬头的一刹那，情绪严重失控，"咣！"人随车陡地倒地，大包裹也摔裂开来，衣帽鞋袜散落一地。

殷正刚清醒过来，上前搀扶殷正琴；席立伟一把抱住妈妈号啕大哭。

殷正琴朝席立伟深情地看了一眼，突然别转头狠命把他往外推；席立伟哪顾得这些，死死地抱住她，不停地喊："妈妈！"

殷正刚噙满了泪水，说："别推了，找到你有多么不容易。"

殷正琴变推为搂，泪水成串，凄楚地说："妈妈对不起你，妈妈没脸见人。"

"妈妈，我们终于找到你了；妈妈，我终于有妈妈了。"席立伟一边哭诉，一边把头深深地埋进妈妈的怀里。

母子俩一阵痛哭。

稍平静后，殷正琴半垂眼帘对殷正刚说："妈妈、嫂嫂都好吧？我对不起你们。"

"我们都还好。你怎么会到这里来的？"

"像梦游一样。"

"妈妈，我们一起回家吧。"

听到儿子要自己回家的话，殷正琴的眼圈又红了起来，抽泣道："妈妈不能回去。"

殷正刚说："去看看妈吧，她一直在想你，那里也是你的家。"

"我这落魄的样子，怎么走得进去？妈不嫌、哥嫂不怪，四乡八邻也会看了发笑。"

"不管怎么说，总得勇敢面对。家毕竟是养伤最好的地方。"

"妈妈，我们走吧。"

殷正琴还在犹豫、困惑。殷正刚和席立伟已动手收拾物品，朝披屋里搬。

几个村民在远处观看，眼前的情景让他们了解到这个外来人的底细，于是有的同情，也有的则不屑。

待料理停当，殷正琴思亲的洪流已冲破堤坝，要回到亲人身边的热望再也无法遏制。

“我要坐妈妈的车。”刚推车上路席立伟就说。

“路难走，还是坐我的车吧。”殷正刚说。

“坐我的吧。”

殷正琴几乎天天用自行车驮货，车技练好了，四肢也很有力量，而且当儿子轻轻搂着自己腰的时候，她舒坦得身上几乎每块肌肉都在跃动，她带着儿子骑得又稳又快。

算起来约七年多没有进家门了。离家越来越近，殷正琴内心的起伏也越来越大。那种欲见亲人的焦渴和无脸见人的羞愧，像两支强大的军队对阵，搅得沸反盈天。

进了草场街，殷正琴就不敢再抬起眼来。好在那是一条梦里走过千百回，再大的沧桑变故也能认出来的回家的路。

“外婆，妈妈回来了！”自行车还没有停稳，席立伟就蹿了下来，跑进屋子大声喊道。

殷正琴站在门口，低头不语。

“站着干什么？让妈妈好好看看。”

殷正琴走前两步，在妈妈面前跪下，说：“妈，我对不起你。”

“快起来！说这些做什么？”在父母面前，子女总把情感当作私密隐藏起来，对过错感会更加讳莫如深；其实父母对子女却洞若观火，且把孩子的思想起伏当作成长的一个过程，像接受子女的人生一样，给予无限的包容。祁金英也不例外，她说：“都是老实人的种气，碰到发‘三日作’的日子，难招架也是正常的。”殷正琴慢慢站立起来，抱住祁金英哭得死去活来。

祁金英也是老泪纵横、极度悲伤。

夏祥芸、殷远仙、席立伟个个都哭得泪人儿似的，殷正刚也用衣袖擦了几次眼泪。

不管怎么说，总算骨肉团聚了。但没过几天，殷正琴又提出要回老地方住，她的理由是家中房子太挤，自己几年来也惯了。其他人拗不过她，只得由她去。生活依然艰苦，但毕竟家人能正常走动了，免去了无尽的惦念和牵挂。

四

得知殷正琴出现，尤慧珍就想要实施一个毒辣计划。她要让殷正琴出面，对原来的住房主张权利，借殷正琴之手，打击陈蓓蕾，一泄心头之恨。她把计划与章丽华、席建德说了，得到她们坚决的支持，都认为陈蓓蕾出现在她们的大家庭里，就像橡皮阀上扎了个小气眼，非修理一下不行。

她们分了工，席建德负责通知殷正琴；尤慧珍、章丽华与殷正琴见面谈话。为确保事情能秘密进行，尤慧珍把谈话地点放在自己的办公室。选择这地方是有道理的，因为小学看上去孩子叽叽喳喳、喧闹非凡，但小学生喜欢扎堆玩，堆又绝不会扎在老师办公场所附近，所以在这里谈事情不会有任何干扰。

殷正琴接到通知后且喜且忧。喜的是终于有了机会，可以被更多的亲人接纳；忧的是每每再见一个人，自尊心就遭受一次鞭挞。她不知道自己的精神会不会因受不了重压而崩溃，但她最终还是如约前往。这使得尤慧珍她们打击陈蓓蕾的计划一步步得以实施，不过这一切却苦了夹在中间的席建祖。

对殷正琴，席建祖绝对进入了“兴趣死亡”阶段，她的名字、她的事，在他的心里非但不再起波澜，而且充分体味到解脱的释然。但殷正琴又重新出现，不能不给他带来不祥的预感：既包括尘封的情感被触动的不安，也含有前家庭中诸多头绪未予了断的担忧。“有什么可不祥的呢？她是咎由自取，她死活好坏已与我无关。”

他不断这样宽慰自己。席立伟经常往殷正琴那里跑，儿大不由爹，他也不置可否。他只想再过些年，把席立伟送到程君初那里，对小孩负责也对得起她，而自己呢，就安安稳稳地开画廊，过日子。

尤慧珍和席建祖单独碰了次头，以局外人的口吻告诉了他一些殷正琴方面的听闻，其实就是把与殷正琴见面的内容搬给了他。她与殷正琴见面，目的是利用殷正琴惩罚陈蓓蕾。但与殷正琴见面时，她那蓬松干涩的头发，颈间梗起的刀疤，血字已暗黑的手帕给她和章丽华巨大的情感冲击。物伤其类，她和章丽华一致认为：殷正琴的遭遇证明她们前一阵统一的几个观点有绝对的价值，钱一定要巧赚，要充分利用自己工作的优势。她们都将坚定不移朝那个方向去发展，这是后话。此刻在对席建祖述说殷正琴的坎坷时，尤慧珍仍不免为之动容。席建祖是铁定了心了，不管尤慧珍怎样讲殷正琴的苦处，都不往心里去。但听到殷正琴已经调到房屋分配的原始资料，能证实他现在的住房是一注他们夫妻关系存续期间的共有财产，要到法院主张所有权的信息时，他着实一惊。其时尤慧珍趁机建议他与殷正琴见一面，理由是不说给人家一点安慰，为房子做点挽救工作也可以。席建祖仍然没有丝毫犹豫地拒绝了，他坚决不见。

没过多久，起诉状副本就到了席建祖的手上。他明显意识到在住房问题上，自己的胜率几乎为零，想到陈蓓蕾在财产面前分毫不让的犟劲，料定输了房子的官司，也就毁了这个家，所以把起诉状副本藏匿起来，独自承受着巨大的压力。

他又想到了殷正琴的小姐妹胡菊珍，觉得如果她肯出手帮忙，由她去做调解工作，说服殷正琴罢手，就有希望化干戈为玉帛，保自己的日子有个安逸。为此，他专门安排时间到胡菊珍处去寻求化解之法。

走在通往胡菊珍家的路上，他感触颇多：上一次去她家时，他正陷于窘迫，自卑极了；这一次情况大不一样，他已经体味过成功的自信。他想用平和的心情，好好欣赏一下曾给他震撼的那对欧式古典大沙发；也希望能和她先生雷振球以平等姿态尽情聊一聊。他还带了一幅自认为画得比较满意的油画，以作馈赠。

当他站在她家的楼梯口时，心里有一点异样的感觉：有点冷清，又有点陌生。当然由不得他细想，因为一切都只是感觉。

他一气上到二楼，看到门号没变，但木门换成了防盗钢门，小偷太多，这点变化也在情理之中。他轻轻叩门，钢门里的小门开了，露出一位40多岁中年男子的脸。

“你找谁？”

席建祖慌张地环顾四周，说：“没有错呀。”

“你找谁？”

“胡菊珍。”

“他们搬走了。唉，你不是‘同心斋’的老板吗？”

“你是？”

“我在你那里请过画，快进来坐坐。”

席建祖被邀入内，经一番寒暄方始搞清，原来房屋已经易主，雷振球因受贿罪被判了有期徒刑。他吃惊不小，问道：“怎么可能呢？”

新房主说：“事实就是如此。我和他是初中同学，我们一直有来往的。但我和他走的完全是两条路，我是生意自己做，用钱开路，如鱼得水。而他吃公家饭，情况就大不一样了。”

新房主又说：“出事以后，退赔加罚金，一家人的生活跌入了贫困线。他老婆一定要把这房子卖给我。也是出于一种接济，不然我才不会买这样的房子呢。”

“变化怎么会这么快？”

“吃公家饭，全靠‘两寸半’（干部任免令），据说老局长调离后，他就失去了屏障，陷入被动挨打的绝境。”

“他怎么能去受贿呢？”

"唉，也是一种无奈。现在说一个人'出线了'，就是与别墅、豪车、二奶、名狗沾边了。在任上不捞一点吧，说起来掌过权了，有了机会也没抓住，自己留憾让人取笑。捞吧？吊桶落到人家的井里，难免提心吊胆，一旦东窗事发，座上宾变为阶下囚，也是一件心惊肉跳的事。"

席建祖心头滑过一阵阴翳，他不能想象那一年见到的沉稳中带几分傲慢的房管所所长，在大牢里将是怎么个样子，能经受这么大的反差吗？他为这位前任所长担心。

胡菊珍已不知所处，官司也没有多少可辩驳之理，席建祖满含引颈受戮、大难必至的悲情，坐等法院判决出来。

说来也怪，那个可怕的结果久等不来，居然就没了下文。在等待中两个孩子一天天成长起来，席立伟温顺听话不用大人操心；倒是席鼎贵，虽然在陈蓓蕾的一手操持下，一直在一流的私立学校就读，但他一身坏习气，书不好好念，成绩在班里总是垫底。席建祖知道陈蓓蕾教育小孩的方法有问题，想纠偏，但陈蓓蕾袒护着。她常说："怕什么，现在的人就看结果，什么名牌学校，只要肯出钱就能搞定；不管用什么手法，只要是名校的文凭，就有人认账。我就看得出鼎鼎比大的强，善于鉴貌辨色，小孩就是要学会刮精，不识字有饭吃，不识人才没饭吃。"席建祖知道多说无益，慢慢就不说了，眼见他抽烟、结帮逃学、惹是生非，急在心里却也无可奈何。

席建祖是铁定要送席立伟到美国去学习的，但这事说与陈蓓蕾听时，陈蓓蕾说应该让席鼎贵去，而且说了很多理由：小孩调皮就是聪明，叫吃就吃、叫拉就拉，一味盲从，不就成了他上几辈的翻版？现在的教育填鸭式、刻板化，他不适应；很多报道都介绍过，小孩一出去才智就得到充分发挥，成为了佼佼者；等等。席建祖没有搭腔，却也担心真正行动时她不罢不休。他心里作了准备：哪怕与她红脸也要坚持，因为毕竟是托朋友的事，不能改变。

席立伟进高中后，席建祖就开始等待程君初那里的消息。恰在这时陈蓓蕾又捅了个大娄子，使席立伟出国一事变得扑朔迷离，岌岌可危。

程君初的堂哥程士林从破自行车上跳下来，他一身品牌西装，头发铮光瓦亮，取下吊在车把上的小皮包夹在腋下，进了同心斋。见到席建祖，说："建祖，你混得不错。"

"是士林老兄，今天怎么会过来的？"虽然小时候都住在一条巷子里，但当时他们要大一个年龄层次，又十多年没有联系了，不速之客突然造访，席建祖措辞委婉地问。

"出去谈点生意。路过了不来看看，日后你知道了不骂死我吗？"

"你是老兄，你多指点。"

"你真是'稻穗越熟头越低'。你有这样的实力，就得由你指点了。兄弟一旦有难，可不能坐视不救啊。"

席建祖知道程士林外表光鲜，实际混得并不好，可能是钱财欲望太过强烈，在半开玩笑的话里，也明显带有攻击性。由此，他对程君初要自己秘而不宣的真实用意终于略有领悟，在热情接待的同时，也暗有提防，说："也就是做做吃吃的苦日子，但老兄有什么事只管吩咐。"

程士林做出灵光突现的样子，说："我在外面有的是画家朋友，弄了点画；君初也给了我不少画，可以放点到你这里来卖。"

"我这里档次不高，名人的画放这里卖不出好价钱。"

"店里放点名家画作，可以抬高店的名声。"

"谢谢。其实店的名声在次，名家也不是张张画都好，归根结底要画好。"

"不管怎么说，画上的事靠牢你了。"

说话间陈蓓蕾闯了进来。殷正琴在席家人的圈子里频现，席立伟出国的事似成定局，画廊的产权始终云遮雾绕。陈蓓蕾再也抑不住了，她阴沉着脸说："我有事要问你。"

“什么事呀?”

“画廊的产权到底是谁的?”

“是替别人经营的呀。”

“你骗人!”殷正琴迅速到书架边,从大开本画册里取出了画廊的产证,说,“席立伟是你的儿子,鼎鼎难道就不是你儿子吗?我一直在等你告诉我实情,可你一年年装睡着、等忘记,哪里把我放在心上。你可以不管我,鼎鼎是你的亲骨血啊,你也下得了狠心?”

席建祖知道事情坏了,赶紧把她往里间一拉,解释道:“房子是程君初出的钱——”话刚出口想到程士林在外面,赶紧刹住,可为时已晚。

程士林拉长着耳朵想窥探点老夫少妻的家庭秘闻,岂料席建祖嘴里迸出这样一个惊天信息,他顿然怒从心起,想:“自己的堂弟,对至亲冷若冰霜,铁公鸡一毛不拔,却把大笔钱给别人置产发财。”他说程君初给了他画,其实完全是吊死鬼涂粉——死要面子;原来只以为堂弟小气,听到这个情况以后,终于恍然大悟,怎不气得眼睛冒血呢?他回家就挂电话给程君初,缠着要份额。要求被拒绝后,在电话里就把堂弟痛骂了一顿,并当场表示断绝来往,给程君初造成了前所未有的压力。紧接着,程士林又纠集几个人,大闹同心斋,把大门玻璃也砸了个粉碎。

那天的话一出口,席建祖就一直忐忑不安,担心程君初会因为自己而遭受非难。当程士林过来闹时,从他的咒骂声中,席建祖证实了自己的担心,愧悔难当,觉得已无颜再见程君初。

为什么偏偏狭路相逢?他相信这是一种孽缘,而陈蓓蕾无疑起了关键的坏作用。被砸的店面重新修复后,席建祖再一次与陈蓓蕾谈了后果的严重性。陈蓓蕾心里是明白了,嘴上却不服软,说:“有什么不能早点让我知道?这房产添上我和鼎鼎两人天就塌啦?”

席建祖也没有更多的话可以对她说，极度的苦闷像一只硕大的苦瓜，只能由自己去咀嚼吞咽。

五

要把席立伟送到程君初那里去，也是席建祖想给儿子的补偿。他知道由于家庭的特殊性，席立伟受了很多委屈；他嘴上不说，心里是记着这一份亏欠的。他看出立伟读书认真，觉得像自己。他回想自己幼年时，求知的渴望几乎到了痴狂的程度，但没有学可上，也不知道接受正规教育是求知的最好途径，只会对着“粉剂青霉素瓶”、“有线广播的小方盒”等等玩意儿，萌发无尽的要当科学家、当艺术家的痴想，宝贵的时间白白耗掉了。年华无法复制，学习机会的错失让人一生遗憾。程君初寄来的画册是外文版的，席建祖能感觉到画风的清新之气，但在满眼英文字母面前，学习上的先天不足，就成了限制和障碍。他无法以知人论世的原则，从人物特征、社会背景、技艺手法等方面通过文字对画册、乃至对西方艺术潮流作深入了解，阅读画册不啻雾里看花。他从自己的切肤之痛中认识到，现在科技高度发达，有志的下一代，应该以世界为舞台。所以只要条件允许，他要给立伟创造最大的发展空间。然而，现在不行了，程君初被拖累了，连寻祖归宗的路也被阻断了，这对他是多么痛苦的事啊。在这样的状况下，怎么还能要求他顾及蓼洼处莘莘学子呢？当然，如果去恳求，相信程君初还是会给机会的，但席建祖不想那么做。他觉得程君初为自己做了这么多事，这些事中的十分之一、甚至百分之一，都值得他一辈子感恩，再有非分要求，就是死皮赖脸了。他看着几乎长得与自己一般高的席立伟，联想到杳无音信的程君初，心里一阵阵发酸。

席建祖以心度心，对程君初的感觉是正确的，但也有一些其他情况。程君初因要举办一个重要的画展，没有时间办理席立伟留学的事务，所以在较长时间里没有和席建祖联系。其间程士林的电话，又搅得他心神不宁。“这么多年都平安，怎么突然发生变故了呢？”他郁郁不乐，左思右想，席立伟的事也有所耽搁。

刘美莲发现程君初在画室里呆坐发闷，问：“君初，怎么情绪这样低落？”

“遭堂兄骂了，关系比仇人还不如了。”

“就为席建祖的画廊？”

“是的，不知怎么会没守住秘密。”

“他们在同一个城市，能守密到现在也不容易了。房产的事遮不住、藏不没，席建祖也难。”

“你说得也是。”

刘美莲继续不紧不慢地说：“做事要分清道理，问题不在于钱给了谁，而在于钱作了什么用。你那堂兄放着稳当的工作不做，追风弄潮，又想开公司、又想搞投资，混在一群无头苍蝇里。这种人不是缺钱，而是缺乏脑子。贪欲已经把他变成一团火，你去靠近他，就等于往火坑里跳。”

“你话不错，顾念亲戚之情是要的，但做人不能没有原则。既然到了这一步，干脆把房产上的窗户纸也捅破算了。”

“应该如此。等你有点空，就设法把席立伟接过来；小孩的成长是最大的事，尽量多为他们提供点机会。”

“好的。”妻子的理解和支持，使程君初精神大振，说，“等画展结束，我就去办这件事。”

程君初是在加州首府的 12 号街画廊举办画展。画廊很大，有五个画家的画展同时开幕，四位是美国人，只有程君初一位是华人。程君初本来就是一丝不苟的人，他深知这次活动的分量，更为认真，全身心投入进去。开幕当天只有程君初卖出了四幅画，画廊老板非常满意。一位法国妇女买了他的《阅报老人》后，高兴地对他说：“你画得非常好，我要好好地珍藏；希望你能到我家做客，如果将来举办回顾展需要这幅作品时，我会高兴地再借给你用。”

画展历时近一个月，相当成功。程君初在高兴之余，直奔律师楼为席立伟留美作法律咨询。并在第一时间把需要席建祖办的手续告诉了他，还和他聊了许多办画展的近况。

席建祖感到程君初心中没有丝毫芥蒂，放心了；程君初那里的好消息，更让他高兴得无法形容。他特意早一点回家，一进家门就大声说：“程君初来消息了，他让我们抓紧办手续，事情有希望了。”

陈蓓蕾见席建祖提早回来，也很高兴，但听到话后脸却阴了下来，说：“先吃饭吧。你有两个儿子，值得这么高兴吗？”

席立伟在做作业，听到父亲的话想扔下笔出来高兴一番，“亲妈妈”的话使他心头发凉，就坐着没动，拉长了耳朵静听；席鼎贵知道是老大的事，置若罔闻，只管玩自己的电脑游戏。

“都要解决好的。”

“是的，我是鸡抱鸭蛋——瞎操心，反正小孩子的事由你去管。”

“慢慢来嘛。吃饭，今天我来负责开饭。”席建祖心里乐滋滋的，边往饭桌上搬陈蓓蕾已准备好的饭菜边说。

与席建祖相反，陈蓓蕾却对这事郁怨难解。“无母何恃！”她感到自己没能为鼎鼎把握好前程，鼎鼎已明显被老大盖住了，是母亲的失职。每当席鼎贵单独在自己身边时，她会因负疚而黯然神伤。

“妈妈，你为什么不开心？”席鼎贵问。

“这么好的机会没摊到你，太可惜了。”陈蓓蕾说。

“这事真的这么重要吗？”

“你还小，还看不出来。”

“妈妈，我会凭自己的本事创一番大业的，我将来一定能赚好多好多的钱。”

“出去留学，就是往身上贴金，也才有可能点石为金。”

“哦，居然有这么大的意思。”

席鼎贵也开始拔高了，还留起了拖眉长发，像一头即将长成的狼，已经以捕掠的眼神扫视外界，急着想到成人世界掘第一桶金。陈蓓蕾在他的心目中是英雄，他看到她为赚钱而动足脑筋，也看到她赚到钱后的兴奋与激动，“赚大钱”早就成了他给自己将来人生的定位。“赚大钱”看上去是个钱字，其实作为孩子，更多的只是基于钱而展开的梦幻和遐想。他虽从妈妈那里获得了对钱的贪欲，但孩子天生的逆反心理，使他对上辈赚钱的辛苦、劳累和些许雕虫小技不屑一顾。他崇拜那些戴礼帽、大墨镜，披黑风衣的江湖侠盗：一身真功，绑票、做局无所不能，来钱既刺激又容易，做成一桩大买卖，一世也享用不完。

还在较小的时候，他就喜欢玩一种游戏：“人在江湖飘啊，见面砍一刀啊。”说完做出石头、剪子、布中的某一个手势，胜者迅速用手掌在对方身上的任何部位砍一下。席鼎贵高声地唱着，胜了就砍别人，别人胜了他就东躲西藏。他人在玩，心里却体验着江湖侠盗生活的刺激，他相信自己迟早会成为那样的人。此时眼见着陈蓓蕾的忧伤，顿时来了一股莫名的男儿侠气，想：“先使点手段，把机会夺过来，既遂了妈妈的心愿，有了点石成金的能力，也好为自己日后的大业打基础。”于是一个凶残的计划开始在他心里孕育。

自进初中后，他的费用就大起来，不间断地向陈蓓蕾要钱。如果陈蓓蕾不肯给，他只一句话就能说服她：“我要像叔公那样广交朋友，将来有一张很大的关系网。”得到钱以后就结帮吃喝、抽烟、泡网吧，交“江湖朋友”。他的计划是拉几个高年级的“江湖朋友”，要打断席立伟的一条腿，搞残他，实现鸠占鹊巢的目的。一帮江湖朋友知道席鼎贵是老板家的，自然也是各有所图、一拍即合。

“他是你哥哥?”知道要搞席立伟,一位江湖朋友还是有点犯迷糊,问。

“顾不了那些了,他现在挡了我的路。”席鼎贵心中似乎出现了妈妈处世的影子,底气十足地说。他猛吸一口烟后将烟头弹出数米远,直撞得火花四散。

“他胚蛮大的,制得了他吗?”又有人问。

“是个泡货,力度大点肯定能镇住。”席鼎贵说。

“先搞点火力侦察吧。”一位校园“大哥”模样的人,以似乎很沉稳的口吻,作了最后敲定。

他们的行动简单而幼稚,却是充满了残暴和血腥的,如果得不到及时的发现和制止,后果不堪设想。

六

席建祖这些天总是乐陶陶的,他希望立伟去学工科,据了解,学工科在那里容易找到工作,也就容易取得定居权。自己所错失的一切,似乎从儿子身上找了回来。当然到了那边,他会更多地依赖程君初,由程君初去安排立伟的发展方向。如果程君初主张立伟学画画,他也举双手赞成。总之一个风流倜傥、前程似锦的青年才俊,已跃现在他的眼前,“飞吧!”他心里无数次为儿子祈祷和祝福。

席立伟的事有了眉目后,席建祖想鼓一把劲把《篱前卸妆》完成掉。多么畅达胸臆的画啊!他每每沉浸于创作激情中时,就会对提供原始画稿的人怀有感激之心,对那人思考的深邃和迥异钦佩不已。他想尽快完成画作,既是为实现心中的目标,隐约中还有一份情愫,就是完整地把那人的心迹表达出来。一支笔是两个人在握的。挥笔间,会感觉那人如影相随,心里甚至会向那人发出“是该这样画吗”的询问。他把那人引为知音,潜意识中期待命运安排他与那人见面，到时要与那人进一步切磋艺术，并当面向那人表示感谢。

但快七年了，还只完成了八成账，他站在巨大的画布前，有点想落眼泪。他觉得自己一直是雄心不减，也许真的“人到中年万事休”，想做事又有多难！洽谈迎客、应时作画、学习充电、家庭琐碎，林林总总让他分身无术、应接不暇。人生错过了就麻乱了。如果从小得到良好的教育，如果有一心专用的条件，如果家庭没有变故，亦即按一条原生态的轨迹发展，现在也应该有点人的模样了。可是——“唉！”席建祖轻叹一声。刚起笔，突然想到陈蓓蕾新谈成一注生意，具体要求得由他去落实，约定的时间快到了，他十分不舍地放了画笔，匆匆而去。

席建祖前脚走，陈蓓蕾后脚就到了店里，还没等她坐稳，电话响了。在电话里她知道市美协主席要来，已经在路上，顿时急出一身汗。好在她知道席建祖的去处，急忙打电话告知情况，要他立刻回转。

过没多久，美协主席到了，陈蓓蕾虽说生意上有点门槛，“主席”之类的大官却没有见过，躬着腰让座、上茶，眼睛里充满了敬畏的眼神，心里又对席建祖犯嘀咕：“拖拉鬼，怎么还不来！”

美协主席后面跟了个司机、秘书之类的年轻人，两个人进到画廊四面看画。发现陈蓓蕾张罗茶水，美协主席和蔼地说：“别客气。”顺便和陈蓓蕾聊起了画廊的生意。陈蓓蕾心里虽然紧张，应答却入情入理，无半点疏漏。

席建祖急吼吼地赶了回来，一看美协主席竟是那年见到的画《敲背乐》的老头，心里颇不以为是，站在一边没有声音。

陈蓓蕾好容易坚持到席建祖回来，见他一边发闷，就扯着他的袖子往前拽，说：“这是我的丈夫。”

“哦，你是席建祖，我们想来看看你的大作。”

“我没有大作。”

“看看你的《篱前卸妆》。”

“还只有八成账。”

“观一斑知全豹,看看吧。”

“在里面。”

几个人进入里间,美协主席对画扫视一番,脸色沉了下来,干咳两声开了腔:“格调不好,特别是背景的灰调子;要配合当下,画得浓烈一点,喜庆一点;大红大绿有什么不好,大俗大雅嘛。我们这里一直是太太平平的。”

“我只是做点尝试。”

“你虽然是业余,但也要严格要求自己,不要没事找事,有什么不能画?我看这幅画就到此为止,不要继续画了。”

“知道了。”

美协主席一走,席建祖、陈蓓蕾两人面面相觑。当着陈蓓蕾的面,席建祖又想到另外的一桩心事,问:

“兄弟俩这几天怎么变安静了?”

“平日里木知木觉的,这一点倒给你看清了。”陈蓓蕾朝席建祖乜了一眼,说,“说明鼎鼎大一点了,吃得起亏了嘛。”

“这样就好,兄弟之间团结是金。但一直是鸡和百脚(蜈蚣),好像变得有点突然。”

“我倒没感觉出有什么突然。”陈蓓蕾本来就不赞成席建祖花力气画那幅画,调过了话头,说,“赶快改弦更张,不要去惹祸;不就是赚钱,画什么不赚那些钱!”

席建祖略有迟疑,说:“功一百、半九十,走到这一步了,我不想轻易改变。”

“同样是画画的人,人家活得多滋润;又领一份薪水、又有卖画收入,到时动员他退休,他还可提对子女安排的要求。这就是本事,还是要听着点的。”

“他那些浓浓艳艳的东西,我也看不上眼;我是顾及他的地位，才没有说；我不说，就是在退让。”

“你不是答应不画了吗?”

“画完后不让它面世就可以了。我知道这画不会给我带来荣耀，好在已这年纪了，已没有了奢望，只是做点尝试。”

“这样不值。”

再回到画架前，席建祖的心里失去了宁静，创作热情大打折扣。

此后不久的一个清晨，他在画廊门的拉手上，又发现一幅钢笔画，以前零零星星也捡到过几张，但都很平淡，这一幅展开时，感觉有点不一样。画的是一块大草坪，几个人斜挎着割杆机在割草。机头飞转，断叶漫天。近景部分可以看到棵棵草的叶子都如刀切般整齐，折断处似还散发着青汁味。边上一排小字：草坪美——每一瓣叶子却都被舞动着。

席建祖未及细研，已觉其中之韵，创作激情使他心头一热。还有那行隽秀的钢笔字也特别惹眼，“好眼熟!”他搜肠刮肚寻找着记忆的版本，字与人慢慢接近起来，能对上号的似乎应该是殷正琴。“殷正琴”！近乎被遗忘干净的这三个字蹦出，犹如一道惊雷——怎么会是她？难道这几年画画中相与神交的竟是她？难道命运真会无视斩断情丝的决意而强牵硬拽？“不，决不能再起些许瓜葛!”席建祖像甩掉一团火一样把画稿掷在地上。

可以扔下画稿，却无法宁静思绪。席建祖《篱前卸妆》的创思被劈成两瓣，心中又一次承受着残缺的刺痛。他的心里已没有殷正琴，更不愿意让她掺和到自己的画中来，理所当然极力否定自己对笔迹的判断。他记得早先有一记事本，上面留了很多殷正琴的笔迹，他要把零碎信件和记事本都找出来，通过辨识予以坚决否定。

想到记事本，他心里有点急。因为记事本是和许多画画专业书一起放在一只藤编的书箱里的；前几个月，陈国伦说要学习画画，把书箱扛过去了。他担心记事本会被当作废物弄丢，想尽快去拿过来。

他坚持着要对笔迹，其实是在自欺。殷正琴与他的特殊关系，她酷爱艺术的特质，她在画稿上所表现出的非曾经沧海无法具备的通透，都使他切实感受到了她的存在。还是执著于核对笔迹，只不过是不愿直面现实罢了。

郁闷至极，横突出一份微微的兴奋；寻根探源，还是读第一张画稿时"心头一热"的感觉带给他的心理享受。他需要那样的享受，在尽情创作时思绪进入高端，似雄鹰翱翔苍穹，身心获得格外的宁静。由此他意识到创作之于他，已经不是为了画出一幅、两幅画，而是一种精神的寄托。唯有这样，才能在淹人的强影响里面，打开一扇小窗，把人的灵性儿释放出来。他不再为美协主席的话气馁，也不再为殷正琴的事过分敏感，无限的创作激情又在他心底升腾起来。

七

殷正琴唯一的兴趣，是难得闲暇时，在昏暗的灯光下用铅笔或者钢笔画出自己的感受，然后用悄无人知的方法传递给席建祖。她把为席建祖提供创作素材看成是与他心灵沟通的最佳途径，做这一切自然也就成了她生命中的亮点。当尤慧珍以十二分的同情，支持她对原来的住房主张权利时，她曾激动不已，很快搞到了房子分配时间的证明，确证房子是夫妻关系存续期间所得，属夫妻共同财产。她也是多么需要一点自己的房产啊，这样她就可以把席立伟接到身边来，给他百般的呵护和关怀，对他作最大的补偿。然而她没有那样做，而是把已经呈递的诉状撤了回来，把能改变自己生活的最后一条路堵断了。

席立伟经常到殷正琴那里去，这成了她生活的最大期待。当发现儿子变声后，殷正琴既为孩子的成长欣喜，又不免为时光易逝、自己青丝变白发而唏嘘叹息。

生活清苦而平静，可是不久前的事让她坐卧不安起来。那天席立伟来了，却坐着发呆。殷正琴觉察出异常，问："碰到了什么事吗？"

席立伟没有说话，睁着大大的眼睛，情绪越复杂眼球越往外凸，眼膜湿湿的没有光彩，让人联想到牛临苦刑时的眼神。

殷正琴看着席立伟那副眼气，心如刀绞。这分明是自己眼睛的翻版。什么都好像，为什么偏偏像自己？她又急切地问："碰到什么事了吗？"

"那天放学时碰到了'抄霸'的，身上仅有的 30 元钱被掳去了。"

"他们没拿你怎样吧？"

"还叫我以后做事要识相一点。"

"你没去惹过他们吧？"

"根本不认识的。我不认识他们，他们却叫得出我的名字。那天和几个同学一起走，他们单独叫住了我，目的很明确的样子。"

"千万要当心一点！"

席立伟回去后，殷正琴仍然心神不宁。她曾听席立伟说过画廊被席建祖美国朋友的亲戚打砸的事，儿子此刻的遭遇就不由得她不去往那上面挂。她曾为立伟能到美国去读书而高度兴奋，记得那天立伟兴高采烈地对她说："妈妈，告诉你一个重要的消息！爸爸小时候的一位朋友，从美国捎信过来，说要安排我到那儿去读书呢！"

"是吗？"殷正琴欣喜地问。

"是的，爸爸亲口告诉我的。"

"走这么远你会想家吗？会想妈妈吗？"

“会的。”

“妈妈也会不停地想你，但你应当去，绝不回头。”

“妈妈，我学好本事以后一定会孝敬你的。”

殷正琴的眼泪喷涌而出，就这么一句带点傻气的话，也正是因为那话有点傻气，让她长年郁积的疑惑、不踏实顷刻冰融雪消，使她有勇气敞开胸怀去感受贴肉贴心的亲情。她上前把坐着的席立伟轻轻拥住，把他的脸贴在自己肩头，在尽情宣泄对儿子的爱的同时，正好也避免了让儿子看到自己的泪容。她说：“妈妈不要紧，妈妈就指望你好。”

真的，殷正琴看到儿子有了适合成长的环境，不仅为儿子高兴，也让自己从家族遗传懦弱的担心中解脱出来，让未来的生活变得阳光一片。她对席建祖心存感激，同时庆幸自己没有在房子问题上给他过多的干扰，她相信这应验了“好心有好报”的谶言。

然而，席立伟湿漉漉的大眼睛，又一次让她陷入了遗传不好、天性难改的复杂情绪之中。她有一种莫名的危机四伏的预感，使她像一头遇敌的护崽母狮那样狂躁，心想：要是儿子遇有什么不测，我就是豁出命去也要保护好儿子。

另一头，席鼎贵的计划也在步步实施。那天下午席立伟放学回家，一个外校生追上他，说：“你弟弟和人在打架，吃大亏了。”

“他在哪里？”席立伟急切地问了一句，迈着大步跟那人往前直冲。钻进一幢烂尾楼里，就觉得不对劲，刚想再问，“哗”一拨人围了上来。

“我弟弟呢？”

“找的就是你！”说话间绕到席立伟身后的人朝他肩部猛地砸下一棍。

“啊！”席立伟惨叫一声，一头栽倒在地。

几个人围拢上来，又是一顿棍棒相加。那帮人打得性起，有人竟拔出了尖刀，朝着已经没有抵抗能力的席立伟举手就刺，席立伟绝望之中，拼尽力气翻了一个滚身，虽避开了要害，手臂却被一刀刺穿，满地流血。

那人举刀再要刺时，殷正琴自天而降、嘶声大吼着冲了进来。

自从得知席立伟的遭遇后，她心里发急，却一点儿办法也没有。无奈之下，她货也不进了，摊也不摆了，像一个痴婆，总是在不远处尾随席立伟，暗中进行保护。她假定的威胁来自上了年纪的男人，因此看到席立伟跟同学走，没有引起重视。等她感觉不对发疯一样赶去时，悲剧已经发生。她一边大喊救命，一边用身体为席立伟挡住棍棒。

对陌生人的突然闯入，那帮人吃惊不小，相互使了个眼色就准备逃离，就在将退未退之际，拿刀的人又在殷正琴的背上猛刺一刀。殷正琴忍着剧痛，还竭尽全力拼命大喊了一声："救命！"

殷正琴的救命声，顿时引来了不少路人。一部分人追逐光天化日行凶的凶手；另一部分人对被害人施救，现场乱成一团。

也正是在这一天的下午，陈蓓蕾去看望父母，席建祖也陪了去。到了丈人家，陈国伦拉着席建祖要谈论画画，陈蓓蕾就和母亲进了小房间。画谈得差不多后，席建祖问了书箱的摆放处，顺利地把记事本找了出来。在记事本中找出了与画稿上那句话的七八个字相同的字，仔细进行核对。顿头捺脚，笔笔相似，画稿出自殷正琴之手已确定无疑。这在意料之中，却仍造成他内心的不平静。激烈的情绪变化，使他肠子一阵蠕动，急忙带着记事本进卫生间方便。老式公寓的卫生间没有明窗，唯一一扇小翻窗与小房间相通，用来借一点小房间北窗的光。小翻窗虽然关着，还是影响了隔音效果，席建祖坐在马桶上，能听到隔壁母女俩的谈话。

"我说让鼎鼎去，他哪里肯听。"

"你就不会坚持？"

"他就是这样的耿脾气。"

"怎么会这样！新婚那天我教你把你的鞋压住他的鞋，保管他一生对你言听计从，你可能就没那样做……”

“哦，原来如此！”席建祖再也听不下去了，多少年的感情顿刻大翻盘，怎么受得了！记得那晚送走客人，两人到了自己的小天地。对席建祖而言，倚在身边的尽管已经是第二个女人，但内心仍充满了焦渴和躁动。他以含有触感记忆的手，感受着她琼枝美玉般的身体。在她丝绸般嫩滑的肌肤下，如有一股汩汩流动的清泉，任何细微的触碰，都会泛起层层涟漪。那涟漪的动势贴着他的掌心荡漾开去，让他享受着难以名状的幸福和满足。当缠绵深入发展时，她变得痛楚，脸部的表情也扭曲了。他凭借丰富的经验，通过对敏感部位的调弄，让她有所适应，引领她渡过重要一关。已不再孟浪的他，格外注意到了她的承受，由此而生发出百般的怜惜。他把这一切看成是她的恩赐，更为她的巨大付出而动情感怀。他在内心发誓：做牛做马也要让妻子幸福。

他外表木讷、随和，其实极有性格。对妻子顺从、妥协甚至迁就，都会经历克制的过程。但出于对妻子的深爱，他打定主意要让爱变得没有原则、没有底线，就是在席立伟去美国读书这事上，如果不涉及程君初的关系，他也会考虑退让和改变。然而没有想到的是，这份挚爱从一开始，就沾染了交易的计谋，充满了利益驱动下的控制和争夺，他也被可怕地列在了“杀熟”的范围以内。他意识到自己的爱火已经熄灭，滚烫的心迅速冷却下来。

这时一阵电话铃声似因有违常规而显得急促、烦躁，果然电话里传来了惊天的消息，席建祖发疯一般从丈人家冲出去，整个家庭生活瞬息之间出现了巨大变故。

尾　声

虽已深秋，却未见寒意，然而身心交瘁的席建祖还是早早地裹上了臃肿的羽绒服。他步履沉重、缓缓而行。他前往医院，要去探视殷正琴。

家破了、店关了。席建祖曾全力做了善后，但除不断遭受痛苦的打击外，一切都为时已晚。这期间虽然一直有殷正琴的病况传来，但他始终没有与她晤面。如今终于做了决定。他下决心走出这一步，就意味着下决心去面对生活的新一轮改变。

他有一种透不过气来的感觉。事情一出来，陈蓓蕾就时泣时嚎唠叨不停："我也是为这个家，我是急啊。钱、赚不赚得到钱，不光关系生活的贫与富，更关系人生的成与败，不能有丝毫差慢啊。现在贫富差距还处于加速度前的胶着状态，富有者还割不断那段光屁股、脚碰脚年代的情分，相对还缓和些。到了小辈那里，富人与穷人就是贵族和贫民，成了与生俱来的关系，线就划分清楚了，叔叔的榜样明摆在那里呢。不抓住眼前狠抢一把，难道就甘愿让子孙永远受穷？"听这话，席建祖很容易想到与父亲当年在他往哪个方面发展问题上的急切之心何等相似，只是也正好换了个端，他满是感慨但不愿再往下想。

他想到了当年的厂长助理——汪明泉，想起曾经与他有过的那段对话，特别是被席建祖戏称为玄学，并调侃为伪科学的那几句，又一一清晰地在脑际浮现。经过漫漫时间的淘漉，当时根本不以为意的话，此时显出了值得玩味的地方。那么多年前就如此看，他信服汪明泉是个大哲人。他去找了汪明泉。去之前想象他会更加大智大慧，希望得到他更多的指点和启迪。可真正见到了人，又是另外一种感觉。

那是一个风和日丽的下午，广场边的石阶上坐着不少人，有年事已高的，也有中年靠上的，还有少量妇女，都在等风起来后放风筝。席建祖在人群中找到了汪明泉。

多年未见的他看来并不怎么样，穿旧棉袄、抽劣质烟，脸红红的，眼角上有点白的眼屎，看得出中午喝了不少酒。他似乎只对风筝有兴趣，说："我这风筝是只'盘鹰'，是风筝中最难放的一种。"

"还记得当年我俩的谈话吗？"席建祖劈面问道。

"这些是我的'筝友'，都是些老江湖。"汪明泉顾左右而言他，"搓麻将、打包分都得花钞票；放风筝，清风明月不用一钱买。"

"风筝属什么'变化'？"席建祖还想回到老话题上，说。

"现在这点钱也够了。蹩脚烟、水黄酒，档次不讲究，有就可以。'吃点用点、棺材薄点'。"

说话间只听得有人吼："风来了、风来了。"

汪明泉忙着扯开了风筝线。

席建祖急了，问："我要问你'变化'。"

汪明泉有点不好意思了，停一停扯风筝线的手，说："你还是去研究和领悟'舍得'与'放下'吧，可以减少人的烦恼。"

席建祖知道汪明泉是一个有想法的人，这些用以自麻的内容不一定是他的心里话；随着年轮在身上的累积，他可能已没有了说的激情。不管是真是假，席建祖不会去信那些，他宁愿选择让心永远无法释然的两个字——无奈。

自从发现是殷正琴在为他提供创作素材、默默给他支持后，尽管他思想上拒绝，感情上却已经松动。即使不发生家庭血案，估计他最终也会走出这一步。也就是说，家庭血案只是加快了他迈出这一步的速度。

去医院的路上，席建祖弯道来到画廊，慢慢打开已有蜘蛛缠丝的店门。为筹钱救急，店面已得到程君初的同意挂牌等待出售，他的人生将再一次清零。可能是超越承受极限的麻木，也可能是曾经沧海的老到，还有可能是知道自己注定会有这样的结果，心茧化而变超脱，此刻的他居然出奇的平静。

他用美工刀沿绷架开始裁《篱前卸妆》，随着“哗、哗”的走刀声，变残破的画芯，渐渐松弛、卷落下来。不是有人不希望他画这样的画吗？好了，是结束的时候了。

回顾自己画画的历程，最令他难以释怀的是秦伯伯。他的愿望是要找到秦伯伯的墓地，去进行一次祭扫。程君初也说过，找到秦伯伯的墓后会给他信息的。他希望能和程君初一起去，因为他觉得自己到了那里将会寸步难行，最好有程君初的帮助。但如果一直等不到程君初的信息，他一个人也要出去。秦伯伯像生下来就是为别人做事的，他是天底下最大的大好人。他要到秦伯伯墓前去感恩，留在那里给他当守护。席建祖的眼前无数次浮现出秦伯伯那掏空人心的眼神。他想人如果有灵魂，灵魂也必定具有形态，具有形态必定会有眼睛。经过了那么多年，那里的阳光、清风，应该会让秦伯伯的眼神有所改变了。

席建祖记得秦伯伯画过一幅枝杆上缀满小白花的画，他好奇地问那是什么花，秦伯伯笑而未答。现在他知道了，那是寄托秦伯伯内心思念的花。有朝一日他到了秦伯伯的墓前，一定要献上一枝“桑巴吉塔”——秦伯伯故乡的茉莉花。

花了不少心血的《篱前卸妆》，包含着他的一份憧憬和寄托，然而当心态再一次巨大变化后，他又觉得无所谓了。该怎么去做的道理是再清楚不过，就是个愿不愿做的问题，永远也喊不醒装睡的人。既然这样，以画去憧憬、寄托又有什么意思呢！

但《篱前卸妆》毕竟凝聚着他和殷正琴共同的心血。在“哗、哗”的走刀声中画毁了，画的尸骨还在，凝聚在上面的情还在，画的魂魄也还在。既然画因殷正琴而作，就该让她回到殷正琴身边。

殷正琴命悬一线、危在旦夕，已有三次病危通知。她后脑遭受重击，背部刀伤大量失血，一直处于深度昏迷状态。院方没有放弃抢救，但多次警告：即使保住了性命，也可能成为植物人。

最艰难的时刻，祁金英老泪纵横，但态度格外坚决，一定要全力抢救，即使成为植物人，也要拉回家精心护理；殷正刚支持祁金英，激动地说："日子再苦，也不能没了做人最起码的道理。"

最艰难的时刻，席建祖也靠拢了过来。踏上住院部长长的过道，殷正琴就在不远处了。寂静中略带凄清的过道，让席建祖的心沉沉的，似乎感受到了病中的殷正琴的气息；那种气息又让他有点舒坦，体悟到非殷正琴无的适合感，多年来对殷正琴如铁石一般的心完全软化了。

当然，远不止这些。《篱前卸妆》已经毁了，生活却还要继续。观照殷正琴的生活，席建祖感慨人生不应该这么难，完全可以更好一点。他已无意再在画里寻觅和探求，但心里的向往却无法就此作罢。他再一次走近殷正琴，就包含着这个因素。他有好多好多心里话要向殷正琴倾诉，他确信所有话都会引得殷正琴的共鸣，对此他有百分之百的把握。

他一步步走到殷正琴的床头，将《篱前卸妆》的尸骨轻轻地摆在她的枕边，对她苍白的但因平静而仍显美丽的脸久久凝望。他俯下身去，再俯下身去，直到双唇贴到了她的额头，吻得很深很深。

殷正琴仍然像死了一样，纹丝不动、眼睛紧闭。但人的脑海既然可以包容整个宇宙，就必定无限深邃和宽广。巨量的脑细胞即使遭受灭顶之灾，仍可能有些许的劫后余生。如果真还有智慧细胞存在，他们顽强坚守的，一定是生命中最本质的，即对未来的期待，对爱的期待。

果然，在席建祖双唇热力的穿透下，两颗滚烫的泪珠儿从殷正琴眼角处缓缓滚落下来。

——完——

2013 年 4 月 16 日